Tödlicher Pfad

Jon Evans
Tödlicher Pfad

Roman

Aus dem Englischen
von Bela Stern

Weltbild

Die englische Originalausgabe erschien 2004 unter dem Titel
Trail of the Dead bei Hodder & Stoughton,
a division of Hodder Headline, London.

Besuchen Sie uns im Internet:
www.weltbild.de

Genehmigte Lizenzausgabe für Verlagsgruppe Weltbild GmbH,
Steinerne Furt, 86167 Augsburg
Copyright der Originalausgabe © 2004 Jon Evans
Copyright der deutschsprachigen Ausgabe © 2005
Deutscher Taschenbuch Verlag GmbH & Co. KG, München
Übersetzung: Bela Stern
Umschlaggestaltung: Jarzina Kommunikations-Design, Köln
Umschlagmotiv: Corbis (© Jonathan Andrew), Düsseldorf
Gesamtherstellung: Oldenbourg Taschenbuch GmbH,
Hürderstraße 4, 85551 Kirchheim
ISBN 3-8289-7751-0

2009 2008 2007 2006
Die letzte Jahreszahl gibt die aktuelle Lizenzausgabe an.

Für meine Schwestern

Teil I

NEPAL

1

Einsam und verlassen

Erinnere dich, sagte ich mir, wenige Minuten, bevor wir die Leiche entdeckten. *Das Ganze war als lockerer Trip geplant.*

Ich hatte geglaubt, es würde mir gefallen, den schweren Rucksack über steinige Pfade in fünftausend Meter Höhe zu schleppen. Jetzt war mir so elend, daß ich noch nicht mal mehr über meine eigene Blödheit lachen konnte. Jeder einzelne Schritt schmerzte wegen der entzündeten Blasen an meinen Fersen, und meine Knie ächzten und knirschten wie ein kaputter Motor. Die Gurte meines Rucksacks hatten zwei rote Furchen in meinen Rücken gegraben, die aufgrund einer Pilzinfektion nun auch noch höllisch juckten. Dazu kamen bohrende Kopfschmerzen, Kurzatmigkeit und Übelkeit – ein klassischer Fall von Höhenkrankheit. Doch eigentlich war es das Gefasel meines Reisegefährten, das die Situation erst so richtig unerträglich machte.

»Ist das nicht phantastisch?« sagte Gavin, während ich hinter ihm hertrottete. »Einfach unglaublich. Jetzt sind wir schon drei Tage hier oben, und ich kann mich einfach nicht satt sehen.«

Er sprach vom Annapurna-Massiv, den majestätischen, schneebedeckten Bergen, die uns hier, mitten im Himalaja, umgaben, und selbst in meinem Zustand konnte ich seinem Überschwang nichts entgegensetzen. Sooft ich meinen Blick schweifen ließ, kam es mir vor, als hätte ich ein Märchenland betreten. Allerdings hätte ich es bevorzugt, die Erhabenheit des Panoramas vom Fenster unserer Lodge aus zu genießen, am liebsten mit ein paar *momos*, diesen leckeren Gemüseteigtaschen, und einer dampfenden Kanne Zitronentee, statt

Gavin zu dem verlassenen Dorf zu folgen, das er sich genauer ansehen wollte. Er hatte mich mit dem Beschluß einfach so überfahren, wohl wissend, daß ich nicht die Kraft aufbringen würde, ihm zu widersprechen. Wahrscheinlich dachte er, ich würde mich später bei ihm bedanken.

Mit einer Tracht Prügel, dachte ich. *Am liebsten würde ich dir gleich eins auf die Schnauze hauen.* Selbst ohne meinen Rucksack, den ich in der Hütte zurückgelassen hatte, war jede Bewegung die reinste Qual. Gehen, Luft schnappen, gehen, Luft schnappen, gehen, Luft schnappen, und immer so weiter.

»Sieht so aus, als hättest du akute Höhenbeschwerden, Alter«, sagte Gavin. »Ich fühle mich einfach top. Ich habe mich noch nie besser gefühlt. Voll auf der Höhe sozusagen.«

»Schön für dich«, murmelte ich.

»He, Paul! Ist das Schnee?«

Ich sah auf. Aufgeregt wies Gavin auf einen großen Felsblock, auf dem noch eine dünne Schicht Nachtreif lag. Gavin kam aus Südafrika; obschon weit gereist, hatte er noch nie in seinem Leben echten Schnee gesehen. Ich stammte aus Kanada und konnte mir beim besten Willen nicht vorstellen, daß es Menschen gab, für die Schnee etwas vollkommen Fremdes war.

»Nein«, sagte ich. »Das ist bloß Rauhreif.«

»Schade.«

Wir gingen weiter. Das verlassene Dorf lag auf einem Hügel, der wie eine Halbinsel in den Lauf des Marsyangdi ragte; ein paar Dutzend niedrige Katen aus groben schwarzen Gesteinsbrocken, die von gefrorenem Schlamm zusammengehalten wurden. Unfaßbar, daß dort tatsächlich Menschen gehaust hatten, und noch unfaßbarer, daß Menschen überhaupt in Erwägung gezogen hatten, sich dort oben anzusiedeln. In dieser Höhe gab es nicht einmal Yaks. Hier wuchs nichts außer Farnkraut, ein paar äußerst widerstandsfähigen Gräsern und kniehohen Dornbüschen, mit denen man besser nicht in Berührung kam. Unablässig heulte der Wind, strich eisig über mein Gesicht, und ich sah meinen Atem, obwohl die Sonne im Zenit stand. Allein die Mühe, die es gekostet haben mußte, die schweren, wohl aus dem Flußbett stammenden Steine dort hinauf in die gottverdammte Einöde zu schaffen – absolut verrückt, dachte ich, voll durchgeknallt, wie die Engländer damals auf unserer Afrikaexpedition immer zu sagen pflegten.

Gavin gab ein paar »Hmms« von sich, während er die Häuser inspizierte und mit seiner Maglite hineinleuchtete; ich blieb hinter ihm stehen und versuchte, wieder zu Atem zu kommen. Ich rang schon den ganzen Tag nach Luft, ohne daß ich das beklemmende Gefühl in der Brust loswurde.

»Stell dir vor, du wärst hier geboren«, sagte er, was ich auch versuchte, aber vergebens. Manche Kulturunterschiede sind einfach zu groß.

Er ging voran durch die Siedlung. Dabei mußten wir direkt an der Leiche vorbeigegangen sein, ohne sie zu bemerken. Eine Weile standen wir am Rand des Felsvorsprungs. Etwa dreißig Meter ging es senkrecht nach unten; danach fielen die Felsen etwas weniger steil ab, bis hinunter zum dreihundert Meter tiefer liegenden Fluß. An Abgründe hatten wir uns inzwischen gewöhnt. Ich hatte aufgehört zu zählen, wie oft ich in der vergangenen Woche über schmale und tückische Steilpfade geklettert war.

Schließlich begann es mich zu langweilen, über meine Sterblichkeit nachzusinnen; ich wandte mich zum Gehen, um den Rückweg zu unserer Lodge anzutreten. In diesem Moment sah ich ihn. Einen Backpacker, der vor einem der verlassenen Häuser saß und zu uns herüberstarrte. Trotz der Distanz zwischen uns und ihm – ganz zu schweigen von dem eisigen Schneestaub, den mir der Wind in die Augen blies – konnte ich erkennen, daß mit seinem Gesicht etwas ganz und gar nicht in Ordnung war.

»Oje«, sagte ich und hätte vor Schreck beinahe einen – verhängnisvollen – Schritt nach hinten gemacht. »Was, zum Teufel, ist denn mit dem los?«

Gavin wandte sich um und sagte: »Verdammte Scheiße.«

Ohne groß nachzudenken, setzten wir uns in Bewegung und gingen zu dem Unbekannten hinüber. Auf halbem Weg wurde mir klar, daß der Mann tot war. Aber nicht bloß tot. Ermordet. Es sei denn, er hatte sich so zum Spaß zwei Schweizer Armeemesser in die Augen gestoßen. Die roten Messergriffe ragten wie Antennen aus seinen Augenhöhlen.

Der Ermordete war groß, ein Weißer, etwa Mitte Zwanzig, ein typischer Backpacker; er trug eine blaue Jacke über einem dicken grünen Pullover, Jeans und runtergelaufene Trekkingstiefel. Es war gar nicht so viel Blut zu sehen, aber der typische Eisengeruch war unverkennbar. Das meiste Blut hatte sich in einer klaffenden Wunde in seiner Schädeldecke gesammelt, ein dunkelbrauner, sirupartiger Saft, der das gigantische Loch in seinem Kopf und die vollen dunklen Haare verklebte. Die geronnene Flüssigkeit auf seinen Wangen war farblos, beinahe durchsichtig.

Gavin stieß etwas auf Afrikaans aus. Ich blickte mich um. Weit und breit niemand außer uns beiden, dem kalten Wind und den Bergen. Etwa eine halbe Meile von uns entfernt konnten wir den Trekkingpfad erkennen sowie die beiden Lodges, die sich drüben in Gunsang gegenüberlagen und denselben ausgestorbenen Eindruck wie das gottverlassene Dorf hier machten.

Ich spürte, wie meine Lebensgeister wieder erwachten, wie mich neue Energie durchströmte. Der Anblick des Toten hatte mir einen Adrenalinstoß durch die Adern gejagt, und meine Wehwehchen waren wie durch Zauberhand von einer Sekunde auf die andere verschwunden. Plötzlich war mein Kopf wieder vollkommen klar. Ich fühlte mich, als hätte jemand einen Schleier vor meinen Augen fortgerissen; nie hatte ich so klar, so gestochen scharf gesehen. Instinkt kann eine wunderbare Sache sein. In diesem Moment verstand ich, warum manche Leute süchtig nach Gefahr sind.

Ich ging vor der Leiche in die Hocke und ließ meinen Blick über den Toten wandern, durch den jahrelangen Konsum von Polizeiserien und Kriminalromanen darauf getrimmt, unter keinen Umständen etwas anzufassen. Ein weiterer Energieschub schoß wie elektrischer Strom durch mein Rückgrat. Jedes einzelne Nackenhärchen richtete sich auf wie ein Trupp Soldaten beim Appell. Ich bekam am ganzen Körper Gänsehaut. Bis dahin hatte ich stets geglaubt, das sei einfach bloß eine melodramatische Redewendung.

Paradoxerweise war selbst meine Übelkeit verflogen. Ich war eher erregt als angewidert, als ich mir den Toten genau besah. Seine Arme hingen schlaff herab. Ein weißer Streifen auf seiner Haut verriet, daß seine Uhr gestohlen worden war. Offenbar war es schon ein paar Tage her, seit er sich das letzte Mal rasiert hatte. Der Mund des Toten stand leicht offen, als würde er irgend etwas bestaunen. Ich vermied es, allzu genau auf seine Augen zu sehen.

»Heiliger Strohsack!« entfuhr es Gavin.

»Das kann man wohl sagen«, gab ich zurück.

»Die Messer sind ja wohl ein bißchen zuviel des Guten«, bemerkte er mit härterem Akzent als gewöhnlich. »Mein Gott, die haben ihm ja praktisch den Schädel gespalten.«

»Ja«, sagte ich.

Er ging neben mir in die Hocke und berührte die Leiche am Arm.

»Laß das bleiben«, sagte ich. Ich wollte nicht, daß wir uns Ärger einhandelten. »Wir sollten hier lieber nichts anfassen.«

Er sah mich an, als sei ich nicht ganz bei Trost. »Warum denn? Etwa der Polizei wegen? Ich glaube kaum, daß die Nepalesen hier so was wie eine Mordkommission haben.«

Damit hatte er natürlich recht. Abnahme von Fingerabdrücken, DNA-Analysen, forensische Expertisen ... Daran konnte hier kein Gedanke sein. Hier draußen gab es höchstens ein paar rudimentär ausgebildete Dritte-Welt-Gendarmen, deren Aufgabe darin bestand, verirrte Touristen einzusammeln und maoistische Rebellen im Zaum zu halten. Auf Mordfälle war man hier nicht eingerichtet.

Gavin berührte die Hauswand, an der der Tote lehnte, dann wieder den Arm der Leiche. Er machte eine besorgte Miene.

»Was tust du da?« fragte ich.

»Er ist noch warm«, sagte Gavin leise.

»Was?«

»Auf jeden Fall wärmer als die Wand. Fühl doch selbst.«

Nach kurzem Zögern tat ich es wirklich. Der Arm des Toten fühlte sich klamm und kalt an, doch war er merklich wärmer als die Wand oder der Boden unter unseren Füßen, soviel stand definitiv fest. Wir starrten uns einen Moment lang an, ehe wir uns erhoben und uns beunruhigt umsahen.

»Laß uns besser checken, ob nicht noch jemand in der Nähe ist«, erklärte ich ruhig.

»Gute Idee«, sagte Gavin, ebenso ruhig wie ich.

Wir durchquerten erneut das Dorf, alle Fasern bis zum Zerreißen gespannt. Ich tastete in meiner Jackentasche nach meinem eigenen Armeemesser, ebenfalls ein Schweizer Fabrikat, entschloß mich dann aber, es doch nicht hervorzuholen. Es war nur ein kleines Messer, wenn auch scharf wie ein Skalpell; der eigentliche Grund aber war, daß eine Pirsch mit offener Klinge nichts weiter als das Eingeständnis gewesen wäre, daß meine Welt fundamental aus den Fugen geraten war – und das hätte ich zu diesem Zeitpunkt um keinen Preis zugeben mögen. Um einiges ansprechender war die Vorstellung, daß es sich um nichts weiter als einen unangenehmen Reisevorfall handelte, eine Anekdote, die man später in seinem Tagebuch notieren oder demnächst in bierseliger Runde zum Besten geben konnte.

Wir brauchten nicht lange, um herauszufinden, daß sich außer uns niemand in dem Dorf aufhielt. Wir gingen zu dem Toten zurück, standen eine kleine Ewigkeit lang dort herum und blickten uns an, während wir uns darüber klarzuwerden versuchten, was wir unternehmen sollten.

»Hast du den Typ schon mal irgendwo gesehen?« fragte Gavin.

Darüber hatte ich mir bereits selbst den Kopf zerbrochen. Wenn der Mann erst heute sein Leben ausgehaucht hatte, waren wir ihm wahrscheinlich schon mal begegnet. Als Trekker im Annapurna traf man sich zwangsläufig immer wieder, da sich alle in etwa gleich schnell in dieselbe Richtung bewegten; die Landschaft veränderte sich, die Gesichter der anderen Wanderer blieben dieselben. Andererseits war gerade Hochsaison; die Route, die wir eingeschlagen hatten, wurde jeden Tag von bestimmt zweihundert Trekkern frequentiert, mal abgesehen davon, daß es ziemlich schwierig ist, jemanden mit entstelltem und gefrorenem Gesicht wiederzuerkennen. Ich schüttelte den Kopf. Ratlos verharrten wir noch eine Weile.

»Wir sollten ein paar Fotos machen«, schlug ich schließlich vor. »Um Beweise zu haben. Ehe wir hier noch irgendwas durcheinanderbringen.«

Gavin nickte und griff nach seiner Kamera. Ein richtiges Profigerät, ziemlich fett, mit diversen Objekten und anderem Schnickschnack; er schraubte irgendeinen Aufsatz auf die Kamera – es sah hochprofessionell aus – und begann, aus verschiedenen Perspektiven Aufnahmen der Leiche zu machen. Ich knipste ein paar Fotos mit meinem Billigapparat. Wahrscheinlich waren wir beide erleichtert, etwas halbwegs Konstruktives zu tun zu haben.

Als wir fertig waren, sahen wir uns wortlos an, ehe wir uns erneut der Leiche näherten. Offenbar waren wir beide insgeheim zu dem Schluß gekommen, daß hier oben niemand in der Lage war, bessere Polizeiarbeit zu leisten als wir selbst. Ich versuchte, mich an einschlägige Passagen aus irgendwelchen Krimis zu erinnern, mir ins Gedächtnis zu rufen, was echte Kriminalbeamte in einem solchen Fall unternahmen. Sie sahen sich nach fremden Haaren um, nach fremden Blutspuren, den Dingen eben, die bei einer DNA-Analyse einen Hinweis auf den Täter liefern konnten. Wir fanden nichts dergleichen. Die Fingernägel des Toten waren schmutzig, aber nicht blutig. Offensichtlich hatte er keinen Widerstand geleistet. Professionelle Ermittler suchten nach Fingerabdrücken, doch in dieser Hinsicht hatten wir keine Chance. Möglich, daß die Griffe der Armeemesser mit den Fingerabdrücken des Mörders übersät waren, möglich, daß sogar Spuren auf der wasserfesten blauen Jacke zu finden waren; dennoch bezweifelte ich, daß es außerhalb von Katmandu auch nur so etwas Ähnliches wie Fingerabdruckpulver gab. Vielleicht nicht einmal in Katmandu selbst.

Als ich meinen Blick über die Jacke der Leiche schweifen ließ, stach mir ein vertrauter roter Aufnäher ins Auge. Ich schüttelte den Kopf. »Das ist ein Kanadier.«

»Wie kommst du denn darauf?« fragte Gavin.

Ich wies auf den roten Aufnäher. *MEC*, war dort zu lesen. »*Mountain Equipment Co-Op*. Ein kanadischer Reiseausrüster.« Irgendwie verlieh es der Greueltat einen persönlichen Anstrich, daß die Jacke des Mordopfers von derselben Firma stammte wie meine eigene.

»Er hat keinen Rucksack dabei«, bemerkte Gavin. »Vielleicht hat er seine Sachen in irgendeiner Lodge in der Nähe gelassen.«

»Möglich«, sagte ich. »Laß uns mal sehen, ob er einen Ausweis dabei hat.«

Ich warf ihm einen fragenden Blick zu, und er nickte. Zögernd durchsuchten wir die Taschen des Toten. Ein paar nepalesische Rupien, sonst nichts. Der Tote war steif wie ein Brett. Wir tasteten sein Hemd ab, ob er vielleicht einen Brustbeutel trug. Ebenfalls nichts, doch dann stießen wir auf einen beigefarbenen Eagle-Creek-Geldgürtel, der meinem eigenen ziemlich ähnlich war. Er war leer.

»Seine Uhr ist auch weg«, sagte ich.

»Stimmt«, sagte Gavin. »Vielleicht einfach nur ein Raubmord. Dann war's wahrscheinlich ein Nepalese.«

»Vielleicht ja, vielleicht auch nicht«, sagte ich zweifelnd.

»Hmm«, sagte er. »Ich glaub's auch nicht. Diese Messer...« Er schüttelte den Kopf. »Das ist echt krank. Das war kein Nepali, wenn du mich fragst. In den Slums von Kapstadt habe ich schon ein paar Ermordete gesehen – aber so was ist mir noch nie untergekommen.«

»Mir schon«, sagte ich, aber so leise, daß er mich nicht hören konnte.

Laura, dachte ich. *Genau wie bei Laura. Wie damals in Kamerun.*

2

Der Mann ohne Namen

Wir liefen zurück zu den beiden Hütten, windigen Gebäuden aus Holz und Steinen, die sich links und rechts des Weges gegenüberstanden wie zwei Sumoringer, die auf das Startsignal warten. Da war nichts zu sehen; weder Rucksäcke noch Leute, einzig die gelangweilten Besitzerinnen, die auf die restlichen Gäste warteten. Vorläufig waren Gavin und ich die einzigen Übernachtungsbesucher. Auf dem Big-Earth-Plan war Gunsang nicht verzeichnet, weshalb die meisten Rucksacktouristen auf direktem Weg von Manang nach Letdar marschierten. Wir hatten uns nur deshalb hier einquartiert, weil ich mich krank fühlte und alles andere als scharf auf den nächsten Aufstieg war; und natürlich nicht zuletzt deshalb, weil diese Route nicht im Big-Earth-Reiseführer stand.

Wir fragten die Hüttenwirtinnen – kräftig gebaute Nepali-Frauen mit unbewegten Gesichtern, die gebrochen Englisch sprachen –, ob vor kurzem ein Kanadier bei ihnen abgestiegen sei, was aber beide verneinten. In dem einen Haus hatte eine Gruppe Holländer übernachtet, in anderen das übliche Potpourri: ein Deutscher, eine Französin und ein Pärchen aus Neuseeland. Schlußfolgerung: Der Tote war entweder aus der anderen Richtung gekommen, also von Letdar Richtung Manang unterwegs gewesen, oder aber um einiges früher als Gavin und ich von Manang aus aufgebrochen. Was durchaus möglich war. Wir waren erst nach Sonnenaufgang losgezogen.

Wir traten wieder hinaus auf den Weg. Dichte Mittagswolken hingen über dem Annapurna und verdeckten fast völlig das traumhafte Panorama. In der Ferne konnten wir ein paar Trekker erkennen, die von unten heraufkamen.

»Tja«, sagte Gavin. »Liegt wohl auf der Hand, was wir jetzt tun.«

»Arbeitsteilung?« fragte ich.

»Richtig«, sagte er. »Einer geht nach Manang und spricht mit der Polizei. Der andere läuft nach Letdar und versucht herauszufinden, wer der Tote war – für den Fall, daß die Polizei ihn nicht identifizieren kann.«

»Klingt vernünftig«, sagte ich. »Ich übernehme Letdar.« Nicht, daß ich dafür einen besonderen Grund gehabt hätte; ich hatte einfach nur keine Lust auf Scherereien mit der Polizei. Davon abgesehen war Gavin im wirklichen Leben als Anwalt für mittellose Südafrikaner tätig. Schlechte Nachrichten zu überbringen war ein geradezu maßgeschneiderter Job für ihn.

Er sah mich aus schmalen Augen an. »Sicher? Ich dachte, dich hätte die Höhenkrankheit erwischt.«

Ich schüttelte den Kopf. »Mir geht's wieder gut. Ja, ich fühl' mich geradezu prächtig.«

»Wirklich?« fragte Gavin. »Mann, ganz schön zugig hier. Okay. Meinst du, du schaffst es bis Sonnenuntergang dorthin und danach zurück nach Manang?«

Ich überlegte kurz. Ohne Rucksack würde ich rasch vorankommen. Nachdem ich neun Tage mit vierzig Pfund Gepäck auf dem Rücken herumgelaufen war, fühlte ich mich ohne Last beinahe, als würde ich fliegen. Andererseits war es fast Mittag, und ich hatte keine Ahnung, wieviel Zeit meine Nachforschungen in Letdar in Anspruch nehmen würden; mal ganz abgesehen davon, daß die Sonne dort oben so schnell sank wie ein Stein.

»Ich schätze, ich schaffe es bis heute abend«, sagte ich. »Wahrscheinlich wird es spät, aber es wird schon klappen.«

Gavin schüttelte den Kopf. »Vielleicht solltest du's doch besser bleiben lassen.«

»Wieso?« fragte ich. »Ich habe genug zum Anziehen dabei,

und verirren werde ich mich ja wohl auch kaum. Der Mond scheint hier so hell, daß ich beim Gehen noch die Zeitung lesen könnte.«

»Das meinte ich nicht«, unterbrach er mich.

»Was denn dann?«

»Na ja, ich fände es nicht so schön, wenn du der nächste Kandidat auf der Liste der Leichen wärst.«

»Oh«, sagte ich. Es war mir nicht im entferntesten in den Sinn gekommen, daß ich ein persönliches Risiko einging – daß sich da draußen ein waschechter Mörder herumtrieb, der unser Bemühen, die Identität des Toten herauszufinden und ihm selbst auf die Spur zu kommen, womöglich gar nicht schätzte. Ich rang mir ein wenig überzeugendes Lächeln ab und sagte: »Mach dir keine Sorgen. Selbstschutz ist meine Spezialität. Ich nehm' mein Gepäck mit, übernachte in Letdar und mach' mir dort einen netten Abend.«

»Ist gut«, erwiderte er. »Bis morgen.« Und dann machten wir uns auf den Weg.

Meine Fußsohlen brannten, meine Knie schmerzten, mein Rücken juckte, aber inzwischen hatte ich mich an meine diversen Wehwehchen gewöhnt, und davon abgesehen ging mir alles mögliche im Kopf herum. Der Weg stieg steil an und führte höher und höher, durch Gestrüpp und Buschwerk, das den Fuß einer hoch aufragenden roten Felswand säumte. Daß es je irgendwann wieder bergab gehen könnte, schien ausgeschlossen. Dann erreichte ich eine Stelle, von der ein weiterer, nur schwach erkennbarer Pfad abzweigte, auf dem man hinauf in die Felsen gelangte und der so steil war, daß hier selbst die geländeerfahrenen nepalesischen Mulis und Pferde ihre liebe Not gehabt hätten. Kurz fragte ich mich, wohin der Pfad wohl führte. Wahrscheinlich direkt nach Tibet. Die Grenze war keine zwanzig Meilen entfernt.

Es war schon ein seltsames Gefühl, auf eigene Faust unterwegs zu sein. Zum ersten Mal wurde mir wirklich bewußt, wie weitab von der Zivilisation ich mich befand. Dadurch, daß man immer wieder andere Touristen aus dem Westen traf, die Nächte in halbwegs komfortablen Lodges mit heißem Wasser und warmen Mahlzeiten verbrachte und sich auf sicheren Pfaden bewegte, erlag man nur allzuleicht der Illusion, daß es eine Tour wie jede andere war. Tatsächlich aber handelte es sich um die vielleicht abgelegenste Gegend, die ich je zu Gesicht bekommen hatte. Die nächste befestigte Straße lag sieben Tagesmärsche entfernt, und in Kürze würde ich höher über dem Meeresspiegel sein, als es irgendwo in Nordamerika überhaupt möglich war, von ein paar Gipfeln in Alaska abgesehen. Die Colaflaschen, die man hier oben in den Lodges kaufen konnte, trugen Etiketten mit chinesischen Schriftzeichen, da es billiger war, sie auf den Rücken von Yaks aus Tibet ins Land zu schmuggeln, als die Getränke von Katmandu heraufzukarren.

Ich war umgeben von einigen der höchsten Berge der Welt, auch wenn die Gipfel sich in den Wolken befanden. Es waren nicht die typischen Gebirgswolken, jener Dunst, der sich durch die Wärme der Sonnenstrahlen über den schneebedeckten Gipfeln bildet und dafür verantwortlich ist, daß man Postkartenansichten nur in den ersten ein, zwei Stunden des Tages zu Gesicht bekommt. Bei diesen Wolken handelte es sich um Sturmwolken. Ich fragte mich, ob wohl Schnee auf dem Thorung La lag, dem schmalen Paß, der den höchsten Punkt unserer Reise darstellte. Ein paar Zentimeter Schneefall, und der Paß wurde geschlossen. Vielleicht benötigte der Tote unsere Hilfe gar nicht; möglich, daß sein Mörder nicht weit kam, weil das nepalesische Wetter so unberechenbar war.

Genau dasselbe war damals mit Laura geschehen. Mit Laura, die in Limbe ermordet worden war, in Kamerun. Es war einfach unglaublich. Die Wahrscheinlichkeit, daß ein Mörder auf einem anderen Erdteil zufällig jemanden auf dieselbe

Weise umbrachte, war verschwindend gering. Ich ahnte, nein, wußte, daß hier etwas passiert war, was weit über ein einzelnes, zufälliges Verbrechen hinausging, obwohl ich mir absolut nichts zusammenreimen konnte, was irgendeinen Sinn ergeben hätte. Wir hatten schließlich nie geplant, das verlassene Dorf zu besichtigen, sondern es einfach aus dem Bauch heraus entschieden. Purer Zufall, daß wir dabei auf die Leiche gestoßen waren.

Ich wünschte, wir wären nie dort gewesen. Seit zwei Jahren versuchte ich zu vergessen, was mit Laura geschehen war, oder zumindest, das damals Erlebte so gut wie eben möglich zu verdrängen. Und nun, da es mir fast gelungen war, mir ihre Fotos, die ich zu Hause in einer Kommode aufbewahrte, anzusehen, ohne dabei in Tränen auszubrechen, tauchte aus dem Nichts dieser Tote auf, genauso verstümmelt wie Lauras Leiche im schwarzen Sand des Mile Six Beach. Nachdem wir sie gefunden hatten, war es mir monatelang unmöglich gewesen, die Augen zu schließen, ohne daß ich ihren entstellten Körper vor mir sah.

Mit aller Macht zwang ich mich, an etwas anderes zu denken; egal an was. Ich versuchte mir auszumalen, was dem namenlosen Kanadier zugestoßen war. Er hatte keine Gegenwehr geleistet. Er mußte von hinten erschlagen worden sein. Oder es war jemand, den er kannte. Und wenn das zutraf, dann jemand, der entweder sehr stark war oder aber mit einem sehr schweren Gegenstand zugeschlagen hatte – die klaffende Schädelwunde ließ keinen anderen Schluß zu.

Und anschließend hatte sich der Ermordete dann ordentlich an die Wand gelehnt, so, wie wir ihn gefunden hatten? Nicht sehr wahrscheinlich. Der Killer mußte ihn dort hingeschleift und so zurechtgesetzt haben. Obwohl ich mich nicht erinnern konnte, irgendwelche Blutspuren auf dem Boden gesehen zu haben. Allerdings hatte ich auch keine Ausschau danach gehalten. Und doch war der Mord vermutlich nicht weit von der

Stelle geschehen, wo wir den Toten gefunden hatten. Und dann die Messer. Ich war davon überzeugt, daß der Mörder sie dem Toten erst ganz zum Schluß in die Augen gestoßen hatte – eine Art perverser, grauenhafter Kunstgriff, um seine ureigene Handschrift zu hinterlassen. Genau wie bei Laura.

War es möglich, daß es sich um ein und denselben Killer handelte? Beim allerbesten Willen, es ergab einfach keinen Sinn, daß ausgerechnet ich zweimal den Weg desselben Mörders kreuzte, in einem Abstand von zwei Jahren, und obendrein auch noch auf zwei verschiedenen Kontinenten. Die bloße Vorstellung war lächerlich, absolut hirnverbrannt, völlig ... absurd. Und trotzdem zerbrach ich mir in einem fort den Kopf, fragte mich immer wieder, ob ich in Letdar jemandem begegnen würde, dessen Gesicht ich von früher kannte.

Und wenn das passierte, was würde ich dann tun? Gute Frage. Was würde ich dann tun?

Den Rücken unter dem Gewicht des Rucksacks gebeugt, die Seele von der Last meiner Gedanken bedrückt, traf ich erst eine Stunde vor Sonnenuntergang in Letdar ein. Es war kein Dorf, sondern lediglich eine Ansammlung von einem Dutzend Lod-ges. Zwei weitere Gästehäuser befanden sich im Bau, eine gnadenlose Knochenarbeit hier oben, nahe der Vegetationsgrenze. Jedes Brett, jeder Ziegel, jeder Topf und jede Pfanne mußten auf dem Rücken früh gealterter, einheimischer Träger hier heraufgeschleppt werden. Ich fragte mich, ob sie die weißen Touristen dafür haßten, daß sie ihnen diese Plackerei einbrockten, oder ob sie einfach nur dankbar für die Arbeit waren. Wahrscheinlich weder noch. Wahrscheinlich machten sie sich überhaupt keine Gedanken über uns; sie schulterten einfach ihre Last und trugen sie zu ihrem Ziel, ohne große Fragen zu stellen.

So gut wie alle Betten waren belegt, was auch erklärte, weshalb hier neu gebaut wurde. Ökonomie pur. In der Churi Lattar Lodge bekam ich ein Bett, wenn auch ohne Matratze, in einem Schlafraum, den ich mir mit fünf anderen Backpackern teilen mußte. Ich starb fast vor Hunger. Nicht zum ersten Mal wünschte ich mir, Gavin wäre nicht auf die verdammte Idee verfallen, das verlassene Dorf zu besichtigen.

Inzwischen war es draußen so kalt geworden, daß sich so gut wie alle Gäste im Gemeinschaftsraum versammelt hatten, an niedrigen Holztischen zusammensaßen, Nudelsuppe mit Knoblauch löffelten, Zitronentee tranken oder auf ihr Essen warteten, das nach dem Zufallsprinzip aus der Küche kam. Ich bestellte mir ein *dhal baat*, wohl wissend, daß das mindestens eine Stunde dauern würde. Anschließend blieb ich einen Moment lang in der Tür stehen und ließ meinen Blick über die Anwesenden schweifen. Alles in allem etwa dreißig Leute, diverse Grüppchen, verschiedenste Sprachen. Gewöhnlich waren die Gemeinschaftsräume in den Lodges von lautem Stimmengewirr erfüllt, hier aber kämpften viele mit der Höhenkrankheit oder waren schlicht und einfach zu Tode erschöpft, was die Lebensfreude sichtlich dämpfte. Und meine Aufgabe erleichterte. Einfach war sie deshalb noch lange nicht. Es hatte mir noch nie sonderlich gefallen, öffentlich das Wort zu ergreifen, und ich haßte es, die Aufmerksamkeit von Fremden auf mich zu ziehen. Wie auch immer. Ein Mensch war ermordet worden, und ich hatte einen Job zu erledigen. Daher müßte ich mein Lampenfieber jetzt einfach mal vergessen.

Ich griff mir eine leere Teetasse und einen Zuckerlöffel und schlug mit dem Löffel gegen die Tasse. Ein dumpfer Klang, der nicht zu den anderen durchdrang. Ich griff mir eine zweite Teetasse und schlug sie so fest wie möglich gegen die erste, und das funktionierte. Plötzlich wurde es still, während sich etwa dreißig Augenpaare irritiert, verwirrt und erwartungsvoll in meine Richtung wandten.

»Hört doch mal alle her«, sagte ich so energisch wie möglich und sprang direkt ins kalte Wasser, bevor mir vor Verlegenheit das Wort im Hals steckenblieb. »Es geht um etwas sehr Wichtiges. Ein Freund und ich haben heute in der Nähe von Gunsang einen Toten gefunden. Einen Trekker. Wir sind uns ziemlich sicher, daß es sich um einen Kanadier handelt. Er ist wahrscheinlich heute erst ums Leben gekommen, und ebenso wahrscheinlich ist, daß er ermordet wurde.«

Eine lange Pause entstand, während der das dumpfe, irrationale Gefühl in mir aufstieg, gleich würden sich alle abwenden und lauthals loslachen; dann aber erhob sich doch ein halbes Dutzend von in verschiedensten Akzenten gefärbten Stimmen: »Ermordet?«

»Ermordet«, wiederholte ich. Plötzlich herrschte Totenstille, während mich die Anwesenden neugierig fixierten. »Sein Rucksack ist verschwunden, ebenso sein Ausweis und seine Uhr. Mein Kumpel ist zur Polizei nach Manang. Wir haben keine Ahnung, wer der Tote sein könnte. Kannte vielleicht jemand von euch den Toten?«

»Kannst du ihn mal beschreiben?« fragte ein untersetzter Deutscher.

»Dunkle Haare«, sagte ich. »Er trug eine blaue Jacke kanadischen Fabrikats, einen grünen Wollpullover und Jeans.«

Schweigen. Ich ließ meinen Blick durch den Raum schweifen, besah mir die Leute zum ersten Mal richtig. Nicht, das es irgend etwas gebracht hätte. Kein einziges Gesicht, das mir auch nur entfernt vertraut gewesen wäre, niemand, der den Blick abwandte. Nichts als Staunen und Verblüffung. Einige Mienen, auf denen sich Sorge abzeichnete, leiser Schrecken, doch die meisten schienen schlicht überrascht. Sie woll-ten mehr erfahren, soviel war klar, aber offensichtlich gab es niemanden, der meinen Informationen etwas hinzuzufügen hatte.

»Okay«, sagte ich. »Ich werde in den anderen Lodges nachfragen. Hakt bitte später bei den Trekkern nach, die noch nicht hier sind. Ich bleibe über Nacht. Und haltet mir mein *dhal baat* warm, falls es aus der Küche kommt, ehe ich wieder zurück bin.«

Erwartungsvolle Blicke von allen Seiten. Ich überlegte, wie ich meine Ansprache beenden sollte, und sagte schließlich: »Danke. Dann bis später.«

Bühnenreifer Abgang, und schon war ich zur Tür hinaus. Mit einem Mal fiel mir auf, daß ich gar nicht so verlegen und nervös wie sonst gewesen war. Weil ich gewußt hatte, daß sie mir aus der Hand fressen würden. Bei einer Neuaufführung von *Mord unter Trekkern* läuft man kaum Gefahr, ausgebuht zu werden.

Irgendwie war ich sauer auf die Leute in der Lodge, darauf, wie sie auf meine Enthüllungen reagiert hatten. Ein Mensch war ermordet worden, ein Mensch, der auf der gleichen Route wie sie unterwegs gewesen war, und sie hatten nicht ein Wort der Trauer, der Abscheu verloren; niemand hatte »Wie grauenhaft!« gerufen, und niemand hatte seine Hilfe angeboten. Alle hatten sie mit offenem Mund dagesessen, als handele es sich um einen unterhaltsamen Programmpunkt der Reise. Tolle Sache, quasi mit jemandem unterwegs gewesen zu sein, der kurz darauf ermordet worden war; eine gute Story für Freunde und Bekannte, wenn sie wieder sicher und zufrieden drüben in Europa in ihren schicken Apartments saßen. Im Grunde hatten sie nicht mal begriffen, daß es um einen Toten ging: Letztlich war er kaum mehr als eine weitere Begebenheit auf ihrem Selbstverwirklichungstrip, kaum mehr als eine weitere Reiseerfahrung, noch ein tolles Erlebnis in Disneyland.

Und das galt nicht nur für sie, sondern bis zu einem gewissen Grad auch für mich selbst. Hätte ich wohl auch nur annähernd so beherrscht, so cool reagiert, hätte ich eine Leiche mit Messern in den Augen in Kalifornien oder Kanada gefunden? Nie im Leben, klar. Aber ich befand mich auf einem Abenteuertrip. Zugegeben, bis dahin war es ein absolut ungefährliches, harmloses Gemeinschaftsabenteuer gewesen, aber dennoch ein Abenteuer, und ich selbst ging mit dem Tod dieses Mannes um, als handele es sich um nichts weiter als eine Episode auf meiner Exkursion. Ich fühlte mich, als hätte ich mir seinen Tod zu eigen, ja, zunutze gemacht – einen Tod, der nicht länger sein eigener war.

Es war in der siebten Lodge. Ich hatte den Toten gerade zum siebten Mal beschrieben, als das Schweigen von einer Stimme ganz hinten durchbrochen wurde. »Ich glaube, den kennen wir«, sagte eine weibliche Stimme mit unverkennbar australischem Akzent. Die Frau klang beunruhigt. »Er heißt Stanley. Wir wollten uns mit ihm treffen, aber er ist nicht aufgetaucht.«

Die Frau mit dem australischen Akzent hieß Abigail; sie war mit einem Deutschen namens Christian und einer weiteren, jüngeren Australierin namens Madeleine unterwegs. Ich setzte mich zu ihnen. Der Rest der Anwesenden lauschte neugierig.

»Was ist denn genau passiert?« fragte Abigail; zumindest sie reagierte völlig bestürzt. Ich erzählte ihr, was geschehen war, allerdings ohne die Sache mit den Messern zu erwähnen.

»Verdammt!« sagte Madeleine. »O Gott! Ich kann's echt nicht glauben. Da lernt man unterwegs jemanden kennen, und dann wird er auf einmal ermordet!«

»Könnt ihr mir irgendwas über ihn sagen?« fragte ich. »Morgen spreche ich mit der Polizei in Manang. Wie hieß er mit Nachnamen?«

Sie starrten sich an, versuchten sich zu erinnern. Dann nickte Christian plötzlich. »Goebel«, sagte er. »Sein Nachname war Goebel. Ich hab's gesehen, als wir in Chame unsere Ausweise vorzeigen mußten.« Wir waren verpflichtet, uns alle paar Tage bei der Polizei oder einem der Posten hier oben am Annapurna zu melden, hauptsächlich, damit die Behörden die Spur verfolgen können, wenn sich ein Trekker in der Wildnis verirrt oder in eine Felsspalte stürzt. »Das ist ein deutscher Name, deshalb erinnere ich mich.«

Stanley Goebel. Nun hatte der Tote einen Namen.

»Wir haben ihn in Pisang kennengelernt«, sagte Abigail. »Vor drei Tagen. Stimmt, er kam aus Kanada. Allein unterwegs. Sonst weiß ich nichts. Er war ganz okay. Er arbeitete in einer Autofabrik irgendwo in der Nähe von Toronto. Und war nur für einen Monat hier.«

»Viel Geld hatte er nicht«, fügte Madeleine hinzu.

Dann herrschte Schweigen. Das war alles, was sie wußten. Wieder stieg ein leiser, irrationaler Zorn in mir auf, diesmal wegen der mageren Worte, die sie über den Toten verloren. *Er war ganz okay. Viel Geld hatte er nicht.* Abigail und Christian schienen wenigstens ansatzweise erschüttert zu sein. Madeleine starrte mich mit weit aufgerissenen Glotzaugen an.

»Tja dann«, sagte ich. »Ich bin drüben im Churi Lattar abgestiegen. Falls euch noch etwas einfallen sollte, gebt mir doch bitte Bescheid.« Ich kam mir vor wie ein Ermittler in einer dieser TV-Serien. Ich hätte ihnen meine Karte geben sollen, wie das die Kommissare im Fernsehen immer machten. »Ich schau' jetzt noch in den anderen Lodges vorbei, vielleicht ist ja noch jemand anderem was aufgefallen.«

Und um hier endlich wegzukommen. Sorry, Leute, da haben wir uns gerade erst kennengelernt, aber ich kann eure Gesellschaft schon jetzt nicht mehr ertragen.

Und vielleicht fiel mir in den anderen Lodges ja wider Erwarten doch noch ein Gesicht auf.

Was nicht der Fall war. Ich erkannte niemanden wieder, und niemand wußte etwas. Hungrig und erschöpft kehrte ich in meine Hütte zurück. Irgendeine wohlmeinende Seele hatte über mein *dhal baat* gewacht; nie hatten mir Reis, Linsen und mit Curry gewürztes Gemüse so gut geschmeckt. Ich ließ mir noch einen Nachschlag geben, trank eine Kanne Zitronentee, begab mich in den Schlafraum, zog mir die Stiefel aus und kroch in meinen Schlafsack.

Ich hatte Mühe einzuschlafen, woran aber weder die harte Holzunterlage noch meine schnarchenden Zimmergenossen schuld waren. Ich wollte nicht länger allein schlafen. Ich wollte einen warmen Körper neben mir spüren; nein, es war mehr als das. Zum ersten Mal seit langer Zeit gestand ich mir ein, wonach ich mich wirklich sehnte, mehr als nach allem anderen. Ich sehnte mich nach Laura. Nach Laura und ihrem Lachen, ihrem langen dunklen Haar, ihren zärtlichen Berührungen. Nach Laura, die vor zwei Jahren ermordet worden war.

Am letzten Abend unserer Afrika-Expedition hatte Nicole zu mir gesagt, eines Tages würde ich darüber hinwegkommen. Die weise, wunderbare Nicole. Wir hatten am Rand einer staubigen Schotterpiste nahe Douala kampiert, jener Stadt, die gemeinhin als »Achselhöhle Afrikas« bezeichnet wird. Es war spät geworden; die Asche unseres Feuers glühte nur noch matt, und fast alle hatten sich in ihre Zelte zurückgezogen. Nur meine engsten Freunde waren noch bei mir. Nicole, Hallam, ihr Mann, Lawrence und Steve. Während ich mich nun daran erinnerte, ging mir auf, daß sie wohl in erster Linie wachgeblieben waren, um ein Auge auf mich zu haben. Ich war in jenen ersten Wochen nach Lauras Tod in ziemlich desolater Verfassung gewesen. Wahrscheinlich hatten sie befürchtet, ich könnte mir etwas antun.

»Es braucht Zeit«, hatte sie gesagt. »Irgendwann geht es dir wieder besser. Ich weiß, daß du dir das momentan wahrscheinlich nicht vorstellen kannst, aber... versuch einfach, daran zu glauben. Du kommst drüber hinweg. Wir alle werden darüber hinwegkommen. Ich weiß, es klingt kalt und herzlos, und vielleicht ist es das ja auch. Trotzdem ist es die Wahrheit. Vergiß das nicht.«

Ich hatte es nicht vergessen. Dennoch dachte ich, daß sich

die weise, wundervolle Nicole wohl ausnahmsweise geirrt hatte.

Ich wollte einfach nicht mehr daran denken. Ich wollte an überhaupt nichts mehr denken. Ich holte meinen Walkman hervor, schob mein Prodigy-Tape ein und gab mir die volle Dröhnung. Eigentlich wollte ich nur meine Gedanken auslöschen, aber irgendwie schlief ich schließlich dabei ein.

3

Unheimliche Begegnung

Ich erwachte eine Stunde nach Sonnenaufgang. Zu Hause hätte das bedeutet, daß irgend etwas nicht stimmte. Hier auf dem Trail bedeutete es, daß ich verpennt hatte. Die anderen Betten waren leer. Eines war mir schon vor längerem klargeworden: Ohne Elektrizität stellen sich sogar sogenannte Nachtmenschen innerhalb von wenigen Tagen auf den Rhythmus von Sonnenaufgang und Sonnenuntergang ein.

Ich hatte mich am Vortag nicht gewaschen, aber das Wasser der Solarduschen wurde erst gegen Mittag einigermaßen warm, und allein die Vorstellung, jetzt unter den eiskalten Strahlen bibbern zu müssen, war der pure Greuel. Ich hätte den Besitzer der Lodge bitten können, mir einen Eimer heißes Wasser zu bringen, doch erschien mir das als selbstsüchtige Verschwendung wertvollen Feuerholzes. *Ach was*, dachte ich. *Ich dusche in Manang.*

Ich absolvierte mein übliches Morgenritual, rieb antibiotische Salbe auf meine Blasen und klebte Pflaster darüber, das ich mir in Chame besorgt hatte. Die Pflaster stammten aus Indien und hielten alles andere als gut, waren aber immer noch besser als gar nichts. Die antibiotische Salbe benutzte ich inzwischen in erster Linie als Placebo; die Blasen waren offen, beinahe violett und an den Rändern rot und brandig. Zumindest aber waren sie nicht schlimmer geworden.

Ein paar andere Nachzügler beeilten sich aufzubrechen. In Manang hatte ich gehört, daß sowohl in Thorung Phedi als auch im Thorung High Camp – den nächsten beiden Stationen hinter Letdar und zugleich letzten vor dem Thorung La – Bettenknappheit herrschte, womit diejenigen, die Letdar als letzte verließen, Gefahr liefen, umkehren und es am nächsten Tag erneut versuchen zu müssen. Ich war beinahe erleichtert, daß mein Weg in die Gegenrichtung führte. Der Reiz des Trekkings lag großteils im geradezu zenartigen, kontemplativen Dahinlaufen. Hinter den anderen herzuhetzen und sie einholen zu wollen war einfach die grundlegend falsche Einstellung.

Ich frühstückte Tsampa, einen leckeren Brei aus geröstetem Gerstenmehl, zu dem ich Zitronentee trank, unterdrückte einen Schmerzenslaut, als ich meinen Rucksack schulterte, und machte mich auf den Rückweg nach Manang. Ich fühlte mich bestens. Die Symptome der Höhenkrankheit waren vollständig verschwunden. Obendrein ging es endlich mal bergab. Die Luft war frisch und rein, und die rings um mich herum aufragenden Berge muteten an wie eine ferne Phantasielandschaft aus einem Tolkien-Roman. Die Wolken hatten sich verzogen, und die Gipfel sahen aus, als sei frischer Schnee gefallen. Ich fragte mich, ob der Thorung La noch passierbar war. Wenn der Paß länger als ein, zwei Tage geschlossen wurde, würde im weiten Umkreis jedes Bett von aufgehaltenen Trekkern belegt sein.

Ich hatte meine Uhr in Pokhara zurückgelassen, schätzte aber, daß es etwa zwei Stunden bis Gunsang waren und von dort noch einmal zwei nach Manang. Also würde ich gegen Mittag dort sein, Mission abgeschlossen, den Namen des Toten im Gepäck. Während ich meinem Ziel entgegenmarschierte, fragte ich mich, wo Stanley Goebels Rucksack geblieben war. Vermutlich hatte der Killer Paß, Geldbörse und Uhr des Toten an sich gebracht – aber auch den Rucksack? Das wäre plausibel, wenn der Mörder ein Nepali war; dann würde er die Beute in Pokhara oder Katmandu veräußern. Doch das glaubte ich nicht. Ich glaubte, daß der Mörder einer von uns war, ein Trekker, und daß er Stanley Goebels Rucksack wahrscheinlich den Abhang hinunter in den Fluß geworfen hatte.

Mit ziemlicher Sicherheit würde man die Sachen des Toten niemals finden.

Wenn ich recht hatte und der Mörder ein Tourist aus dem Westen war, dann hatte er die letzte Nacht entweder in Letdar oder Manang verbracht. Nepalesische Händler in Jeans und Flipflops schafften es an einem Tag von Manang über den Thorung La nach Muktinath, doch nur einem extrem gut trainierten und voll akklimatisierten westlichen Touristen würde das gleiche gelingen; die meisten Trekker brauchten drei Tage für die Strecke. Manang oder Letdar also. Außerdem gab es in Manang einen kleinen Flugplatz, von dem man zurück nach Pokhara fliegen konnte, vorausgesetzt, das Wetter spielte mit. Das ergäbe einen Sinn. Der Killer atmete wahrscheinlich schon wieder die milde Luft von Pokhara. Verdammt, möglich sogar, daß er bereits auf halbem Wege nach Indien war oder in Katmandu auf einen Flieger wartete, der ihn außer Landes brachte.

Ich hörte auf nachzudenken und konzentrierte mich auf meine Schritte. Hier oben war es kinderleicht, alle Gedanken komplett auszuschalten, alles Streben und Trachten, und das gesamte Universum auf den Rhythmus der eigenen Füße zu reduzieren. Mein Weg führte abwärts, doch der Wind blies mir kalt ins Gesicht; meine Haut war völlig gefühllos. Ich zog meine Mütze bis über die Brauen und marschierte weiter, nichts als Leere im Kopf, einfach glücklich darüber, stoisch einen Fuß vor den anderen zu setzen.

Keine Ahnung, was mich plötzlich nervös werden ließ. Vielleicht hatte ich irgend etwas aus dem Augenwinkel bemerkt, als ich um eine Ecke gebogen war. Vielleicht hatte ich etwas gehört. Vielleicht war es einfach nur der sechste Sinn, der einem sagt, daß man beobachtet wird. Was immer es war, jedenfalls blieb ich stehen, wandte mich um und suchte mit den Augen den Weg hinter mir ab. Etwa eine Viertelmeile entfernt führte er um ein Felsmassiv herum, und dort erblickte ich einen Mann, der mir folgte.

Eigentlich war daran nichts Ungewöhnliches. Möglich, daß es jemand war, der den Rückzug aus den oberen Regionen angetreten hatte, weil er an Höhenkrankheit litt. Oder einer dieser harten Burschen, die den Annapurna-Rundweg im Uhrzeigersinn liefen, eine erheblich schwierigere Route, da sich auf der anderen Seite des Thorung La nur wenige Lodges befanden. Möglich auch, daß es ein Nepali-Träger war, unterwegs nach Manang, um die nächste Fuhre zu holen. Ich marschierte weiter.

Doch eine Minute später schrillten die Alarmglocken in meinem Kopf so laut, daß ich sie unmöglich länger ignorieren konnte, auch wenn ich nicht genau wußte, was der Auslöser gewesen war. Erneut wandte ich mich um und starrte mit zusammengekniffenen Augen zu der Gestalt in der Ferne hinüber. Mein Verfolger blieb ebenfalls stehen, und wir fixierten uns über die Distanz hinweg. Dann setzte er mit behenden Schritten seinen Weg fort. Mir stach ins Auge, daß er – oder sie – keinen Rucksack bei sich hatte.

Jeder Trekker hier oben trägt einen Rucksack – und wenn nicht, hat er einen Träger dabei, der das für ihn übernimmt. Reiche Nepalesen sind oft zu Pferd unterwegs; arme Nepali schleppen meist Ziegel oder Holz in die höheren Regionen und bringen auf dem Rückweg leere Colaflaschen nach unten.

Einen Augenblick lang hielt ich inne. Mit einem Mal war mir eiskalt, und am liebsten wäre ich losgerannt. Statt dessen nahm ich meinen Rucksack ab, tastete im Deckelfach nach meinem Fernglas und holte es hervor. Ich hatte es so gut wie nie benutzt und mich schon ein paarmal dafür verflucht, daß ich es mit mir herumschleppte. Doch nun war ich gottfroh, daß ich es dabeihatte.

Es handelte sich um eine große, männliche Gestalt. Sie trug Sportschuhe, eine graue Hose, eine grüne Jacke und ... eine

Skimaske. Der Mann wirkte fit und durchtrainiert, marschierte zielstrebig, ohne Zeit zu verlieren, und sah mir beim Gehen direkt ins Gesicht.

Jede Menge Leute besaßen Skimasken. Man konnte sie in Pokhara oder Katmandu kaufen, um sich gegen die Minusgrade und den scharfen Wind auf dem Thorung La zu schützen. Auch heute war es kalt und windig. Aber nicht *dermaßen* kalt und windig.

Und hier war ich, mutterseelenallein auf diesem Trek in mehr als viertausend Meter Höhe, irgendwo am Ende der Welt, eine halbe Ewigkeit entfernt von meiner Heimat, inmitten riesiger Berge, die so zerklüftet und wild waren, daß kein Staat wirklich Anspruch auf sie erhob. Eine Landschaft, in der Menschen von einem Moment auf den anderen spurlos verschwinden konnten.

Unwillkürlich krampfte sich mein Magen zusammen, während ich durch das Fernglas starrte – und plötzlich hob mein Verfolger die Hand und winkte. Ein freundliches Winken, als wollte er mich fragen, wie es mir ginge. Er grinste mich durch das Mundloch seiner Skimaske an. Ein kalter Schauder lief mir über den Rücken. Das Grinsen gefiel mir ganz und gar nicht. Er ging jetzt noch schneller. Es lag an seiner Körpersprache, an der Haltung seines Kopfes, seinen Bewegungen, daß es mich heiß und kalt überlief. Es sah kein bißchen danach aus, als würde er locker durch die Berglandschaft streifen. Es sah danach aus, als hätte er es auf mich abgesehen.

Ich verstaute das Fernglas wieder, schulterte mechanisch meinen Rucksack und marschierte im Eiltempo weiter. *Das ist doch lächerlich,* versuchte ich mir einzureden. *Du glaubst doch selbst nicht, daß du von einem Killer verfolgt wirst. So was passiert einfach nicht. Nicht im echten Leben.*

Ach ja? Genau das hatte sich Stanley Goebel wahrscheinlich auch gedacht.

Trotzdem, es war völlig absurd. Reine Einbildung, daß es

sich nicht um einen ganz gewöhnlichen Trekker handelte – nun ja, abgesehen von der Skimaske und dem fehlenden Rucksack –, sondern um einen Mörder, der mir etwas antun wollte. Das nahm ich doch selbst nicht ernst. Trotzdem erhöhte ich das Tempo, ging, so schnell ich eben konnte, ohne in den Laufschritt zu verfallen, während sich mir fast der Magen umdrehte vor Angst. Ich warf einen Blick über die Schulter. Er holte zusehends auf.

Doch, so etwas passiert, schoß es mir jäh durch den Kopf. *Jeden Tag auf der Welt wird jemand umgebracht. Und diesmal passiert es mir. Dieser Typ ist hinter mir her, um mich zu töten.*

Ich hatte nicht den leisesten Schimmer, was tun. Es gelang mir beim besten Willen nicht, mich auf irgend etwas zu konzentrieren. Ohne einen klaren Gedanken fassen zu können, marschierte ich panisch weiter. Trotz der Kälte schwitzte ich inzwischen aus allen Poren. Verzweifelt zwang ich mich zu überlegen. Es mußte doch irgend etwas geben, was ich tun konnte, statt hier wie ein Roboter durch die Gegend zu laufen.

Was, wenn ich mich der Situation stellte und mich auf einen Kampf einließ? Ich hatte keine Waffe erspäht. Abermals warf ich einen Blick über die Schulter; halb erwartete ich, daß mein Verfolger ein Schwert gezückt hatte. Mittlerweile war er noch näher gekommen und war nur noch um die hundertfünfzig Meter von mir entfernt. Ich begann halb zu rennen, wußte aber nur zu genau, daß ich mit meinem Rucksack keine Chance hatte, ihm zu entkommen. Und wir hatten das Tatwerkzeug nicht gefunden, womit auch immer Stanley Goebel erschlagen worden war. Nirgendwo ein blutiger Stein. Vielleicht verbarg er eine Eisenstange unter seiner Jacke. Eine Brechstange und zwei Schweizer Armeemesser. Das Herz schlug mir bis zum Hals.

Und wenn ich einfach meinen Rucksack in die Büsche warf und losrannte? Das wäre noch das Vernünftigste gewesen, aber dagegen sprach, daß ich ihn damit erst recht herausfordern würde. Dann hatte ich ihn wirklich am Hals, dann war es vorbei damit, so zu tun, als wäre das hier eine völlig harmlose Begegnung mit einem harmlosen Wanderer. Lieber war es mir, die Illusion bis zur letzten Sekunde aufrechtzuerhalten. Außerdem hätte er mich mit ziemlicher Sicherheit eingeholt. Er trug Sportschuhe, keine Wanderstiefel, und war garantiert dreimal besser in Form – das stand so fest wie das Amen in der Kirche.

Wenn ich den Rucksack fortwarf und die nächstbeste Felswand hinaufkletterte, könnte ich ihn mir wenigstens mit Steinen vom Leib halten. Nein, das war auch keine gute Idee. Wenn ich den Trail verließ, schnitt ich mir selbst jeden Ausweg ab – und dann war wahrscheinlich alles vorbei.

Gelähmt vor Angst und Ratlosigkeit, hetzte ich um die nächste Biegung – und genoß den überwältigendsten Anblick, der sich mir je geboten hatte. Ein ganzer Pulk von Trekkern, die unterwegs nach Letdar waren. Eine endlos lange Reihe von Leuten, so weit das Auge reichte, die sich in Zweier-, Dreier- und Vierergruppen vorwärtsbewegten. Seit meiner Ankunft hatte ich unaufhörlich über die Touristenmassen gelästert, darüber, daß, egal wo man hinkam, die Betten belegt waren, daß die Wege verstopft waren von all den Backpackern. All das nahm ich in diesem Augenblick bereitwillig zurück.

Spontan entwickelte ich einen Plan. Ich würde einfach hier stehenbleiben, meinen Rucksack abnehmen, auf ihn warten und so tun, als ginge es Mann gegen Mann. Wenn er mich eingeholt hatte, würden mir bereits die ersten Trekker zur Seite stehen und mir helfen, ihn zu überwältigen; und damit hatte ich nicht nur den Namen des Toten herausgefunden, sondern auch noch seinen Mörder im Schlepptau, wenn ich in Manang eintraf. Ein genialer Plan. Ich ließ meinen Rucksack zu Boden gleiten und wandte mich um, bereit, dem Killer die Stirn zu bieten.

Doch er war nicht mehr da. Weit und breit war niemand zu sehen. Vielleicht hatte ihn meine Körpersprache gewarnt, irgendein Anzeichen, daß sich die Situation geändert hatte. Und womöglich war es überhaupt nicht der Killer, sondern lediglich ein Trekker bei der Morgenwanderung, der seine Ruhe wollte – obwohl mir das nicht sehr wahrscheinlich erschien. Wie auch immer, als mich die ersten Heraufkommenden grüßten, war er spurlos verschwunden. Kurz überlegte ich, ob ich ein paar der Leute überreden sollte, sich mit mir auf die Suche nach ihm zu machen, kam aber zu dem Schluß, daß sie mich vermutlich für verrückt erklären würden; die Höhenkrankheit hatte schon ganz andere Wahnvorstellungen hervorgerufen. Abgesehen davon, daß wir ihn mit seinen Sportschuhen und ohne Gepäck ohnehin nicht zu fassen bekommen hätten.

Ich brauchte drei Anläufe, bis es mir gelang, meinen Rucksack wieder zu schultern, denn auf Grund meiner Angst und der Adrenalinzufuhr zitterte ich am ganzen Leib. Ich nahm meine Mütze ab, wischte mir den Schweiß vom Gesicht und ging mit weichen Knien weiter. Die entgegenkommenden Trekker nickten mir zu und grüßten. Wahrscheinlich dachten sie, daß ich umgekehrt war, weil es mir nicht gutging. Ich sah krank aus, und so fühlte ich mich auch, obwohl ich gleichzeitig erleichtert war wie selten zuvor. Nur einmal in meinem Leben hatte ich solche Ängste ausgestanden, damals in Afrika, als ich draußen geschlafen hatte und plötzlich Hyänen um unser Lager herumgestrichen waren. Es war die entsetzliche, furchtbare Urangst, der Gejagte zu sein.

Ich marschierte im Eiltempo weiter und dachte fieberhaft nach. Meine erste Theorie war falsch gewesen; er war nicht nach Manang gegangen. Ich fragte mich, weshalb. Er hätte längst auf und davon sein können, doch statt dessen war er nun auf dem Weg nach Letdar. Vielleicht wollte er über den Thorung La. Vielleicht handelte es sich um einen ganz normalen Rucksacktouristen, der, nun ja, Geschmack an einem gepflegten Mord gefunden hatte.

Immerhin wußte ich nun, wo er sich ungefähr befand. Was auch nicht viel brachte, da ich keine Ahnung hatte, was sein nächstes Ziel war. Außerdem trugen jede Menge Trekker grüne Jacken – ganz davon abgesehen, daß es sich womöglich um eine dieser Wendejacken handelte, die innen eine andere Farbe hatten als außen –, und sein Gesicht hatte ich auch nicht gesehen. Wahrscheinlich würde er einfach in der Menge der anderen Trekker untertauchen und morgen den Thorung La überqueren. Vielleicht sogar noch heute.

Ich zerbrach mir immer noch den Kopf darüber, wie wir ihn vielleicht doch noch stellen konnten, als mir klar wurde, daß ich bereits in Gunsang war. Als ich meinen Blick über die verlassenen Häuser schweifen ließ, stach mir ein halbes Dutzend Nepalesen ins Auge, die eine vertraute Gestalt flankierten. Gavin, der seinen verschlissenen braunen Mantel trug. Ich brauchte nicht lange nachzudenken. Die Polizei. Er hatte sie zu der Leiche geführt. Und so betrat ich erneut den Tatort.

4

Die amtliche Version

Der Polizeitrupp bestand aus fünf Männern mit Gewehren und einem Uniformierten mit Pistole, der mir einen laminierten Ausweis mit der Aufschrift »Royal Nepal Police Force« hinhielt. Er hieß Laxman. Er schüttelte mir die Hand und ließ Gavin und mich dann stehen, um mit seinen Männern den Tatort zu inspizieren. Die Untersuchung bestand darin, daß der Uniformierte den Toten in Augenschein nahm, seine Taschen durchsuchte und die Armeemesser aus den Augenhöhlen der Leiche zog, ehe diese schließlich von seinen Gehilfen in eine milchig weiße Plastikplane gehüllt wurde, die sie extra zu diesem Zweck mitgebracht hatten.

»Falls du in irgendeiner Weise auf die nepalesische Polizei gebaut hast«, sagte Gavin, »muß ich dich leider schwer enttäuschen. Zuerst wollten sie mich verhaften. Ja, sie haben mich sogar über Nacht in eine Zelle gesperrt. Gott sei Dank konnte ich sie schließlich überzeugen, mich wieder auf freien Fuß zu setzen. Jedenfalls kamen sie zu dem Schluß, es seien maoistische Rebellen gewesen. Dann haben sie versucht, via Satellitentelefon in Katmandu anzurufen, aber das Gerät war defekt. Anschließend kamen sie dann überein, daß es doch nicht das Machwerk von Maoisten war, sondern Selbstmord.«

»Selbstmord?« fragte ich ungläubig.

»Genau. Mord ist schlecht für den Tourismus, liegt doch auf der Hand. Wenn er den Behörden in Katmandu mit den Maoisten kommt, kriegt er natürlich Ärger, jede Wette. Ihre Theorie ist jedenfalls, daß er sich die Augen ausgestochen und dann, wahnsinnig vor Schmerz, seinen Schädel an irgendeiner Wand zertrümmert hat. Oder irgendwas in der Art. Und all das haben sie sich auf der Wache zusammenphantasiert, ohne überhaupt nur in Erwägung zu ziehen, sich vielleicht vorher mal den Tatort anzusehen. Ich hab' drauf bestanden, daß sie mich hierherbegleiten.« Er hob die Schultern. »Na ja, du siehst ja selbst, was ich erreicht habe. Hast du mehr Glück gehabt?«

»Teils, teils«, sagte ich. »Ich habe den Namen: Der Tote hieß Stanley Goebel.« Ich atmete tief ein. »Aber ich glaube, sein Mörder war mir heute morgen auf den Fersen.«

Gavin sah mich aus weit aufgerissenen Augen an. »Ist das wahr?«

Während drei der Nepali die in Plastik gehüllte Leiche wie einen Teppich schulterten und zum Weg hinüberschleppten, erzählte ich Gavin, was passiert war. Laxman winkte uns mit dem Zeigefinger heran und sagte: »Sie kommen bitte mit.« Wir fädelten uns hinter den Polizisten ein und marschierten hinter ihnen her Richtung Manang. Ich war mir nicht sicher, ob Gavin meine Geschichte wirklich ernst nahm. Inzwischen begann ich selbst zu zweifeln, ob es sich wirklich um den Killer gehandelt hatte. Vielleicht hatte ich in meiner Panik einfach überreagiert.

»Also, 'ne Weihnachtskarte schickt uns dieser Laxman bestimmt nicht«, sagte Gavin. »Für den sind wir schlicht Störenfriede. Wie konnten wir es bloß wagen, der Polizei einen Mord zu melden?« Er schüttelte den Kopf. »Wenn der Typ auf dem Trek wirklich der Killer war, ist er nur ein paar Marschstunden entfernt – und wir gehen hier einfach in die andere Richtung. Aber versuch bloß nicht, sie zum Umdenken zu bewegen, das ist absolut sinnlos, glaub's mir. Genausogut könntest du mit einer Betonwand sprechen. Dagegen sind die Bullen bei uns am Kap geradezu Musterbeispiele an Offenheit.«

Schweigend folgten wir der Leiche, als handele es sich um einen leicht unkonventionellen Begräbniszug. Ich fragte mich, wie viele Tote über diesen Pfad getragen worden waren. Tausende wahrscheinlich. Die Route war jahrhundertealt; einst war es der Handelsweg gewesen, über den Salz von Tibet nach Indien gebracht worden war. Zumindest hatte ich das im Big-Earth-Reiseführer gelesen. Und wenn man den Leuten von Big Earth nicht mehr trauen konnte, wem eigentlich dann?

Manang war der größte Ort diesseits des Thorung La und hatte rund tausend Einwohner. Die Menschen dort lebten in einem Labyrinth enger, gepflasterter Gäßchen, die sich um die grauen zwei- und dreistöckigen Häuser schlängelten. Auf den von Unflat übersäten Straßen sah man Yaks, Mulis und Pferde; die meisten wurden an Stricken geführt, einige liefen einfach so umher. Südlich der Altstadt befand sich eine Ansammlung großer Holzhäuser – eine Reihe von Lodges, von denen jede mehr als hundert Gäste aufnehmen konnte. In Manang herrschte doppelt soviel Tourismus wie sonst auf der Route, da die meisten Backpacker hier zwei Nächte verbrachten, um sich an die Höhe zu gewöhnen.

Der Marsyangdi führte, überspannt von zwei Drahthängebrücken, direkt an Manang vorbei; über dem Ort ragte ein Gletscher empor, der wirklich zum Greifen nahe schien. Das Gelände zwischen Ort und Fluß war in Äcker unterteilt, die jahrhundertealte Steinwälle trennten. Hier wurden Kartoffeln und Kohl angebaut; sonst gedieh hier nichts. Die Bäume waren klein und verkrüppelt. Mir war bereits aufgefallen, daß Scheite von einheimischem Kiefernholz eine schiere Ewigkeit brannten, da die Kiefern so langsam wuchsen, daß sie die Konsistenz von Harthölzern bekamen.

Es gab sogar eine Satellitenschüssel, die mich bei unserem ersten Aufenthalt schwer beeindruckt hatte; weniger beeindruckend war, daß sie nicht funktionierte. Über den Ort zogen sich Hochspannungskabel, doch das nahegelegene Wasserkraftwerk war seit einigen Wochen außer Betrieb, und obwohl es nur eine Stunde südlich des Ortes eine kleine Landebahn gab, war noch niemand aus Katmandu eingeflogen, um den Schaden zu beheben. In den Lodges flimmerten trotzdem jeden Abend Filme wie *Kundun* oder *Sieben Jahre in Tibet* – allesamt chinesische Raubkopien – über die Bildschirme der generatorbetriebenen Fernseher. Auch eine Art Fortschritt.

Laxman nahm mich mit auf die Wache, und ich folgte ihm in einen Raum mit unverputzten Steinwänden, in dem ein Schreibtisch und einige Stühle standen, denen ihr Alter deutlich anzusehen war. Er schien die Nase voll zu haben von Gavin, der den anderen Polizisten gefolgt war, um zu sehen, was nun mit der Leiche geschah. Laxman nahm hinter seinem Schreibtisch Platz, förderte ein dickes, ledergebundenes Buch zutage und schlug es etwa in der Mitte auf. Die Seite, die er aufgeschlagen hatte, war zur Hälfte vollgekritzelt. Er griff nach einem Federhalter und begann zu schreiben; offenbar handelte es sich um eine Sammlung hochoffizieller Notizen. Ich setzte mich ihm gegenüber und wartete. Ich war nervös. Schließlich hatten sie Gavin zunächst einmal verhaftet und eingesperrt – wer sagte, daß sie ihre Version der Geschichte nicht ein weiteres Mal änderten und uns den Mord anhängten? Dagegen hätten wir nicht sonderlich viel unternehmen können.

Nach einer Weile legte Laxman seinen Federhalter beiseite, sah mich an und sagte: »*Passport.*«

Ich griff nach meinem Brustbeutel und reichte ihm meinen Reisepaß. Er schlug ihn auf, überprüfte ihn und musterte mich mit scharfem Blick. »Der Südafrikaner sagte, Sie heißen Paul. Hier steht aber ›Balthazar‹.«

»Oh ... nun ja ... das stimmt beides«, stotterte ich. »Balthazar ist mein Taufname. Aber alle nennen mich Paul. Das ist sozusagen die Kurzform.«

Er sah mich ebenso ungerührt wie skeptisch an, während ich mich fragte, ob mir das Faible meiner Eltern für barocke Namen, das mir schon während meiner Schulzeit so manchen

Spott eingetragen hatte, am Ende noch einen längeren Aufenthalt in einem Dritte-Welt-Knast einbringen würde. Doch dann nickte er nur, ehe er sich eine weitere Notiz machte.

»Tut mir sehr leid, das mit Ihrem Freund«, sagte er unvermittelt.

Ich wollte gerade protestieren, daß der Tote keineswegs ein Freund von mir gewesen war, nickte dann aber einfach, um die Dinge nicht noch mehr zu verkomplizieren.

»Tut mir sehr leid, daß Ihr Freund *sich umgebracht hat*«, sagte er, wobei er die letzten drei Worte überdeutlich betonte.

»Er hat sich nicht umgebracht«, sagte ich. »Nie im Leben. Es besteht nicht der geringste Grund zu der Annahme. Er wurde von jemandem ...«

»Ich schreibe hier einen offiziellen Bericht«, unterbrach er mich.

Ich starrte ihn fragend an.

»Ich schreibe diesen offiziellen Bericht, und ich schicke ihn auch ab. An meine Vorgesetzten in Katmandu. Und unter dem Bericht steht meine Unterschrift. *Meine*, nicht Ihre. Und auch nicht die von Ihrem südafrikanischen Freund. Ich unterzeichne, sonst niemand. Haben Sie mich verstanden?«

»Ja«, log ich.

»Und ich werde in meinem Bericht festhalten, daß Ihr Freund sich umgebracht hat. Haben Sie das auch verstanden?«

»Er hat sich nicht umgebracht«, sagte ich abermals. »Das ist völlig unmöglich.«

»Natürlich hat er sich nicht umgebracht«, sagte er. »Ich bin schließlich kein Vollidiot. Aber das ist die amtliche Version.«

Ich öffnete den Mund, schloß ihn aber wieder und sah ihn nur an. Schließlich sagte ich: »Ich verstehe das alles nicht.«

»Ich bin nicht hier, um Morde unter Weißen aufzuklären«, sagte er. »Mein Job ist, Trekkern zu helfen, die sich das Bein gebrochen haben, Tibet im Auge zu behalten und maoistische

Rebellen unschädlich zu machen. Wenn ein Nepali Ihren Freund getötet hätte, läge die Sache anders. Dann würde ich etwas unternehmen müssen. Dann müßte ich den Schuldigen finden, und zwar schnell. Und wenn ich den wahren Täter nicht finden könnte, dann müßte jemand anderer dran glauben und im Kerker verrotten. Aber in diesem Fall wissen wir doch beide, was passiert ist. Was schert es mich, ob einer von euch Trekkern einen anderen killt? Ihr lebt nicht hier. Mein Volk geht euch am Arsch vorbei. Wenn ich zugebe, daß das hier ein Mord ist, gibt es doch nur unnötiges Aufsehen, womöglich sogar einen Skandal. Die Zeitungen würden darüber schreiben. Und am Ende vielleicht noch die Reiseführer. Tja, und plötzlich beginnen sich die Trekker zu fragen, ob Nepal vielleicht doch nicht so sicher ist, wie sie gedacht haben. Ich kann Trekker nicht leiden, das ist Ihnen ja wohl nicht entgangen, oder? Genausowenig wie Sie, mein Freund. Aber mein Volk braucht euer Geld. Und das soll ich aufs Spiel setzen, bloß um einen von euch Trekkern zu finden, der einen anderen umgebracht hat? Warum sollte ich das tun? Der Mörder ist doch bald wieder in seiner Heimat. Soll ihn doch die Polizei seines eigenen Landes finden, wenn er wieder jemanden umbringt. Wenn zwei Nepalesen in Ihrem Land Urlaub machen und der eine den anderen tötet, macht Ihre Polizei dann einen Riesenaufstand, um den Täter in eines Ihrer Gefängnisse zu bringen? Das können Sie Ihrer Großmutter erzählen.«

»Vor unserer Polizei sind alle gleich«, erwiderte ich aufgebracht, obwohl ich mit einem Mal gar nicht mehr so überzeugt war von dem, was ich hier so nachdrücklich vertrat. »Und einen *Mord* vor der eigenen Haustür würde sie *niemals* ignorieren.«

»Das glaube ich absolut nicht«, sagte Laxman. »Sie stammen aus Kanada, richtig? Ich bin in Kanada gewesen. Ich habe als Gurkha gedient, mein Freund. Sie sollten mich nicht für einen Dorftrottel halten, der noch nie im Ausland gewesen ist. Ich war zwölf Jahre bei der indischen Armee, und einen Teil meiner Ausbildung habe ich in Kanada erhalten. Also noch mal: Ich glaube Ihnen kein Wort. Sie glauben doch selbst nicht dran, was Sie da erzählen.«

»Deshalb haben Sie Gavin festgenommen«, sagte ich ungläubig. »Damit sich der Mörder in aller Ruhe aus dem Staub machen konnte.«

»Wenn Sie das so sehen wollen«, sagte Laxman. »Und jetzt machen Sie, daß Sie hier wegkommen. Setzen Sie Ihre Reise fort. Der Thorung La wartet auf Sie. Laufen Sie den ganzen Rundweg bis nach Pokhara. Und dann fliegen Sie bitte in Ihre Heimat zurück. Wir haben genug zu tun. Wir brauchen hier keine Ausländer, die uns noch zusätzlichen Ärger machen. Danke. Sie können gehen.«

Er blieb noch einen Moment sitzen, dann erhob er sich. Er war keineswegs inkompetent. Und alles andere als einfältig. Er wollte schlicht keine Schereien, und ich hatte nicht die geringste Chance, ihn zu irgend etwas zu zwingen, was er nicht tun wollte.

»Übrigens«, warnte er mich. »Falls irgend etwas von unserer Unterredung nach draußen dringen sollte, werde ich natürlich nicht nur alles dementieren, sondern natürlich einen Grund finden, Sie zu verhaften.«

»Natürlich«, wiederholte ich sarkastisch. Und dann ging ich. Was hätte ich auch sonst tun sollen?

Eine Weile versuchte ich, Gavin zu finden, gab es aber schließlich auf. Es war erst früher Nachmittag, und ich hätte nach Gunsang zurücklaufen können, entschloß mich aber, die Nacht in Braka zu verbringen, einem etwa zwanzig Minuten entfernten Weiler, der auf dem Weg zum Flugplatz lag. Dort gab es das Braka Bakery and Super Restaurant, ein Guesthouse, dessen Name durchaus nicht zuviel versprach. Außerdem hatte ich keine Lust mehr auf weitere Exkursionen. Ich wollte einfach nur duschen, essen, ein bißchen lesen, schlafen und am nächsten Tag einen neuen Anlauf nehmen. Und nicht zuletzt wollte ich Stanley Goebel vergessen.

Ich hatte gerade weitere vierzig Seiten *Krieg und Frieden* gelesen, als Gavin den Gemeinschaftsraum betrat.

»Ich habe ein Doppelzimmer ergattert«, sagte ich.

»Bestens«, sagte er.

»Was ist mit der Leiche passiert?«

»Ich habe dafür gesorgt, daß sie sich wenigstens mal einer angesehen hat.«

Ich blinzelte. »Angesehen? Wer?«

»Die Ärztin von der Himalajan Rescue Association«, sagte er und winkte die Bedienung zu sich heran, um einen Krug Sanddornsaft zu bestellen.

Ich hatte ganz vergessen, daß es hier im Ort auch drei junge Ärzte aus dem Westen gab, die sich sowohl um Touristen als auch um die Dorfbewohner kümmerten. Vor zwei Tagen erst waren wir bei einem Vortrag über die Höhenkrankheit gewesen, den besagte Ärzte gehalten hatten.

»Und was hat sie gesagt?« fragte ich.

»Daß es mit Sicherheit kein Selbstmord war«, bemerkte er trocken. »Schön, daß das jetzt endlich mal klar ist. Außerdem hat ein Blick in ihre Unterlagen ergeben, daß Stanley Goebel vorgestern hier in der Klinik wegen Höhenkrankheit in Behandlung war.«

»Und das war's?«

»Nicht ganz. Sie meint, er wäre mit einem Stein erschlagen worden – irgendwann innerhalb der letzten achtundvierzig Stunden. Und was die Messer angeht, wurden sie ihm wohl erst in die Augen gestoßen, als er schon tot war. Sie hat auch versucht, Fingerabdrücke auf den Messern und der Jacke auszumachen.« Er zuckte mit den Schultern. »Nicht gerade ihr Spezialgebiet. Trotzdem glaubt sie, daß die Messergriffe abgewischt wurden.«

»Wird sie Laxman darüber informieren?«

»Nicht mehr nötig«, sagte er. »Er kam selbst vorbei, um mit uns zu sprechen. Bei der Gelegenheit ließ er keinen Zweifel daran, daß er auf unsere Ansichten soviel gibt wie auf einen Furz im Hurrikan. Er meinte, er könne uns ruck, zuck aus Nepal ausweisen oder wegen Behinderung der Ermittlungen einsperren lassen.«

»So ähnlich hat er sich mir gegenüber auch ausgedrückt«, sagte ich.

»Immerhin ließ sich die Ärztin nicht von ihm einschüchtern. Allerdings glaube ich nicht, daß ihr Wort großes Gewicht hat. Von uns beiden mal gar nicht zu reden.«

Ich nickte bedächtig und dachte nach, während ich mir ein Glas Sanddornsaft einschenkte. Gavin hatte recht. Selbst wenn sich Laxman urplötzlich in einen hochmotivierten Sherlock Holmes verwandelte, würde Stanley Goebels Mörder unbehelligt davonkommen. Es gab keine Beweise. Selbst wenn es tatsächlich Goebels Mörder gewesen war, der mich auf dem Trek verfolgt hatte – obwohl ich mittlerweile glaubte, daß ich wohl eher einem Anfall von Verfolgungswahn erlegen als um Haaresbreite einem Killer in die Fänge geraten war –, bedeutete das lediglich, daß er einer von vielen war, die heute in Letdar oder Thorung Phedi übernachten würden. Selbst wenn sie die Dörfer abriegelten und jeden einzelnen Backpacker verhörten, würden sie auf keinen grünen Zweig kommen.

»Tja«, sagte Gavin. »Bleibt uns nur eine Alternative.«

»Und die wäre?« sagte ich.

»Das Ganze schleunigst zu vergessen. Scheiß drauf.« Er hob sein Glas zu einem spöttischen Toast. »Auf Stanley Goebel, unbeweint und ungerächt. Möge Gott seiner Seele gnädig sein.«

Ich stieß mit ihm an, und dann tranken wir auf den Toten.

5

Bergauf, bergab

Ich träumte. In meinem Traum bestieg ich den Mount Everest. Zwar befand ich mich mitten in einem Blizzard, doch wußte ich, daß ich auf dem Everest war, beinahe den Gipfel erreicht hatte, während ich mich an einem Seil den Hillary Step hinaufzog. Es schien kinderleicht, und ich spürte, wie ein geradezu schwindelartiges Triumphgefühl Besitz von mir ergriff. *Das mach' mal nach, Jon Krakauer,* dachte ich. Nun war ich fast ganz oben, wo zwei Gestalten auf mich warteten. Ich erkannte sie, zwei alte Freunde, deren Namen mir nicht einfallen wollten. Ich zog mich weiter hinauf zu der Stelle, wo das Seil an einem rostigen Metallpfahl befestigt war, und als sich der Schneesturm für einen Augenblick legte, konnte ich die beiden deutlich erkennen. Es waren Laura und Stanley Goebel, die auf mich herabstarrten, Messer in den Augenhöhlen. Ich spürte, wie ich abrutschte, und als ich auf meine Hände blickte, sah ich, daß meine Finger durch den Frost blau wie Gletschereis geworden waren.

Ich versuchte, mich wieder nach oben zu ziehen, worauf im Zeitlupentempo meine Finger abbrachen und, einer nach dem anderen, durch den herumwirbelnden Schnee in die Tiefe fielen. Ich spürte keinen Schmerz. Ich versuchte mich mit den Daumen festzuklammern, aber auch sie brachen ab wie Eiszapfen, so daß ich rücklings in den Blizzard stürzte. Einen Augenblick lang wurde alles schwarz, dann lag ich auf dem Rücken in einer Schneewehe, während mir die Sonne gleißend in die Augen stach. *Ich hab's geschafft,* dachte ich. Doch dann beugte sich ein Mann mit einer Skimaske über mich. Und ich konnte mich nicht bewegen, da ich am Boden festgefroren war. In der Hand des Mannes sah ich etwas glitzern.

»Paul«, hörte ich Gavins leise, eindringliche Stimme. Ich spürte, wie er mich wachrüttelte. »Zeit zum Aufstehen.«

Ich knurrte unwirsch, öffnete die Augen und wandte den Kopf. Ich hatte mich in voller Montur in meinem Schlafsack zusammengerollt, mich vollkommen vermummt bis auf einen winzigen Schlitz, durch den ich die dünne, eisige Luft einatmen konnte. Jetzt erinnerte ich mich. Wir waren im Thorung High Camp. Manche nannten es auch das Todeslager.

»Wie spät ist es?« fragte ich.

»In einer halben Stunde geht die Sonne auf«, sagte er. »Pack deine Sachen. Ich bestelle dir schon mal einen Tee.«

Er ging. Normalerweise hätte ich mich wieder eingerollt und noch ein Stündchen geschlafen. Heute aber war der große Tag, an dem wir vorhatten, den Thorung La zu überqueren. Ich biß die Zähne zusammen, zog meine Stiefel an und packte meine Sachen zusammen. Die beiden anderen Backpacker in unserem Raum schliefen noch. Der Kiesboden knirschte unter meinen Füßen, als ich zur Tür stolperte. Ich lehnte meinen Rucksack an die Wand des langen, niedrigen Bungalows und ging zum Nachbargebäude hinüber. Aus meinem Mund drangen dicke, weiße Atemwolken. Am Himmel glitzerten und gleißten Myriaden von Sternen; im übrigen sah es hier, auf fünfeinhalbtausend Meter Höhe, aus wie auf dem Mond. Der Boden war von einer dünnen Schneeschicht bedeckt. Na also – so kam Gavin ja doch noch in den Genuß von Schnee!

Ich trank drei Tassen Tee, kaufte mir drei Snickers als Proviant für den Tag und füllte meine Wasserflasche; als es im Osten zu dämmern begann, waren wir bereits unterwegs. Gavin formte zum ersten Mal in seinem Leben einen Schneeball und warf ihn in meine Richtung. Er verfehlte sein Ziel, und ich zeigte ihm, wie man einen ordentlichen Schneeball macht und richtig zielt.

Danach konzentrierten wir uns auf den Weg und trotteten schweigend vor uns hin. Der Pfad führte steil bergauf, wenn auch nicht ganz so steil wie am Vortag, als wir von Thorung Phedi zum Todescamp hinaufgestiegen waren; nach fast zwei Wochen Trekkingtour hatte ich Muskeln wie Stahl. In der Nacht hatten mich Kopfschmerzen gepeinigt, doch jetzt fühlte ich mich bestens, sprühte nur so vor Tatendrang. Viele der anderen Backpacker im Camp hatten hundeelend ausgesehen. Ich war froh, daß ich zwei zusätzliche Tage gehabt hatte, um mich zu akklimatisieren. Dennoch setzte mir der Sauerstoffmangel zu. Ich hatte versucht, Karten zu spielen, war aber nicht in der Lage gewesen, die Punkte zusammenzuzählen oder mir zu merken, wer nun überhaupt vorne lag; ich hatte versucht zu lesen, ohne daß es mir gelungen war, mich auch nur auf einen einzigen Satz zu konzentrieren. Schließlich hatte ich genau wie alle anderen einfach nur darauf gewartet, daß ich müde wurde, während ich Knoblauchsuppe in mich hineinlöffelte und Zitronentee trank. Die Ärzte hatten bei ihrem Vortrag darauf hingewiesen, daß man am besten mit der Höhenkrankheit fertig wurde, wenn man möglichst viel Flüssigkeit zu sich nahm. Die Nepali schworen darauf, möglichst viel Knoblauch zu essen.

Eines von beidem schien jedenfalls gewirkt zu haben. Mein Atem ging rasch, aber nicht stoßweise, und ich bewegte mich zügig voran. Gavin, superfit und durchtrainiert, schien die dünner und dünner werdende Luft geradezu zu befeuern; er marschierte in einem Affenzahn, benötigte kaum Pausen und war mir im Nu weit voraus. Was mir nur recht war. Wir kamen bestens miteinander klar, wußten aber, daß es nur eine Partnerschaft auf Zeit war und sich unsere Wege bald wieder trennen würden. Im Grunde unseres Herzens waren wir beide Einzelgänger.

Äußerst ungewöhnlich war, daß mir mein Traum nicht aus dem Kopf gehen wollte. Normalerweise vergesse ich schon beim Aufwachen, was ich geträumt habe. Dieser Traum aber wirkte lange nach. Bei ihrem Vortrag hatten uns die Ärzte gewarnt, daß lebhafte und auch sonderbare Träume hier oben nichts Ungewöhnliches seien; die Entdeckung der Leiche und meine Flucht vor dem potentiellen Mörder hatten wohl noch das Ihre dazu beigetragen.

Ich war mir immer noch nicht sicher, ob es sich bei dem Maskierten tatsächlich um den Killer gehandelt hatte. Es war zwar alles andere als plausibel, daß ein ganz normaler Trekker mit Skimaske und ohne Rucksack auf Tour ging, um sich obendrein sofort in die Büsche zu schlagen, sobald die ersten weiteren Backpacker auftauchten. Andererseits fragte ich mich, aus welchem Grund sich der Killer an meine Fersen hätte heften sollen. Okay, ich hatte den Namen seines Opfers herausgefunden. Na und? Was konnte ihn das schon tangieren? Wieso sollte ihn das abhalten, seine Route planmäßig fortzusetzen? Er hatte das perfekte Verbrechen begangen. Es gab nicht den geringsten Grund für ihn, mir nachzustellen; damit wäre er nur ein zusätzliches Risiko eingegangen. Es sei denn, er dachte, ich hätte etwas herausgefunden, was auf seine Spur führen konnte. Doch ich konnte mir beim besten Willen nicht vorstellen, was das hätte sein mögen.

Apropos ... Ich blieb abrupt stehen, nicht, um eine Pause einzulegen, sondern weil sich meine Gedanken überschlugen und mir zum ersten Mal die Frage in den Sinn kam, weshalb wir eigentlich auf die Leiche gestoßen waren. Offensichtlich hatte der Killer Stanley Goebels Rucksack und das Mordwerkzeug doch über den Abhang in den Fluß befördert. Weshalb war er mit der Leiche nicht genauso verfahren? So hatte sie doch unweigerlich entdeckt werden müssen.

Vielleicht war jemand vorbeigekommen, kurz nachdem er sich Rucksack und Tatwerkzeug vom Hals geschafft hatte, jemand, der ihn daran gehindert hatte, seinen Plan zu Ende zu führen. Möglich. Unwahrscheinlich, aber durchaus möglich.

Aber warum hatte er sich nicht zuerst um die Leiche gekümmert?

Oder hatte er es vielleicht absichtlich darauf angelegt, daß der Tote entdeckt wurde? War er irgendwie psychisch gestört und wollte mit den Messern ein Zeichen setzen, um auf seine Tat aufmerksam zu machen? Wollte er, daß alle Welt sah, wie er Stanley Goebel entstellt hatte? Aber Abigail – die Australierin in der Lodge in Letdar – hatte gesagt, Goebel wäre allein unterwegs gewesen. Der Killer war also entweder ein Fremder oder aber jemand, den Stanley Goebel erst kürzlich kennengelernt hatte. Warum also hatte der Killer sein Opfer so grausam zugerichtet?

Ein anderer Trekker überholte mich; und so trottete ich ebenfalls weiter, während mir tausend Gedanken gleichzeitig durch den Kopf schossen. Mit Lauras Leiche war es dasselbe gewesen. Der Killer hatte sich nicht die Mühe gemacht, sie zu verstecken, sondern sie einfach im schwarzen Sand von Mile Six Beach liegenlassen, wo sie unweigerlich hatte entdeckt werden müssen. Wieso lag ihm daran, Aufmerksamkeit auf sich zu ziehen?

Und wo lag die Verbindung zwischen den beiden Morden? Es mußte eine geben. Zwei perverse Morde, beide begangen an Rucksacktouristen, die in Dritte-Welt-Ländern unterwegs gewesen waren; zwei perfekte, unaufklärbare Verbrechen; es mußte irgendeine Verbindung geben, die über den bloßen Umstand, daß ich bei der Entdeckung beider Leichen dabei gewesen war, hinausging. Und dennoch hatte ich nicht die geringste Eingebung, in welcher Beziehung die beiden Morde zueinander stehen mochten. Außerdem hatte ich das Gefühl, ich sollte die Toten ruhen lassen. Ich wollte nicht länger über Laura nachdenken. Seit zwei Jahren hatte ich über nichts anderes nachgedacht. Es war Zeit, das Geschehene endlich zu vergessen.

Etwa eine Stunde nach Verlassen des Camps erreichten wir

ein Teehaus, das unserem Reiseführer zufolge auf halber Strecke lag. Mit einiger Mühe knabberte ich ein gefrorenes Snickers und bezahlte einen ganzen Dollar für einen Zitronentee in einer mickrigen Blechtasse. Trotz der zwei Paar Handschuhe, die ich übereinandergezogen hatte, waren meine Hände eiskalt; ich zog die Handschuhe aus und wärmte meine Finger an der Tasse, während mich die unangenehme Erinnerung an meinen Traum verfolgte. Da Wasser in dieser Höhe um einiges früher zu kochen anfängt, fühlte sich die Tasse nicht übermäßig heiß an.

Dann ging es weiter. Ich marschierte an einer Gruppe stockschwingender Franzosen vorbei, die auf ihr langsamstes Mitglied Rücksicht nehmen mußte, und orientierte mich an einigen aus dem Schnee ragenden Eisenstäben, die den Weg markierten. Hinter uns war die Sonne aufgegangen, und die schneebedeckten Gipfel um uns herum glitzerten wie Diamanten. Weit und breit gab es nur zwei Farben zu sehen: das Dunkelgrau der Erde und das Weiß des Schnees. Es war, als würde man durch ein Gemälde wandern. Langsam, aber stetig setzte ich meinen Weg fort. Ich erinnerte mich, daß diese Landschaft einst Meeresgrund gewesen war, wie die Wasserfossilien bewiesen, die man auf dem Gipfel des Mount Everest gefunden hatte. Vor langer Zeit, ehe Indien sich in den asiatischen Kontinent geschoben hatte und durch die Erdverschiebung der Himalaja entstanden war, hatten sich diese Höhenzüge tief unter dem Meeresspiegel befunden.

Ich passierte einen linkerhand des Weges aufgeschichteten Steinhaufen; der Grabstein informierte darüber, daß hier ein Amerikaner lag, der erst vor kurzem umgekommen war. Es war allerdings nicht zu entnehmen, ob er einem Unwetter oder der Höhenkrankheit zum Opfer gefallen war. Oder einem Killer, wie mir jäh durch den Sinn schoß.

Als ich aufsah, erblickte ich ein wogendes Farbenmeer; Hunderte von buddhistischen Gebetsfahnen, rot, gelb, grün, blau und weiß, die den höchsten Punkt unserer Wanderung schmückten. Gefürchtet und während der letzten zwei Wochen immer wieder von gedämpften Stimmen beschworen, lag er vor uns: der Thorung La.

Sogar ein Teehaus gab es dort oben, das laut unserem Reiseführer jedes Jahr erneut von den Winterstürmen zerstört wurde und um das sich jetzt Dutzende von triumphierenden Trekkern tummelten, die sich gegenseitig mit ihren Kameras knipsten. Eigentlich war ich nicht richtig in Stimmung, bat aber dann doch eine Holländerin, mich vor dem Schild zu fotografieren, auf dem zu lesen stand, daß ich mich 5 400 Meter über dem Meeresspiegel befand, auf derselben Höhe wie das Everest-Basislager. Ich aß noch ein Snickers, trank noch eine Blechtasse des teuersten Zitronentees in ganz Asien und versuchte mir darüber klarzuwerden, weshalb ich so enttäuscht war.

Die Felsen auf der anderen Seite des Passes waren braun und beige; als ich die Augen zusammenkniff, konnte ich sogar den einen oder anderen grünen Flecken erkennen. Das mußte Muktinath sein. Die Oase auf der wüsten tibetischen Hochebene, die, meinem Big-Earth-Handbuch zufolge, zwar politisch zu Nepal gehörte, aber kulturell, ethnisch und geographisch Teil des sagenhaften und geheimnisvollen Tibet war. Ein letztes Mal ließ ich meinen Blick über das atemberaubende Panorama schweifen, ehe ich mich auf den Rückweg machte.

Der Abstieg war die Hölle. Als ich schließlich in Muktinath ankam, fühlte ich mich, als würden meine Beine jeden Moment unter mir nachgeben. Ich stolperte an den Tempeln am Ortseingang vorbei, marschierte zur erstbesten Lodge und fragte nach einem Bett. Es war bereits alles belegt. Ich ging weiter zur nächsten Lodge, zur nächsten und wieder zur nächsten; im vierten Haus gab es endlich ein Bett für mich. Völlig erschöpft ließ ich mich hineinfallen, überrascht, wie schwierig es war, einen Schlafplatz zu ergattern, nicht zuletzt, da ich wußte, daß ich mit der Welle der ersten Ankömmlinge eingetroffen war. Die meisten Trekker starteten von Thorung Phedi aus, das eine Stunde Fußmarsch unterhalb des Todescamps gelegen war.

Ich stand wieder auf, um mich zu waschen. Es gab kein heißes Wasser, aber ich war zu mitgenommen, um mich darüber aufzuregen. Ich rasierte mich notdürftig mit Hilfe einer Spiegelscherbe. Anschließend wollte ich meine Klamotten waschen, doch vor dem nächsten öffentlichen Wasserrohr drängte sich eine nepalesische Familie mit einer ganzen Reihe von Eimern, so daß ich statt dessen zur Polizei ging, um mich dort zu melden. Ein gelangweilter Polizist blätterte in meinem Reisepaß, stempelte meine Trekking-Genehmigung und wies auf das Register. Ich trug meinen Namen, Nationalität und Reisepaßnummer ein. Gavin hatte sich bereits registriert. Ich besah mir die vorangehenden Seiten; gut möglich, daß der Killer einer der Männer war, die sich hier eingetragen hatten.

Doch dann stach mir, acht Seiten weiter vorne, ein vertrauter Name ins Auge. Der Eintrag war zwei Tage alt. Stanley Goebel, las ich. Daneben standen die Reisepaßnummer und die restlichen Angaben.

Ich starrte auf den Eintrag, bis zwei weitere Trekker auftauchten und der Polizist mir mit einer Handbewegung bedeutete, ihnen Platz zu machen. Während sie sich eintrugen, dachte ich scharf nach. Hatte Stanley Goebels Mörder die Identität seines Opfers angenommen? Seinen Reisepaß benutzt? Oder lebte Stanley Goebel noch, und der Tote war jemand anders? Hatte sich Abigail getäuscht? Oder gelogen?

Am besten, ich verewigte den Eintrag auf einem Foto. Ich hatte meine Kamera dabei, argwöhnte aber, daß der Polizist wahrscheinlich ziemlich ungehalten reagieren würde, wenn ich das Register ablichtete. Doch dann hatte ich eine Idee. Als die beiden Trekker weg waren, holte ich meine Kamera heraus, schaltete den Blitz ein und fragte den Polizisten, ob ich ein Foto von ihm machen dürfe, während ich beiläufig wieder die Seite mit Stanley Goebels Namen aufschlug. Stolz reckte er die Brust, und ich knipste ihn – und dann machte ich, wie aus Versehen, noch ein Bild des aufgeschlagenen Registers, während ich den Fotoapparat senkte. Ich war mir nicht sicher, ob es geklappt hatte, doch mehr konnte ich nicht tun.

Ich humpelte zurück zur Lodge, während sich meine Gedanken überschlugen. Ich bestellte gebratene Nudeln mit Käse und Gemüse und machte mir Notizen in mein Tagebuch, bis das Essen kam. Erst als der Teller vor mir stand, wurde mir bewußt, wie hungrig ich war. Nachdem ich gegessen hatte, ging ich wieder auf mein Zimmer, um die Beine hochzulegen, und nahm mir vor, mich anschließend auf die Suche zu machen und herauszufinden, in welcher Lodge Gavin abgestiegen war.

Doch so weit kam es nicht mehr. Statt dessen schloß ich die Augen und wachte erst am nächsten Morgen wieder auf.

Meinen Beinen ging es wieder einigermaßen gut. Sobald es allerdings auch nur den kleinsten Schritt bergab ging, fuhr mir ein höllischer Schmerz durch Knie und Oberschenkelmuskeln. Von daher stand ziemlich rasch nach dem Aufstehen fest, daß ich Muktinath an diesem Tag nicht verlassen würde. Zudem fand ich heraus, daß auf dieser Seite des Thorung La die einfache Hälfte des Annapurna-Rundwegs lag, weshalb die Lodges von Muktinath von einer ganzen Horde pummeliger deutscher Pauschaltouristen bevölkert waren. Ich fragte mich, was die Trekker machten, die zu spät über den Paß kamen. Ich beneidete sie nicht. Da glaubten sie, nach einem der schlimmsten Gewaltmärsche ihres Lebens endlich ihr Ziel erreicht zu haben, bloß um anschließend zu erfahren, daß alle Zimmer im Ort belegt waren. Ihnen blieb nichts anderes übrig, als sich zu den nächsten Lodges zu schleppen, die eine weitere gute Stunde entfernt lagen.

Mit steifen Gliedern machte ich mich auf die Suche nach Gavin, der aber offenbar bereits weitergezogen war. Vielleicht war es so am besten. Warum die ganze Chose wieder aufwärmen? Ja, es war merkwürdig, daß Stanley Goebels Name in dem Register auf der Polizeiwache stand, und ich hatte auch schon mit dem Gedanken gespielt, das Foto an die Ärztin zu schicken, die den Toten untersucht hatte; sie hätte dann die Handschrift mit dem Eintrag Stanley Goebels im Register in Manang vergleichen können. Fragte sich nur, ob das überhaupt einen Sinn hatte. Schön und gut, ich war erneut auf Goebels Namen gestoßen, was aber nichts an der Tatsache änderte, daß ein Mann ermordet worden und sein Mörder unbehelligt davongekommen war. Die Spuren waren längst erkaltet; es war sinnlos, in der Asche der Fakten herumzustochern.

Trotzdem. Es gab so viele Fragen, die mich einfach nicht losließen. Warum war Stanley Goebel umgebracht worden? Warum die Messer? Warum hatte der Killer die Leiche nicht versteckt? Warum hatte mich der Maskierte auf dem Trek verfolgt? Warum nun dieses Verwirrspiel mit dem Namen? Und dann war da noch die wichtigste Frage von allen: Wieso glich der Mord so sehr der grauenhaften Tat, der Laura Mason im weit entfernten Kamerun vor zwei Jahren zum Opfer gefallen war?

Es war eine dieser typischen afrikanischen Nächte gewesen. Ach was, stimmt gar nicht; es war eine richtig gute Nacht gewesen. Es hatte nicht geregnet. Chong, Kristin und Nicole hatten gekocht und abgewaschen. Wir hatten reichlich Holz gesammelt und ein großes Lagerfeuer entfacht; Steven, Hallam und ich hatten uns die Gitarre weitergereicht und Lieder gesungen. Ein paar neugierige Einheimische hatten sich versammelt und uns zugesehen, wenn auch lange nicht so viele

Schaulustige wie manchmal in der Wüste oder in Nigeria. In Limbe machten viele Durchreisende einen Zwischenstop; die Einheimischen waren den Anblick von Overland-Trucks gewohnt.

Nach dem Abendessen gingen Laura, Carmel, Emma und Michael zum Strand, um noch eine Runde zu schwimmen. Ich blieb bei den anderen, weil mir der Sinn nicht nach Schwimmen stand. Wir spielten auf der Gitarre, ließen die Joints kreisen und waren irgendwann ziemlich high. Wir sprachen über das Festmahl, das uns in Nigeria kredenzt worden war, über die Haschplätzchen in Dixcove und das Tüteneis zum Auslutschen in Ghana. Kulinarische Genüsse waren immer ein Thema. Wir unterhielten uns, auf welcher Route wir nach Kenia fahren würden.

Es wurde spät. Carmel, Emma und Michael waren längst vom Strand zurück. Ich ging davon aus, daß Laura sich direkt in unser Zelt verzogen hatte und bereits schlief, und beschloß gegen Mitternacht, mit Hallam und Nicole doch noch eine Runde zu schwimmen, ehe es Zeit fürs Bett wurde. Hallam leuchtete uns mit seiner Taschenlampe voran, obwohl es eigentlich unnötig war, da der Mond hell über uns schien. Als ich sie erblickte, dachte ich zuerst, es handele sich um ein totes Tier, das in seinem eigenen Blut lag. Hallam richtete den Strahl der Taschenlampe auf den leblosen Körper, doch selbst daraufhin wurde mir erst einige Sekunden später bewußt, daß es sich um Laura handelte. Ihr Mörder, wer immer es auch gewesen sein mochte, hatte ihr die Sachen vom Leib gerissen und sie ausgeweidet wie ein Tier; verzweifelt hatte sie ihren Bauch umklammert, um ihre Gedärme am Hervorquellen zu hindern, und so war sie gestorben, geknebelt mit einem schwarzen Fetzen Stoff. Und dann waren da die Messer, die aus ihren Augen ragten.

Am nächsten Tag konnte ich wieder laufen und wanderte durch die an Arizona erinnernde Wüstenlandschaft im Schatten des Dhaulagiri, des siebthöchsten Berges der Welt, hinunter in das mittelalterlich anmutende Dörfchen Kagbeni am Ende des abgelegenen Mustangtals. Am Tag darauf folgte ich dem fast vollständig ausgetrockneten Flußbett des Kali Gandaki nach Jomsom. Ich hatte genug vom Trekking, und in Jomsom gab es einen kleinen Flughafen. Ich kaufte mir ein Flugticket bei der Buddha Air. Am nächsten Morgen bahnte ich mir meinen Weg durch das kafkaeske Chaos am Jomsom Airport, wo man das alte Flughafengebäude abgerissen hatte, aber offenbar nicht imstande gewesen war, das neue fertigzustellen. Ich ging an Bord einer Propellermaschine, überladen mit Säcken voller Äpfel, die dort in der Gegend geerntet wurden. Die Motoren waren so laut, daß man uns Wattebäusche gab, um unser Gehör zu schützen. Der Flieger brachte mich über schier endlose Nadelwälder, Hügelterrassen, auf denen Reis angebaut wurde, und subtropischen Dschungel zurück nach Pokhara – ein Trekkingtrip von fünf Tagen, den ich so in einer knappen halben Stunde absolvierte. Ich hatte den Annapurna umrundet.

6

Allein auf einem einsamen Planeten

Trekking ist eine tolle Sache, aber es war gut, zurück in der Zivilisation zu sein. Für Rucksacktouristen stellte Pokhara geradezu eine Art Disneyland dar; hier fand man Dutzende und Aberdutzende von Restaurants, Bars, Buchhandlungen, Souvenirshops, Supermärkten, Apotheken, Trekkingausrüstern, Massagesalons, Plattenläden, Banken, Fotogeschäften, Reisebüros, Internetcafés und um die hundert Lodges mit fließend Wasser und funktionierendem Stromanschluß. Wäre ich nackt mit dem Fallschirm über Pokhara abgesprungen, lediglich bewaffnet mit Reisepaß und Kreditkarte, hätte ich mir im Handumdrehen eine Top-Reiseausrüstung besorgen können.

Ich nahm mir ein Zimmer im Sacred Valley Inn, gab die Sachen zurück, die ich mir ausgeliehen hatte, und gönnte mir erst mal eine ausgiebige heiße Dusche. Im Moondance Café aß ich ein Pfeffersteak, trank dazu zwei Gläser Rotwein und las die zwei Tage alte Ausgabe der *International Herald Tribune*; das Lokal hatte in jeder Hinsicht westlichen Standard, von den günstigen Preisen mal abgesehen. Ich verkaufte mein Exemplar von *Krieg und Frieden* und nahm mir für hundert Rupien einen Raubdruck von Peter Matthiessens *Auf der Spur des Schneeleoparden* mit. Anschließend brachte ich meine Filme zum Entwickeln.

Und dann machte ich mich an meine Ermittlungen.

Zuallererst ging ich zur Polizei, wo man sich, wie ich bereits erwartet hatte, alles andere als hilfsbereit zeigte. Die Beamten behaupteten, nichts davon gehört zu haben, daß ein Trekker ermordet worden war. Sie weigerten sich, in Manang anzurufen und nachzufragen, ob es neue Erkenntnisse gab. Ich konnte nicht das geringste ausrichten, solange nicht der offizielle Polizeibericht in Katmandu eingetroffen war. Und das konnte noch Monate dauern.

Danach rief ich bei der kanadischen Botschaft in Katmandu an.

»Willkommen in Kanada, *bienvenue au Canada*«, säuselte eine Stimme am anderen Ende. »Bei Anfragen in englischer Sprache drücken Sie bitte die Eins. *Pour service en français, appuyez le deux.*«

Ich drückte gar nichts, da ich genau wußte, daß das sowieso nur darauf hinauslaufen würde, daß ich eine Nachricht auf irgendeine Voicemailbox sprechen durfte. Nach einer Weile kam wieder der Rufton, und schließlich wurde am anderen Ende abgenommen. Diesmal war eine Frau aus Fleisch und Blut dran.

»Hallo?« sagte sie.

»Hallo«, sagte ich. »Mein Name ist Paul Wood. Ich bin kanadischer Staatsbürger. Ich halte mich momentan in Pokhara auf. Ich rufe an, um mich zu vergewissern, ob Sie darüber informiert worden sind, daß ein kanadischer Trekker namens Stanley Goebel am Annapurna ermordet worden ist.«

»Einen Moment bitte«, sagte sie, als bekäme sie tagtäglich solche Anrufe. Ich wartete.

»Hallo?« meldete sich kurz darauf eine Männerstimme. »Kann ich Ihnen weiterhelfen?«

Ich wiederholte mein Sprüchlein und wurde erneut in die Warteschleife gehängt.

»Hallo?« meldete sich schließlich ein weiterer Mann. »Sie rufen in Sachen Stanley Goebel an?«

»Ganz genau«, sagte ich.

»Und wer sind Sie?«

»Mein Name ist Paul Wood. Ich bin kanadischer Staatsbürger.«

»Darf ich fragen, was Sie mit der Angelegenheit zu tun haben?«

»Ich habe die Leiche gefunden.«

Eine Pause entstand; offenbar dachte er nach. »Nun«, sagte er dann, »vielen Dank für Ihren Anruf, aber die nepalesischen Behörden haben uns bereits über den Tod von Mister Goebel informiert. Seine Familie ist bereits unterrichtet und sein Leichnam auf dem Weg nach Kanada.«

»Was genau ist Ihnen denn mitgeteilt worden?« fragte ich.

Er schien aus meinem Tonfall herauszuhören, daß ich nicht gedachte, mich so einfach abspeisen zu lassen, und verschanzte sich augenblicklich hinter einer bürokratischen Mauer. »Der Polizeibericht ist noch nicht abgeschlossen«, sagte er zögernd. »Man hat uns aber inoffiziell darüber informiert, daß Mister Goebel bedauerlicherweise Selbstmord begangen hat.«

»Ach ja? Nun, dann muß ich ihnen bedauerlicherweise mitteilen, daß dies ganz und gar nicht den Tatsachen entspricht. Mister Goebel ist ermordet worden.«

»Pardon?«

»*Ermordet*«, wiederholte ich. »Brutal ermordet. Jemand hat ihn erschlagen und ihm Armeemesser in beide Augen gerammt. Die nepalesische Polizei lügt wie gedruckt. Sie wollen schlicht vertuschen, was geschehen ist. Aber ich habe Fotos, die beweisen, was wirklich passiert ist.«

»Wie war noch gleich Ihr Name, Mister. ...«

»Paul Wood.«

»Mister Wood«, sagte er. »Ich habe den inoffiziellen Bericht selbst gelesen. Dort ist vermerkt, daß Mister Goebel ohne jeden Zweifel Selbstmord begangen hat. Von irgendwelchen Messern ist dort keine Rede.«

»Ich war es, der den Toten gefunden hat.« Ich betonte jedes einzelne Wort. »Und ich sage es Ihnen nochmals. Die Nepalesen haben Ihnen einen Haufen Lügen aufgetischt.«

»Ich habe Sie durchaus verstanden, Mister Wood. Dennoch

können wir Ihren Hinweisen nicht nachgehen, solange sie nicht von der nepalesischen Polizei bestätigt worden sind.«

»Ich habe Ihnen doch gesagt, daß die Polizei den Mord unter den Teppich kehren will.«

»Mister Wood ... Wir sind Ihnen außerordentlich dankbar, daß Sie uns in dieser tragischen Angelegenheit unterstützen wollen, aber solange sie keine handfesten Beweise für Ihre Behauptungen haben, sind uns die Hände gebunden. Das einzige offizielle Dokument, das mir vorliegt, ist die Darstellung der nepalesischen Behörden, und darin steht schwarz auf weiß, daß es sich um einen Selbstmord handelt.«

»Das einzige *offizielle Dokument?*« fragte ich ungläubig. »Ist das alles, was für Sie zählt? Ob ich ein offizielles Dokument habe oder nicht? Ich habe Fotos von der Leiche, die unzweifelhaft beweisen, daß Stanley Goebel ermordet wurde.«

»Nun, es steht Ihnen frei, sich mit der nepalesischen Polizei in Verbindung zu setzen. Ich bin gern bereit, den Kontakt herzustellen, und sicher, daß man Ihre Hinweise entsprechend verfolgen wird. Wie ich bereits sagte, ist der Bericht noch nicht abgeschlossen, und man wird ihre Informationen ...«

»Wie heißen Sie?« fragte ich.

Nach einer langen Pause antwortete er ziemlich widerwillig: »Mein Name ist Alan Tremblay.«

»Gut, Mister Tremblay. Ich habe Sie gerade darüber informiert, daß ein kanadischer Staatsbürger oben am Annapurna kaltblütig ermordet worden ist, daß die nepalesische Polizei versucht, den Fall zu vertuschen, und daß ich Fotos vorliegen habe, die das beweisen. Ist das bei Ihnen angekommen?«

»Ich habe Sie durchaus verstanden. Sie haben aber sicher auch Verständnis dafür, daß wir es vorziehen, uns auf einen offiziellen Bericht zu verlassen statt auf haltlose Anschuldigungen am Telefon.«

»Sie wissen genau, was los ist, aber es geht Ihnen einfach am Arsch vorbei, stimmt's?«

»Mister Wood, es gibt absolut keinen Grund, unfreundlich zu werden. Ich bin jederzeit bereit, Ihnen Kontakt zu den nepalesischen Behörden zu verschaffen, die sich Ihre ...«
Ich legte auf.

Ich schäumte immer noch vor Wut, als ich nach einer Stunde zu dem Express-Foto-Service zurückging und meine Bilder abholte. Ich setzte mich in ein Café, bestellte eine Coke, wunderte mich einen Moment lang darüber, daß es mich kein bißchen mehr nach Zitronentee gelüstete, und nippte an meinem Glas, während ich mir die Fotos besah. Affen, Hängebrücken, gigantische Wasserfälle, winzige Dörfer, Gebetsmühlen, Mulis, Berge, Berge und noch mal Berge, andere Trekker, ich auf dem Thorung La. Dazwischen die drei Aufnahmen, die ich von dem Toten gemacht hatte, alle leicht überbelichtet. Und mein Schnappschuß des Registers auf der Wache in Muktinath. Perfekt. Goebels Eintrag war gestochen scharf zu sehen.

Dann hatte ich einen Geistesblitz. Ich bezahlte meine Coke und machte mich auf den Weg zur örtlichen Verwaltungsdienststelle des Annapurna-Nationalparks. Hier mußte man sich registrieren, um die Trekkinggenehmigung zu erhalten. Es war kein Betrieb, und der Beamte hinter dem Schreibtisch hatte nichts dagegen, daß ich nachschlug, wann ein paar angebliche Freunde von mir sich in Richtung Muktinath aufgemacht hatten. Ich blätterte vierzehn Tage zurück und begann die Einträge zu studieren. Und schließlich fand ich auch Stanley Goebels Namen, in akkurater Handschrift eingetragen, nur ein halbes Dutzend Namen über meiner eigenen Registrierung. Er mußte an jenem Morgen praktisch mit mir in der Schlange gestanden haben.

Diese Handschrift unterschied sich gravierend von jener auf dem Foto. Es war unzweifelhaft die Schrift eines anderen.

Also: Nach dem Mord an Stanley Goebel hatte der Killer sich unter dem Namen seines Opfers in Muktinath eingecheckt, vermutlich auch Goebels Reisepaß und Trekkinggenehmigung benutzt. Und das aus keinem Grund, der mir eingeleuchtet hätte. Sich bei der Polizei des jeweiligen Ortes zu melden war eine mehr oder minder freiwillige Sache; wenn einem dieses Vorgehen zu aufwendig war, ließ man es einfach bleiben, ohne daß es irgend jemanden groß gekümmert hätte.

Jedenfalls aus keinem *logischen* Grund. So wie es auch keinen logischen Grund zu geben schien, weshalb er Stanley Goebel getötet hatte. Vielleicht war Goebel gar nicht allein unterwegs gewesen; vielleicht hatte er sich mit einem Freund überworfen, der ihm gefolgt war, um sich schließlich an ihm zu rächen. Vielleicht war er von jemandem getötet worden, der seinen Kick daraus bezog, Leute umzubringen und eine Zeitlang ihre Identität anzunehmen. Wer blickt schon in die Abgründe der menschlichen Seele? Dies war eindeutig kein Fall für mich, sondern für einen Superhelden wie Shadow, der Gedanken lesen und sich bis auf seinen Schatten unsichtbar machen konnte.

Ich war mit meiner Weisheit so ziemlich am Ende. In Nepal kümmerte die Sache niemanden, und in Kanada krähte ebenfalls kein Hahn danach. Irgendwie fühlte ich mich, als sei es zumindest meine Pflicht, das Ganze aufzuschreiben, zu dokumentieren, rein für den Fall, daß so etwas noch einmal passierte. Ich dachte daran, Interpol einzuschalten; ich war mir zwar nicht so recht im klaren, was überhaupt die Aufgaben von Interpol waren, wußte aber immerhin, daß es sich um so etwas wie eine internationale Polizeitruppe handelte. Aber was wollten sie unternehmen, wenn die Nepali weiter auf Durchzug schalteten?

Ratlos und verzweifelt, wie ich war, beschloß ich, Zuflucht zum Forum aller Verschwörungstheoretiker zu suchen: dem Internet.

Die Internetcafés von Pokhara hatten sich offensichtlich untereinander abgesprochen, denn der Internetzugang kostete überall sieben Rupien pro Minute, also etwa sechs US-Dollar die Stunde und damit rund zehnmal soviel wie in Katmandu. Es handelte sich um schamlosen Kartell-Kapitalismus im OPEC-Stil, und einen Moment lang bewunderte ich die Chuzpe der Cafébetreiber sogar, auch wenn ich mich fragte, wie sie es hinbekamen, daß niemand aus dem System ausbrach. Wenn tatsächlich mal einer das Geschäft mit niedrigeren Preisen ankurbeln wollte, holten die anderen dann den Knüppel raus, um ihn in einer verschwiegenen Gasse zur Räson zu bringen?

Ich entschied mich für ein Café, das den anderen mit Qualität Konkurrenz machte und statt lahmer Analogleitungen eine relativ schnelle ISDN-Verbindung zu bieten hatte. Die wahrscheinlich aus Indien stammenden Computer waren ziemlich neu und mit Headsets ausgestattet, mittels derer man über das Internet Telefonate führen konnte, auch wenn die Verbindung absolut lausig war. Ich klickte auf den Explorer und tippte in die Adreßleiste: »thorntree.bigearth.com«.

Den enormen Einfluß, den das Big-Earth-Imperium auf die modernen Rucksacktouristen hat, kann man sich kaum ausmalen, wenn man es nicht erlebt hat. Die Autoren von Big Earth sind in der Lage, mit einem Federstrich die angesagtesten Szeneorte in Geisterstädte zu verwandeln oder Tausende von Travellern in ein verschnarchtes Dörfchen zu locken. Mit einer wohlgewählten Formulierung entscheiden sie darüber, ob der Betreiber einer Lodge über Nacht reich wird oder ein Jahr später pleite ist. De facto haben sie die Kontrolle über die Entwicklung des Tourismus in Dritte-Welt-Ländern, darüber, wer wann wohin reist und was er im Reiseland seiner Wahl unternimmt. Erfahrene Globetrotter sprechen vom sogenannten »Big-Earth-Effekt«, wenn ein bis dahin unbeachteter Fleck Erde oder auch eine Aktivität aufgrund ihrer Empfehlung eine Schwemme von Reisenden anzieht und daraufhin von einem Tag auf den anderen Hunderte von Unterkünften und Souvenirläden aus dem Boden schießen – mit dem Ergebnis, daß die Gegend völlig überlaufen und vom Kommerz verdorben ist und damit unweigerlich all das zerstört, was überhaupt zu der Empfehlung geführt hat.

Natürlich kann man ihnen das schlecht in die Schuhe schieben. Schuld an allem sind die Horden von Rucksacktouristen, die ihren Big-Earth-Bibeln kritiklos folgen, ohne sich auch nur einen Augenblick selbst umzusehen; und schuld ist natürlich auch die Welt selbst, die einerseits so viele Backpacker hervorbringt, andererseits aber so wenig magische Orte zu bieten hat, die man zu einem erschwinglichen Preis besuchen kann. Wie auch immer, letztlich produziert Big Earth lediglich Reiseführer, die besser sind als die der Konkurrenz; jedenfalls verlassen sich gut neunzig Prozent aller Reisenden in Entwicklungsländern auf die Expertisen der Big-Earth-Autoren.

Da die Reiseführer nur etwa alle zwei Jahre auf den neuesten Stand gebracht werden, betreibt Big Earth eine Website mit den neuesten Updates, um die Backpacker-Klientel über die jeweiligen Länder auf dem laufenden zu halten. Nicht zuletzt hat Big Earth ein Internetforum – den Thorn Tree –, über das sich Rucksacktouristen jederzeit miteinander kurzschließen können. Und der Thorn Tree schien mir das beste Medium, um dem Rest der Welt mitzuteilen, was geschehen war. Denn trotz aller Vorbehalte war ich selbst Mitglied der Big-Earth-Gemeinde, und so lag es quasi auf der Hand, den Rest der Backpacker-Welt darüber zu informieren, was passiert war. Etwas Besseres fiel mir schlicht nicht ein.

Ich loggte mich als »Paul Wood« ein und eröffnete ein neues Thema mit der Headline »Mord am Annapurna«. Damit würde ich doch wohl Aufmerksamkeit erregen. Dann berichtete ich so einfach und knapp wie möglich, was passiert war. Die Sache mit den Messern ließ ich aus – ohne besonderen Grund, schlicht, weil ich es vorerst für mich behalten wollte. Ebensowenig erwähnte ich, daß ich auf dem Trek verfolgt worden war, und genauso sparte ich es mir, irgendwelche Verbindungslinien zu dem zu ziehen, was sich vor zwei Jahren in Kamerun ereignet hatte. Ich berichtete, wie ich die Leiche entdeckt hatte, wie ich den Namen des Toten herausbekommen hatte, wie mich die nepalesische Polizei hatte auflaufen lassen, über das Personenregister in Muktinath und die mangelnde Hilfsbereitschaft der kanadischen Botschaft. Schließlich warnte ich alle Reisenden in der Annapurna-Region, daß dort offenbar ein unberechenbarer Killer sein Unwesen trieb, und bat sämtliche Leser, mich über den Thorn Tree zu informieren, falls irgend jemand über weiterführende Informationen oder Erkenntnisse verfügte.

Laxmans unmißverständliche Aufforderung, mich tunlichst aus der Sache herauszuhalten und keinen weiteren Ärger zu machen, tangierte mich nicht weiter. Zum einen bezweifelte ich, daß irgendein nepalesischer Polizist sich in dieses Forum einklinkte. Zum anderen machte ich damit ja wohl kaum irgendeiner Behörde Ärger. Vorausgesetzt, daß die Webredakteure von Big Earth meinen Beitrag nicht von vornherein zensierten, würde wohl nicht viel mehr passieren, als daß ein paar Leser ungläubig den Kopf schüttelten; ein paar Wochen, und mein Bericht würde wieder vom Schirm sein, im besten Fall eingedampft auf eine warnende Kurznotiz unter der Rubrik »Risiken und Gefahren« in der nächsten Auflage von *Trekking in Nepal*. Und damit war die Angelegenheit »Stanley Goebel« dann wohl endgültig begraben.

Es war längst Abend und ich hundemüde, als ich meinen Eintrag beendet hatte. Ich zog mich in mein komfortables Doppelzimmer im Sacred Valley Inn zurück, und während ich im Bett lag, wurde ich von einer Woge der Sehnsucht überflutet, ein tiefes, schmerzhaftes Fernweh nach einer Parallelwelt, in der Laura noch lebte, das Verlangen, bei ihr zu sein, sie in den Armen zu wiegen, mein Kinn an ihre Schulter zu schmiegen und den Duft ihres Haars einzuatmen. Ich war froh, daß ich so erschöpft war. Auf die Weise hatte ich wenigstens keine Probleme mit dem Einschlafen.

Als ich am nächsten Morgen aufwachte, duschte ich und putzte mir die Zähne, ehe ich mich unverzüglich ins nächste Internetcafé aufmachte. Eigentlich glaubte ich nicht, daß es schon irgendwelche Rückmeldungen auf meinen Eintrag gab, aber man wußte ja nie. Ungeduldig klopfte ich mit den Fingern auf die Tischplatte, während ich mich einloggte und das leise Zirpen des Computers an meine Ohren drang, so vertraut wie ein Popsong, den ich schon lange auswendig kannte.

Ich hatte drei Antworten bekommen, alle kurz und knapp.

```
Anonymous      Heilige Scheiße, was soll man da
27/10 08:51    noch sagen? Paßt bloß auf,
               ihr da draußen.
               Hört sich an, als hätte der
               Stier den Kontinent gewechselt.

JenBelvar      Der Stier? Wer soll das denn
27/10 11:08    sein?

Anonymous      Ein mutmaßlicher Serienkiller,
27/10 14:23    der aber bislang nur in Afrika
               aktiv war. Siehe auch den
               Nachtrag in Der Süden Afrikas.
```

Daß der erste und der dritte Eintrag anonym waren, hatte nichts zu bedeuten. Etwa die Hälfte der Einträge stammten von Usern, die sich nicht die Mühe machten, sich erst über ein Password einzuloggen. Vielleicht handelte es sich um ein und dieselbe Person, vielleicht auch nicht. Im Forum ging es um Informationen, nicht um Identitäten.

Eine ganze Weile lang starrte ich auf den Bildschirm, genauer gesagt, auf das Wort »Serienkiller«. Ich hatte nichts dergleichen vorgegeben, ja, nicht einmal angedeutet. Anschließend begab ich mich auf direktem Weg in die größte Buchhandlung von Pokhara. Im Regal mit den neuesten Big-Earth-Reiseführern standen gleich zwei in Plastik verschweißte Exemplare des Bandes, den ich suchte. *Der Süden Afrikas.* Geradezu bizarr, wenn man bedenkt, wie wenig Leute wohl von Katmandu nach Johannesburg fliegen. Ich holte mir die Erlaubnis ein, die Plastikhülle aufzureißen und drückte dem Verkäufer zweihundert Rupien in die Hand, damit er mich in Ruhe lesen ließ.

7

Die Handschrift des Stiers

Nachtrag auf Seite 351 von *Der Süden Afrikas* (Big Earth, 1998)

Der Stier

Kurz vor Redaktionsschluß verbreitete sich das Gerücht, daß im Süden Afrikas ein Serienkiller sein Unwesen treibt, der es offenbar speziell auf Rucksacktouristen abgesehen hat. Richtig ist, daß in diesem Gebiet während der letzten Monate mehrere Morde an Backpackern begangen wurden; unsere Nachforschungen haben jedoch ergeben, daß diese Verbrechen vermutlich in keinem Zusammenhang zueinander stehen.
Dennoch wird von einem Mann gemunkelt, der sich »Der Stier« nennt; es geht das Gerücht, daß dieser Mann die Gesellschaft alleinreisender Backpacker sucht, sie in abgelegene Gegenden begleitet, dort ermordet und ihnen die Augen aussticht. Unbestätigt sind auch Vermutungen, der Stier sei kein Afrikaner, sondern ein europäischer Rucksacktourist. Seine Spur soll sich von Kapstadt bis nach Malawi ziehen.
Tatsache ist, daß im vergangenen Vierteljahr vier alleinreisende Backpacker Morden zum Opfer gefallen sind: zwei in Südafrika, einer in Mosambik, einer in Malawi. Den beiden Opfern in Südafrika wurden die Augen ausgestochen. Darüber hinaus haben unsere Nachforschungen jedoch ergeben, daß die Morde an der Küste von Mosambik und im ländlichen Malawi im Juni dieses

Jahres an zwei aufeinanderfolgenden Tagen verübt wurden und aufgrund der Entfernung somit wohl keiner Einzelperson zugeschrieben werden können. Der Umstand, daß der mutmaßliche Serienkiller mit einem Spitznamen belegt worden ist, führt für uns außerdem zu dem Schluß, daß sich hier womöglich eine Legende verselbständigt, auch wenn diese auf tatsächlichen Ereignissen basiert.
Big Earth rät allen Reisenden ausdrücklich, sich generell vorsichtig zu verhalten, sich über die Updates auf bigearth.com über die neuesten Entwicklungen in den jeweiligen Reiseländern auf dem laufenden zu halten, potentielle Reisegefährten genau unter die Lupe zu nehmen und es nach Möglichkeit zu vermeiden, per Anhalter zu fahren oder sich auf eigene Faust in abgelegene Gegenden zu begeben. Auch wenn sich die Gerüchte um den Stier unseren Erkenntnissen zufolge nicht bestätigt haben, weisen wir hiermit nochmals darauf hin, daß in einer Reihe südafrikanischer Staaten höchst unbeständige politische Verhältnisse herrschen und viele Menschen dort in größter Armut leben. Auch die Verbrechensraten an bestimmten sozialen Brennpunkten Südafrikas sind alarmierend, auch wenn das Land politisch stabil und wirtschaftlich relativ hochentwickelt ist. Wir wünschen Ihnen eine sichere Reise.

Ich las das Ganze dreimal. Und dann las ich es noch einmal.
... wurden den Opfern die Augen ausgestochen. Ja, das war wohl wahr.
Der Stier.

Ich mietete mir ein Boot und ruderte hinaus auf den wunderschönen Pokhara-See. So gelang es mir, meine wachsende Nervosität in den Griff zu bekommen und allmählich wieder einen klaren Gedanken zu fassen. Ich überlegte: Was wußte ich mittlerweile, was folgerte ich, und was konnte ich unternehmen?

Die Fakten: Laura war in Kamerun ermordet worden, Stanley Goebel in Nepal. Zwei weitere Rucksacktouristen hatten in Südafrika ihr Leben gelassen. Allen vier Opfern waren die Augen ausgestochen worden. Es ging das Gerücht, daß die beiden Backpacker in Südafrika Opfer eines Serienkillers geworden waren, bei dem es sich mutmaßlich nicht um einen Einheimischen, sondern ebenfalls um einen Touristen handelte.

Der Eintrag in dem Reiseführer hatte zwar nicht en detail geschildert, was genau mit den Augen der Opfer geschehen war, aber das ließ sich unschwer erraten. Außerdem hatte dort keineswegs gestanden, daß den beiden anderen Mordopfern *nicht* die Augen ausgestochen worden waren. Ganz abgesehen davon, daß es in derart bettelarmen und unterentwickelten Ländern wie Malawi und Mosambik vielleicht auch nicht so einfach war, an derartige Informationen zu kommen.

Und wie viele Morde waren womöglich gar nicht als solche aktenkundig geworden? Wie viele Stanley Goebels gab es noch, die offiziell zu Selbstmördern oder Unfallopfern erklärt worden waren?

Es wäre nicht das erste Mal gewesen, daß es ein Verrückter auf Rucksacktouristen abgesehen hatte. Vor nicht allzu langer Zeit hatte in Australien ein Psychopath siebzehn Backpacker gefoltert und ermordet, ehe ihm eines seiner Opfer entkommen war und die Polizei alarmiert hatte. Dieser Killer aber war definitiv der erste, der sich seine Opfer aussuchte, während er selbst auf Reisen war.

Was nicht notwendigerweise stimmen mußte; vielleicht war er schlicht der erste, auf den man *aufmerksam* wurde. Unglaublich, wie einfach es für ihn sein mußte, seinem mörderischen Treiben nachzugehen. Erschreckend einfach. Alle spielten ihm in die Hände. Die Polizisten in den Dritte-Welt-

Ländern, denen es völlig egal war, was mit irgendwelchen dahergelaufenen Backpackern geschah, all die Rucksacktouristen, die sich auf eigene Faust an die entlegensten Orte begaben, der schier endlose, sich permanent verändernde Strom von Reisenden, heute hier, morgen dort, pausenlos auf dem Weg zum nächsten Ziel. Für einen brutalen Killer mit kühlem Kopf waren das geradezu ideale Bedingungen.

Mit dem kleinen Unterschied, daß die Schreiber von Big Earth das Ganze für ein Ammenmärchen hielten, in erster Linie deshalb, weil zwei der Opfer an aufeinanderfolgenden Tagen ermordet worden waren. Doch stimmte das auch? Die Morde waren in Malawi und Mosambik geschehen – konnte man sich auf die Informationen aus diesen Ländern tatsächlich verlassen? War es nicht ebensogut möglich, daß eines der beiden Opfer in Wirklichkeit ein paar Tage früher oder später ums Leben gekommen war – oder daß jemand den Zeitpunkt des Leichenfunds mit der tatsächlichen Tatzeit verwechselt hatte? Und ob das möglich war, jede Wette.

Erst Afrika, und nun war es hier passiert. Plötzlich fiel mir ein, daß ich sogar jemanden kannte, der von Südafrika nach Nepal gereist und obendrein auch noch unmittelbar in den Mord verwickelt war. Gavin. Aber ich brauchte nicht lange zu überlegen, um zu wissen, daß der Gedanke völlig absurd war. Er hatte das beste Alibi der Welt; wir waren nie mehr als ein, zwei Stunden voneinander getrennt gewesen, seit wir uns im Tal zusammengetan hatten, fünf Tage, ehe wir in Gunsang angekommen waren. Wir waren fast ununterbrochen zusammengewesen, und deshalb konnte er Stanley Goebel nicht auf dem Gewissen haben. Und wenn er einen Komplizen gehabt hatte? So wie in *Scream*? Quatsch. Viel zu kompliziert, das ergab beim besten Willen keinen Sinn. Davon abgesehen wußte ich, wie Gavin drauf war; wenn er geistesgestört war, hatte er das jedenfalls verdammt gut verborgen. Unsinn. Gavin hatte sich stets als hochanständig und zuverlässig erwiesen.

Energisch schüttelte ich den Kopf, um die düsteren Gedanken zu verscheuchen, paddelte um die kleine Insel in der Mitte des Sees herum und bemühte mich, an gar nichts zu denken. Die besten Ideen kommen mir immer dann, wenn ich sie nicht zu erzwingen versuche.

Kamerun, dachte ich. Das mußte der Schlüssel sein. In Nepal und Afrika trieben sich Tausende von Backpackern herum, die sich auf den verschiedenen Treks gegenseitig auf die Füße traten. Aber Kamerun lag verdammt noch mal mitten in Afrika. Seit zehn Jahren hatte Big Earth kein Buch mehr über Zentralafrika herausgebracht, da in den meisten Ländern dort immer wieder Krieg und Blutvergießen herrschten. Verglichen mit der Zentralafrikanischen Republik oder dem Kongo war Kamerun relativ zivilisiert; eigentlich war es sogar einer der schönsten Trips meines Lebens gewesen, bis Lauras Tod von einem Tag auf den anderen alles verändert hatte. Fest stand aber auch, daß Kamerun kein Backpacker-Terrain war. Die Klientel, die man dort traf, bestand aus französischen Abenteurern, in die Jahre gekommenen Ölsuchern und eben Alternativtouristen wie uns, die per Overland-Truck unterwegs waren.

Ich versuchte, die Daten zu sortieren. Wie ich zu meinem Erstaunen bemerkt hatte, war die letzte Auflage von *Der Süden Afrikas* herausgekommen, kurz nachdem ich aus eben jener Gegend nach Hause zurückgekehrt war. Was bedeutete, daß die beiden Morde, die im Juni geschehen waren, sich zu der Zeit ereignet hatten, als ich selbst in Afrika gewesen war – genauer gesagt, während meines Aufenthalts in Kamerun. Die beiden Opfer mußten fast zur gleichen Zeit wie Laura ums Leben gekommen sein; sie war am 15. Juni ermordet worden.

Was die ganze Serienkiller-Theorie nicht eben wahrscheinlicher machte. Mosambik, Malawi, Kamerun? Drei zusammenhängende Morde, die innerhalb von vielleicht zwei Wochen in drei verschiedenen, weit voneinander entfernten und unterentwickelten afrikanischen Ländern geschehen sein sollten? Möglich, wenn auch nicht sehr glaubwürdig. Zu meiner Erleichterung war damit ausgeschlossen, daß es jemand aus unserer Gruppe gewesen sein konnte. Keiner, der damals mit uns gefahren war, hatte Kamerun vor Ende Juni verlassen, da war ich mir sicher. Womit wiederum die drei Kandidaten ausschieden, die ich im Hinterkopf gehabt hatte.

Vielleicht gab es diesen Serienkiller gar nicht. Der Stier – womöglich handelte es sich wirklich bloß um ein Gerücht. Vielleicht war all das nur eine scheußliche Folge von Zufällen und ich schlicht mit den Nerven am Ende, weil ich das Pech gehabt hatte, in einem Zeitraum von zwei Jahren auf zwei grauenhaft entstellte Leichen zu stoßen. Ich tat mein Bestes, um mir einzureden, daß ich mich geirrt hatte. Ich sagte es mir wieder und wieder vor, selbst, als ich bereits auf dem Rückflug nach Kalifornien war.

Teil II

KALIFORNIEN

8

Wie ein Hamster im Laufrad

Die Rückkehr in die reale Welt ist immer traumatisch. Auf Reisen stellt jeder Tag eine Zeit intensiven Erlebens dar, jede Mahlzeit, jede Fahrt mit dem Bus und jede verdreckte Absteige ein Abenteuer, jeder neue Ort ein ungekanntes Fest für die Sinne; in der realen Welt hingegen bewegt man sich manchmal wochenlang in den eingefahrenen Gleisen, in die man sich selbst begeben hat, ohne auch nur einmal den Blick zu heben. Den Wechsel von der einen in die andere Welt pflegte ich »Dekompression« zu nennen; nun war ich also wieder in meinem normalen Leben in San Francisco, nach einem zweimonatigen Aufenthalt in Südasien, der an intensiven Eindrücken kaum zu überbieten gewesen war. Im Grunde war es wie beim Tauchen; wenn ich nicht ganz langsam auftauchte, würde ich am Ende noch die Caissonkrankheit bekommen.

Dennoch war es angenehm, wieder in der alten Umgebung zu sein, auch wenn mich mit einem Mal dieses seltsame Gefühl beschlich, als sei ich gar nicht fort gewesen, da sich absolut nichts verändert hatte – was dazu führte, daß sich die Intensität zweier Monate im Nu im kalifornischen Alltag auflöste. Wie auch immer, es war schön, zurück zu sein, im Pork Store zu frühstücken, sich die Zeit bei Kaffee und Schachspiel im Horseshoe Café zu vertreiben, ziellos am Strand entlangzustreifen, einfach nur im Bett zu liegen und Musik zu hören oder über die Golden Gate Bridge in die Berge von Marin County zu radeln. San Francisco ist eine großartige Stadt, ein Ort, an den man immer gern zurückkehrt, auch wenn in letzter Zeit allzu viele Neureiche und geldgierige Dot-comer zugezogen waren.

Gott sei Dank fiel das Kartenhaus der Mammonanbeter gerade in sich zusammen. »Was diese Stadt braucht, ist eine ordentliche Rezession«, hatte ich mehr als einmal in den vergangenen zwölf Monaten geschnaubt, und nun sah es tatsächlich so aus, als würde mein Wunsch in Erfüllung gehen. Hunderte von Dot-com-Firmen hatten sich hier breitgemacht, von denen die meisten auf kaum mehr als schiefe Fundamente und ein paar schwachsinnige Ideen gegründet worden waren; jeden Tag schlossen Dutzende von Firmen ihre Pforten oder sahen sich gezwungen, Mitarbeiter zu entlassen. Während meines Asientrips hatte ich diverse E-Mails von Freunden erhalten, die plötzlich ohne Job dastanden, dies seltsamerweise aber sogar zu begrüßen schienen. Und auch wenn die Mieten nicht gleich von astronomischen Höhen in den Keller purzelten, blieben sie immerhin zum ersten Mal seit Jahren stabil.

Obwohl ich als Programmierer für eine Internet-Consulting-Firma tätig war, machte ich mir um meinen eigenen Job keine Sorgen. Mir war bewußt, daß die fetten Jahre vorbei waren, in denen man uns geradezu obszöne Summen hinterhergeworfen hatte, doch hatten wir eine ganze Reihe seriöser Kunden, die so schnell nicht wegbrechen würden, mal abgesehen davon, daß ich gute Arbeit leistete. Und selbst wenn alles den Bach runterging, war ich vorerst gut versorgt, da ich es vorgezogen hatte, mich im letzten Jahr statt für eine Aktienbeteiligung für eine Prämie zu entscheiden, was seinerzeit für reichlich Spott im Bekanntenkreis gesorgt, sich nun aber als weise Wahl entpuppt hatte, da die Firmenaktien im letzten halben Jahr um achtzig Prozent gefallen waren. Der Mietvertrag für mein hübsches Cole-Valley-Apartment lief in drei Monaten aus, doch der Vermieter hatte bereits verlauten lassen, daß ich problemlos verlängern könnte. Mein Leben verlief in geordneten Bahnen.

In geordneten Bahnen, ja. Aber richtig gut war mein Leben nicht, und daß ich glücklich war, konnte ich eigentlich auch nicht behaupten. Ich hatte ein paar nette Bekannte, aber keine echten Freunde. Mein Job war abwechslungsreich und brachte eine ganze Stange Geld ein, doch befriedigte er mich nicht wirklich. Immer wieder hatte ich das Gefühl, das Leben würde mir durch die Finger rinnen, während ich – Ende Zwanzig und durchaus erfolgreich – es doch eigentlich in vollen Zügen hätte genießen sollen.

Die Wahrheit stellte sich so dar: Egal wie viele Länder ich besuchte, ob ich vier Monate im Jahr unbezahlten Urlaub nahm und auf dem Papier auch sonst, gesund, wohlhabend und privilegiert, zu den Glücklichen dieser Erde gehörte – im Grunde meines Herzens war ich zutiefst unglücklich, und ich hatte nicht die geringste Ahnung, wie ich diesen Zustand hätte ändern können. Ein wirkliches Glücksgefühl hatte ich zuletzt auf meinem Afrikatrip empfunden.

Zweieinhalb Jahre zuvor war ich mit einem Overland-Truck zu einer Reise quer durch Afrika aufgebrochen; geplant war ein fünfmonatiger Trip, der unsere Gruppe von Marokko bis nach Kenia führen sollte. Wir fuhren durch die Sahara und die Goldküste entlang nach Kamerun; in Kenia aber kamen wir nie an. Zum einen hatte es damit zu tun, daß im Kongo plötzlich Krieg ausbrach, und zum anderen damit, daß eine Frau aus unserer Gruppe eines Nachts an einem Strand in Kamerun ermordet aufgefunden wurde. Laura Mason. Meine Freundin.

Bis dahin war es ein wahrhaft einzigartiger Trip. Unsere Gruppe bestand aus zwanzig Backpackern, die alle auf eigene Faust unterwegs waren. Zudem handelte es sich nicht um eine organisierte Tour mit festen Reisezielen. Das Unternehmen, dem der Lastwagen gehörte, hatte uns zusätzlich einen Fahrer, einen Mechaniker und eine Tourbegleiterin gestellt, doch nach ein paar Tagen gehörten die drei so fest zur Gruppe wie alle anderen auch. Kochen, Waschen, Einkaufen auf den lokalen Märkten, jeder übernahm, was gerade anfiel, und keiner war sich zu fein, sich die Hände schmutzig zu machen, wenn der verbeulte alte Truck in Sand oder Schlamm steckenblieb, was fortlaufend geschah. Wir hatten ein paar höchst vergnügliche Wochen in Marokko und lernten uns bei einer Reihe feucht-fröhlicher Gelage besser kennen, dann machten wir uns auf in Richtung Süden, ins große Nirgendwo. Und schließlich durchquerten wir die Sahara.

Zwanzig Fremde, auf Gedeih und Verderb aneinandergekettet. Im verminten Niemandsland zwischen Marokko und Mauretanien versagte der Motor, aber schließlich bekamen wir die Kiste doch wieder flott. Wir kauerten uns auf dem Boden des Lastwagens zusammen, während in den Wäldern im Süden Mauretaniens Zweige mit rasiermesserscharfen Dornen an den offenen Seiten des Wagens entlangpeitschten. In Mali konnten wir nur tatenlos zusehen, wie unsere Zelte und Habseligkeiten in einem Tornado davongeweht wurden – die Szene war filmreif –, und verbrachten zwei volle Tage damit, unsere Sachen wieder einzusammeln. In Bamako hatten wir alle Hände voll damit zu tun, uns die Straßengauner vom Leib zu halten. Als wir durch das Land der Dogon trekkten, brach eine Hitzewelle über die Gegend herein, und wir schleppten unsere Rucksäcke jeden Tag bei fünfzig Grad zwanzig Kilometer durch den sengenden Gluthauch. Wir verbrachten acht Stunden an der nigerianischen Grenze, blieben höflich, aber bestimmt, während betrunkene Beamte uns siebenmal filzten, mit ihren Maschinenpistolen herumwedelten und schier unglaubliche Bestechungssummen verlangten. Wir brauchten drei Tage, um die vierzig Kilometer auf der Höllenpiste von Ekok nach Mamfe zu bewältigen, übersät mit Schlammlöchern, die so groß wie unser Lastwagen waren.

Alle wurden wir krank. Jeder hatte zwischendrin mal die Schnauze voll, jeder wurde mal sauer, und natürlich gab es auch Streitereien. Wir verbrachten jeden Tag zusammen, egal ob uns das gefiel oder nicht. Und auch wenn es gar nicht danach klingt, war es im nachhinein besehen ein phantastischer Trip. Es gab zwei Alternativen: Entweder gingen wir uns am Ende gegenseitig an die Gurgel oder wuchsen mit der Zeit zu einem echten Team zusammen – und wundersamerweise wurden wir eine echte Gemeinschaft. Ja klar, wir bekamen uns zuweilen in die Haare, und natürlich gab es, wie in jeder Gruppe, ein schwarzes Schaf – aber irgendwie wurden wir schließlich zu einer Art Familie.

Und dann wurde eine unserer Schwestern ermordet.

Ich kam donnerstags in Kalifornien an und begann am Montag wieder mit der Arbeit. Die Erfahrung hatte mich gelehrt, nach einer Reise stets noch ein paar Tage dranzuhängen, um den Jetlag zu überwinden und mich langsam wieder einzugewöhnen. Bloß nicht zu schnell auftauchen. Damals, als ich von Afrika nach Toronto zurückgekehrt war, hatte ich bereits am nächsten Tag wieder zu arbeiten angefangen. Zwei Stunden lang, dann hatte ich spontan gekündigt.

Ich zog meine Security-Card durch den Schlitz neben der Tür und betrat das schicke Großraumbüro, erkannte ein paar vertraute Gesichter und ging zu meinem Schreibtisch – ein Spitzenplatz übrigens, nur ein paar Meter vom Eisschrank und dem Kicker entfernt. Ich fühlte mich, als sei ich nie fortgewesen, als hätte ich meinen gesamten Trip bloß geträumt.

Ich setzte mich vor meinen Laptop, bewegte die Maus und klickte den Bildschirmschoner weg. Die Liste mit den Dingen, die ich vor meiner Reise zu erledigen gehabt hatte, befand sich noch auf dem Schirm. In meinem Posteingang waren 743 neue E-Mails. Die ersten 650 speicherte ich in einem Zwischenordner, um mich dann durch die neuesten durchzuarbeiten. Mein letztes Projekt, obschon zu meinem Reiseantritt eigentlich schon so gut wie abgeschlossen, befand sich immer noch in der Beta-Testphase, und die Firmenleitung bat mich, noch ein paar Änderungen an der Software vorzunehmen, was nicht viel Zeit beanspruchen würde. Ein weiteres Projekt war offenbar bereits so gut wie unter Dach und Fach, und sobald die Verträge unterzeichnet wären, würde ich die Sache als Chefentwickler übernehmen. Außerdem gab es eine von letzter Woche datierende E-Mail unseres Geschäftsführers, in der er sich salbungsvoll darüber verbreitete, daß er die Kündigung von zwanzig Mitarbeitern außerordentlich bedaure, aber weiterhin großes Vertrauen in die Zukunft und die Firmenvision habe. Zudem wurde an einem Kostenreduzierungsplan gearbeitet; ab sofort kostete eine Dose Mineralwasser fünfzig Cent, Softdrinks fünfundsiebzig Cent.

»Paul!« Rob McNeil schlug mir auf die Schulter, und augenblicklich besserte sich meine Stimmung; Rob steckte einen immer mit seiner guten Laune an. »Da bist du ja wieder! Wie war dein Trip, Alter?«

»Hey«, sagte ich. »Vom Feinsten. Und wie läuft's hier so?«

»Interessante Frage. Hast du die Mail vom Boss schon gelesen?«

»Hab ich. Kannst du mir fünfundsiebzig Cent für 'ne Limo leihen?«

»Das ist der Anfang vom Ende, Alter. Zwanzig gefeuert, vierhundert auf der Abschußliste. Die machen alle schon ihre Bewerbungsunterlagen fertig. Eins sag' ich dir, bald ist die Hälfte bei irgendeiner Internet-Jobbörse eingetragen.« Er setzte sich und schüttelte nachdenklich den Kopf. »Weißt du, ich beschwere mich ja nicht darüber, daß die Geschäftsleitung eine beschränkte Entscheidung nach der anderen trifft. So läuft das halt, wenn das Gehirn zu wenig Sauerstoff abkriegt. Aber es geht mir schon auf den Senkel, daß die uns offensichtlich für noch viel bescheuerter als sich selbst halten. Allein, was in der verdammten Mail steht... Ich meine, der tut ja gerade so, als wären wir Schwachköpfe.«

»Genau dafür halten sie uns ja auch«, sagte ich. »Gut ausgebildete Vollidioten. Ich kennen Sprache von magische Maschine, du machen tolle Bilder. Daddy, kann ich 'ne Limo haben? Mommy, du hast doch gesagt, meine Aktien würden steigen!«

Er grinste. »Genau so. Ich weiß nicht, was du vorhast, aber ich bin kurz davor, meine Spielsachen zu packen und ein für allemal die Biege zu machen.«

Nachdem ich mich durch meine E-Mails gearbeitet und mit Kevin, meinem Abteilungsleiter, gesprochen hatte, rief ich wieder die Big-Earth-Website auf, um zu sehen, ob es etwas Neues im Forum gab. Seit meiner Rückkehr hatte ich mich nicht mehr eingeklinkt, ohne daß ich genau gewußt hätte, warum. Wahrscheinlich hatte ich einfach alles vergessen wollen, statt mich rund um die Uhr mit der Sache zu beschäftigen. Doch nun, da der Arbeitsalltag wieder begonnen hatte, dachte ich, ich könne durchaus mal reinsehen; es war, als ob die Banalität meines Jobs die Ereignisse in Nepal irgendwie relativieren würde.

```
Rakesh219      Ich bin Nepali, und du bist ein
29/10 19:03    Lügner.
               Unsere Polizisten sind gute
               Leute und würden so etwas nie
               tun.
               Kanadier waren mir eigentlich
               immer sympathisch, aber jetzt
               glaube ich, ihr seid alle Lüg-
               ner. Ich glaube, du bist viel-
               leicht selbst der Mörder. Hau
               ab, wenn es dir bei uns nicht
               gefällt. Leute wie du kommen in
               unser Land und denken, sie kön-
               nen uns Vorschriften machen, nur
               weil wir nicht soviel Geld haben
```

wie ihr. Erst beutet ihr Weißen uns aus, und dann kommt ihr hierher und trampelt in unseren Tempeln herum. Jeder hier weiß, daß ihr Feiglinge seid. Eure Frauen sind Huren, und ihr fickt euch gegenseitig in den Arsch. Ich hoffe, es geschehen noch mehr Morde an Kanadiern.

JenBelvar
30/10 11:15

He, Leute, glaubt bloß nicht, der Typ sei repräsentativ. Nepalis sind die nettesten und freundlichsten Menschen in ganz Asien, wenn nicht sogar auf dem ganzen Planeten. Nun ja, irgendeinen Nörgler gibt's immer, gerade im Web.

Übrigens war heute ein Artikel über den Toten in der *Kathmandu Post*. Dort stand, es würde sich um einen Selbstmord handeln. Ich weiß natürlich nicht, was wirklich passiert ist, aber das Ganze hört sich einfach schrecklich an. Ich fühle mit den Hinterbliebenen und den beiden, die den Toten gefunden haben.

Anonymous
31/10 01:42

Ich habe Stanley Goebel vor ein paar Wochen in Pokhara kennengelernt, kurz bevor er zu seinem Trek aufbrach. Wir haben zusammen ein paar Bierchen gekippt. Echt cooler Typ. Ich kann's immer noch nicht glauben, daß ihn irgend so ein krankes Arschloch umgebracht haben soll. Daß die nepalesischen Bullen das Ganze vertuschen wollen, klingt einleuchtend. Keine Frage, die Nepali sind wirklich nette Leute, aber die Behörden dort sind korrupt bis ins Mark.

Anonymous
31/10 08:51
Die Sache mit dem Stier war nichts weiter als ein Gerücht. In Afrika ist es immer noch Thema, Tatsache aber ist, daß sich seit den im Big-Earth-Reiseführer erwähnten Todesfällen keine weiteren Morde mehr ereignet haben. Die ganze Paranoia bringt doch nichts. Erinnert euch lieber mal daran, daß die mit Abstand meisten Backpacker bei Verkehrsunfällen ums Leben kommen. Macht euch lieber Sorgen um durchgeknallte Autofahrer als um Serienkiller. Insbesondere in Südafrika – die Taxifahrer dort haben echt ein Rad ab!

GavinChait
01/11 11:03
Ich bin der Südafrikaner, den Paul Wood in seinem Bericht erwähnt. Es stimmt, wir haben die Leiche gefunden, und ich möchte

an dieser Stelle bestätigen, daß seine Darstellung absolut wahr ist. Ich bin die nächsten Tage im Gurkha Hotel in Pokhara zu erreichen, falls jemand neue Informationen haben sollte.

Inga
02/11 05:07

Ich kannte das Mädchen, das vor zwei Jahren in Malawi ermordet wurde. Es herrschte echte Panik, und ich habe von einer ganzen Reihe von Leuten gehört, daß mehrere Morde geschehen sein sollen, die offiziell nie ans Licht gekommen sind. Das, was ihr erlebt habt, hört sich genauso an, und es macht mir wirklich Angst. Es stimmt zwar scheinbar, daß seit der Warnung von Big Earth keine weiteren Morde geschehen sind. Was aber, wenn der Mörder (oder die Mörderin, es lebe die Gleichberechtigung) einfach das Buch gelesen und beschlossen hat, es nicht zu übertreiben und sich andere Jagdgründe zu suchen? Wenn ihr mich fragt, ist da draußen vielleicht wirklich ein Irrer unterwegs, der von Land zu Land reist, um arglose Touristen zu ermorden.

Anonymous
02/11 12:06

He, jedem sein Hobby.

Am Abend ging ich mit ein paar Bekannten essen, um mit ihnen meine Rückkehr zu feiern. Rob war dabei, Mike, Kelley, Ian und Tina, die ebenfalls in meiner Firma arbeiteten, sowie Ron und Toby, die wie ich aus Toronto stammten und dem Lockruf des allmächtigen amerikanischen Dollars erlegen waren. Wir trafen uns im Lu Tan, einem winzigen Restaurant in der übelsten Gegend der Stadt, in dem man das beste vietnamesische Essen auf diesem Planeten bekommt.

Alle redeten von Entlassungen, der Rezession, dem Zusammenbruch des Aktienmarkts und – nicht ohne gewisse Schadenfreude – dem überheblichen Getue jener Strategen, die im letzten Jahr auf dem Papier Multimillionäre gewesen waren. Die vergangenen zwei Jahre hatten wir unter lauter Menschen verbracht, für die man ein totaler Versager war, wenn man es nicht spätestens mit Dreißig zum Millionär gebracht hatte – und offensichtlich waren alle froh, daß sie nicht länger mit diesem Druck leben mußten.

Abgesehen von den üblichen Fragen, wie mein Trip denn gewesen sei, hakte keiner genauer nach, und meine Antworten blieben ebenso vage. Im Laufe der Jahre war mir klargeworden, daß sich so gut wie niemand wirklich dafür interessiert, was man auf einer Reise erlebt hat. Keiner will hören, wie man sich gegen die Naturgewalten gestemmt hat, von Scherereien und Frust, von Begegnungen mit Menschen aus völlig verschiedenen Kulturkreisen, und erst recht nicht, was für wunderbare Dinge einem passiert sind – tolle Sachen erlebt jeder am liebsten selbst. Erfahrene Globetrotter haben da schon eher ein offenes Ohr, oder eben echte Freunde, doch von ein paar losen Bekannten konnte ich das wohl kaum verlangen. Hätte ich ihnen von der Leiche erzählt, die wir gefunden hatten, hätten sie natürlich alle sofort die Ohren gespitzt, aber es ging mir einfach gegen den Strich, die Ermordung eines Menschen zu einer bloßen Anekdote herabzuwürdigen. Davon konnte ich immer noch ein andermal berichten.

Wir aßen, wir tranken, wir rauchten, quatschten, lachten, tauschten uns über gemeinsame Bekannte und Kollegen aus, spekulierten darüber, ob der Kellner schwul war, und hatten einen richtig netten Abend. Auch ich war gut drauf. Absolut. Ich hatte mich seit langem nicht mehr so gut amüsiert. Und dennoch ließ ich wieder und wieder meinen Blick über die Runde schweifen und fragte mich, ob diese Menschen wirklich meine Freunde waren. Oder war das alles nur eine Frage des Zufalls – und am Ende nur deshalb so, weil man sich irgendwann mal in der Schule oder bei der Arbeit kennengelernt hatte, den anderen leidlich sympathisch fand und sich im Laufe der Zeit so aneinander gewöhnt hatte, daß man das Ganze nun »Freundschaft« nannte? Keine Frage, es waren Menschen, die ich mochte und in deren Gesellschaft ich mich wohl fühlte. Aber war es wirklich so verwunderlich, daß keiner von ihnen mir wirklich nahestand? Gehörte irgend jemand von diesen Leuten wirklich zu meinem engsten Kreis?

Ich sann darüber nach, ob ich überhaupt einen vertrauten Kreis hatte, während ich nach Hause fuhr. Meine Familie, die mir nie besonders nahegestanden hatte, war über den ganzen Kontinent verstreut. Ich konnte mich nicht erinnern, wann ich mich zuletzt mit meinen Schwestern, meinem Bruder und meinen Eltern in demselben Raum aufgehalten hatte. Auf der Highschool hatte ich einige enge Freunde gehabt, die nach wie vor oben in Kanada lebten; wenn ich zu Besuch kam, taten wir alle so, als seien wir immer noch eingeschworene Kumpel. Obwohl wir natürlich genau wußten, daß dem nicht so war. Im Lauf der Zeit hatten wir uns auseinandergelebt, und dazu kam noch die geographische Entfernung. Wir nannten uns nur deshalb noch Freunde, weil wir die Erinnerung an eine vergangene Zeit aufrechterhalten wollten.

Und dann war da noch meine Afrikaclique – die Menschen, mit denen ich im Lkw quer durch die Wüste gefahren war. Doch handelte es sich dabei fast ausschließlich um Engländer,

Australier und Neuseeländer; die meisten lebten in London, und zu einem zehntausend Kilometer entfernten Kreis von Leuten zu gehören war in vielerlei Hinsicht schlimmer, als völlig allein dazustehen. Nach dem Afrikatrip hatte ich mich mit ein paar von ihnen noch einmal getroffen. Bei diesem Treffen war es mir so vorgekommen, als stünden wir uns näher als zuvor, als hätte uns Lauras Tod noch fester zusammengeschweißt. Doch entsprach das tatsächlich der Wahrheit, oder war es nur eine romantische Illusion? Und wenn das wirklich die Menschen waren, mit denen mich ein so großes Zusammengehörigkeitsgefühl verband, wieso war ich dann eigentlich noch hier und nicht in London?

Vielleicht gehörte ich ja zu jenen Leuten, die überhaupt keinen engeren Kreis hatten. Und vielleicht würde ich auch nie einen finden. Wenn ich es mir recht überlegte, gehörten eigentlich fast alle meine Bekannten zu dieser Kategorie von Menschen, und unser halbes Leben verbrachten wir damit, diese Tatsache voreinander zu verbergen.

Die Sehnsucht nach Laura zerriß mir fast das Herz. Dann schlief ich ein.

Ich verliebte mich in Laura – oder genauer, gestand mir ein, daß ich mich bereits bei der ersten Begegnung in sie verliebt hatte – an dem Tag, als wir um ein Haar ums Leben gekommen wären. Es war ein Tag, den es nie gab, genauso steht es in meinem Reisepaß. Die Stempel besagen, daß ich Marokko am 14. April verließ und am 16. April in Mauretanien einreiste. Es war der Tag dazwischen, der 15. April 1998.

Von Marokko nach Mauretanien kommt man nur im Verbund mit einem Militärkonvoi, dem man sich zweimal die Woche anschließen kann. Zuerst ging ich davon aus, daß es sich um eine der üblichen bürokratischen Schikanen handelte, änderte aber meine vorschnell gefaßte Meinung, als wir an den Überresten eines ausgebrannten Landrovers vorbeifuhren. Wir passierten ein weiteres halbes Dutzend Autowracks, ein paar Schrotthaufen, die wahrscheinlich einmal Motorräder gewesen waren, das halb im Sand begrabene Gerippe eines Trucks, der unserem verdammt ähnlich sah, und jede Menge ausgebleichter Kamelknochen. Einmal sahen wir sogar eine Landmine, die vom Wüstenwind freigeweht worden war. Sie sah aus wie eine rostige Thunfischdose in Frisbeegröße.

Am zweiten Tag unserer Reise durch das Niemandsland gab die dicke Bertha mal wieder den Geist auf. Die dicke Bertha war der große gelbe Truck, mit dem wir unterwegs waren, ein dreißig Jahre alter Wagen aus Armeebeständen, ganz bestimmt nicht gerade maßgeschneidert für die Sahara, wo der allgegenwärtige Sand letztlich wohl jeden Motor lahmlegt. Wir konnten uns glücklich schätzen, wenn die alte Kiste uns nur einmal am Tag stehenblieb. Zum x-ten Mal öffneten Hallam und Steve die Motorhaube, um zu prüfen, wo der Fehler diesmal lag. Nach einer Weile ließ Steve uns wissen: »Scheiße, das kann ein paar Stunden dauern. Betet, daß es nicht ein paar Tage werden.«

Die dicke Bertha bestand aus der Fahrerkabine, in die drei Leute paßten, und dem etwa zehn Meter langen Wagen, in dem die Passagiere mitfuhren. Zwischen Fahrerkabine und Wagen befand sich ein Zwischenraum, wo der Tisch und die Werkzeuge aufbewahrt wurden. Auf den Wagen kam man über eine einziehbare Stahltreppe auf der linken Seite. Hatte man die Treppe erklommen, ging es rechts in die mit Brettern ausgelegte »zweite Klasse«, wo sich zwei Reihen von Holzbänken bis zum Heck erstreckten. Links führten zwei weitere Stufen in die »Erste Klasse« mit sechs gepolsterten Doppelsitzen. Das Heck bestand aus einem hölzernen Verschlag, wo wir unser Gepäck aufbewahrten; in dem darunter befindlichen Safe konnten wir unsere Wertsachen verschließen. Eine feste transparente Plastikplane schützte uns vor Wind und Wetter;

hier in der Wüste hatten wir sie an beiden Seiten hochgezogen, da man sich sonst fühlte wie in einem Backofen.

Kein Quadratzentimeter blieb ungenutzt. Über den Bänken befanden sich verschließbare Gepäckfächer, unter den Sitzen hatten wir ebenfalls allerlei Sachen verstaut. Unter den Brettern in der zweiten Klasse lagerten Konserven und andere Nahrungsmittel, unter dem Boden in der ersten Klasse reichlich Ersatzteile. Gegenüber der Eingangstreppe standen ein kleines Bücherregal, der Kassettenrekorder und der Eisschrank, der so gut wie nie funktionierte. In den abgeschlossenen Boxen an den Seiten des Lasters befanden sich Wasser- und Benzinkanister, weiteres Werkzeug, Feuerholz, Zelte, Klappstühle, Küchenzubehör und jede Menge anderer Dinge. Auf dem Dach transportierten wir Ersatzreifen und weiteres Feuerholz. Alles in allem war die dicke Bertha ein beeindruckend gut ausgerüstetes Gefährt; ihr einziger Fehler war, daß sie mindestens zweimal pro Woche liegenblieb.

Und so waren wir mitten in einem Minenfeld gestrandet, mitten im Niemandsland, mitten in der Sahara. Im nachhinein mag sich das abenteuerlich, ja romantisch anhören, doch damals war es einfach nur sterbenslangweilig. Es herrschten fünfundvierzig Grad im Schatten. Es war zu heiß zum Lesen, zu heiß zum Kartenspielen, zu heiß, um irgend etwas anderes zu tun, als herumzusitzen und apathisch vor sich hinzustarren. Daher beschloß ich, einen kleinen Spaziergang zu machen.

Was gar nicht so blöd war, wie es sich vielleicht anhört. Lange waren wir einfach über endlose Sandebenen gefahren, doch mittlerweile befanden wir uns auf einer häufig befahrenen Piste, die vage an eine richtige Straße erinnerte. Vom Dach des Lastwagens aus konnten wir in etwa drei Kilometer Entfernung den militärischen Kontrollpunkt sehen, wo der Rest des Konvois auf uns wartete. Solange wir uns nicht zu weit vom Weg entfernten, war hier absolut nichts zu befürchten. Inzwischen las ich zum x-ten Mal Seite siebzehn von Thoreaus *Walden – Leben in den Wäldern*, aber es war einfach zu heiß und ich zu weit entfernt von New England, als daß ich auch nur ansatzweise irgend etwas verstanden hätte.

Ich klappte das Buch zu und sah mich um. Ein gutes Dutzend meiner Reisegefährten erwiderte meinen Blick von irgendwelchen schattigen Plätzchen aus, die sie sich provisorisch geschaffen hatten.

»Hat jemand Lust, sich ein bißchen die Beine zu vertreten?« fragte ich.

Keine Antwort. Ein wenig kam es mir vor, als befände ich mich in einer Klinik mit lauter Todkranken, für die keine Hoffnung mehr bestand. Niemand regte sich außer Michael, Emma und Robbie, die sich ab und zu aus ihren Sigg-Flaschen etwas von dem warmen Naß übers Gesicht laufen ließen. Was auch nicht viel brachte. Nur mit der Sprühflasche hätte man sich einigermaßen abkühlen können, doch Hallam hatte uns strikt untersagt, damit Wasser zu verschwenden, ehe wir unsere Vorräte wieder aufgefüllt hatten.

»Keiner? Schade«, sagte ich enttäuscht.

Doch plötzlich meldete sich eine Stimme von den Erste-Klasse-Sitzen oben. »Ich komme mit.«

Ich wandte den Kopf und sah sie an. Laura lächelte. Und ich lächelte zurück.

Wir hatten fast sechs Wochen in Marokko verbracht, und doch war es erst unsere zweite richtige Unterhaltung. Das erste Mal, daß wir länger miteinander gesprochen hatten, war knapp einen Monat zuvor in Marrakesch gewesen; zu dem Zeitpunkt war sie noch mit Lawrence zusammen gewesen, obwohl sie bald darauf Schluß gemacht hatten. Aber so war das eben mit der Gruppendynamik auf einem Expeditionstrip wie diesem: Man war so gut wie nie allein, und daß man – abgesehen von der Person, mit der man sein Zelt teilte – ein Gespräch unter vier Augen führte, kam nur sehr selten vor.

Wir zogen in südlicher Richtung los. Zum Schutz gegen die sengende Sonne trugen wir Hüte und hatten eine dicke Schicht Sunblocker aufgetragen; außerdem hatten wir einen Liter abgestandenes, entsalztes Wasser dabei. Eine Weile gingen wir schweigend nebeneinander her.

»Die Wüste hat's mir wirklich angetan«, sagte ich. »Na ja, ich hab' eigentlich auch nichts anderes erwartet. *Lawrence von Arabien* war schon immer mein Lieblingsfilm. Aber daß ich derart darauf abfahren würde, hätte ich nicht gedacht.«

»Ich finde es auch wunderschön hier«, sagte sie. »Obwohl ich mir die Wüste irgendwie anders vorgestellt habe. So wie in *Der englische Patient*.«

Die Sahara, wie wir sie bislang kennengelernt hatten, bestand fast ausschließlich aus endlosen Sandebenen, sporadisch durchbrochen von zerklüfteten Felsmassiven, Dornbüschen und Kakteen. Momentan war selbst von solch karger Vegetation weit und breit nichts zu sehen. Wir wußten es damals noch nicht, aber die Wüste, wie wir sie aus Hollywood-Filmen kannten – die enormen, vom Wind aufgeschichteten Dünen zwischen Nouadhibou und Nouakchott –, lag gerade mal zwei Tagesetappen von uns entfernt.

»Nicht, daß du mich für so 'ne Hippie-Braut hältst«, sagte sie, »aber irgendwie kommt es einem wirklich so vor, als würde die Wüste leben. Verstehst du, was ich meine? Eigentlich ist hier alles völlig ausgedörrt und tot, aber man spürt die ganze Zeit so seltsame ... Schwingungen.«

»Und selbst, wenn du 'ne Hippie-Braut wärst«, sagte ich, »würde mich das nicht stören.«

»Okay. Und du kannst meinetwegen auch gern den Zyniker raushängen lassen.«

»Wie?« fragte ich. »Hältst du mich für zynisch?«

»Offenbar wärst du es gern. Nur wird dir das nie gelingen.«

»Ach ja? Und weshalb?«

»Du bist einfach viel zu nett«, sagte sie.

»Oh.«

Wir gingen ein paar Schritte, ohne daß ein weiteres Wort fiel.

»Das war übrigens ein Kompliment«, erklärte sie plötzlich. »Falls du's nicht mitbekommen hast.«

»Schon klar«, sagte ich und grinste sie verlegen an. »Danke für die Blumen.«

»Tut mir leid. Ich weiß ja auch nie, was ich in solchen Situationen sagen soll.«

»Nicht wahr?« sagte ich. Endlich gab mal jemand zu, daß es ihm genauso ging. »Irgendwie sitzt man in der Zwickmühle. Wenn man einen auf bescheiden macht, sieht es aus, als wolle man bloß höflich sein. Wenn man zeigt, daß einen das Kompliment freut, wirkt man irgendwie unsicher... Ich weiß auch nicht.«

»Vielleicht sollten wir einfach wie üblich herumstichen«, sagte Laura. »Darin sind wir ja alle ganz groß.«

»Ihr Engländer jedenfalls.«

»Ach ja? Findest du das besonders britisch?«

Ich zog die Augenbrauen hoch. »Machst du Witze? Ihr seid doch um Meilen, ach was, um Lichtjahre sarkastischer als die schlimmsten Spötter bei uns zu Hause in Kanada. Da meidet man Leute wie euch wie die Pest.«

»Würdest du das etwa auch tun?«

»Äh, nein. Also, für meine Landsleute lege ich zwar die Hand nicht ins Feuer, aber ich würde schon mit dir reden.«

»Tatsächlich? Und wenn ich sagen würde, daß alle Kanadier ungehobelte Flegel sind? Und schon bei ein paar Grad unter Null zu jammern anfangen und beschissen Eishockey spielen? Und daß ihr euch alle heimlich wünscht, ihr wärt Amerikaner?«

Ich grinste. »Hören Sie, Lady«, sagte ich mit meiner besten John-Wayne-Stimme. »Bis hierhin und nicht weiter. Sonst...«

»Was sonst?«

»Sonst gibt's Ärger«, sagte ich. »Auch guten Freunden laß' ich nicht alles durchgehen.«

Wir kamen an zwei großen Haufen übereinandergeschichteter flacher Felsbrocken vorbei, die vielleicht fünfzehn Meter auseinander lagen, aber ich beachtete sie nicht weiter, da wir völlig in unsere Unterhaltung versunken waren. Die Wüstenlandschaft hatte sich erneut verändert. Hier hatten Wind und Sonne den Sand fest zusammengebacken. Vor uns lag ein riesiges, von endlosen Rissen zerfurchtes Terrain, unregelmäßig durchbrochen von Verwehungen aus feinstem Sand und meterhohen, sanft geschwungenen Dünen. Im Licht der Sonne schimmerte die Landschaft wie das Fell eines Löwen.

Der Pfad, dem wir folgten, war von tiefen Reifenspuren durchzogen, die möglicherweise Jahrzehnte alt waren. Stellenweise waren sie vom Sand zugeweht, tauchten dann aber unvermittelt wieder auf. Während wir unseren Weg fortsetzten, nahm ich eine Bewegung in der Ferne wahr. Ich blieb stehen und kniff die Augen zusammen.

»Sieh mal da drüben«, sagte ich. »Kamele.« Ein halbes Dutzend vielleicht, was auf die Distanz aber nur schwer abzuschätzen war.

»Ein oder zwei Höcker?« fragte Laura.

Ich schüttelte den Kopf. »Kann ich nicht erkennen.«

»Vielleicht waren die Kamele ja einst Pferde«, sagte sie.

Ich warf ihr einen fragenden Blick zu.

»Na ja«, sagte sie. »Pferde mit Höckern. Höckerpferde sozusagen. Wäre doch möglich. Vielleicht ist irgendwann vor langer Zeit mal ein Schiff mit einer Ladung Höckerpferde hier an irgendeiner Küste gestrandet. Und über Hunderte von Jahren sind die Pferde dann schließlich zu Kamelen geworden.«

»Nicht sehr wahrscheinlich«, sagte ich.

Sie sah mich mit unschuldigem Augenaufschlag an.

»Aber vielleicht sind es ja Menschen im Kamelkostüm«, sagte ich. »Soldaten zum Beispiel. Saudische Soldaten, die sich irgendwo in der Sinai-Wüste verlaufen haben und schließlich in der Sahara gelandet sind.«

Sie nickte. »Das sollte man nicht ausschließen.«

»Hmm, aber aus dieser Entfernung kann man nur raten.«

»Tja, vielleicht sollten wir sie nicht Kamele nennen«, sagte sie, während sie sich sichtlich anstrengen mußte, nicht laut herauszuplatzen. »Sondern Unbekannte dromedarartige Objekte.«

Ich nickte, ohne eine Miene zu verziehen. Und dann sahen wir uns noch zwei Sekunden lang todernst an, ehe wir in nicht enden wollendes Gelächter ausbrachen.

Am Checkpoint wartete der Rest des Konvois, ein Dutzend Zivilfahrzeuge, die von drei Militärjeeps flankiert wurden. Die meisten Reisenden waren Europäer, die mit ihren Geländewagen von Gibraltar herübergekommen waren; dazu kamen vier Deutsche auf voll aufgemotzten Motorrädern, zwei Belgierinnen, die eine Radtour um die Welt machten, ein halbes Dutzend Freaks aus aller Herren Länder, unterwegs in einem Volkswagen, der wahrscheinlich vor meiner Geburt vom Band gelaufen war, sowie ein paar afrikanische Familien, die in verbeulten Renaults und Peugeots auf dem Weg zurück in ihre Heimat waren.

Unter den Wartenden schien noch schlechtere Stimmung zu herrschen als in unserer Gruppe. Der Checkpoint selbst bestand aus einem winzigen Ziegelbunker, vor dem vier mit Kalaschnikows bewaffnete Soldaten in Tarnanzügen herumlungerten. Araber, keine Schwarzen. Der Anteil der schwarzen Bevölkerung hatte zugenommen, je weiter wir in den Süden Marokkos vorgedrungen waren, doch schwarze Soldaten sah man nur höchst selten.

Ein französisches Paar kam auf uns zu und wollte wissen,

was mit unserem *camion* los sei und wie lange es noch dauern würde, bis wir ihn repariert hatten. Ich hatte zwar auf der Highschool Französisch gehabt, aber sie mußten das Ganze fünfmal wiederholen, bis ich sie endlich verstand. »*Trois heures, peut-être plus*«, sagte ich und zuckte gleichgültig die Achseln, denn ihr unfreundlicher Ton ärgerte mich. Die beiden schnaubten genervt, ehe sie zu ihrem Landrover zurückgingen, wobei sie uns böse Blicke über die Schulter zuwarfen.

Die marokkanischen und mauretanischen Soldaten, die den Konvoi eskortierten, waren in Hörweite, schenkten unserem kurzen Wortwechsel aber keinerlei Beachtung. Sie dachten und fühlten in afrikanischer Zeit. Hier war es an der Tagesordnung, daß manche Dinge länger dauerten.

Laura und ich kamen überein, auf den vielleicht dreißig Meter hohen Hügel unweit des Checkpoints zu steigen. Die Aussicht war atemberaubend; zu allen Seiten erstreckte sich die golden schimmernde Wüste, soweit das Auge reichte. Aus der Entfernung sah unser großer, gelber Truck wie ein Playmobil-Auto aus.

»Weißt du, worauf ich jetzt am meisten Lust hätte?« fragte Laura, nachdem wir uns sattgesehen und uns einen Platz zum Hinsetzen gesucht hatten. »Auf eine kalte Dusche und danach auf ein Eis. Aber wenn ich mich für eines von beidem entscheiden müßte, würde ich wohl die Dusche nehmen.«

Ich nickte. »Manchmal kommt es mir vor, als hätte ich einen Panzer aus Schweiß und Sand auf der Haut.«

»Du mußt dich wenigstens nicht mit einem BH rumschlagen«, sagte sie. »Ihr Typen könnt wenigstens den ganzen Tag mit freiem Oberkörper herumlaufen. Du hast keine Vorstellung, was wir durchmachen.«

»Wieder mal ein Sieg fürs Patriarchat«, sagte ich.

Wir lächelten uns an. Dann schloß sie die Augen, ließ sich zurücksinken und zog den Hut tief ins Gesicht. Während sie so dalag, musterte ich sie von Kopf bis Fuß. Sie hatte ihr Haar zu einem Pferdeschwanz zusammengebunden, und obwohl ihre Haut über und über mit Sand verkrustet war, fand ich sie ausnehmend hübsch. Sie trug Sandalen, khakifarbene Shorts und ein weißes T-Shirt, und ein Lächeln umspielte ihren Mund, so wie sie überhaupt immer leise zu lächeln schien. Sie war eine Frohnatur, und das gefiel mir am allerbesten an ihr. Ich fühlte mich wohl in ihrer Nähe.

»Wollt ihr ein paar Plätzchen?« fragte unvermittelt eine Stimme hinter uns.

Ich wandte mich um. Ein Typ mit einem Ziegenbärtchen grinste zu mir herunter und hielt mir eine Packung mit spanischen Schokoladenplätzchen hin. Der Anblick des Mannes war so absurd, daß ich einen Moment lang glaubte, es handele sich um eine Fata Morgana. Aber er war so wirklich wie wir selbst, und die Plätzchen schmeckten einfach köstlich. Laura aß drei Plätzchen, ließ sie mit geschlossenen Augen auf der Zunge zergehen. Wir tranken unser letztes Wasser, und unser spanischer Engel – er hieß Fernando – erbot sich, unsere Wasserflasche frisch aufzufüllen. Er habe genug Wasser dabei, sagte er.

»Ich fass' es nicht«, seufzte Laura nach dem ersten Schluck. »Richtiges Wasser. Richtiges, frisches Wasser.«

Ich nickte zustimmend. Seit zehn Tagen mußten wir uns mit dem durchaus sauberen, aber faulig schmeckenden Wasser abfinden, mit dem wir unsere Kanister in Dakhla aufgefüllt hatten; im Vergleich dazu kam es uns vor, als hätte uns Fernando Champagner kredenzt.

Wir unterhielten uns ein Weilchen mit ihm, quatschten über Fußball; er erzählte von seiner Freundin, die im Senegal auf ihn wartete. Er sprach nur gebrochen Englisch, und so versiegte unser Gespräch allmählich. Ich fühlte mich hundemüde, nachdem ich so lange in der prallen Sonne gewesen war.

»Na, wollen wir uns auf den Rückweg machen?« fragte Laura.

»Ja«, sagte ich. »Zeit für eine kleine Siesta.«

Wir bedankten uns nochmals bei Fernando und zogen wieder los. Der Rückweg war zwar anstrengend, doch in Lauras Gesellschaft verging die Zeit wie im Flug.

»Weißt du was«, sagte ich irgendwann.

»Ja?«

»Macht echt Spaß mit dir.«

Sie lächelte mich an. »Danke«, sagte sie. »Mit dir auch.«

Leicht verlegen trotteten wir eine Weile nebeneinander her, linsten uns ab und zu von der Seite an, ohne noch etwas zu sagen. Ich grübelte darüber nach, ob sie einfach nur nett war oder ob ihre Worte vielleicht doch ein bißchen mehr bedeuteten. Später erzählte sie mir, daß sie über genau dasselbe nachgedacht hatte.

Erschrocken wandten wir uns um, als wir plötzlich zwei heisere Stimmen hörten. Zwischen den Steinhaufen, an denen wir schon zuvor vorbeigekommen waren, stand ein zum Konvoi gehörender Armeejeep, und darin saßen zwei Soldaten, die etwas auf Französisch zu uns herüberriefen. Ich verstand nicht, was sie uns mitteilen wollten. Laura und ich wechselten einen besorgten Blick – die Soldaten klangen ernstlich alarmiert – und liefen auf den Jeep zu. Wir waren nur noch ein paar Meter von ihnen entfernt, als ich sah, daß die Soldaten nicht den Wüstenpfad mit den tiefen Reifenspuren benutzt hatten, sondern über eine nur schwach erkennbare, sandverwehte Piste gefahren waren, die von den beiden Steinhaufen bis hinüber zum Checkpoint führte.

»Heilige Scheiße!« platzte ich heraus. Ich wandte mich um und sah erschrocken zu dem Pfad zurück, über den wir gelaufen waren.

»Was ist denn?« fragte Laura.

»Nichts«, erwiderte ich. »Komm.« Ich marschierte voran zu dem Jeep, während mir langsam die volle Tragweite unseres Fehlers bewußt zu werden begann.

»Achtung! Achtung!« Der Soldat am Steuer sah uns aus geweiteten Augen an. Er wies auf die Piste, über die der Jeep gekommen war. »*Das* ist der richtige Weg!« Mit ausgestrecktem Finger deutete er auf den Wüstenpfad, den wir nun schon zum zweiten Mal entlangmarschiert waren. »Die Straße ist vermint!«

»Mein Gott!« brach es aus Laura heraus. »O mein Gott!«

Entsetzt starrten wir uns an. Aber dann mußten wir plötzlich lauthals loslachen, während die Soldaten ungläubig zu uns herüberstarrten.

»Ihr könntet tot sein«, sagte Robbie leise, als wir den anderen erzählt hatten, was passiert war.

Laura und ich wechselten einen kurzen Blick. Dann sah sie Robbie an.

»Glaub mir«, erklärte sie feierlich, »für diese Plätzchen könnte ich wirklich sterben.«

Am nächsten Morgen ging ich wie üblich zur Arbeit. Dort rief ich zuallererst die Thorn-Tree-Seite auf. Nur ein neuer Eintrag war hinzugekommen.

```
BC088269      Hahaha!
04/11 06:01   Von wegen Gerücht! Ich bin der
              Stier. Ich warte schon auf den
              nächsten, dem ich meine Messer
              in die Augen rammen kann.
```

Irgendein bekloppter Jugendlicher, der sich ein makabres Späßchen erlaubte, dachte ich und schloß das Fenster.

Im selben Moment erstarrte ich und öffnete es erneut.

Dem ich meine Messer in die Augen rammen kann. Niemand hatte die Messer bislang erwähnt. Von den Schweizer Armeemessern, die in den Augenhöhlen des Toten gesteckt hatten, wußten nur ich, Gavin und die nepalesische Polizei. Okay, in dem Big-Earth-Reiseführer hatte natürlich gestanden, daß der Stier seinen Opfern die Augen ausstach. Dennoch las ich den neuen Eintrag noch einmal sorgfältig durch.

Im selben Moment fiel mir etwas auf, was mir einen eiskalten Schauder über den Rücken jagte. Es war der Nickname, den sich der Absender gegeben hatte, eine scheinbar wahllose Abfolge von Buchstaben und Zahlen. BC088269. Irgendwie kam mir diese Kombination bekannt vor. Und ich wußte auch, wo ich sie schon einmal gesehen hatte.

Ich stand abrupt auf, verließ das Büro und fuhr nach Hause. Unentschuldigte Abwesenheit. Sollten sie mich doch feuern. Das hier war verdammt wichtig.

Zurück in meiner Wohnung, griff ich mir meine Reisefotos, die immer noch uneingeklebt herumlagen. Einen Moment später hielt ich das Bild in der Hand, das ich auf der Wache in Muktinath gemacht hatte; das Foto von dem Register, in dem sich der Killer unter Stanley Goebels Namen eingetragen hatte. Neben dem Namen stand die Nummer von Stanley Goebels Reisepaß.

Die Nummer lautete BC088269.

Natürlich war das kein definitiver Beweis. Es bedeutete nicht mehr, als daß sich dort jemand eingetragen hatte, der Stanley Goebels Reisepaßnummer kannte. Dennoch war damit für mich endgültig jeder Zweifel ausgeschlossen. Es war das letzte Indiz, das mich ein für allemal davon überzeugte, daß der Mord an Stanley Goebel nur die Spitze des Eisbergs war. Es mußte irgendeine Verbindung zwischen den Morden bestehen; nun war ich sicher, daß da draußen jemand sein Unwesen trieb, der es gezielt auf Backpacker aus der Big-Earth-Gemeinde abgesehen hatte.

Von wegen Gerücht! Ich bin der Stier.

Es verschaffte mir ein gutes Gefühl, endlich alle Zweifel ausgeräumt zu haben.

Ja, ich war felsenfest davon überzeugt, daß ich einem mehrfachen Mörder auf die Spur gekommen war. Doch was nun?

9

Spurensuche im Netz

Echte Beweise hatte ich immer noch nicht. Eine überwältigende Anzahl von Indizien, keine Frage, aber nichts, womit man jemanden eindeutig hätte festnageln können. Wie auch immer, was sollte ich unternehmen? Mich mit dem FBI in Verbindung setzen? Dem Innenministerium? Die Zuständigen davon überzeugen, eine vage öffentliche Erklärung abzugeben, daß Reisen in Dritte-Welt-Länder gewisse Gefahren mit sich brachten?

Klar, Interpol gab es auch noch. Womit immer die sich beschäftigten. Ich würde versuchen, Näheres herauszubekommen.

Sollte ich mich vielleicht an die Medien wenden? Den *San Francisco Chronicle*, die *New York Times* – oder sogar gleich an die Redaktion einer Talkshow, am besten von *Larry King Live*? Das mochte durchaus funktionieren. Das, was ich in Händen hatte, gab eine ziemlich gute Story ab. Ja, ich besaß sogar Fotos, auch wenn keine Zeitung auf diesem Planeten ein Bild von einer Leiche drucken würde, in deren Augenhöhlen zwei Messer stecken. Ich wünschte, ich hätte auch ein Foto von der Handschrift des echten Stanley Goebel geschossen, als ich in Pokhara bei der Verwaltung des Annapurna-Nationalparks gewesen war. Sollte ich vielleicht seine Familie kontaktieren und um eine Schriftprobe bitten?

Ach was. Das konnte ich vergessen. Okay, möglicherweise würde irgendeine Zeitung die Story bringen, vielleicht brachte sogar CNN eine Kurznachricht. Ein paar Leute würden das Ganze mitbekommen und ein paar »Aaahs« und »Ooohs« von sich geben. Und selbst wenn es eine öffentliche Verlautbarung gab, würde sie wohl denkbar nutzlos sein. »Rucksacktouristen in der Dritten Welt sollten höchste Vorsicht walten lassen, da es so aussieht, als sei irgendwo auf diesem Planeten ein Serienkiller unterwegs.« Der Stier würde sich sicher vor Angst in die Hose machen.

Nun ja. Doch dann fiel mir plötzlich ein, daß ich noch etwas über den Stier wußte. Wenn es sich bei ihm und BC088269 um ein und dieselbe Person handelte, bediente er sich des Internets. Und über das Internet wußte ich eine ganze Menge. Mehr als die meisten anderen Leute. Sogar mehr als die meisten Computerfreaks. Man konnte mich durchaus als Experten bezeichnen.

Und wenn er allzu sorglos vorgegangen war, hatte ich vielleicht eine hauchdünne Chance, ihn zu finden.

Ich machte mich sofort daran, die vielversprechendste Spur zu verfolgen, zum einen, um nicht gleich wieder jede Hoffnung zu verlieren, zum anderen, weil die Sache relativ zeitaufwendig war. Den Rest des Tages verbrachte ich damit, mich durch den gigantischen Mahlstrom von Informationen zu pflügen, der auch unter dem Namen Internet bekannt ist.

Wahrscheinlich nehmen Sie an, im Internet gäbe es Myriaden von Informationen. Ehrlich, Sie haben keine Vorstellung von den tatsächlichen Dimensionen. Zunächst einmal gibt es das statische Netz, das sich aus Firmen-Websites, Onlineratgebern, Behördeninfos, unendlich vielen privaten Homepages und all dem anderen Kram zusammensetzt, der Ihnen bereits bekannt ist. Mit Suchmaschinen wie Google und AltaVista kann man die meisten dieser Websites problemlos finden... immer vorausgesetzt, daß die Suchmaschinen die jeweilige Site kennen. Jede Suchmaschine benutzt ein automatisches Spider-Programm, das zu allen verzeichneten Seiten in seinen Datenbanken geht und von dort aus auf alle angegebenen Links zugreift, und so weiter und so fort – doch genauso schlummert im Netz auch jede Menge im Dunkeln: verborgene Seiten, die nicht verlinkt sind und sich so dem Zugriff der Suchmaschinen entziehen.

Und dann ist da das dynamische Netz, Websites, deren Inhalt jeden Tag oder für jeden User oder je nach Kontext anders aussieht. Ein offenkundiges Beispiel sind etwa die Websites von Tageszeitungen, und auch im Thorn Tree kommen ständig neue Beiträge hinzu, während andere wieder gelöscht werden. Die Spider-Programme haben große Schwierigkeiten mit dem dynamischen Netz und überschauen nur einen Bruchteil dessen, was tatsächlich vorhanden ist. Stellen Sie sich vor, Ihnen würden Schnappschüsse des Times Square gezeigt, die im Abstand von jeweils zehn Minuten aufgenommen worden sind; Sie könnten zwar genau verfolgen, was auf den Plakatwänden steht, aber von dem, was auf den Videoschirmen gezeigt wurde, bekämen sie lediglich Einzelbilder zu sehen. So ähnlich funktionieren die Spider-Programme. Die gigantischen Lexis-Nexis-Datenbanken speichern alle Artikel aus allen größeren westlichen Periodika, übergehen gleichzeitig aber unzählige Fanzines, kleinere Zeitschriften und weniger bedeutende ausländische Zeitungen. Für den Zugang muß man eine Menge Geld hinlegen. Glücklicherweise hatte unsere Firma ständigen Zugriff.

Und das ist bloß das Netz. Die meisten Leute glauben, das Internet bestünde rein aus dem, was sie in ihrem Browser sehen. Wir Computerfreaks wissen, daß es ganz anders ist. Stellen Sie sich das Netz als eine Autobahn mit fünfundsechzigtausend Spuren vor. Das gesamte Internet nimmt gerade mal zwei Spuren in Anspruch. Die meisten anderen Spuren sind so gut wie leer oder werden nur dazu benutzt, das Netz am Laufen zu halten, aber auf einigen Spuren ist genausoviel los wie auf den beiden Hauptspuren; sie sind reserviert für E-Mails, aber auch für das Usenet, Instant-Messaging-Systeme wie AIM und ICQ, IRC, MUDs, Napster, File Transfer Protocol und ältere Protokolle wie Gopher und Telnet, die toten Sprachen des Internets. Da draußen gab es sogar noch ein paar uralte BBS-Systeme, die man nur direkt anwählen konnte.

Viele der Daten da draußen, wahrscheinlich sogar die meisten, sind nicht über eine Suchmaschine zu finden; diese Daten können nicht eingesehen werden, außer vielleicht vom FBI oder der National Security Agency. An die meisten verfügbaren Daten kann man problemlos über Google, MetaCrawler oder Lexis-Nexis gelangen. Dennoch gibt es Informationen, an die man nur herankommt, indem man peinlich genau vorgeht und weniger bekannte Suchmaschinen miteinbezieht.

Und ich ließ nichts unversucht. Ich suchte über NorthernLight und Mamma und HotBot, über AltaVista, Inktomi, GoTo, Ask, About und DejaNews. Ich forschte bei Reuters nach, bei Associated Press, Dow Jones und AfricaNews. Ich überprüfte Dutzende von Verschwörungs-Sites, Hacker-Sites, Travel-Sites und Serienkiller-Fansites, kämmte die Online-Informationen von Reiseagenturen und internationalen Sicherheitsunternehmen durch. Ich kombinierte bei meiner Suche die verschiedensten Begriffe: »Der Stier«, »Serienkiller«, »Rucksacktouristen«, »Laura Mason«, »Stanley Goebel«, »Big Earth«, »Mord«, »mit ausgestochenen Augen«, »Messer«, »Schweizer Armeemesser«, »BC088269«, »Malawi«, »Kamerun«, »Südafrika« und »Nepal«.

Ich suchte ewig, ohne daß besonders viel dabei herauskam. Mehr als gar nichts, aber nichts, was mich entscheidend weitergebracht hätte. Ein paar Artikel über den Mord an Laura in englischen Zeitungen, die mir aber nichts verrieten, was ich nicht bereits wußte, sowie jede Menge unbrauchbarer und irrelevanter Infos. Dennoch hatte ich zwei Treffer gelandet, und ein weiterer Fund sah auch nicht gänzlich uninteressant aus.

Zunächst einmal war da ein Artikel aus der *South Africa Mail & Guardian*.

PHANTOM UNTER BACKPACKERN?

Seit dem Ende der Apartheid sieht man sie überall: Amerikanische und europäische Rucksacktouristen, magisch angezogen von den Stränden unseres Landes, von Safaris und billigem Ganja. Doch seit neuestem hat sich ein düsterer Ton in die Gespräche in Reisebussen und Pensionen eingeschlichen. In der neuen Ausgabe eines Afrika-Reiseführers, der vielen jungen Reisenden gleichsam als Bibel gilt, wird das Gerücht kolportiert, ein Serienkiller suche sich seine Opfer unter Backpackern.

Am 22. Mai wurde der Franzose Daniel Gendrault, 25, tot in Kapstadt aufgefunden. Am 31. Mai fiel Michelle McLaughlin, eine 31jährige Schottin, im Krüger-Nationalpark einem unbekannten Mörder zum Opfer. Am 13. Juni wurde die Leiche des Deutschen Oliver Jeremies, 19, vor Beira, Mosambik, im Meer entdeckt. Am 14. Juni wurde die Engländerin Kristin Jones, 25, in Malawi ermordet. Während der Big-Earth-Reiseführer aufgrund der beiden letzten Daten die Schlußfolgerung zieht, die beiden Morde könnten unmöglich das Werk ein und desselben Täters sein, haben unsere Nachforschungen ergeben, daß die Leiche von Oliver Jeremies offenbar erst mehrere Tage nach der Tat geborgen wurde.

Das Widerwärtigste an den Geschichten ist, daß der Killer, der sich »Der Stier« nennen soll, seinen Opfern die Augäpfel herausschneidet und als Trophäen sammelt. Die Polizei hat bestätigt, daß die Augen der in Kapstadt und im Krüger-Park aufgefundenen Opfer versehrt wurden, will aber keine näheren Details nennen. Die zuständigen Behörden in Mosambik und Malawi sahen sich außerstande, den rudimentären Informationen der offiziellen Berichte weitere Einzelheiten hinzuzufügen.

In den vergangenen sechs Monaten sind keine weiteren Morde geschehen, doch das Gerücht ist lebendig wie nie zuvor, und obwohl es so aussieht, als hätte »Der Stier« – so er denn je existiert hat – die Region verlassen, wird man wohl weiter allerorts von einem Serienkiller munkeln, bis die nächste Auflage des Reiseführers erscheint.

Südafrikas Hoffnung auf den ganz großen Luxustouristen-Boom hat sich nie erfüllt, doch seit dem Ende der Apartheid sind es nun zumindest Tausende von abenteuerlustigen jungen Backpackern, die jedes Jahr unser Land besuchen. Sie mögen nicht derart mit Dollars um sich werfen wie die reichen Amerikaner, denen die Hauptaufmerksamkeit unserer Fremdenverkehrsämter gilt; dennoch hat sich mittlerweile ein nicht zu unterschätzender Markt um die Backpacker entwickelt, ganz zu schweigen davon, daß ebendiese Rucksacktouristen helfen, das Image unseres Landes in Übersee zu verbessern. Seit zwei Jahren verzeichnen wir nun einen stetigen Rückgang an jungen Touristen, und sollten sich die Gerüchte um den »Stier« weiter verbreiten, werden die Reisebusse von Kapstadt nach Johannesburg wohl bald nur noch mit halber Fracht ihre Ziele anfahren.

Noch um einiges interessanter war eine alte Usenet-Diskussion aus dem DejaNews-Archiv.

```
Datum: 13. September 1995, 13:08:16 EDT
Newsgroups: alt.serial-killers, alt.per-
fect-crime
Thema: Als Killer unterwegs
Von: anon@penet.fi (Anonymous Remailer Ser-
vice)
Antwort an: dev@null.com

Zwei Fragen an euch Hobbypsychos da draußen:
```

1. Wie würdet ihr den perfekten Mord begehen?

Es muß niemand sein, den ihr kennt. Es geht schlicht darum, wahllos jemanden zu ermorden. Das Opfer sollte gesund und kräftig sein, damit wenigstens eine kleine Herausforderung da ist. Es muß keine bestimmte Person sein. Wie würdet ihr vorgehen, um Risiken auszuschalten oder zu vermindern?

2. Wie würdet ihr den perfekten Serienmord begehen?

Achtung: Diese Frage unterscheidet sich gravierend von der ersten. Hier geht es um eine beliebige Anzahl von Opfern, sagen wir zehn bis zwölf. Im übrigen gelten dieselben Regeln wie oben. Wobei klar sein sollte, daß man wohl kaum x Leute von der gleichen Klippe schubsen kann - so lenkt man bloß jemanden auf seine Fährte. Ihr habt die Wahl, was ihr lieber sein wollt: Massenmörder oder Serienkiller. Also, wie geht ihr vor?

Taurus

Datum: 13. September 1995, 23:01:08 EDT
Newsgroups: alt.serial-killers, alt.perfect-crime
Thema: Re: Als Killer unterwegs
Von: gplaine@golden.net (George Plaine)
Antwort an: gplaine@golden.net

anon@penet.fi (Anonymous Remailer Service) schrieb:
>1. Wie würdet ihr den perfekten Mord begehen?

Wirklich 'ne gute Frage, wenn auch von Krimiautoren mittlerweile hinlänglich totgeritten. Im großen und ganzen gibt es zwei Möglichkeiten, den perfekten Mord zu begehen:

- Dafür sorgen, daß niemand an einen Mord denken würde (die Sache also als Unfall inszenieren)
- Dafür sorgen, daß jemand anders für die Sache verantwortlich gemacht wird (entweder jemanden für den Mord hinhängen oder die Kiste als Selbstmord aufziehen, aber da gibt's reichlich Variationsmöglichkeiten)

>2. Wie würdet ihr den perfekten Serienmord begehen?

Jetzt wird's wirklich interessant ... So 'ne richtig fette Katastrophe scheint mir da das richtige Ding zu sein – ein Hochhaus hochjagen und den Rest der Welt im Glauben lassen, irgendwelche Terroristen oder so seien daran schuld. Die Serienkillernummer ist ziemlich kompliziert. Selbst wenn man durch die Gegend fährt und dabei wahllos irgendwelche Leute über die Klinge springen oder verschwinden läßt, wird ja jedes Verbrechen registriert. Ein winziger Fehler, und schon

haben sie einen am Wickel. Mit einer Bombe
oder so ist man auf der sicheren Seite.

Datum: 14. September 1995, 14:51:56 EDT
Newsgroups: alt.serial-killers, alt.per-
fect-crime
Thema: Re: Als Killer unterwegs
Von: solipsism@innocent.com
Antwort an: bgates@microsoft.com

gplaine@golden.net (George Plaine) schrieb:
>anon@penet.fi (Anonymous Remailer Service)
schrieb:
>>2. Wie würdet Ihr den perfekten Serienmord
begehen?
>
>[...] Die Serienkillernummer ist ziemlich
kompliziert.
>[...] Mit einer Bombe oder so ist man auf
der sicheren Seite.

Früher war es eine lockere und (im wahrsten
Sinne des Wortes) todsichere Sache, wenn
sich jemand Anhalter als Opfer ausgeguckt
hat oder selbst als Tramper unterwegs war,
aber inzwischen läuft es keineswegs mehr so
einfach. Handys, Satellitenfunk, Kameras an
Tankstellen, DNA-Analysen – schwierige Zeiten für Psychopathen, wenn ihr mich fragt.

Wahrscheinlich ist es um einiges simpler,
irgendeine beliebige Person irgendwo in der
Pampa auszuknipsen, irgendwo, wo der Hund
begraben liegt ... auf jeden Fall einfacher

als in New York, L.A. oder Chicago, wo einem
dauernd tausend Leute auf die Füße treten.

Aber was rede ich da, ich habe ja noch nie
jemand umgebracht.

Datum: 14. September 1995, 13:08:16 EDT
Newsgroups: alt.serial-killers, alt.perfect-crime
Thema: Re: Als Killer unterwegs
Von: anon@penet.fi (Anonymous Remailer Service)
Antwort an: dev@null.com

solipsism@innocent.com schrieb:
>gplaine@golden.net (George Plaine) schrieb:
>>anon@penet.fi (Anonymous Remailer Service) schrieb:
>>>2. Wie würdet ihr den perfekten Serienmord begehen?
>>
>>[...] Die Serienkillernummer ist ziemlich kompliziert.
>
>Handys, Satellitenfunk, Kameras an Tankstellen, DNA-Analysen –
>schwierige Zeiten für Psychopathen, wenn ihr mich fragt.

Du gehst davon aus, daß die Morde in einem
Industrieland mit technisch perfekt ausgerüsteter Polizei stattfinden. Wieso also nicht
gleich an das Naheliegende denken? Bei-

spielsweise könnte man nach Asien oder
Afrika gehen und dort wahllos irgendwelche
Einheimischen killen. Oder, noch besser,
durch Südamerika ziehen und dort in einem
Land nach dem anderen Leute umbringen; man
muß einfach nur drauf achten, daß es wie das
Werk der Todesschwadronen aussieht. Man
könnte sogar nichtsahnenden Touristen das
Licht ausblasen. In der Dritten Welt läßt
sich das alles bedeutend leichter durchziehen.

Nicht zuletzt fällt doch auf, daß es nie
einen wirklich wahllos vorgehenden Serienkiller gegeben hat, dem man seine Taten
hätte nachweisen können. Damit meine ich
einen Mörder, der das Ganze wirklich wahl-
und emotionslos durchzieht, nicht, weil ihn
irgendein krankes Bedürfnis dazu treibt –
jemanden, der in kein psychologisches Raster
paßt. Möglich, daß es so einen Killer nie
gegeben hat. Aber vielleicht werden ja auch
nur die anderen gefaßt.

Taurus

Taurus. Was übersetzt hieß: Der Stier.
 ' Und schließlich war da ein äußerst kryptisches Fragment eines IRC-Logs, das beim Absturz der IRC-Sitzung scheinbar automatisch in eine Datei gesichert worden war; zufällig waren auf dem alten Unix-Server, über den die Sitzung gelaufen war, die Verzeichnisse mit den Log-Dateien über das Web durchsuchbar und der HotBot-Spider im Vorübergehen quasi mitten hineingestolpert:

NumberThree: Offen gesagt ödet mich der Begriff _Serienkiller_ echt an. Vielleicht sollte man endlich mal einen neuen Terminus erfinden. _Konsequenter Lebensberaubungskünstler_ oder so was.
NumberTwo: Künstler? Ziemlich affige Berufsbezeichnung für jemanden wie den Stier ...
NumberThree: Kafka hatte doch auch seinen Hungerkünstler ... Vielleicht sollte das Werk des Stiers mal ausgestellt werden. Ist doch Performancekunst pur.
NumberTwo: Und jeder, der sich die Ausstellung ansieht, wird umgebracht?
NumberThree: Tja, weiß doch jeder, daß man für echte Kunst leiden muß. Aber mal im Ernst, ich sehe die Sa
##
NO CARRIER

Keine Frage, da war ich auf einige hochinteressante Dinge gestoßen. Der Artikel aus der *Mail&Guardian* bestätigte, daß es sich bei den vier in Afrika geschehenen Morden möglicherweise um das Werk von ein und derselben Person handelte – doch schien es mir, immer vorausgesetzt, daß die angegebenen Daten stimmten, einigermaßen unwahrscheinlich, daß der Mörder bereits am 15. Juni erneut in Kamerun zugeschlagen hatte. Andererseits durfte man den Daten auch nicht allzuviel Bedeutung beimessen. Afrika war eben Afrika; alle Informationen mochten komplett falsch sein, solange sie nicht dreimal gegengecheckt worden waren.

Die Usenet-Diskussion war ziemlich verdächtig, aber andererseits auch nicht besonders aufschlußreich, davon abgesehen, daß jemand mit dem Nickname »Taurus« sich im Jahr 1995 ein paar Gedanken zum Thema Serienmord gemacht hatte. Dabei hatte er seine Mail über den Umweg eines anonymen finnischen Serviceprogramms geschickt, was jede Möglichkeit ausschloß, seine Spur zurückzuverfolgen.

Und das IRC-Fragment... das war einfach nur seltsam. Nun ja, das Internet ist eben an sich schon eine seltsame Welt. Es bestand durchaus die Möglichkeit, daß es sich lediglich um die Diskussion von ein paar Rollenspielern handelte, einer kalifornischen Künstlerclique oder (wenn man die Nicknames besah) einen Knacki-Fanclub; möglicherweise war der Fund für meine Belange absolut irrelevant. Trotzdem überlief es mich heiß und kalt. *Konsequenter Lebensberaubungskünstler.*

Ja, all das war ausgesprochen interessant, aber letztlich nicht besonders hilfreich, was Identität und Aufenthaltsort des Stiers anging. Höchste Zeit, daß ich mich meiner vielversprechendsten Spur zuwandte – dem ominösen Beitrag im Thorn-Tree-Forum. Die Message konnte von jedem beliebigen Computer auf diesem Planeten gesendet worden sein, und im Thorn Tree konnte man sich, ohne daß man sich irgendwie legitimieren mußte, jeden Namen zulegen, der einem gerade in den Sinn kam – solange er nicht schon von jemand anderem benutzt wurde. Scheinbar besaß man komplette Anonymität. Doch wußte ich, daß die Anonymität des Internets nichts weiter als eine Legende war, wenn man sich nicht gehörig vorsah. Mit ein bißchen Hilfe und dem nötigen Glück war es durchaus möglich, die Thorn-Tree-Message direkt zu ihrem Absender zurückzuverfolgen.

10

Verbindungsaufbau erfolgreich

Zuerst ging ich auf bigearth.com und suchte mir über die Kontaktseite Büroadressen und Telefonnummern heraus. Es war eine angenehme Überraschung, daß die Website von Big Earth von Oakland aus betrieben wurde, gleich auf der anderen Seite der San Francisco Bay. Aber eigentlich ziemlich logisch. Die Bay Area war Zentrum des weltweiten Internetverkehrs. Irgendwo hatte ich gelesen, daß vierzig Prozent aller Internetdaten aus dieser Gegend stammten.

Ich benötigte die Hilfe von Big Earth, und so rief ich das Büro in Oakland an und fragte, wer für ihre Website verantwortlich war. Ich wurde zu einer Sekretärin durchgestellt, der ich erzählte, ich würde gerade für eine Story recherchieren. Ich wünschte, ich könnte sagen, daß ich plötzlich einen bedeutungsschwangeren Kitzel in der Magengrube verspürte, doch die Wahrheit ist, daß mich schlicht ein Anflug sexistischer Verwunderung überkam, als ich erfuhr, daß die Webredaktion von einer Frau geleitet wurde. Die Sekretärin stellte mich durch.

»Talena Radovich«, meldete sich eine forsche, aber freundliche Stimme. »Was kann ich für Sie tun?«

»Hi. Mein Name ist Balthazar Wood«, sagte ich. Im Lauf der Jahre hatte sich mehr als einmal herausgestellt, daß mein richtiger Name in offiziellen Situationen durchaus Eindruck machte. Mir war klar, daß es nicht ganz einfach werden würde, die Dringlichkeit meines Anliegens zu vermitteln; ich mußte alle Trümpfe ausspielen, die ich im Ärmel hatte. »Ich recherchiere gerade in einer komplizierten Sache und wäre Ihnen dankbar, wenn Sie mir dabei behilflich sein könnten.«

»Für wen arbeiten Sie denn?«

»Nun, für keinen direkten Auftraggeber.«

»Julia hat gesagt, Sie wären Journalist.«

»Gewissermaßen ja. Und die Sache ist sicher auch interessant für die Presse. Aber es geht um entschieden mehr als nur eine Pressegeschichte.«

Eine Pause entstand, ehe sie mit leicht argwöhnischer Stimme fragte: »Können Sie vielleicht etwas konkreter werden?«

»Ja, klar«, sagte ich. »Aber ich warne Sie, das Ganze ist ziemlich kompliziert ... eine echt unglaubliche Sache. Haben Sie jetzt Zeit, oder soll ich mich später noch mal bei Ihnen melden?«

»Lassen Sie ruhig hören.«

»Okay«, sagte ich. »Also. Ich mach's so kurz wie möglich. Wenn ich fertig bin, werden Sie wahrscheinlich denken, daß ich nicht alle Tassen im Schrank habe. Aber lassen Sie mich einfach alles in Ruhe erklären.«

»Ich bin ganz Ohr«, sagte sie. Sie klang neugierig. Das fing ja gar nicht so schlecht an.

»Also gut. Vor zwei Wochen war ich auf einer Reise in Nepal, oben am Annapurna, und bin dort bei einer Wanderung auf einen Toten gestoßen. Einen Ermordeten, um genau zu sein.«

»Mord am Annapurna«, sagte sie, während ich Atem holte. Ich meinte, einen leichten Akzent aus ihrer Stimme herauszuhören, war mir aber nicht ganz sicher. »Der Eintrag im Thorn Tree.«

»Ja, den habe ich geschrieben.« Mir fiel ein Stein vom Herzen. Daß sie mit meinem Bericht vertraut war, machte die Sache um einiges einfacher. »Nun ja, allerdings habe ich dort nicht erwähnt, daß eine Freundin von mir vor zwei Jahren in Afrika auf genau dieselbe Weise ermordet worden ist. Im Big-Earth-Führer über den Süden Afrikas steht ein Artikel über den Stier – haben Sie den vielleicht gelesen?«

»Sogar geschrieben«, sagte sie.

»Dort steht, daß ... Was haben Sie?«

»Ich habe für die Auflage recherchiert und den Text über den Stier verfaßt.«

»Oh«, sagte ich. »Ich dachte, Sie wären technische Redakteurin.«

»Die meisten von uns sind ein paar Monate im Jahr unterwegs, um die Reiseführer auf den neuesten Stand zu bringen.«

»Wow. Hört sich nach 'nem ziemlich guten Job an.«

»Besser, als nach der Stechuhr zu arbeiten. Worauf genau wollen Sie eigentlich hinaus?«

»Das wird sich jetzt anhören, als sei ich einer dieser durchgeknallten Verschwörungsfreaks«, sagte ich. »Aber ich habe Nachforschungen angestellt und bin dabei auf eine Reihe von Indizien gestoßen, die meiner Meinung nach beweisen, daß es den Stier tatsächlich gibt. Ich bin davon überzeugt, daß er meine Freundin umgebracht hat, ebenso wie das Opfer in Nepal.«

»Oh«, sagte sie. »Stimmt, das hört sich wirklich durchgeknallt an. Und weshalb rufen Sie ausgerechnet mich an?«

»Weil ich glaube, daß eine der Antworten, die ich im Thorn Tree bekommen habe, vom Stier selbst stammt. Und, nun ja, ich bin so eine Art Experte in Sachen Internet, und daher würde ich mir gern ihre Serverprotokolle ansehen, um seine Spur zurückzuverfolgen.«

»Äh, Mister ...«

»Wood. Balthazar Wood.«

»Wäre es nicht besser, Sie würden sich mit dem FBI in Verbindung setzen? Wir verlegen Reisebücher, und die Jagd nach Serienkillern ist offen gesagt nicht gerade unser Spezialgebiet. Also, das ist wirklich der seltsamste Anruf, den ich seit langem bekommen habe.«

»Tut mir leid.«

»Und wieso kontaktieren Sie nicht das FBI?«

»Der Aktionsradius des FBI beschränkt sich auf den nordamerikanischen Kontinent.«

»Stimmt. So ähnlich haben sie es auch gestern in *Akte X* gesagt.«

»Außerdem sind unter den Opfern bislang keine Amerikaner, soweit ich weiß.«

»Ja, aber hören Sie mal. Es muß doch irgendeine offizielle Stelle geben, an die man sich in so einem Fall wenden kann.«

»Vielleicht haben Sie ja eine Idee. Ich bin für jeden Input dankbar.«

Eine lange Pause entstand.

»Okay«, sagte sie schließlich. »Das ist wirklich vollkommen *abgedreht*. Wir machen das folgendermaßen, Mister Verschwörungsfreak. Ich bin bereit, mich mit Ihnen zu treffen, aber nur an einem öffentlichen Ort – nichts gegen Sie persönlich, aber bei dem, was Sie mir erzählt haben, geht mir echt die Muffe. Und Sie bringen mit, was Sie herausgefunden haben. Falls sich wider Erwarten herausstellen sollte, daß Sie doch kein geisteskranker Spinner sind, werde ich mit meinen Vorgesetzten sprechen. Ich kann Ihnen aber schon jetzt sagen, daß ihre Antwort mit ziemlicher Sicherheit nein lauten wird. Wie auch immer, wenn Sie mich überzeugen, werde ich zumindest mit ihnen reden.«

»Danke«, sagte ich. »Vielen Dank. Darauf hatte ich gehofft.«

»Wo wollen Sie sich mit mir treffen?«

Ich überlegte. »In Oakland kenne ich mich nicht besonders gut aus. Ist San Francisco okay?«

»Da wohne ich ohnehin.«

»Okay. Wissen Sie, wo das Horseshoe Café ist?«

»In Lower Haight, oder?«

»Genau. Wann paßt es Ihnen? Mir wär's am liebsten, wenn wir uns so schnell wie möglich treffen könnten.«

»Heute abend um acht«, sagte sie. Das war eine Feststellung. »Ich bin 1,75 groß, trage einen Nasenring und habe violette Strähnen im Haar.«

»Kein besonders hilfreiches Erkennungsmerkmal in Lower Haight«, sagte ich. »Geht's vielleicht ein bißchen genauer?«

Sie lachte laut los, ein sonores, kehliges Lachen. »Ich trage schwarze Klamotten. Hilft Ihnen das weiter?«

»Ganz enorm«, sagte ich. »Ich bin der ungepflegte alte Knacker mit dem struppigen Bart. Sie erkennen mich an der Riesenmappe, in der ich die ganzen Zeitungsausschnitte aufbewahre. Ich stehe dann irgendwo zitternd und schwitzend in einer Ecke und warte auf Sie.«

»Hört sich nach dem Mann meiner Träume an.«

»Jetzt mal Spaß beiseite. Ich trage einen ... Hmm, wissen Sie was? Ich halte einfach ein altes Exemplar von *Trekking im Himalaja* in der Hand.«

»Okay. Bis um acht dann.«

»Bis dann. Bye.«

Sie war mir auf Anhieb unsympathisch. Sie schien zu jener Art von Leuten zu gehören, die es gewohnt sind, daß ihnen alles zufliegt, wenn sie bloß mit dem Finger schnippen. Sie war groß, schlank, durchtrainiert und superhübsch, hatte schulterlanges schwarzes Haar mit dunkellila Strähnen, Augen blau wie Gletschereis, aristokratische Gesichtszüge und einen blassen, makellosen Teint, der von einem silbernen Nasenring akzentuiert wurde. Die anderen Typen im Horseshoe schielten ständig herüber und unter anderen Umständen hätte auch ich mir die Augen aus dem Leib geglotzt. Dazu kam noch, daß sie den absoluten Traumjob aller Globetrotter hatte, für Big Earth als Webredakteurin arbeitete und nebenbei noch Autorin des Verlags war; für mich schien auf den ersten Blick klar, daß sie ein megaschickes Apartment in bester Lage hatte, jede Menge betuchter und extrem attraktiver Freunde und höchstwahrscheinlich eine Familie, die seit Generationen viel Geld besaß. Nicht, daß sie mir nicht gefallen hätte. Verstehen Sie mich nicht falsch. Vielleicht war sie mir einfach nur deshalb so unsympathisch, weil mir sonnenklar war, daß sie in einer völlig unerreichbaren Liga spielte.

Sie kam durch den Raum, als würde sie sich auf einem Laufsteg bewegen, und setzte sich mir gegenüber. Auf dem Tisch lagen die zerfledderten Überreste meines Exemplars von *Trekking im Himalaja* und eine Mappe mit meinen Fotos und dem, was ich mir aus dem Internet ausgedruckt hatte.

»Was halten Sie von dem Buch?« fragte sie.

»Offen gesagt nicht sehr viel«, sagte ich. »Ich will wirklich nichts Schlechtes sagen, aber auf dem Trail hatten die meisten einen Reiseführer dabei, der um Klassen besser war.«

»Den Trailblazer-Guide, stimmt's?« sagte sie. »Keine Frage, der schlägt unseren um Längen. Wir sind dabei, die nächste Auflage auf den neuesten Stand zu bringen.«

»Sorry, ich habe Ihren Namen vergessen«, sagte ich.

»Talena Radovich«, sagte sie, und wir schüttelten uns so förmlich die Hände, als würden wir uns bei einer Hochzeit begegnen.

»Nun denn«, sagte ich. »Das hier ist das Material, das ich zusammengetragen habe.« Ich schob ihr die Mappe zu. »Auf der letzten Seite habe ich chronologisch zusammengefaßt, was bis jetzt passiert ist.«

```
September 1995    In einem Usenet-Forum
                  schreibt ein Teilnehmer Na-
                  mens »Taurus«, perfekter Se-
                  rienmord ließe sich dadurch
                  verwirklichen, daß man sich
                  seine Opfer in der Dritten
                  Welt suche.
```

22.5.1998	Daniel Gendrault wird ermordet und mit ausgestochenen Augen in Kapstadt gefunden.
31.5.1998	Michelle McLaughlin wird ermordet im Krüger-Nationalpark aufgefunden, ebenfalls mit ausgestochenen Augen.
(ca.) 8.6.1998	Oliver Jeremies wird in Mosambik ermordet.
13.6.1998	Oliver Jeremies' Leiche wird in Beira, Mosambik, an Land geschwemmt.
14.6.1998	Kristin Jones wird in Malawi ermordet aufgefunden.
15.6.1998 (ca. Mitternacht)	Laura Mason wird in Limbe, Kamerun, ermordet. Zwei Schweizer Armeemesser stecken in ihren Augen.
16.6.1998 (ca. 1:30 Uhr)	Ich, Nicole Seams und Hallam Chevalier entdecken Lauras Leiche.
1998	Das Gerücht um den »Stier« beginnt sich zu verbreiten.
November 1998	In einem Afrika-Reiseführer von Big Earth wird von ebendiesem Gerücht berichtet.

18.10.2000 (morgens)	Stanley Goebel wird in Gunsang, Nepal, ermordet.
18.10.2000 (mittags)	Gavin Chait und ich entdecken Goebels Leiche. In den Augen des Toten stecken zwei Schweizer Armeemesser.
20.10.2000	Ich entdecke im Kontrollposten in Muktinath, daß sich jemand unter Stanley Goebels Namen und mit seiner Reisepaßnummer BC088269 registriert hat.
26.10.2000	Mein Bericht *Mord am Annapurna* wird ins Thorn-Tree-Forum gestellt
4.11.2000	Jemand, der behauptet, der »Stier« zu sein, hinterläßt unter dem Namen BC088269 eine Message im Thorn Tree und spricht ausdrücklich von Messern, die er anderen in die Augen rammen will. Sowohl a) die Paßnummer als auch b) der Tatumstand mit den Messern waren ausschließlich a) mir und dem Mörder und b) mir, Gavin Chait und dem Mörder bekannt.

Sie las ziemlich schnell, was wohl auf ihren Job als Redakteurin zurückzuführen war.

»Ist das alles?« fragte sie, als sie zu Ende gelesen hatte. Es klang eigentlich nicht abwertend, sie wollte wohl einfach nur wissen, was ich sonst noch in der Hand hatte.

»Nicht ganz«, sagte ich. »Ich habe noch ein paar Fotos, darunter eines, auf dem der Eintrag mit der Reisepaßnummer zu sehen ist. Die anderen zeigen Goebels Leiche. Kein schöner Anblick – ersparen Sie es sich lieber, die Bilder anzusehen.«

Sie streckte die Hand aus, und ich reichte ihr die Fotos. Die Bilder gingen ihr sichtlich an die Nieren, aber sie betrachtete sie eingehend, ehe sie sie mir zurückgab.

»Heilige Scheiße. Lassen Sie uns nach nebenan gehen. Ich brauche schleunigst einen Drink.« Ja, sie hatte einen Akzent, auch wenn ich ihn nicht genau einordnen konnte. Ich hätte vage auf osteuropäisch getippt.

Ich kramte meine Unterlagen zusammen; dann zogen wir um ins Mad Dog in the Fog, einen auf englisch getrimmten Pub mit alternativem Publikum gleich um die Ecke. Da es mitten in der Woche war, fanden wir sogar einen Platz, und die Musik war auch nicht allzu laut. Ich bestellte mir einen doppelten Scotch mit Eis, und sie schloß sich an.

»Die Details im Fall Jeremies waren mir nicht bekannt«, sagte sie. Irgendwie klang sie betroffen. »Aber woher hätte ich das auch wissen sollen? Ich war selbst in Beira, aber man hat mir kein Wort davon gesagt, daß er schon seit Tagen tot war, als sie ihn gefunden haben. Die Polizei in Mosambik war keine große Hilfe, das können Sie mir glauben. Ich habe sogar die Familie des Toten kontaktiert, aber die wollten mit nichts herausrücken. Und dann war da auch noch der Abgabetermin. Offen gesagt, gab es am Ende sogar Stunk zwischen unserem Chefredakteur und mir, weil der meine Warnung einfach nicht mitaufnehmen wollte.«

»Es wirft ihnen doch keiner was vor«, sagte ich. »Sie können ja nichts für das, was passiert ist.«

»Indirekt vielleicht doch.« Sie schüttelte den Kopf. »Wie auch immer, ich habe noch ein paar Fragen. Sie haben gesagt, daß niemand von den Messern und der Paßnummer wußte. Aber zumindest die nepalesische Polizei wußte doch davon, oder?«

»Stimmt«, sagte ich. »Aber von denen hätte ja wohl kaum jemand ein Motiv gehabt, sich ...«

»Nein. Ich wollte das nur nicht unerwähnt lassen. Wir müssen alle Möglichkeiten durchspielen.« Sie nippte an ihrem Scotch. »Ich hasse diese Johnny-Walker-Pisse.«

»Wieso haben Sie das Zeug dann bestellt?« fragte ich, regelrecht erleichtert, daß sie das Thema wechselte.

»Weil ich mir nichts Besseres leisten kann. Ach ja, noch was. Sie haben da was durcheinandergebracht. Das Gerücht um den Stier war schon in aller Munde, als ich damals nach Afrika gereist bin. Ich war bereits zwei Tage im Land, als Michelle McLaughlins Leiche gefunden wurde. Und trotzdem verbreitete sich das Gerücht um den Stier wie ein Lauffeuer. Es wurde auch schon davon geredet, daß er es auf die Augen seiner Opfer abgesehen hatte.«

»Augenblick«, sagte ich. »Das war vor McLaughlins Tod?«

»Genau.«

»Aber wer verbreitet das Gerücht von einem Serienkiller, wenn es nur einen Toten gegeben hat?«

»Der Mörder selbst«, sagte sie. »Wer sonst? Es sei denn, er hätte eine PR-Agentur damit beauftragt.«

»Das ist doch krank.«

»So ticken solche Typen eben.«

»Es könnte auch eine Frau sein.«

»Logo, kommt immer mehr in Mode«, sagte sie sarkastisch. »Aber bleiben wir doch der Einfachheit halber beim ›Er‹. Wie auch immer, da ist eine Riesenlücke in der feinen Theorie, die Sie sich da zusammengereimt haben.«

»Ach ja?« sagte ich. »Und die wäre?«

»Okay, gehen wir mal davon aus, daß der Mord in Mosambik am 8. Juni geschah, der Mord in Malawi am 14. Juni. Durchaus möglich. Und einen Tag später soll der Killer dann in *Kamerun* zugeschlagen haben? Das kaufe ich einfach nicht.«

»Darüber habe ich mir auch schon Gedanken gemacht«, sagte ich. »Vielleicht hat er das absichtlich im Eiltempo erledigt, um Verwirrung zu stiften. Er ist sofort zum nächsten Airport, von da nach Harare und von dort nach Kamerun geflogen, und am nächsten Tag ...«

Sie schüttelte den Kopf, als hätte ich gerade gesagt, die Wings wären besser als die Beatles.

»Okay«, sagte ich. »Zugegeben, ich finde das auch nicht sehr einleuchtend. Es sei denn, daß der Mord an dieser Kristin Jones gar nicht am 14. Juni geschehen ist. Sollte der Mord in Wirklichkeit aber am 13. Juni oder sogar noch einen Tag früher stattgefunden haben, ist die Sache mit Kamerun durchaus realistisch.«

»Trotzdem ist der Zeitrahmen denkbar eng. Aber okay, lassen wir das mal gelten. Wie auch immer, ich meine mich zu erinnern, der 14. Juni hätte als Todesdatum sicher festgestanden. Ich muß noch mal meine Notizen checken. Und was den 15. Juni angeht, sind Sie sich wirklich sicher?«

»Hundertprozentig«, sagte ich knapp. »Okay. Aber noch mal zu den Messern. Wissen Sie, ob die Ermordeten in Südafrika auf dieselbe Art und Weise entstellt wurden?«

»Keine Ahnung. Die Leichen wurden von Einheimischen gefunden. Ich habe mit keinem von ihnen gesprochen, mal ganz abgesehen davon, daß mir die Behörden wohl kaum ihre Namen genannt hätten. Mir wurde lediglich gesagt, daß den Opfern die Augen ausgestochen worden seien, aber das war auch schon alles. Einen Polizisten in Kapstadt habe ich ein wenig näher kennengelernt. Ich kann ihn ja noch mal fragen.«

»Das wäre doch schon mal was.« Ich nippte an meinem Scotch und stieß unwillkürlich einen Seufzer aus. »O Mann.«

»Was ist?« fragte sie, und zum erstenmal sah ich ihr direkt in die Augen. Sie waren so blau, daß ich unwillkürlich den Blick abwenden mußte.

»Es tut einfach gut, mit jemandem über die Sache sprechen zu können«, sagte ich. »Und ernst genommen zu werden. Ich habe mich schon gefragt, ob ich nicht völlig paranoid bin.«

»Es sieht so aus, als ob Sie einer wirklich ernsten Sache auf der Spur sind. Kann ich das mitnehmen?« Sie streckte die Hand nach der Mappe aus. »Und die Fotos auch? Ich werde mit unserem Chefredakteur reden. Wir werden uns das noch einmal genau ansehen.«

»Danke«, sagte ich. »Vielen Dank.«

11

Traceroute

Am nächsten Tag war ich bereits um zwölf mit der Arbeit fertig und verbrachte den Rest des Nachmittags damit, im Web zu surfen und Kicker zu spielen. Jede Menge Kollegen hatten Zeit, das Gleiche zu tun. Kein gutes Zeichen. Kevin versicherte mir nochmals, daß das Projekt, das ich als nächstes betreuen sollte, so weit gediehen war, daß nur noch die Tinte auf den Verträgen trocknen mußte. Er klang, als würde er wirklich dran glauben. Andernfalls hätte ich mich wahrscheinlich ebenfalls sofort hingesetzt und mich um meine Bewerbung gekümmert.

Kurz bevor ich nach Hause gehen wollte, erhielt ich eine absolut niederschmetternde E-Mail:

```
Von: Etalenar@bigearth.com
An: BalthazarWood@yahoo.com
Betreff: Ihre Anfrage
Cc: Eeditorial@bigearth.com


Sehr geehrter Mister Wood,

nach eingehender Ansicht Ihrer Unterlagen
bedauern wir sehr, Ihnen mitteilen zu müs-
sen, daß wir Ihnen bei Ihren Nachforschungen
nicht weiterhelfen können.
Wir nehmen die von Ihnen gesammelten Infor-
mationen durchaus ernst; dennoch können wir
Ihnen keine Unterstützung zusagen, ohne daß
```

zweifelsfreie Beweise für Ihre Behauptungen vorliegen. Auch wenn Sie eine beeindruckende Menge an Material zusammengetragen haben, klaffen in Ihrer Chronologie der Ereignisse erhebliche Löcher, abgesehen von der Tatsache, daß Sie keine offiziell beglaubigten Dokumente vorweisen können. Dementsprechend können wir Ihnen auch keine Einsicht in weiterführende Informationen über die User unseres Thorn-Tree-Forums gewähren; wir sichern den Teilnehmern unseres Forums zu, daß wir ohne ihre Zustimmung keinerlei private Informationen herausgeben, und jede Zuwiderhandlung ohne amtliche Verfügung könnte eine Reihe juristischer Konsequenzen zur Folge haben. Solange die Stichhaltigkeit Ihrer Behauptungen also nicht erwiesen ist, sehen wir uns außerstande, auf einen bloßen Verdacht hin in blinden Aktionismus zu verfallen.
Wir bedauern sehr, Ihnen aufgrund unserer Vorbehalte nicht weiterhelfen zu können, und hoffen auf Ihr Verständnis. Falls Sie auf neues, beweiskräftiges Material stoßen sollten, würden wir uns freuen, wieder von Ihnen zu hören.

Mit besten Grüßen,

Talena Radovich
Webredakteurin
Big Earth Publications

Ich mußte mich zurückhalten, nicht mit der Faust auf meinen Laptop einzuschlagen. Aber der Computer konnte ja nichts dafür. »Scheiße«, sagte ich. »Verdammte Scheiße, verfickt und zugenäht!« Doch das half mir auch nicht weiter.

Ich strich die Segel, ging nach Hause, schaltete den Fernseher an und zappte mich durch die Kabelkanäle. Der größte Schwachsinn kam mir gerade recht. Ich hatte es satt, mir den Kopf zu zerbrechen. Am liebsten hätte ich mir das Gehirn amputieren lassen.

Irgendeine Wiederholung von *Eine schrecklich nette Familie* lief gerade, als plötzlich das Telefon klingelte.

»Balthazar? Hi. Hier spricht Talena.«

»Oh«, sagte ich. »Ja, ich bin's. Ich habe vorhin Ihre E-Mail gelesen.«

»Dachte ich mir. Tun Sie einfach so, als hätten Sie sie nicht bekommen.«

Darauf konnte ich mir nun überhaupt keinen Reim mehr machen. »Wie darf ich denn das jetzt verstehen?«

»Ich habe die Sache mit der Geschäftsleitung diskutiert. Die sind übrigens ganz auf Ihrer Seite und wären sogar bereit, Ihnen völlig unbürokratisch weiterzuhelfen – vorausgesetzt allerdings, daß Sie ein Video haben, auf dem der Killer seine Taten gesteht.«

»Soviel Entgegenkommen hätte ich nun wirklich nicht erwartet.«

»Jedenfalls wollen sie nicht gegen die Statuten verstoßen. Außerdem widerstrebt es ihnen, Touristen zu verschrecken, ohne daß stichhaltige Beweise vorliegen. Sie haben Angst, Sie könnten die Medien informieren. Falls Zeitungen und Fernsehen das Ganze groß aufziehen, geht bei uns der Umsatz runter.«

»Dann richten Sie ihnen doch aus, daß sich ihre schlimmsten Befürchtungen bewahrheiten werden«, sagte ich. Es sollte nach Drohung klingen.

»Wenn Sie darauf bestehen. Tja, soviel jedenfalls zum Beschluß unserer Geschäftsleitung.«

»Und wieso rufen Sie extra noch mal an? Woher haben Sie überhaupt meine Telefonnummer?«

Sie seufzte, als würde sie mit einem Kind sprechen. »Haben Sie schon mal was vom Telefonbuch gehört? Außerdem rufe ich an, weil die Geschäftsleitung und ich verschiedener Meinung sind. Mir jedenfalls reicht das, was Sie zusammengetragen haben. Und deshalb bin ich auch bereit, Ihnen zu helfen.«

»Meinen Sie das ernst?«

»Ja.«

»Und wie soll diese Hilfe aussehen?« fragte ich.

»Sagen Sie einfach, was ich tun kann.«

»Ich brauche die Serverprotokolle«, sagte ich.

»Dann besorge ich sie Ihnen.«

»Sie wissen, daß Sie dafür gefeuert werden können.«

»Nur, wenn Sie's weitersagen.«

»Mach ich bestimmt nicht.«

»Wußte ich's doch. Und jetzt erklären Sie mir, worauf Sie es genau abgesehen haben. Ich kenne mich zwar einigermaßen gut mit Computern aus, aber ich fürchte, das übersteigt irgendwie meinen Horizont.«

Ich schaltete den Fernseher aus, setzte mich wieder und erklärte ihr Wort für Wort, welche Dateien ich benötigte und wie sie an sie herankam. Während ich redete, hörte ich sie tippen; offenbar schrieb sie alles mit. Ansonsten herrschte Schweigen am anderen Ende der Leitung. Sie hörte genau zu.

Als ich schließlich fertig war, sagte sie: »Okay, hab' ich verstanden. Ich kümmere mich morgen darum. Und jetzt brauche ich noch Ihre Adresse.«

»Meine Adresse?«

»Genau. Damit ich Ihnen die Diskette vorbeibringen kann. Sie haben ja selbst gesagt, daß ich dafür gefeuert werden könnte. E-Mail ist da wohl ein bißchen heikel.«

Ich gab ihr meine Adresse.
»Alles klar. Morgen um acht, okay?«
»Ist gut.«
»Bis dann.«
»Talena?«
»Ja?«
»Danke.«
»Nichts zu danken«, sagte sie. »Bis morgen.«

Nachdem sie aufgelegt hatte, kam mir plötzlich noch etwas anderes in den Sinn. Ich ging an meinen Laptop und loggte mich in den Thorn Tree ein. Keine neuen Einträge. Kurzentschlossen tippte ich:

```
PaulWood     BC088269
06/11 19:45  Du hältst Dich wohl für
             verdammt clever, was?
```

Mit ein bißchen Glück würde ich ihn damit ködern, und er würde uns mit neuen Daten versorgen.

Ich checkte meinen Posteingang. Ich hatte eine E-Mail von Carmel, einer Australierin aus Sydney, die bei unserer Afrika-Expedition dabei gewesen war. Sie ließ sich darüber aus, wie sehr sie ihren neuen Job haßte, und fragte, wie mein Nepaltrip gewesen sei.

Gute Frage, dachte ich. *Aber willst du das wirklich wissen?*

Ich wollte ihr antworten. Ich wollte allen schreiben, die damals mit in Afrika gewesen waren, ihnen mitteilen, auf was ich gestoßen war. Das waren die Menschen, die mich verstehen würden, die verstehen würden, was die jüngsten Ereignisse in mir ausgelöst hatten. Vielleicht konnte mir der ein oder andere sogar weiterhelfen. Hallam und Nicole zum Beispiel. Er war ehemaliger Fallschirmspringer und arbeitete als Sicherheitsberater, und sie gehörte zu den klügsten Menschen, die ich je kennengelernt hatte. Oder Steven mit seiner dubiosen Vergangenheit, der jede Menge undurchsichtige Kontakte hatte. Verglichen mit ihnen war ich bloß ein harmloser Computerprogrammierer.

Aber was hätte es gebracht? Schön und gut, ich hätte mir so einiges von der Seele reden können, doch was erreichte ich damit, wenn ich ihnen alles erzählte? Was hätten sie über meine Erkenntnisse hinaus dazu beitragen können? Worin lag der Sinn, sie an die Ermordung Lauras zu erinnern und sie mit einer weiteren grauenhaften Geschichte zu verstören, die irgendwie damit zusammenzuhängen schien? Es kam mir schlicht unfair vor, sie mit diesen Dingen zu behelligen, nur weil sie mir selbst nicht aus dem Kopf gehen wollten. Die Vergangenheit ließ mich nicht los, aber das war noch lange kein Grund, andere Menschen mit in mein seelisches Chaos zu reißen.

Talena war pünktlich. Sie trug Jeans und einen weinroten Pullover und hielt eine Diskette in der Hand. Ich nahm sie entgegen. »Danke.«

Ich erwartete, daß sie sich umdrehen und wieder gehen würde. Ein paar Sekunden lang herrschte verlegenes Schweigen, ehe sie sagte: »Wollen Sie mich nicht hereinbitten?«

Ich sah sie leicht verwirrt an. »Oh. Ja, klar.«

»Ich setze meinen Job aufs Spiel«, erinnerte sie mich. »Da können Sie mich ja wenigstens über Ihre Schulter sehen lassen.«

»Äh, ja. Kein Problem.«

Sie folgte mir in meine Wohnung.

»Hübsche Bude«, sagte sie.

»Ja«, sagte ich. »Obwohl es ein bißchen aufgeräumter sein könnte.«

Sie lachte.

»Möchten Sie etwas trinken?« fragte ich.

»Lassen Sie uns lieber gleich loslegen.«

»Na dann.« Ich ging voran in mein kleines Büro; der Laptop stand auf dem Schreibtisch. Sie setzte sich neben mich, während ich mich zu konzentrieren versuchte. Sie war noch hübscher, als ich sie in Erinnerung hatte. Unglaublich, mit welcher Anmut sie sich bewegte. Ihre Jeans und der Pullover waren verdammt eng, ihr Parfüm roch irgendwie nach frischen Erdbeeren, und ich mußte unweigerlich daran denken, daß es mittlerweile schon vier Monate her war, daß ich ... mit einer kichernden Blondine namens Amy, die ich auf einer Party abgeschleppt hatte, und wir waren beide betrunken gewesen ...

»Meditieren wir erst noch eine Runde?« fragte sie.

»Äh, sozusagen. Ich hab' bloß nachgedacht«, log ich, während ich die Diskette ins Laufwerk schob. »Aber ich warne Sie. Das kann dauern und wird Sie wahrscheinlich zu Tode langweilen.«

»Schon gut. Erklären Sie mir einfach, was Sie tun. Bitte in normalem Englisch und ohne Fachchinesisch.«

»Verstehe. Ihnen sind wohl schon mehr Computerfreaks untergekommen.«

»Mehr, als mir lieb waren. Aber bis jetzt hab' ich's noch immer überlebt.«

»Sehr witzig. Nun ja, zuerst checken wir, wann genau Mister BC088269 seine Message ins Thorn-Tree-Forum gestellt hat.« Ich loggte mich in den Thorn Tree ein und scrollte die Seite hinunter, bis ich seine Nachricht gefunden hatte. »Am 4. November um 6:01 Uhr. Ich gehe mal davon aus, daß die Webserver dieselbe Zeitzonen-Einstellung haben wie die Firmenserver von Big Earth.«

»Das ist richtig«, sagte sie.

»Okay. Dann sehen wir uns jetzt mal die Log-Dateien an.« Ich öffnete sie in einem Texteditor. Jede einzelne Datei bestand aus Hunderttausenden von Zeichenreihen; jede einzelne

Reihe ein Datenstrom und für Nichteingeweihte absolut unentschlüsselbar:

```
64.76.56.49, 11/4/00, 0:00:19, ARMSTRONG,
64.211.224.135, 2110, 438, 22573, 200, GET,
/dest/
206.47.24.62, 11/4/00, 0:00:19, COOK,
64.211.224.135, 109, 502, 32090, 200, GET,
/prop/booklist.html
129.82.46.82, 11/4/00, 0:00:21, MAGELLAN,
64.211.24.142, 78, 477, 11505, 200, GET,
/cgi-bin/search
206.47.244.62, 11/4/00, 0:00:23, MAGELLAN,
64.211.224.135, 0, 567, 28072, 304, GET,
/dest/europe/UK/London.html
```

... und so weiter, und so fort. Jede Reihe stand für einen Benutzer, der an jenem Tag auf der Big-Earth-Website gewesen war.

»Und das ergibt für Sie einen Sinn?«
  »Und ob.«
  »Können Sie mir das ein bißchen genauer erklären?«
  »Nun ... Jede Zeile steht für eine Anfrage nach einer Internetseite, auf die ein Benutzer da draußen zugreifen möchte. In jeder Zeile ist die IP-Adresse des jeweiligen Benutzercomputers festgehalten, Datum und Zeit seiner Anfrage, der Name des Servers, die IP-Nummer, wie lange es gedauert hat, die angeforderte Seite vom Server an den Benutzercomputer zu übertragen, wie viele Textzeichen der Benutzer gesendet hat, ob alles störungsfrei verlaufen ist oder nicht ...«
  »Hmm. Und bringt uns das irgendwie weiter?«
  »Vielleicht. Erst mal kopieren wir das jetzt alles in Excel hinein. Mit reinem Text kommt man nur schwer weiter.« Ich

startete Microsoft Excel und ließ den Importassistenten auf die vier Log-Dateien los. Nun hatte ich Arbeitsmappen mit editierbaren Tabellenblättern, deren Inhalt ich einzeln ausschnitt und in eine Datei zusammenführte. Eine verdammt große Datei.

»Na also«, sagte ich. »Geht doch. 1,23 Millionen Benutzer am 4. November. Gut, daß ich hier diesen Megarechner habe, sonst würde das ewig dauern. Okay, jetzt schaffen wir uns erst mal alles vom Hals, was nicht in einem Zeitfenster von zwei Minuten vor und nach Eingang der Nachricht liegt. Ich sortierte alle Einträge nach Datum und löschte alle außer denen zwischen 6:00 Uhr und 6:02 Uhr. Jetzt blieben noch überschaubare zweitausendzweihundert Treffer. »So, und jetzt eliminieren wir alle, die auf der Hauptseite waren, ohne sich in den Thorn Tree einzuklinken.« Ich checkte thorntree.bigearth.com mit einem Ping-Befehl, sah, daß es sich bei der IP-Adresse um 64.211.24.142 handelte, und entfernte alle Anfragen an andere Server.

»Das sind ja noch immer über zweihundert Möglichkeiten«, sagte sie. »Ich dachte, Sie könnten direkt herausfinden, wer welche Message gesendet hat.«

»Wenn's bloß so einfach wäre. Aber wir sind noch nicht fertig. Jeder, der eine Nachricht ins Netz stellt, benutzt dafür den HTTP-Befehl POST, nicht die GET-Methode. GET benutzt man nur zum Lesen.« Ich entfernte alle GETs und reduzierte den Inhalt meines Tabellenblatts dadurch auf drei Zeilen.

```
116.64.39.4, 11/4/00, 0:06:01, MAGELLAN,
64.211.24.142, 3140, 9338, 32473, 200, POST,
/cgi-bin/post
187.209.251.38, 11/4/00, 0:06:01, COOK,
64.211.24.142, 2596, 1802, 31090, 200, POST,
/cgi-bin/post
```

```
109.64.109.187, 11/4/00, 0:06:01, HEYER-
DAHL, 64.211.24.142, 0, 2847, 72, 500, POST,
/cgi-bin/post
```

»Einfacher, als ich dachte«, sagte ich.
»Das heißt, jetzt sind nur noch drei übrig?«
»Wir sind sogar noch näher dran. Sehen Sie die 500 in der letzten Zeile? Das bedeutet, daß ein Server-Fehler aufgetreten ist – was immer also gesendet wurde, ist nie im Thorn Tree eingetroffen.«
»Also ist es einer der ersten beiden.«
»Genau. Aber sehen Sie die 9338 in der ersten Zeile und die 1802 in der zweiten? Die Zahlen stehen für die Bytes, die vom Benutzer abgeschickt wurden. Was wiederum bedeutet, daß die erste Nachricht ganz schön lang war. Und die Message, die unser Freund geschickt hat, war...«
»... ziemlich kurz.«
»Sie sagen es.«
»Dann hätten wir jetzt also die richtige Zeile«, sagte sie.
»Ich kapiere bloß immer noch nicht, was uns das bringt.«
»Dadurch haben wir die IP-Adresse des Computers, über den er die Nachricht gesendet hat. Eins-acht-sieben, Zwei-null-neun, zwei-fünf-eins, drei-acht.«
»Und jeder mit dem Internet verbundene Computer hat seine eigene Nummer?«
»Nein.« Ich speicherte die Excel-Datei auf meine Festplatte, nur für alle Fälle, nahm die Diskette heraus und gab sie ihr zurück. »Obwohl es eigentlich mal so gedacht war. Aber die Sache ist eine Idee komplizierter. Als Faustregel läßt sich festhalten, daß jeder mit dem Internet verbundene Computer seine eigene IP-Adresse hat. Es sei denn, er befindet sich hinter einem Proxy-Server oder... nun ja, es gibt noch jede Menge weitere Einschränkungen. Es ist also durchaus möglich, daß das, was wir bis jetzt herausgefunden haben, völlig nutzlos ist.

Andererseits kann uns diese Spur auch direkt zu ihm führen. Ich kann mir die Router-Kette ansehen, anhand derer wir den Weg von hier zu dem Rechner zurückverfolgen können, von dem er seine Message abgeschickt hat. Auf diese Weise erfahren wir, wo sein Computer steht.« Ich öffnete eine Telnet-Verbindung zu meinem Unix-Account, gab

```
traceroute 187.209.251.38
```

ein und überflog das Kauderwelsch, das der Computer als Antwort ausspuckte.

»Scheiße«, sagte ich. »Das hatte ich jetzt nicht erwartet.«
»Was?«
»Die Nachricht ist aus Indonesien geschickt worden.«
»Meinen Sie das ernst?«
»Sieht ganz so aus.« Ich deutete auf die letzten paar Zeilen.

```
17 Gateway-to-hosting.indo.net.id
(187.209.251.31) 641.612 ms 587.980 ms
590.526 ms
18 Quick-Serial-b.indo.net.id
(187.209.251.2) 869.458 ms 669.086 ms
608.886 ms
19 187.209.251.38 (187.209.251.38) 620.897
ms 643.124 ms 588.700 ms
```

»Sehen Sie die Endung id? Jedes Land hat seinen eigenen Code; ca steht für Kanada, uk für England und so weiter – id steht für Indonesien.«

»Indonesien ist ein verdammt großes Land«, sagte sie.

»Das ist wohl wahr. Schauen wir mal, ob wir die Info ein bißchen spezifizieren können.«

Ich tippte:

```
Whois 187.209.251.38,
```

und der Computer antwortete:

```
IP-Adresse: 187.209.251.38
Servername: www.juarapartema.com
Whois Server: whois.domaindiscover.com
```

»*Whois?* Was heißt das denn?« fragte Talena.

»Im Prinzip erfragt man mit diesem Befehl den Namen, der zu einer IP-Adresse gehört«, sagte ich. »Immer vorausgesetzt, daß überhaupt ein Name registriert ist.«

»Computer haben Namen?«

»Gewissermaßen«, sagte ich. »Untereinander werden bloß die IP-Adressen benutzt, aber da es ziemlich kompliziert ist, sich Nummern zu merken, gibt es den sogenannten Domain Name Service, der der jeweiligen Nummer einen Namen zuordnet. So können Sie dann einfach bigearth.com statt 64.211 und so weiter eingeben.

»Wie muß ich mir das vorstellen?« fragte sie. »Als so 'ne Art Computeradressen-Telefonbuch?«

»Gar kein so schlechter Vergleich«, sagte ich. »Der hierarchische Aufbau ist ziemlich kompliziert, aber im Prinzip gibt es sieben Monsterrechner, die so eine Art gigantisches Telefonbuch darstellen. Dieser hier hat uns gerade darüber informiert, daß der zur eingegebenen IP-Adresse gehörige Name juarapartema.com lautet und von einer Firma namens domaindiscover.com registriert wurde. Und da sollten wir eigentlich noch ein bißchen mehr herausfinden.«

Ich ging auf domaindiscover.com, wo ich nach juarapartema.com suchte:

```
Whois juarapartema.com
```

Administrative Contact, Technical Contact,
Zone Contact:
Mak Hwa Sen
Internet World Cafe
Kuta Beach, Bali, DKI 33620, ID
(82) 29 9210421
root@juarapartema.com

»Hab' ich dich«, sagte ich. »Kuta Beach, Bali. Was in aller Welt treibst du denn dort, du Arschloch?«

»Lassen Sie uns mal 'ne Pause einlegen«, sagte sie. »Ich glaub', ich nehm' jetzt doch gern was zu trinken.«
»Okay«, sagte ich. Sie folgte mir in die Küche. Ich öffnete den Kühlschrank und spähte hinein. »Bier oder... äh, Wasser?«
Sie lachte.
»So ist das eben, wenn man auf Reisen war«, rechtfertigte ich mich.
»Klar«, sagte sie. »Bei Männern jedenfalls.«
»Ich habe auch noch einen Glenfiddich da«, sagte ich, als mir durch den Kopf schoß, daß sie ja auch Scotch trank.
»Tatsächlich? Da sag' ich nicht nein.«
Ich schenkte uns zwei Whisky auf Eis ein, ehe wir ins Wohnzimmer gingen und es uns auf der Couch bequem machten. Ich fühlte mich erstaunlich wohl neben ihr. Normalerweise gelang es mir nie, mich an der Seite attraktiver Frauen zu entspannen; meist fühlte ich mich dabei, als würde ich an einem lebenswichtigen Bewerbungsgespräch teilnehmen. In Talenas Gegenwart aber fühlte ich mich so locker wie selten.
»Irgendwie gruselig, daß das so einfach geht«, sagte sie. »Ich meine, soll das heißen, daß man alles im Internet zurückverfolgen kann?«
»Kommt drauf an«, sagte ich. »Sagen wir mal so: Wenn Sie

über AOL ins Netz gehen, wird Ihnen so schnell keiner auf die Schliche kommen, da alle bei AOL über dieselben Rechner gehen. Andererseits weiß man bei AOL natürlich so gut wie alles über Sie. Wie auch immer, als Faustregel gilt, daß Sie im Prinzip keine Sekunde unbeobachtet sind.«

»Die lügen also, wenn sie sagen, daß ihre Internetverbindungen absolut sicher sind?«

»Nein, das stimmt schon. Deren Systeme sind bombensicher. Trotzdem können sie genau zurückverfolgen, über welchen Computer Sie sich einwählen.«

»Teufel auch. Da fühlt man sich ja regelrecht verfolgt.«

»Wenn man es wirklich darauf anlegt, gibt es genug Möglichkeiten, seine Spuren zu verwischen«, sagte ich. »Wäre er über Anonymizer, Zero-Knowledge, SafeWeb oder ähnliches reingegangen, hätten wir keine Chance gehabt, auch nur das Geringste herauszufinden.«

Sie runzelte die Stirn. »Bitte?«

»Das sind Websites, die quasi komplett hinter einem aufräumen. Alles, was man tut, bleibt völlig anonym.«

»Und das ist wirklich hundertprozentig sicher?« fragte sie.

»Keine Ahnung«, gab ich zu. »Klar, man kann das mit bestimmten Tests überprüfen, aber letztlich muß man darauf vertrauen, daß wirklich nichts durchdringt. Ist mir aber auch nicht besonders wichtig. Ich habe schließlich nichts zu verbergen.«

»Das sehe ich anders«, sagte sie. »Ist doch wohl mein Bier, was ich zu verbergen habe. Und Ihres genauso.«

»Wie meinen Sie das?«

»Na ja ...« Sie fühlte sich sichtlich unwohl. »Ich meine, daß da draußen irgendwelche Leute sitzen, die Dinge über mich wissen, die sie nichts angehen. Das gefällt mir ganz und gar nicht.« Energisch schüttelte sie den Kopf. »Unser gemeinsamer Freund ist also momentan in Indonesien. Der Stier. Und was schließen Sie daraus?«

»Daß er offenbar ziemlich reisefreudig ist.«
»Sieht so aus«, sagte sie. »Und was noch?«
»Worauf wollen Sie hinaus?«
»Daß es doch nur eine Frage der Zeit ist, bis man den nächsten Toten mit Messern in den Augen auffindet. Es sei denn, wir unternehmen etwas dagegen.«
»Unternehmen? Was denn?«
»Ich zerbreche mir ja bereits den Kopf«, sagte sie und trank ihren Scotch aus. »Haben Sie schon was gegessen? Ich sterbe vor Hunger.«
»Ich auch«, log ich.

Wir gingen ins Crêpes on Cole, ein Lokal gleich um die Ecke. Wir verloren kein Wort mehr über den Stier. Statt dessen sprachen wir über allen möglichen belanglosen Kram, der uns in den Sinn kam, über obskure Filme, die wir mochten, und über zu Unrecht hochgejubelte Rockstars. Über den Niedergang der amerikanischen Literatur. Die besten Streifzüge durch San Francisco. Was man machen konnte, wenn einem bei einer Fahrradtour durch Marin County ein tollwütiger Hirsch in die Quere kam. Woran man zielsicher New Yorker Touristen erkannte. Wieso in den besten Wohngegenden immer die größten Idioten leben.

Ich glaube, wir waren beide ein bißchen überrascht, wie gut wir uns verstanden – wir amüsierten uns prächtig und mußten mehr als einmal darüber lachen, daß wir auf dieselben Dinge abfuhren. Sie war gar nicht so arrogant und eingebildet, wie ich gedacht hatte. Ein kleines bißchen schon, aber das kommt wohl automatisch, wenn man jung und superhübsch ist und den coolsten Job in der coolsten Stadt der Welt hat. Sie wohnte in Potrero Hill und mußte jeden Tag zwei Stunden Pendelverkehr in Kauf nehmen; und offenbar lag ich auch falsch mit meiner Einschätzung, daß sie in einem durchgestylten Loft lebte und jede Menge Geld besaß. »Bei Big Earth geht es in erster Linie um Prestige und Spaß an der Arbeit«, sagte sie an einer Stelle. »Die Bezahlung ist leider Gottes eher symbolisch.«

Nur einmal kam unser Gespräch ins Stocken; als ich sie fragte, von wo es sie eigentlich hierherverschlagen hatte. Sie schnitt eine Grimasse und sagte »Ach, ich bin schon ziemlich weit rumgekommen«, und ihr distanzierter Ton verriet deutlich, daß wir besser das Thema wechselten. Aber auch dieser Moment war schnell vorüber; ein paar Sekunden später witzelten wir schon wieder über neue Eiscremesorten. Als uns die Kellnerin darauf aufmerksam machte, daß das Lokal bald schließen würde, sahen wir beide erstaunt auf die Uhr. Tatsächlich. Schon elf. Die Zeit war wie im Flug vergangen.

Wir teilten uns die Rechnung. Anschließend begleitete ich sie zur Ecke Rivoli und Cole, wo sie ihr Rad abgestellt hatte.

»Na dann«, sagte ich. »Ich bin echt froh, daß du vorbeigekommen bist. War ein toller Abend.«

Es überlief mich heiß und kalt, als sie mir ein Tausend-Watt-Lächeln schenkte. »Ja, fand ich auch.«

»Tja«, meinte ich vage, da ich nicht so recht wußte, was ich noch sagen sollte.

»Hmm. Laß uns noch mal über die Sache reden. Aber ich muß erst nachdenken. Irgendwie habe ich das Gefühl, wir sollten etwas unternehmen, aber ich weiß nicht, was.«

»Geht mir genauso.«

Wir musterten uns noch einen Augenblick.

»Okay.« Sie schwang sich auf ihr Rad. »Ich muß los. Ist 'ne ganz schöne Ecke bis zu mir nach Hause. Schlafen wir einfach mal eine Nacht drüber. Ich ruf' dich morgen abend an.«

»Bis dann«, sagte ich und sah ihr hinterher. Im Hinterkopf hatte ich mit dem Gedanken gespielt, daß sie vielleicht bei mir übernachten würde. Die Flausen konnte ich mir für heute nacht erst mal aus dem Kopf schlagen. Obwohl eigentlich überhaupt klar war, daß zwischen uns nichts passieren würde. Aber ab und zu darf man ja wohl mal träumen.

12

Frei wie ein Vogel

Ich fuhr in die Firma, loggte mich ein, las meine E-Mails und merkte plötzlich, daß ich überhaupt nichts zu tun hatte. Ich tippte www.interpol.com ein und begann zu lesen.

Eine halbe Stunde später hatte ich die Hoffnung aufgegeben. Sicher, es war eine höchst wichtige Organisation, die auf internationaler Ebene Informationen austauschte und über die neuesten Polizeimethoden auf dem laufenden hielt, aber davon, daß sie Terroristen quer durch aller Herren Länder hetzte, konnte offenbar keine Rede sein. Ehrlich gesagt schien mir Interpol ein ziemlich bürokratischer Laden zu sein. Auf der Website hieß es ausdrücklich, man solle sich zuerst an das jeweilige nationale Interpol-Büro wenden, wenn es um ein Verbrechen ging.

Es konnte ja nicht schaden. Ich faßte meine bislang gesammelten Erkenntnisse zusammen – nur die Big-Earth-Logprotokolle ließ ich außen vor, da ich Talena nicht in Schwierigkeiten bringen wollte – und schickte sie per E-Mail an das USA-Büro von Interpol. Ich ging davon aus, daß sie meine Infos als Hirngespinst eines durchgeknallten Verschwörungsfreaks abtun würden. Aber egal, ich hatte es wenigstens versucht.

Ich war gerade damit fertig, als Kevin an meinen Schreibtisch trat.

»Paul«, sagte er. »Kannst du mal kurz in mein Büro kommen? Ich muß dir etwas mitteilen.«

»Klar«, sagte ich. Ich nahm an, daß die Verträge für das neue Projekt nun endlich in trockenen Tüchern waren. »Wollen wir nicht auf Rob warten? Ich glaube, er ist nur eben zum Mittagessen gegangen.« Als Chefdesigner würde Rob Hand in Hand mit mir arbeiten. Tatsächlich hatte ich ihn den ganzen Morgen über nicht gesehen, aber er war eben Künstler und ließ sich das nur allzugern heraushängen.

»Nein«, sagte Kevin. »Robs Anwesenheit ist nicht erforderlich.«

Ich folgte ihm in sein Büro und setzte mich, während er die Tür hinter mir schloß.

»Okay«, sagte er. »Dann wollen wir mal. Nun, Paul, wir schätzen dich hier alle als brillanten Programmierer.«

»Danke.«

»Nein, wirklich. Deine vier Monate Urlaub im Jahr hast du ja nicht zuletzt auch dieser Tatsache zu verdanken.«

»*Unbezahlten* Urlaub«, sagte ich. War das mal wieder einer seiner Versuche, mich dazu zu überreden, der Firma künftig mehr Zeit zu widmen?

»Tja, wie du weißt, machen wir momentan eine schwierige Phase durch. Der Markt ist absolut im Keller, und wir jagen hier jeden Tag Unmengen von Geld durchs Fenster.«

Ich wollte ihn gerade darauf hinweisen, daß er da zwei Redensarten durcheinanderbrachte und wohl eher den metaphorischen Schornstein meinte, ließ es dann aber doch bleiben. Statt dessen schaltete ich ebenfalls auf die Small-talk-Schiene und sagte: »Aber das Morgan-Stanley-Projekt wird uns doch wohl locker aus der Talsohle holen.«

»Tja«, sagte Kevin. »Der Auftrag ist gestern an Quidnunc gegangen.«

»Oh!« Einer unserer Konkurrenten.

»Und jetzt stecken wir gewissermaßen in der Zwickmühle. Wir haben momentan einfach zu viele Angestellte und zu wenig Aufträge, die unsere Bilanz aufbessern könnten. Da diese Entwicklung nicht ganz unvorhergesehen kam, haben wir bereits Maßnahmen erörtert, wie wir die Kosten reduzieren können. Der Verlust dieses Auftrags zwingt uns zur Restrukturierung unseres Unternehmens. Wir gehen davon aus, daß es sich um rein temporäre Maßnahmen handelt, die natürlich umgehend rückgängig gemacht werden, sobald sich der Markt wieder einigermaßen erholt hat.«

Langsam machte sich ein flaues Gefühl in meiner Magengrube breit. »Kevin...«

»Mittelfristig gesehen wird das unser Firmenwachstum natürlich nicht beeinträchtigen. Am Ende werden wir gestärkt aus dieser Krise hervorgehen. Dennoch sind wir gezwungen, an diesem Punkt die ein oder andere unpopuläre Entscheidung zu fällen, um auch in Zukunft ein schlagkräftiges...«

»Was ist los, Kevin? Wollt ihr mir kündigen?«

Zugegeben, er tat sein Bestes, mir in die Augen zu sehen, senkte dann aber doch im letzten Moment den Blick. Er starrte auf seinen Schreibtisch. »Ja.«

»Okay«, sagte ich.

»Es tut mir wirklich leid, Paul. Ich habe alles getan, um es zu verhindern, aber die Geschäftsleitung...«

»Komm, laß es gut sein«, unterbrach ich ihn. »Es ist wirklich okay für mich. Ich sag' das nicht bloß so dahin. Um ehrlich zu sein, bin ich heilfroh.« Und das meinte ich wirklich so. Ich spürte, daß sich ein Lächeln auf mein Gesicht geschlichen hatte. Eine Riesenlast schien von meinen Schultern zu fallen. Arbeitslosigkeit! Ich fühlte mich, als sei ich nach langen Jahren endlich aus dem Zuchthaus entlassen worden.

»Im Ernst?« fragte er.

»Absolut.«

»Wie das?«

»Ihr Typen aus dem mittleren Management würdet das sowieso nie kapieren.« Eigentlich wollte ich ihn nur ein bißchen aufziehen, aber an seiner Miene konnte ich sehen, daß er meinen kleinen Scherz als Beleidigung auffaßte. Nun ja, damit konnte ich leben, nachdem er mich gerade gefeuert hatte.

»Was ist mit Rob?« fragte ich.

»Er auch«, sagte er.

»Was gibt's für 'ne Abfindung?«

»Ein Monatsgehalt plus Krankenversicherung. Hier.« Er reichte mir einen braunen Umschlag, den er von einem erschreckend hohen Stapel auf seinem Schreibtisch genommen hatte.

»Klingt fair. Muß ich noch irgendwas unterschreiben? Daß ich von arbeitsrechtlichen Klagen absehe oder so?«

»Du lieber Gott. Davon war doch nie die Rede. Aber vielleicht könntest du ja doch ...«

»Kevin«, sagte ich. »Ich werde niemanden verklagen und genausowenig irgend etwas unterschreiben. Sonst noch was?«

»Wir hatten dir einen Palm Pilot gestellt – den Organizer, erinnerst du dich?«

»Sorry«, sagte ich. »Den habe ich in die San Francisco Bay geworfen.«

»Du hast was?«

»Ich konnte die Teile noch nie ausstehen«, sagte ich.

»Oh«, sagte er. »Dann schreiben wir das Ding eben ab. Aber dein Laptop ist hier, oder?«

»Auf meinem Schreibtisch«, sagte ich; gut, daß ich eine Sicherungskopie meiner persönlichen Mails auf meinem Yahoo-Account hatte. »Ich lass' ihn einfach stehen.«

»Okay. Nun ja. Vielen Dank, daß du's so gelassen nimmst.«

»Nichts zu danken. Und jetzt sollst du mich wahrscheinlich aus dem Gebäude hinausgeleiten, was?«

Er sah todunglücklich aus.

»Auch das noch.« Ich schüttelte den Kopf. »Paß bloß auf deinen eigenen Kopf auf. Ich hab' wiederholt von Fällen gehört, wo sie am Ende solcher Tage den an die Luft gesetzt haben, der zuvor all die anderen über die Klinge hat springen lassen. Verhindert eindeutig böses Blut, von wegen Beeinträchtigung des Betriebsklimas und so.«

Das war eine fette Lüge, aber da ihm daraufhin sichtlich das

Entsetzen ins Gesicht geschrieben stand, durchaus die Sache wert. Ich folgte ihm nach draußen, und mein schlechtes Gewissen hielt sich eindeutig in Grenzen.

Ich verließ das Gebäude, überquerte die Mission Street und machte mich auf den Weg zur Muni Station, um nach Hause zu fahren. Ich war gerade an der Ecke Market und Montgomery Street, als ich jäh innehielt, so abrupt, daß eine Asiatin beinahe mit mir zusammengeprallt wäre. Sie warf mir einen wütenden Blick zu, den ich aber kaum wahrnahm.

Mitten auf offener Straße blieb ich so stehen. Eine kleine Ewigkeit lang. Etwa eine halbe Stunde. Passanten musterten mich mit argwöhnischen Seitenblicken, wahrscheinlich, weil ich völlig normal gekleidet war. Das macht einen Teil des Charmes von San Francisco aus; hätte ich mich mit silberner Farbe angemalt oder mich im Lederschurz zur Schau gestellt, hätte mich keiner weiter beachtet. Aber ein Yuppie, der entrückt vor sich hinstarrte und sich nicht vom Fleck bewegte, das paßte für sie nicht zusammen.

Ich drehte tatsächlich gerade ein bißchen ab. Das lag an einer ganzen Reihe von Dingen. Zum Teil hatte es damit zu tun, daß ich plötzlich und unerwartet arbeitslos geworden war. So etwas geht nicht spurlos an einem vorüber, selbst wenn man genug Geld auf dem Konto hat und genau weiß, daß man im Handumdrehen einen neuen Job an Land ziehen könnte. Ja, selbst dann, wenn man sich de facto darüber freut, daß man gefeuert worden ist. Aber genauso war es. Seit langer Zeit fühlte ich mich wieder einmal richtig prächtig, ohne mir so recht erklären zu können, warum. Und das verwirrte mich nur noch mehr.

Nie zuvor war ich so frei gewesen, in meinem ganzen Leben nicht. Es machte mir regelrecht Angst.

Aus irgendeinem unerfindlichen Grund fühlte ich mich, als stünden mir unendlich viele Wege offen und als würde die

Richtung, die ich nun einschlug, über mein ganzes weiteres Leben bestimmen. Eine halbe Stunde lang stand ich da und ließ dieses Gefühl von ... ja, wie immer man es nennen mag: Schicksal, höherer Fügung, Vorsehung, auf mich einwirken.

Ich konnte mich um einen neuen Job kümmern. Weiter hier in San Francisco bleiben. Ich mochte Talena, sie mich offensichtlich auch, und einen Lover hatte sie nicht erwähnt. Das war doch schon mal eine Möglichkeit. Vielleicht sollte ich einfach dableiben und versuchen, mein Glück zu finden. So schwierig konnte es doch nicht sein. Anderen war es doch offenbar auch schon gelungen.

Darüber hinaus stand London zur Wahl. Dort lebten die Leute, mit denen ich in Afrika gewesen war. Vielleicht war das ja der Kreis, zu dem ich wirklich gehörte; zumindest hätte ich so die Gelegenheit gehabt, es herauszufinden. Vielleicht brauchte ich schlicht mal einen Tapetenwechsel. Vielleicht war mein Problem, daß ich in Amerika einfach nicht glücklich werden konnte.

Ich konnte nach Kanada zurückgehen. Ich konnte in irgendeinem gottverlassenen Dorf im Tschad, in Suriname oder Bangladesh Kinder und Analphabeten unterrichten. Nach L.A. ziehen und anfangen, Drehbücher zu schreiben. Nach Zimbabwe gehen, wo meine Verwandten eine Farm betrieben. Mich in der South Bronx auf die verhängnisvolle Spirale aus Drogen und Gewalt einlassen und es mit crackabhängigen Nutten treiben. Mich einer Antarktis-Expedition anschließen, Profitaucher oder Akrobat beim Cirque du Soleil werden. Oder in eine der Kung-Fu-Schulen um den Shaolin-Tempel eintreten und mich zum härtesten Kämpfer der Welt ausbilden lassen.

Der Mann, der Stanley Goebel ermordet hatte, hielt sich momentan in Kuta Beach, Bali, auf. Und wahrscheinlich handelte es sich um denselben Mann, der auch Laura auf dem Gewissen hatte.

Instinktiv ermahnte ich mich, nicht an Laura zu denken.

Ich hatte genug über sie nachgegrübelt, tausendmal öfter über sie nachgedacht, als ich es wohl getan hätte, wäre sie nicht ermordet worden. Aber das Leben ging weiter, mußte weitergehen. Sie war tot. Jemand hatte sie auf bestialische Weise umgebracht. Lange Zeit hatte ich den Verdacht gehabt, daß der Killer einer von uns gewesen war – einer von denen, die damals auf dem Overland-Truck mitgefahren waren. Doch diesen Verdacht konnte ich nun ad acta legen. Das hatte sich ein für allemal erledigt. Stanley Goebels Tod hatte klar bewiesen, daß niemand von unserer damaligen Gruppe der Stier sein konnte. Und das wiederum bedeutete, daß der Mord an Laura nichts weiter als ein Akt sinnloser, grausamer Brutalität gewesen war, ausgeübt von einem gesichtslosen, anonymen Killer.

Moment.

Stimmte das tatsächlich?

Oder gab es noch eine andere Möglichkeit?

Ich kehrte um und ging über die Market Street zurück. Kurz darauf betrat ich das American-Express-Reisebüro an der nächsten Ecke.

»Hallo«, sagte ich zu der jungen Dame hinter dem Schreibtisch. »Ich würde gern einen Flug nach Bali buchen.«

»Wann möchten Sie denn fliegen?« fragte sie.

»Heute«, antwortete ich spontan. Dieser Phantasie hatte ich schon immer mal nachgeben wollen. Und obwohl eine Woge zwiespältiger Emotionen in mir aufstieg, eine brodelnde Mischung aus Argwohn, Zorn, Verwirrung, Verlustgefühlen und dem Bedürfnis, wenigstens irgend etwas zu tun, statt einfach nur passiv abzuwarten, war ich imstande, mich über ihre entgeisterte Miene zu freuen.

Es klappte alles wie am Schnürchen. Um 22:00 Uhr ging ein Anschlußflug von Los Angeles nach Denpasar. Von San Francisco flog alle halbe Stunde eine Maschine nach L.A. Das

Ganze war nicht mal besonders teuer, zweitausend Dollar, alles andere als schlecht für ein Last-Minute-Ticket quer über den Pazifik. Außerdem konnte ich es mir leisten. Den Rückflug buchte ich für drei Wochen später.

Ich fuhr nach Hause. Packte meine Sachen. Bestellte ein Taxi. Als ich noch mal den Thorn Tree checken wollte, fiel mir ein, daß sie ja meinen Laptop einbehalten hatten. Ich ging um die Ecke in den nächsten Copyshop und klinkte mich von einem der Computer dort ein. Und tatsächlich hatte ich eine Antwort bekommen:

```
BC088269     Sie werden sich noch wundern,
07/11 08:02  wie clever ich bin, Mr Wood.
             Aber erst so richtig,
             wenn ich mit Ihnen fertig bin.
```

Ein leises Triumphgefühl stieg in mir auf. Ich hatte ihn aus der Reserve gelockt. Ich schrieb zurück:

```
PaulWood     Spar dir die leeren Drohun-
07/11 16:51  gen, Junge. Hier geht es um
             echte Morde.
             Für Kinderkram und Möchtegern-
             Bösewichte habe ich
             keine Zeit. Du willst der
             Stier sein? Dann sag doch
             mal, welche Farbe deine Jacke
             hatte - oben in Nepal auf dem
             Trek. Bin gespannt, wie Du
             Dich aus der Affäre ziehen
             wirst.
```

Ich ging wieder nach Hause und wählte Talenas Büronummer. Sie war gerade nicht da. Ich hinterließ ihr die Nachricht, mich so schnell wie möglich zurückzurufen. Dann wartete ich. Nicht mehr lange, und der Taxifahrer würde klingeln.

Dann aber klingelte doch zuerst das Telefon. Ich nahm ab.

»Ich habe meinen Kontaktmann bei der Polizei in Kapstadt angerufen«, sagte sie. »Die Opfer in Südafrika wurden auf dieselbe Weise entstellt. Schweizer Armeemesser in den Augen. Er sagt, sie würden die Ermittlungen wiederaufnehmen. Er will sich mit deinem Freund Gavin in Verbindung setzen und Interpol einschalten.«

»Sehr gut«, sagte ich. »Ich fliege in der Zwischenzeit nach Indonesien.«

»Was?«

»Ich fliege nach Indonesien.«

»Wann?«

»Heute abend«, sagte ich.

»Heute abend? Bist du jetzt komplett durchgeknallt?«

»Vielleicht.«

»Was ist denn das für 'ne Scheißnummer, du spinnst doch.«

»Hey«, sagte ich mit meiner ruhigsten Stimme, während mir gleichzeitig aufging, daß ich den Coolen spielte, weil ich sie beeindrucken wollte. »Ich bin heute morgen gefeuert worden und habe sowieso nichts Besseres zu tun.«

»Was hast du denn vor?«

»Ich werde ihn aufspüren«, sagte ich.

»Ach ja? Und dann?«

»Dann weiß ich endlich, wer es ist.«

»Nein, du Schwachkopf! Du riskierst höchstens dein Leben. Hast du vergessen, was *du* bist? Ein Computerprogrammierer, verdammt noch mal! Bildest du dir wirklich ein, du kannst es mit einem Serienkiller aufnehmen? Hör auf mit deiner bekloppten Machotour. Stornier den Flug, und bleib hier.«

Ich überging ihren Rat geflissentlich. »Hör mal einen Moment zu«, sagte ich. »Er hat heute eine weitere Message in den Thorn Tree gestellt.«

»Weiß ich. Ich hab's gesehen.«

»Könntest du vielleicht mal checken, ob die Nachricht vom selben Rechner kam? Falls du noch weißt, wie das geht.«

»Das habe ich schon getan. Es ist derselbe Computer«, sagte sie. »Und du gibst jetzt dein Ticket zurück, okay?«

»Ich werde einfach mal sehen, was ich rauskriegen kann«, sagte ich.

»Balthazar«, sagte sie leise. »Du verdammter *Idiot*. Willst du unbedingt mit zwei Messern in den Augen aufgefunden werden, oder was?«

»Sag doch einfach Paul, wenn's dir nichts ausmacht.«

»Okay, Paul. Ich will nur eins wissen. Was willst du unternehmen, wenn du ihn findest?«

»Keine Ahnung«, sagte ich.

»Willst du mit ihm abrechnen, weil er deine Freundin umgebracht hat?«

»Ich weiß es nicht«, sagte ich.

»Vergiß es. Dafür bist du nicht der Typ.«

»Woher willst du denn wissen, was für ein Typ ich bin?«

»Ich habe bei weitem mehr Ermordete in meinem Leben gesehen als du, du ignoranter...« Sie brach ab, ehe sie mit beschwörender Stimme weitersprach. »Ich bin in Bosnien aufgewachsen. Mitten im Krieg. Ich habe genug nette Kerle tot im Rinnstein liegen sehen, so viele, daß es mir für den Rest meines Lebens reicht. Glaub mir, du bist kein Killer, und genau das mag ich an dir. Mann, versteh mich doch, bitte. Auf eigene Faust nach Indonesien zu fliegen ist das Dümmste, was du jetzt machen kannst.«

»Ich muß los«, sagte ich. »Der Taxifahrer hat eben geklingelt.«

»Paul, jetzt sei doch nicht so verdammt stur, du bist echt ein...«

»Drück mir den Daumen«, sagte ich. »Ich melde mich.«

Teil III

INDONESIEN

13

Heißer Boden unter den Füßen

Schlechtes Essen, schlechte Filme, schlechte Gesellschaft – so verging der Flug. Nicht, daß es mir groß etwas ausgemacht hätte. Manchmal kam es mir vor, als sei Warten das einzige, was ich im Laufe der Jahre wirklich gelernt hatte. Zwölf Stunden im Flieger? Kein Problem. Ich döste, sah mir die Filme an, las in dem Big-Earth-Reiseführer, den ich am Flughafen gekauft hatte und starrte aus dem Fenster. Ich saß direkt am Notausgang, hatte auf diese Weise zusätzlichen Fußraum zur Verfügung und damit schon mal einen gehörigen Vorteil gegenüber den anderen Passagieren über 1,80 Meter, die sich in die normalen Sitze der Economy Class quetschen mußten. Sonst machte ich mir keine großen Gedanken, sondern ließ mich einfach meinem Ziel entgegentreiben.

Die zwölf Stunden vergingen im wahrsten Sinne des Wortes wie im Flug, und dann umfing mich auch schon die schwüle indonesische Hitze, als ich die steile Treppe zum Rollfeld hinunterstieg. Auf dem Weg zum Strand erspähte ich vom Taxi aus eine McDonald's-Filiale und ein Hard-Rock-Café; am Ziel angekommen, mietete ich mir einen hübschen Einzimmerbungalow, der zwei Dollar am Tag kostete.

Kuta Beach war einfach scheußlich. Keine Frage, der schier endlose Strand bot einen grandiosen Anblick, und auch der Ort selbst war hübsch begrünt; doch ich fand ihn trotzdem scheußlich, nicht zuletzt, da er mich an Fort Lauderdale erinnerte. Weit und breit sah man fast ausschließlich lärmende, besoffene und pöbelnde Australier, die meisten von ihnen im College-Alter. Eigentlich mag ich Australier, aber solche Typen waren mir schon immer ein Greuel. Indonesische Männer mit haßerfüllten Blicken zogen umher und boten billig Uhren, Parfüm, Ringe und Zippo-Feuerzeuge feil. Spärlich bekleidete Indonesierinnen offerierten für fünf Dollar »Massagen«. Während ich die Australier beobachtete, wurde mir einmal mehr klar, weshalb in der Dritten Welt fast überall die Vorstellung herrscht, daß weiße Männer alle gleich aussehen und weiße Frauen durch die Bank leichte Beute sind.

Ich setzte mich in ein Strandcafé und sah mir den Sonnenuntergang an. Ein wahrhaft spektakulärer Anblick, der allerdings durch das Pack um mich herum erheblich beeinträchtigt wurde. Ein paar sturzbetrunkene Außies spielten Rugby im Sand, stießen die einheimischen Händler einfach aus dem Weg; dabei stürzte eine Indonesierin mit ihrem Stapel bunter Sarongs in den nassen Sand. Nicht weit entfernt hockten ein paar Kiffer, die eine dicke Haschpfeife herumgehen ließen. An den Tischen neben mir saßen zwei Männer mit Prostituierten. Der eine war ein fetter, bärtiger Typ Mitte Zwanzig, der sich aufführte, als hätte er sich durch die Anwesenheit zweier Zwanzig-Dollar-Nutten in den begehrenswertesten Beau auf dem Planeten verwandelt. Bei dem anderen handelte es sich um einen älteren Kerl mit weißen Haaren und faltenzerfurchtem Gesicht; die beiden Mädchen an seinem Tisch sahen aus, als seien sie gerade Dreizehn geworden.

Plötzlich kam mir der Gedanke, daß der Stier sich von anderen Touristen gar nicht so sehr unterschied. Manche Leute gehen auf Reisen, um etwas zu sehen oder Erfahrungen zu machen; aber verdammt vielen geht es einfach nur darum, die Sau rauszulassen. Viele Touristen reisen zumindest zum Teil deshalb in die Dritte Welt, weil man in armen Ländern billig an Drogen und Sex kommt, weil man absolut anonym bleibt und die Polizei gegen ein kleines Bakschisch gern mal die Augen zudrückt. Wenn man es genau betrachtete, unterschied sich der Stier kaum von den Drogen- und Sextouristen; sicher, sein Kick war Mord, aber im Prinzip ging es ihm um das gleiche.

Ich selbst war ja auch kein Heiliger. Ich wußte längst nicht mehr, in wie vielen Ländern ich mir die Rübe breitgekifft hatte. Keine Frage, der Gebrauch von leichten Drogen sollte entkriminalisiert werden, andererseits ließ sich aber kaum ins Feld führen, daß ich zum Wohlstand der jeweiligen Länder beitrug, indem ich den Banden in die Hände spielte, die den Drogenhandel kontrollierten. Ich hatte nie mit irgendeiner Einheimischen geschlafen; das war mir moralisch nicht geheuer, obgleich ich eine ganze Reihe von Männern kannte, die damit keine Probleme hatten. So, wie das Ganze gewöhnlich vonstatten ging, konnte man auch nicht wirklich von Prostitution sprechen, eher von einem Arrangement; das einheimische Mädchen steht einem für ein oder zwei Wochen zur Verfügung, und man kauft ihr dafür eine Menge hübscher Geschenke. Und es waren beileibe nicht bloß Männer, die sich auf diese Weise amüsierten. In Afrika waren mir auch, nun, dem gängigen Schönheitsbild nicht ganz entsprechende Frauen über den Weg gelaufen, die sich mit muskelbepackten Schwarzen vergnügt hatten. Manchmal mochte es sogar Liebe sein. Manchmal war es ein harmloser Flirt. Und manchmal war es schlicht Ausbeutung. Die Grenzen waren fließend, und jeder konnte sich seine eigene Wahrheit zurechtzimmern. Der bärtige Fettsack am Nebentisch glaubte wahrscheinlich auch daran, daß die beiden Schönheiten sich hauptsächlich dank seiner unwiderstehlichen Anziehungskraft zu ihm gesellt hatten.

Ich trank mein Bier aus, sah zu, wie die Sonne im Meer versank, lauschte dem Rauschen des Ozeans. Ich fühlte mich ziemlich fertig, ausgelaugt von dem langen Flug und vom Jetlag. Eigentlich war ich todmüde, doch dann zog ich los zum Internet-World-Café. Es war nicht besonders groß; etwa zwanzig Computer standen auf den Tischen. Niemand war dort, den ich wiedererkannt hätte. Im Flieger hatten mich vor allem zwei Ängste beschäftigt: die Angst, daß ich den Killer nicht finden würde, und die Angst, ihn zu finden. Nun dominierte die erstere. In Kuta Beach hielten sich Tausende von Touristen auf; selbst wenn meine Theorie zutraf und ich ihn tatsächlich wiedererkennen würde, wie hoch standen die Chancen, daß er zufällig meinen Weg kreuzte?

Ich loggte mich ein und checkte den Thorn Tree, hatte aber noch keine Antwort auf meine Zeilen erhalten. Talena hatte eine E-Mail geschickt, in der sie mich als Vollidioten beschimpfte; sie schrieb, sie würde sich dafür verfluchen, daß sie mir je geholfen hätte, und daß ich mich bloß jeden Tag bei ihr melden sollte. Ich schrieb ihr zurück, daß ich gut angekommen und alles bestens sei, ging zurück zu meinem Bungalow und freute mich auf meinen wohlverdienten Schlaf.

Ich war nicht zuletzt deshalb nach Indonesien geflogen, weil meine einstige Theorie neue Nahrung erhalten hatte: daß Lauras Mörder einer aus unserer Afrika-Gruppe war. Ich hatte die Theorie zwischendurch verworfen, weil die Daten nicht zusammenpaßten; die beiden Morde in Südafrika konnten unmöglich von jemandem begangen worden sein, der damals mit uns auf dem Overland-Truck unterwegs gewesen war. Inzwischen aber fragte ich mich: Was, wenn Laura einem *Nachahmungstäter* zum Opfer gefallen war? Was, wenn einer aus unserer damaligen Gruppe von den Morden in Südafrika erfahren hatte – zum Beispiel via Handy oder E-Mail – und darauf beschlossen hatte, sich diese Taten zum Vorbild zu nehmen? Was, wenn Laura kein zufälliges Opfer gewesen, sondern von einem aus unserer Gruppe getötet worden war – und dieser die Sache so aufgezogen hatte, daß sie wie das Werk des mutmaßlichen südafrikanischen Serienmörders aussah?

Was, wenn es einer von uns gewesen war?

Drei Kandidaten zog ich in die engere Wahl. Drei Männer, mit denen ich quer durch Afrika gereist war, mit denen ich so manches Bier gekippt, gekifft, gekocht und Blut und Wasser geschwitzt hatte, Männer, die ich in allen möglichen Situationen erlebt hatte, krank, aufgebracht, begeistert, albern, Männer, mit denen ich vier lange Monate so gut wie jeden Tag verbracht hatte. Drei Männer, denen ich es zutraute, Laura ermordet zu haben.

Lawrence Carlin. Michael Smith. Morgan Jackson.

Falls meine Theorie wirklich zutraf, erklärte sie eine ganze Menge. Insbesondere, wenn derjenige, der Laura umgebracht hatte, auch für Stanley Goebels Tod verantwortlich war – wenn also auch Goebel zum Opfer des Nachahmungstäters geworden war, dem Stier Nummer zwei sozusagen. Wenn ich damit richtig lag, erklärte dies außerdem, weshalb mich der Unbekannte auf dem Trail in Nepal verfolgt hatte. Weil er mich kannte und ich ihn. Er mußte befürchtet haben, daß ich ihn in Letdar gesehen oder vielleicht seinen Namen auf einer Liste in einem Checkpoint wiedererkannt hatte. Ich wünschte, ich hätte mir die Namen der anderen Trekker genauer besehen. Nicht zuletzt erklärte sich damit auch, weshalb er sich schließlich entschieden hatte, Stanley Goebels Paß zu benutzen und unter dessen Namen zu reisen.

Zugegeben, ganz wasserdicht war meine Theorie immer noch nicht. Zuallererst stellte sich die Frage, wie er hätte wissen sollen, daß die Opfer in Südafrika mit Schweizer Armeemessern in den Augen aufgefunden worden waren – ein gravierendes Detail, von dem bislang offensichtlich nur die südafrikanische Polizei Kenntnis gehabt hatte. Und wenn der Mord an Laura ein Verbrechen aus Leidenschaft gewesen war, was ich durchaus für möglich hielt – Lawrence hatte sie während der ersten Wochen in Afrika permanent angebaggert und war nie ganz darüber hinweggekommen, daß sie sich schließlich in mich verliebt hatte –, welchen Grund hätte dann ihr Mörder gehabt, zwei Jahre später einen wildfremden Menschen in Nepal zu töten? Und wieso war ausgerechnet ich zweimal demselben Killer über den Weg gelaufen, und das an entgegengesetzten Enden der Welt?

Aber solche Zufälle gibt es eben, und ganz so weit hergeholt schien die Sache gar nicht mehr, wenn man richtig darüber nachdachte. Keine Frage, die meisten Menschen, die den alten Spruch zitieren, wie klein die Welt doch ist, haben offenbar nicht viel vom Planeten Erde gesehen; doch unter Rucksacktouristen wird die Erde übersichtlicher, als man es sich gemeinhin vorstellen mag. Ich hatte schon öfter alte Bekannte wiedergetroffen. Im letzten Jahr war ich auf der Thanon Khao San in Bangkok mit einer jungen Frau zusammengestoßen, die ich aus England kannte, und gleich am Tag darauf war mir ein Backpacker über den Weg gelaufen, mit dem ich kurzzeitig zusammen durch Zimbabwe gereist war. Von wegen große weite Welt. Unter Rucksacktouristen schrumpft sie, und sie schrumpft noch um einiges weiter, wenn man die verschiedenen Traveller-Typen einmal genau unter die Lupe nimmt. Ein Backpacker, der vier Monate auf einem Lastwagen quer durch Westafrika reist, steht auf Herausforderungen und Abenteuer, ist ganz bestimmt eher ein Aktivurlauber als ein Sightseeing-Tourist und hat jedenfalls nicht die Kohle, um sich seinen eigenen Landrover zu leisten. Und eines stand fest: Die Länder und Orte, die echte Abenteurer anziehen, sind definitiv begrenzt – und der Annapurna gehört mit Sicherheit dazu.

Lauter Erkenntnisse, die mich dem Stier Nummer zwei näherbrachten – immer vorausgesetzt, daß er tatsächlich existierte. Hier in Indonesien gab es nicht viel zu holen für einen, der das Abenteuer suchte. Sich in Kuta Beach zu besaufen und am Strand abzuhängen schied in jedem Fall aus. Kultur, Folkloretanz und Kunst im etwas nördlicher gelegenen Ubud? Niemals. Mein am Airport von San Francisco erworbener Indonesien-Reiseführer nannte im Grunde nur einen einzigen Ort, der hier auf Bali in Frage kam: den Gunung Batur, einen nach wie vor aktiven Vulkan im Landesinneren der Insel – auf den heißen Steinen dort oben konnte man sich sogar Spiegeleier braten. Die idealen Gefilde für den Stier Nummer zwei, wenn ich es mir recht überlegte. Es war nicht besonders schwierig, darauf zu kommen: Ich ging schlicht davon aus, daß er und ich auf dieselben Dinge standen.

Abgesehen davon, daß ich nicht darauf aus war, wahllos Fremde umzubringen.

Plötzlich waren Laura und ich ein Paar. Es geschah drei Tage nach unserem Keksessen und dem Spaziergang auf der verminten Wüstenstraße – an jenem Abend, als sich Robbie in der Wüste verlief. Er hatte sich die Beine vertreten wollen und war vom Einbruch der Dunkelheit überrascht worden; und statt sich nicht vom Fleck zu bewegen und auf Hilfe zu warten, begann er ziellos durch die Gegend zu streifen, um unser Lager wiederzufinden. Emma, die mit Robbie zusammen war, merkte erst eine gute Stunde später, daß er keineswegs im Zelt lag und schlief, wie sie angenommen hatte. Als sie uns alarmierte, wollten wir uns sofort aufs Geratewohl auf die Suche machen; Hallam hielt uns jedoch davon ab und sorgte dafür, daß wir ein wenig organisierter vorgingen.

An jenem Abend hatten wir unser Lager im Schutz einer großen, U-förmigen Düne aufgeschlagen. Während die anderen aus dem U in die Wüste hinausliefen und nach Robbie zu rufen begannen, stiegen Laura und ich – in den vergangenen drei Tagen waren wir beide in der Gegenwart des anderen merklich nervös gewesen – auf die Düne; ein ziemlich mühsames Unterfangen, da uns der Sand immer wieder unter den Füßen wegrutschte. Wir dachten, daß wir Robbie vielleicht von dort oben sichten könnten, vorausgesetzt, er hatte seine Taschenlampe dabei.

Es herrschte beinahe Vollmond; in der Sahara ist es dann so hell, daß man bequem die Zeitung lesen könnte. Doch trotz des guten Ausblicks war weit und breit nichts zu sehen; es stürmte derart, daß sich unsere gellenden Rufe nach Robbie sofort im Heulen des Wüstenwinds verloren. Als ich sah, wie

Laura die Hand hob, um ihre Augen vor dem herumwirbelnden Sand abzuschirmen, trat ich vor sie und nahm sie schützend in die Arme. Sie sah zu mir auf und preßte sich eng an mich.

»Hoffentlich ist ihm nichts passiert«, sagte sie. Der Wind pfiff so durchdringend, daß ich sie kaum verstehen konnte.

»Bestimmt nicht«, sagte ich. »Hallam wird ihn schon finden.«

Ein paar Sekunden verstrichen. Dann senkte ich meinen Kopf um die letzten fünf Zentimeter und küßte sie zum ersten Mal.

Ich weiß nicht, wie lange wir uns küßten und festhielten. Schweigend standen wir dort oben auf der Düne, bis wir plötzlich Scheinwerferlicht sahen. Es waren Tuareg in einem Land Rover, die Robbie fünf Meilen von unserem Camp aufgegriffen hatten; das allein stellte schon ein kleines Wunder dar, doch an ein noch größeres Wunder grenzte, daß es ihnen tatsächlich gelungen war, unser Lager ausfindig zu machen. Nachdem sie Robbie wohlbehalten abgeliefert hatten, schlugen sie ihr Lager gleich neben dem unseren auf, und Laura und ich verbrachten den Rest des Abends zusammen mit den anderen im großen Zelt der Tuareg. Ich werde nie vergessen, wie ich Laura in den Armen hielt, als wir dort zusammen am Feuer saßen, wie die in lange blaue Gewänder gekleideten Tuareg alte Volksweisen anstimmten und auch wir Lieder aus der Heimat sangen, wie wir miteinander das über dem Feuer gerösteten Lamm teilten. Es war eine wunderschöne Nacht, vielleicht die schönste Nacht meines ganzen Lebens.

Drei Männer hatte ich im Verdacht. An erster Stelle stand Lawrence Carlin.

Lawrence. Er hatte es nie richtig verkraftet, daß Laura ihm den Laufpaß gegeben hatte. Wir hatten ihn den »Terminator« getauft, doch schwang in diesem scherzhaften Spitznamen durchaus eine ernste Komponente mit. Er wirkte stets, als würde eine Winzigkeit genügen, um ihn zum Durchdrehen zu bringen und ihn dazu veranlassen, eiskalt und gnadenlos zuzuschlagen.

Und einmal schlug er tatsächlich zu, im wahrsten Sinne des Wortes. Es geschah in Nouadhibou, als wir in unserem Truck, halbtot vor Hunger, bei Affenhitze auf unsere Pässe warteten und ein schwarzer Schwarm Fliegen über unseren Lkw herfiel – keine Stechfliegen, schlicht eine Unzahl fetter Brummer, die, angelockt von unserem Schweiß, das erbarmungslos einfallende Sonnenlicht verdunkelten. Es war schier zum Wahnsinnigwerden.

Und bei Lawrence brannten von einem Augenblick auf den anderen die Sicherungen durch. Ohne auch nur die geringste Miene zu verziehen, schlug er zehn Minuten lang Fliegen tot. Barfuß ging er auf und ab, zerquetschte Hunderte von Fliegen unter den unablässig niedersausenden Sohlen seiner Sandalen, und es schien, als wollte er nie wieder damit aufhören – kein Zuruf, keine witzige Bemerkung konnte ihn bremsen, und schließlich gab keiner von uns auch nur mehr einen Ton von sich, während er fortfuhr, mit gnadenloser Präzision die Insekten um sich herum in blutig-schwarzen Brei zu verwandeln. Glauben Sie mir, unter solchen Umständen können einem zehn Minuten verdammt lang werden. Sicher, irgendwie war es auch lustig – hinterher zogen wir ihn oft auf mit seinem Fliegenmassaker, doch in jenem Moment war er uns absolut unheimlich.

Lange Zeit waren wir uns überhaupt nicht grün. Was durchaus verständlich war. Aus seiner Sicht hatte ich ihm die Freundin ausgespannt. Sie hatten sich zwar, nachdem sie gerade mal zwei Wochen zusammen gewesen waren, in aller Freundschaft getrennt; doch obwohl er uns stets mit reservierter Freundlichkeit begegnete, meinte ich unversöhnliche Feindschaft hinter seiner mühsam aufrechterhaltenen Fassade zu spüren, und mehr als einmal bemerkte ich, wie er mir haßerfüllte Blicke zuwarf. Eigentlich nicht weiter bedeutsam. In gewisser Weise konnte ich ihn sogar verstehen. Trotzdem war er mir nicht ganz geheuer.

Nach Lauras Tod wurden wir Freunde. Es waren Trauer und Entsetzen, die uns damals in Kamerun verbanden, und dennoch fühlte ich, wie uns Lauras Tod untrennbar zusammenschmiedete. Die anderen taten zwar, was nur in ihrer Macht stand, um mich wieder aufzurichten, in all den Nächten, wenn mich Verzweiflung und Selbstvorwürfe übermannten, doch Lawrence blieb der einzige, der meine Trauer wirklich mit mir teilte. An manchen Abenden schien er ebenso verzweifelt zu sein wie ich selbst.

Aber vielleicht handelte es sich um reine Schuldgefühle?

Dann war da Michael Smith.

Sympathisch, umgänglich, charmant, doch erinnerte ich mich immer noch an das Erlebnis in Ouagadougou, kurz auch Wagga genannt, der Hauptstadt von Burkina Faso, dem fünftärmsten Land der Welt. Als er und ich dort durch die Straßen streiften, tauchte plötzlich ein unterernährter kleiner Junge neben uns auf, der uns ein selbstgebasteltes Modellauto aus Draht verkaufen wollte. Nichts Besonderes, solche Kids waren allgegenwärtig. Und so ignorierten wir den Jungen einfach, während er hinter uns hertrabte. Dann bogen wir um die nächste Straßenecke. Der Junge strengte sich an, mit uns Schritt zu halten, rannte an uns vorbei, seine großen Augen auf uns gerichtet, während er unablässig in gebrochenem Französisch auf uns einredete. Er sah den Wagen nicht einmal, der um die Kurve schoß.

Es hörte sich ein bißchen so an, als zerplatze ein mit Wasser gefüllter Luftballon auf dem Boden. Dann lag er dort vor uns auf der Straße; Blut rann aus seinem Mund, und auch sein linkes Bein hatte es böse erwischt. Und im selben Moment begann Michael zu lachen. Er lachte, als handele es sich nicht um einen schlimmen Unfall, bei dem ein Kind schwer verletzt worden war, sondern um einen Gag aus einem Buster-Keaton-Film.

Ich blieb wie angewurzelt stehen, während ich mich fragte, was wir jetzt tun sollten. Der Wagen – ein Mercedes mit getönten Scheiben, wahrscheinlich das Dienstfahrzeug eines Regierungsmitglieds – setzte zurück, fuhr um den Jungen herum und entfernte sich, ohne daß sich einer der Insassen um den Verletzten gekümmert hätte. Ich wollte zu dem Jungen, doch Michael hielt mich zurück.

»Was ist los?« fragte ich. »Wir müssen ihm helfen.«

»Laß uns bloß abhauen«, gab er zurück. »Sonst hängen sie's uns noch an. Wenn sie uns verhaften, dürfen wir jeden Hilfsbullen in der Stadt schmieren, bis sie uns wieder rauslassen. Die lassen uns schmoren, bis wir schwarz sind.«

Nun begannen sich auch andere Passanten um den reglos daliegenden Jungen zu scharen. Im Dreck unter ihm hatte sich eine Blutlache gebildet. Die umstehenden Afrikaner musterten uns mit finsteren Blicken und tuschelten miteinander. Ich verstand nicht, was sie redeten, aber aus ihrem Tonfall sprachen Wut und Empörung.

Michael trat auf die Straße, zog mich dabei hinter sich her und winkte einem Taxi.

»Wir können ihn doch nicht einfach so da liegen lassen«, protestierte ich lahm.

»Vergiß es«, zischte Michael. »Wir können nichts für ihn tun!«

Er zog mich ins Taxi. Und um ehrlich zu sein, leistete ich keinen großen Widerstand.

Wahrscheinlich hatte er recht damit, daß wir uns in größte Schwierigkeiten laviert hätten. Und wahrscheinlich auch damit, daß wir dem Jungen nicht hätten helfen können. Doch das war nicht der Grund, warum ich ihn auf die Liste meiner

Verdächtigen gesetzt hatte. Es war diese Art zu lachen, einfach instinktiv amüsiert loszulachen, als der kleine Junge überfahren wurde.

Blieb noch Morgan Jackson, der Große Weiße Jäger, immer freundlich und locker, wenn auch ein Mensch ohne jede Wärme, für den moralische Bedenken ein Fremdwort waren. Wenn er davon erzählte, wie er in Australien Wildschweine gejagt hatte, suhlte er sich geradezu in den blutigsten Details. Zweimal war er auf eigene Faust losgezogen und erst ein paar Tage später wieder zu uns gestoßen. Er verlor nie ein Wort darüber, was er in der Zwischenzeit erlebt hatte.

Sonst kam man bestens mit ihm klar. Laura und mich schien er zu mögen. Wenn ihm aber jemand ein Dorn im Auge war, ließ er keinen Zweifel daran, daß er keinen Finger krumm machen würde, falls derjenige in eine lebensgefährliche Situation geraten sollte. Wäre ich in Morgans Begleitung in Wagga gewesen, hätte er sicher nicht gelacht. Er wäre einfach weitergegangen, ohne den verletzten Jungen auch nur eines Blickes zu würdigen.

Als wir eines Abends in Ghana mitten im Busch um das Feuer herumsaßen – Morgan hatte uns mit der Machete reichlich Platz freigeschlagen, ein Job, der ihm über die Maßen zu gefallen schien –, kamen wir auf die wilden Tiere Westafrikas zu sprechen. Um genauer zu sein, darauf, daß manche Arten so gut wie ausgestorben waren. Gut, in Ghana gab es noch ein paar hundert Elefanten, doch in ganz Westafrika war der gesamte Bestand so gut wie komplett ausgerottet worden.

»Das muß dir doch gewaltig stinken«, meinte Robbie zu Morgan. »Macht der Große Weiße Jäger extra die weite Reise hierher, und dann sind keine Tiere zum Jagen mehr da.«

»Ach wo«, sagte Morgan.

»Ist dir egal oder was?«

Ein raubtierhaftes Grinsen trat auf Morgans Züge. »Jage

ich eben die Einheimischen«, sagte er. »Und von denen gibt's ja genug, nicht wahr?«

Nach kurzem Zögern beschlossen wir einhellig, das Gesagte als Scherz aufzufassen, als einen von Morgans geschmacklosen Witzen, und lachten. Irgendwie war uns nicht ganz wohl dabei, doch wir lachten trotzdem. Nur einer fiel nicht mit ein: Morgan selbst. Er grinste einfach nur weiter vor sich hin.

Bali ist eine kleine Insel, und so kostete es mich gerade mal zwei Stunden in einem Touristenbus mit Klimaanlage und danach einem nicht ganz so hochklassig ausgestatteten Bemo – einem Kleinlaster mit zwei Bänken, in dem sich etwa zwanzig Passagiere mit Gepäck, Haustieren und Babys drängten –, um zum Gunung Batur, genauer nach Penelokan, einem kleinen Ort am Rande des alten Vulkankraters oben, zu gelangen. Bali war eine geradezu unglaublich grüne Insel. Ich war in vielen tropischen Gegenden gewesen, doch hier waren die Farben so rein und intensiv, als hätte eine Droge mein Bewußtsein erweitert. An jeder Kreuzung standen Statuen von Hindu-Gottheiten, jede ein kleines Kunstwerk für sich, perfekt in Stein gehauen oder in Holz geschnitzt. An jeder Ecke wehten sanft klirrende Gamelan-Klänge an mein Ohr. Die einheimischen Männer waren in weiße Gewänder mit Goldbordüren gekleidet, und die Frauen trugen Sarongs, die so bunt leuchteten, daß einem fast schon die Augen weh taten.

Es war ein atemberaubender Anblick, der sich von Penelokan aus bot. Der kreisrunde Krater des alten Vulkans hatte vielleicht einen Durchmesser von zehn Meilen und war wohl mehr als hundert Meter tief, und genau in der Mitte erhob sich das rote Lavagestein des heutigen Vulkangipfels über der grünen Landschaft. Die Ostseite des Kraters bestand in einem halbmondförmigen See. Überall waren Spuren früherer Vulkanausbrüche zu erkennen, von denen manche ganze Orte in

Glut und Asche hatten versinken lassen. Unweit des Gunung Batur breitete sich ein Meer kalter, schwarzer Lava aus, aus dem ein kegelförmiger, bewaldeter Hügel aufragte. Die schwarze Lava erinnerte mich an Kamerun. An Mile Six Beach und an Lauras nackten Körper, der dort leblos im schwarzen Sand gelegen hatte.

Auf der Ladefläche eines Pick-ups machte ich mich auf den Weg, der über eine steile, unbefestigte Straße durch eine von Lavaströmen zerstörte Geisterstadt nach Toyah Bungkah hinunterführte, einer Siedlung am Fuße des knapp zweitausend Meter hohen Vulkans.

Toyah Bungkah war ein hübsches Örtchen, malerisch zwischen Berg und See gelegen. Hotels und Pensionen bis zum Abwinken und jede Menge Läden, in denen man sich mit Coca-Cola, Marlboros, Snickers und anderen amerikanischen Produkten eindecken konnte. Die Menschen hier schienen um einiges freundlicher als in Kuta Beach; zwar gab es jede Menge Leute, die sich mir als Führer andienen wollten, doch bedrängten sie einen dabei nicht. Ich hatte auch gar nicht vor, den Gunung Batur zu erklimmen. Ich wollte mich erst ein-mal nur in den Pensionen umsehen. Als ich den Bungalow in Kuta Beach gemietet hatte, war mir ein Meldeformular vorgelegt worden, und ich hoffte, daß hier überall so verfahren wurde.

Und so war es. Meine Güte, hatte ich ein Glück. Jedesmal tat ich so, als würde ich überlegen, ob die jeweilige Pension preislich für mich in Frage kam, obwohl es mir natürlich gar nicht darum ging, irgend jemanden herunterzuhandeln, während ich in den Gästebüchern blätterte. Ohne Erfolg. Nirgends fand ich einen Lawrence Carlin, einen Michael Smith oder einen Morgan Jackson. Und auch keinen Stanley Goebel, wenngleich ich bezweifelte, daß der Stier Nummer zwei immer noch unter diesem Namen reiste.

Als ich schließlich alle in Frage kommenden Unterkünfte

abgegrast hatte, war es später Nachmittag; ich fühlte mich niedergeschlagen. Wenn ich mich beeilte, konnte ich es noch zurück nach Kuta Beach schaffen, doch wozu sollte ich mich abhetzen? Das brachte alles nichts. Der Trip nach Indonesien kam mir mehr und mehr wie eine Schnapsidee vor. Nett von Talena, daß sie sich Sorgen um mich machte, aber in Gefahr befand ich mich nun wirklich nicht. Ich beschloß, über Nacht hierzubleiben und am nächsten Morgen auf den Gunung Batur zu steigen. Nachdem ich nichts erreicht hatte, konnte ich ja zumindest versuchen, meinen Indonesienurlaub zu genießen.

Ich nahm mir keinen Führer. Das bißchen Berg zu besteigen konnte ja nicht so schwierig sein. Ein paar der Pfade durch den Wald erwiesen sich als Sackgasse, wie ich feststellen mußte, und auch jenseits der Baumgrenze verlief ich mich kurz noch einmal zwischen den hoch aufragenden, nackten Felsen, doch insgesamt war es kinderleicht. Die zwei Wochen am Annapurna hatten meine Beinmuskeln derart gestählt, daß mir der Aufstieg wie ein Spaziergang im Golden Gate Park vorkam. Das Lavagestein war rasiermesserscharf, aber so hatte ich besten Halt unter meinen Stiefeln.

Der Gipfel bestand aus einer gewölbten Felswand, die den aktiven Krater umgab wie eine Festungsmauer. Im Inneren dieses Kraters wucherten tropische Pflanzen. Der beißende Geruch von verfaulten Eiern lag in der Luft, und als mir plötzlich der Gestank von verbranntem Gummi in die Nase stieg, sah ich nach unten und bemerkte, daß meine Schuhsohlen im Begriff waren, sich auf dem heißen Gestein aufzulösen. Jäh schoß mir in den Sinn, daß wohl in unmittelbarer Nähe von mir glühendes Magma brodelte. Ich suchte schleunigst das Weite.

Der letzte Vulkanausbruch hatte sich vor etwa zwanzig Jahren ereignet, und, wenn man dem Big-Earth-Reiseführer Glauben schenken durfte, war die nächste Eruption allen Wahrscheinlichkeitsrechnungen zufolge längst überfällig. Talwärts zog sich ein halbes Dutzend erkalteter schwarzer Lavaströme bis hinab zum See. Ich fragte mich, wie es wohl war, in einem Ort wie Toyah Bungkah zu leben, in der Gewißheit, daß man jeden Tag unter einem Strom aus siedend heißer Lava begraben werden konnte. Wahrscheinlich auch nicht viel anders als das Leben in San Francisco, wo man aufgrund der unmittelbaren Nähe zum Sankt-Andreas-Graben jederzeit mit einem Erdbeben rechnen muß.

Nachdem ich den Abstieg hinter mich gebracht hatte, versuchte ich es per Anhalter; ein netter Franzose namens Marc nahm mich auf seinem Motorrad mit nach Penelokan hinauf. Es dämmerte bereits, als ich drei Bemos und drei Stunden später wieder in Kuta Beach ankam. Ich ging ins Internet-World-Café und las die neueste Nachricht im Thorn-Tree-Forum:

```
BC088269      Die Jacke war grün.
10/11 04:07   Außerdem trug ich eine
              Skimaske. Na, Paul, wie
              fühlst Du Dich so?
```

Er war es. Die letzte Zeile jagte mir eine Gänsehaut über den Rücken. Dieses arglose »Na, Paul, wie fühlst Du Dich so?« Als ob er mich kannte. Es sah ganz so aus, als hätte ich mit meiner Theorie ins Schwarze getroffen. Dennoch empfand ich alles andere als Triumphgefühle. Plötzlich empfand ich blanke Panik und ertappte mich dabei, wie ich mich unvermittelt umsah, als würde er mich von irgendwoher beobachten.

Dann sah ich meine E-Mails durch. Talena schrieb, die letzte Nachricht des Unbekannten stamme von einer anderen IP-Adresse. Ich solle schleunigst zurückkommen. Ich las ihre Nachricht noch einmal. Sie hatte nicht erwähnt, um was für eine IP-Adresse es sich diesmal handelte.

Es war 20:00 Uhr indonesischer Zeit. Ich kam beim besten

Willen nicht darauf, wie spät es gerade in Kalifornien war. Außerdem ging mir derart die Muffe, daß es mir egal war. Ich machte mich auf den Weg zur nächsten Telefonzelle und rief bei ihr zu Hause an. Es klingelte dreimal, dann schaltete sich der Anrufbeantworter ein. Ich wählte von neuem. Wieder dasselbe Spiel. Beim dritten Mal ging sie endlich dran.

»Hallo, wer ist da bitte?« Ihre Stimme klang völlig verschlafen.

»Ich bin's, Paul. Alles klar bei dir? Was ist mit der Adresse?«
»Was?«

»Du hast geschrieben, seine letzte Nachricht wäre von einer anderen IP-Adresse aus abgesendet. Wieso hast du mir die Nummer nicht gemailt?«

»Verdammt noch mal, Paul. Weißt du, wie spät es hier ist?«
»Nein.«
»Vier Uhr morgens.«
»He, tut mir leid. Also, hast du die Nummer?«
»Fick dich ins Knie, du verdammter Arsch! Ich habe versucht zu schlafen!«

Ich schluckte. Zugegeben, ich war schon ziemlich mit der Tür ins Haus gefallen. »Entschuldige. Aber ohne deine Hilfe bin ich echt aufgeschmissen.«

»Scheiße! Ruf mich in fünf Minuten noch mal an.«

Ich legte auf und kaufte mir eine grüne Fanta; mein Lieblingsgetränk, das man außerhalb Südostasiens leider nirgendwo bekommt. In Afrika gab es Fanta in allen Regenbogenfarben – nur nicht in Grün. Ich wartete sieben Minuten und rief wieder an.

»Was fällt dir eigentlich ein, du verdammter Mistkerl?« Jetzt hörte sie sich nicht mehr sauer, sondern einfach nur müde an. Ihre Stimme klang matt.

»Einen wunderschönen guten Morgen auch.«
»Und? Hast du inzwischen was herausgefunden?«
»Nein«, sagte ich.

»Okay. Dann nimm einfach den nächsten Flieger nach Hause.«

»Talena, bitte. Gib mir die neue Nummer. Und tu nicht so, als hättest du sie gerade nicht da.«

»Die habe ich allerdings hier«, sagte sie. »Aber ich geb' sie dir nicht. Damit würdest du dich nur noch weiter ins Schlamassel lavieren.«

»Talena.« Ich hielt einen Moment inne. »Hör mir zu. Da gibt's ein paar Dinge, die ich dir bisher nicht erzählt habe. Einfach deshalb, weil sich das alles komplett verrückt anhört.«

»Ach ja? Tolle Uhrzeit für Enthüllungen, findest du nicht?«

»Ich habe den Verdacht, daß ich den Kerl bereits kenne. Außerdem glaube ich, daß er mich in Nepal verfolgt hat.«

Nach einer langen Pause sagte sie: »Und das erklärst du mir jetzt mal so, daß ich es auch verstehe.«

Ich weihte sie in meine Theorie ein, daß es sich um einen Nachahmungstäter handeln mußte, der offenbar schon damals bei unserem Afrikatrip dabeigewesen war. Ich erzählte ihr von dem Unbekannten mit der Skimaske, der mich auf dem Trail am Annapurna verfolgt hatte; bislang hatte ich das nicht erwähnt, weil ich glaubte, daß sie mich sonst für völlig paranoid halten würde.

Als ich fertig war, sagte sie: »Dieser Wahnsinnige war also schon einmal hinter dir her? Und jetzt willst du's noch mal drauf anlegen, umgebracht zu werden?«

»Hör mir zu«, sagte ich. »Ich weiß genau, was ich tue, wenn ich ihn finde.«

»Ja? Was denn?«

»Nichts«, sagte ich. »Sobald ich jemanden sehen sollte, dessen Gesicht ich wiedererkenne, schwinge ich mich sofort ins nächste Flugzeug nach Kalifornien, okay? Ich werde absolut nichts unternehmen, was ich bereuen könnte.«

»Schön, daß du langsam wieder zur Besinnung kommst.«

»Aber ich will wissen, ob ich recht habe mit meiner Vermutung«, sagte ich. »Und dazu brauche ich die neue IP-Nummer, sonst kann ich das alles vergessen.«

»Und wenn er gar nicht mehr in Indonesien ist? Was, wenn die neue Nummer von einem Computer aus China stammt? Willst du dann nach Peking weiterfliegen?«

»Nein. Dann mache ich eine Woche Strandurlaub und komme wieder zurück.«

Sie überlegte. Es dauerte ganz schön lange. Und genau in dem Moment, als ich erneut anfangen wollte, ihr zu erklären, worum es mir ging, sagte sie: »In Ordnung. Unter einer Bedingung.«

»Und die wäre?«

»Daß du mir jeden Tag mailst, wo du bist und was passiert ist. So wie abgemacht. Obwohl ich ja gestern vergebens auf ein Lebenszeichen von dir gewartet habe.«

»Dafür habe ich ja jetzt angerufen«, protestierte ich.

»Ich rede von gestern.«

»Hier ist noch gestern.«

»Okay. Hör mir gut zu. Du rufst mich ab jetzt jeden Tag an oder schickst eine E-Mail, ohne mir irgend etwas zu verschweigen. Und falls du mir sonst noch irgend etwas verschwiegen hast, will ich es jetzt sofort hören.«

»Ich melde mich per E-Mail«, sagte ich. »Sonst habe ich dir alles erzählt.«

»Das will ich hoffen, sonst gnade dir Gott«, erklärte sie warnend. Dann gab sie mir die Nummer durch. »Tja, dann bis bald.«

»Moment«, sagte ich.

»Was ist denn jetzt noch?«

»Tut mir leid, ich glaube, ich hab' da noch was vergessen.«

»Na dann, schieß los.«

»Ich habe dir doch erzählt, daß es eine Freundin war, die vor zwei Jahren in Afrika ermordet worden ist.«

»Ja, klar. Und?«

»Sie war nicht einfach bloß irgendeine Freundin. Sie war *meine* Freundin.«

»Deine Freundin.«

»Ja.«

»Paul?« Ihre Stimme klang belegt.

»Ja?«

»Mach bloß keine Dummheiten. Sieh zu, daß du heil zurückkommst.«

»Wenn's mehr nicht ist«, sagte ich.

»Das war kein Witz«, sagte sie scharf. »Hast du mich verstanden? Versprich mir, daß du keine Dummheiten machst. Wenn du ihm über den Weg läufst, läßt du dich auf nichts ein, okay?«

»Versprochen«, sagte ich.

»Paß auf dich auf.«

»Mach' ich. Bis dann.«

»Bis dann.«

Ich legte auf und starrte auf die IP-Adresse, die ich mir auf die Hand geschrieben hatte. Ich hatte nicht die geringste Ahnung, was ich tun würde, wenn die Nummer mich tatsächlich zu dem Mann führte, der Laura und Stanley Goebel getötet hatte. Nein, ich hatte Talena nicht belogen; ich wollte lediglich herausbekommen, wer der Killer war, und mich dann so schnell wie möglich aus dem Staub machen. Jedenfalls war das mein Plan. Was ich wirklich unternehmen würde, wußte ich nicht – das würde ich erst wissen, wenn ich ihn gefunden hatte.

Die neue Nummer führte ins Sukarnoputri Café, Mataran, Lombok, Indonesien.

14

Tetebatu-Blues

Die Fähre, die eigentlich um zehn abfahren sollte, verließ den Hafen um 14:30 Uhr. Doch das Warten hatte sich sogar gelohnt. Das Blau des Meeres schimmerte so rein wie das Grün auf den Inseln; es war, als gäbe es die echten Farben nur in Indonesien, als würde man andernorts nur einen matten Abklatsch zu Gesicht bekommen. Die Überfahrt nach Lombok dauerte lediglich vier Stunden; die Insel war etwa so groß wie Bali, doch davon abgesehen gab es laut meinem Big-Earth-Reiseführer gravierende Unterschiede. Die Einheimischen waren keine Hindus, sondern Moslems; Lombok war ärmer, ländlich geprägt und touristisch bei weitem nicht so erschlossen. Genau mein Ding. Die Fähre war rammelvoll besetzt mit etwa dreihundert Passagieren, zwei Drittel davon Backpacker. Es gab gerade mal vier Rettungsboote, ein Umstand, der mich kurz daran erinnerte, daß Fährunglücke mit Hunderten von Toten hier in Indonesien nicht eben selten waren. Aber es ereignete sich keine Katastrophe. Während eines atemberaubend schönen Sonnenuntergangs fuhren wir in den Hafen von Lembar ein; ein riesiger, karminroter Feuerball versank im Wasser, der Himmel war übersät mit rosafarbenen Zuckerwattewolken und das Meer von einem tiefen, fast schon violett schimmernden Blau.

Eine Kolonne von Bemos wartete bereits, und die Fahrer brachten uns nach Mataran, der größten Stadt auf Lombok. Etwa eine halbe Million Menschen lebten hier. Wir fuhren vorbei an Kaufhäusern, Gemüsemärkten und Werkstätten, vor denen Männer mit Sonnenbrillen standen, die ihnen das Aussehen von Insekten verliehen. Wir überholten Eselskarren, andere Bemos und Cadillacs. Von den Moscheen hallte der Aufruf zum Abendgebet herüber; jener eindringliche, monotone Ruf des Muezzin, der wie eine schreckliche Wehklage klingt.

Die Unterkunft, zu der uns der Fahrer brachte, nannte sich Hotel Zahir; wahrscheinlich kassierte er Kopfgeld pro Reisenden, den er hier ablieferte – so etwas mag ich zwar normalerweise überhaupt nicht, doch ich war nicht in der Stimmung, mich aufs Geratewohl auf die Suche nach einer anderen Übernachtungsmöglichkeit zu begeben. Das Zimmer war mit Ventilator und Moskitonetz ausgestattet; es gab zwar kein warmes Wasser, aber bei der Schwüle konnte man darauf gut verzichten. Im Gästebuch standen keine Namen, die mir irgend etwas gesagt hätten. Ich ging an den Hotelcomputer und schrieb Talena eine Mail, während meine Augen vor Müdigkeit tränten. Ich fühlte mich halbtot vor Erschöpfung, obwohl es noch gar nicht so spät war. Schachmatt vom Jetlag ließ ich mich ins Bett fallen und schlief zum hellen Keckern der Geckos ein, die unablässig ihren Namen wiederholten: »Geckgeckgeck, geckgeckgeckgeck-ooh.«

Am nächsten Morgen stieg ich in eines der örtlichen Bemos, die einen Teil des Busverkehrs übernahmen, und fuhr zum Hauptmarkt, wo ich, wie mir der Big-Earth-Reiseführer verraten hatte, auch das Sukarnoputri Café finden würde. Höflich lehnte ich die Angebote einiger Schlepper ab, die mich über den Markt führen wollten, auf dem die Händler eine beeindruckende Vielfalt von Teppichen, Sarongs, Skulpturen und hölzernen Masken feilboten, und ging direkt ins Sukarnoputri, ein dunkles Lokal mit niedriger Decke, in dem es angenehm kühl war; in einer Ecke hing ein Bob-Marley-Plakat. Acht Computer. Sechs Gäste. Niemand, dessen Gesicht mir etwas sagte. Aber was hatte ich auch anderes erwartet? Daß der Stier bereits hier saß und solche Gewissensbisse hatte, daß er sein Geständnis gleich an Ort und Stelle an die Polizei mailen würde?

Anschließend klapperte ich die in Frage kommenden Pensionen ab. In Mataran gab es wahrscheinlich Hunderte von Hotels, aber in den meisten stiegen so gut wie ausschließlich Indonesier ab, und im Big-Earth-Guide war nur ein gutes Dutzend erwähnt. Es kostete mich dennoch einige Stunden, bis ich sie alle durch hatte. Nirgendwo fand ich einen Namen, der mich weitergebracht hätte. Erneuter Fehlschlag.

In einem hübschen Park mit geteerten Wegen und einem blauschimmernden See ruhte ich mich auf einer Bank aus und sah in meinem Reiseführer nach, was ich auf Lombok unternehmen konnte. Zum Beispiel Abhängen und Kiffen auf den vorgelagerten Gili-Inseln – nun gut, es war nicht explizit von Kiffen die Rede, aber es war trotzdem klar. Surfen in Kuta Beach, das sich aber von dem Kuta Beach auf Bali deutlich unterschied; dort war offenbar alles andere als der Bär los. Oder Bergsteigen auf dem über dreitausend Meter hohen Gunung Rinjani im Landesinneren. Drei Tage Klettern, was aber Zelt und Proviant erforderte.

Falls der Stier Nummer zwei tatsächlich existierte, sich immer noch hier auf der Insel befand und, wie ich vermutete, ein Traveller mit Faible fürs Abenteuer war, würde ich ihn wahrscheinlich auf dem Gunung Rinjani finden. Doch selbst wenn all das stimmte, war er mit ziemlicher Sicherheit schon wieder auf dem Sprung, vielleicht unterwegs zu den nächsten Inseln, vielleicht bereits auf dem Weg nach Irian Jaya, wo das echte Abenteuer lockte. Und es hatte wenig Sinn, weiter hinter ihm herzuhetzen. Indonesien war riesig, ganz davon abgesehen, daß er einen Vorsprung von zwei Tagen hatte.

Ich entschied mich für einen Kompromiß. Im Big-Earth-Guide stand, daß die meisten Backpacker den Gunung Rinjani von der Nordseite aus erklommen; beim Abstieg auf der Südseite kam man zwangsläufig durch das Dorf Tetebatu. Tetebatu konnte man angeblich problemlos über eine Verkehrsstraße erreichen. Der Ort lag in einer Höhe von tausend Metern, zeichnete sich durch ein deutlich kühleres Klima aus und lud zum Wandern ein; dort oben konnte man Wasserfälle besichtigen und Affen beobachten. Das hörte sich gut an. Ich hatte mich in meinen eigenen Augen schon mehr als einmal zum Affen gemacht, seit ich hier angekommen war. Vielleicht konnte ich mir ja abgucken, wie man sich als echter Primat verhielt.

Daß Tetebatu problemlos erreichbar war, stellte sich gelinde gesagt als leichte Übertreibung heraus. Obwohl die Insel nicht sehr groß war, dauerte der Trip satte sechs Stunden. Ich fuhr mit einem Bemo zum Transit-Center nach Pao Montong, wo ich erst einmal anderthalb Stunden warten mußte, während der nächste Bemo-Fahrer wegen irgendwelcher Probleme mit der Polizei diskutierte. Ich löschte meinen Durst mit ein paar schmackhaften Rambutan-Früchten, die ich bereits von meinem letzten Thailandtrip kannte. Dann ging es mit dem Bemo weiter nach Kotoraya und von dort aus mit einem Pferdewagen über einen schlammigen Weg hinauf nach Tetebatu. Zu allem Überfluß begann es mit einem Mal wie aus Eimern zu schütten, als hätte die Regenzeit urplötzlich beschlossen, übers Land hereinzubrechen; und ein wahrer Monsun ging auf mich nieder – bis der runzlige Kutscher einen Blick auf meine tropfnasse Erscheinung warf, das Pferd zügelte und abstieg, um mit seinem machetenartigen Parang am Wegesrand ein großes Blatt von einer Bananenstaude zu schlagen. Wortlos reichte er es mir; und in der Tat gab es einen bemerkenswert effektiven Regenschirm ab.

Als ich schließlich in Tetebatu angekommen war, setzte ich mich zunächst in die erstbeste Bambushütte, aß einen Teller Nasi Goreng und blickte hinaus in den strömenden Regen, während ich mir wünschte, ich hätte mehr Lesestoff mitgenommen. Eine Stunde später verwandelte sich die Sintflut abrupt in ein Tröpfeln, dann war alles innerhalb von drei Minuten vorbei. Die Sonne brach bereits wieder durch die Wolken, als ich meinen Rucksack schulterte und mich zu der Pension aufmachte, die im Reiseführer an zweiter Stelle empfohlen wurde. Und zwar deshalb, weil dort auch erwähnt wurde, daß die erstgenannte permanent überfüllt war.

Tetebatu war tatsächlich unglaublich grün. Der Ort bestand aus einer Moschee und vielleicht zweihundert Holzhäusern, die die kurvige, steil bergauf führende Straße säumten; Reisfelder erstreckten sich, so weit das Auge reichte. Überall streiften räudige Hunde umher; am Straßenrand grasten Ziegen, pickten Hühner im Matsch. Ländliche Idylle pur. Wäre ich Indonesier gewesen, hätte ich lieber hier leben wollen statt in den überfüllten und verdreckten Slums am Rande von Mataran, die ich vom Bemo aus gesehen hatte. Ich wußte, daß die Arbeit auf den Reisfeldern gnadenlos hart war – aber für meine Begriffe war das immer noch besser, als in den Slums der Großstadt vor sich hinzuvegetieren.

Die Mekar Sari Lodge lag ein paar Meter abseits der Hauptstraße. Die Pension gehörte einer ausnehmend freundlichen Holländerin namens Femke, die mir zeigte, wo ich meine durchweichten Sachen trocknen konnte, und mich anschließend zu meinem neuen Domizil führte – einer winzigen freistehenden Holzhütte mit Ausblick auf den Gunung Rinjani, der hoch über den Reisfeldern emporragte, und die dunklen Umrisse des Dschungels, die sich verschwommen am Ende der Felder abzeichneten.

An meinem ersten Tag in Tetebatu unternahm ich buchstäblich gar nichts. Der Gebetsruf riß mich früh aus dem Schlaf, gefolgt von einer halbstündigen Symphonie aus Gebell und Gekläff, nach der ich endgültig und unwiderruflich wach war. Ich nahm ein eiskaltes Bad. Hinterher sah ich das Gästebuch durch, obwohl mir mittlerweile klar war, daß das nichts bringen würde – und so war es auch. Ich nahm einen Drink mit zwei bezaubernden Französinnen, und wir polierten unsere jeweiligen Sprachkenntnisse auf, ehe sie nach Flores aufbrachen, um sich die dort lebenden Komodowarane anzusehen. Unter den lautstarken Kommentaren einer Horde Kinder und zum Sound von Bob Marley und Tracy Chapman spielte ich Schach gegen einen der Dorfältesten; nachdem ich das erste Spiel verloren hatte, brachte ich es anschließend immerhin auf ein Remis. Ich aß Saté-Spieße, Ananas und frische Kokosnuß. Dann setzte ich mich an den funkelnagelneuen Computer in der Pension und mailte Talena die deprimierende Mitteilung, daß es nichts Neues gab. Ich wanderte durch die schachbrettartig angelegten Reisfelder, immer entlang der aufgeschichteten Erdtrassen, die die Felder voneinander trennten. Um zwei Uhr nachmittags setzte erneut der Monsun ein. Um vier hatte es wieder aufgeklart. Ich aß mit einem holländischen Paar – Johann und Suzanne – zu Abend; wir erzählten uns alles Mögliche und zeigten uns gegenseitig Streichholztricks. Total frustriert schlief ich ein. Ich war umsonst hergekommen. Allmählich war ich wirklich mit meinem Latein am Ende.

Am nächsten Tag heuerten Johann, Suzanne und ich einen zwölfjährigen Jungen an, weil wir uns einen der im Dschungel gelegenen Wasserfälle ansehen wollten. Er führte uns durch Sonnenblumenfelder, über denen Schwärme von Schmetterlingen tanzten. Wir sahen schwarze Brüllaffen, die von Ast zu Ast sprangen und sich laut bellend miteinander verständigten. Über glitschige steile Stufen erreichten wir den Wasserfall. Aus zwanzig Meter Höhe prasselte er vor uns herab, während wir badeten, und zwar mit solcher Wucht, daß Suzanne umgerissen wurde, und selbst Johann und mir gelang es kaum, uns in unmittelbarer Nähe auf den Beinen zu halten. Gegen Mittag führte uns der Junge zurück. Johann und Suzanne machten sich auf nach Kuta Beach – dem auf Lombok – und fragten mich, ob ich nicht mitkommen wolle. Fast hätte ich eingewilligt, beschloß dann aber, noch zwei Tage länger in Tetebatu zu bleiben. Langsam begann ich mich damit abzufinden, daß meine Mission gescheitert war, und obendrein gefiel es mir hier immer besser. Ich hätte es weitaus schlechter treffen können. Allmählich fand ich mich ein.

Gegen zwei machte ich mich auf den Weg zum Haus des alten Mannes, um eine weitere Schachpartie mit ihm zu spielen. Ich kam am Harmony Café vorbei, wo vier Leute auf der Veranda saßen; zwei ausnehmend hübsche Blondinen in Sarongs und Bikini-Oberteilen, und zwei Männer in Shorts, der eine rothaarig, der andere mit rasiertem Schädel und einer Unmenge von Tattoos auf dem Oberkörper. Ziemlich riskant in muslimischer Umgebung, dachte ich, ohne dem Vierergespann große Aufmerksamkeit zu schenken. Andererseits waren die Indonesier an Touristen gewöhnt, die keine Rücksicht auf fremde Sitten nahmen. Die meisten kümmerten sich nicht darum, und wenn es ihnen doch etwas ausmachte, sahen sie darüber hinweg, solange die Touristen Geld ins Land brachten. Weiße Kokosnüsse pflücken, so hieß das im Einheimischen-Jargon.

Im selben Moment rief der Glatzkopf mit den Tätowierungen: »Paul! Paul Wood!«

Ich wandte mich um, und jetzt erkannte ich ihn wieder. Ich konnte es nicht fassen. Morgan Jackson. Morgan Jackson, und auf seinem Gesicht stand das fetteste Grinsen, das ich je gesehen hatte.

Ich blieb wie angewurzelt stehen, starrte ihn bloß an. Er wandte sich zu den anderen. »Paul ist ein alter Kumpel von mir. Er war damals mit auf dem Trip durch Afrika, von dem ich euch erzählt habe.« Er richtete seinen Blick wieder auf mich. »He, setz dich doch auf ein Bier zu uns!«

Und genau das machte ich. Ich weiß nicht, warum. Vielleicht aus purer Gewohnheit. Damals in Afrika hatten wir unzählige Male zusammen ein Bierchen gezischt. Hinzu kam, daß es mich total überraschte, ihn in Gesellschaft anderer Traveller zu sehen; es wäre mir nie in den Sinn gekommen, daß der Stier nicht allein reiste. Vielleicht fühlte ich mich auch irgendwie genötigt, so blöd das klingen mag. Was immer mich auch dazu veranlaßte, die Einladung anzunehmen – in genau diesem Moment brach ich das Versprechen, das ich Talena gegeben hatte. Von wegen, daß ich auf der Stelle kehrtmachen, meine Sachen packen und den nächsten Flieger nach Kalifornien nehmen würde. Statt dessen setzte ich mich direkt neben Morgan. Ich schüttelte ihm sogar die Hand und lächelte dabei.

»Das sind Kerri und Ulrika. Sie kommen aus Schweden«, sagte er und zeigte auf die Mädchen. »Und das ist mein Kumpel Peter aus Holland. Er kommt gerade vom Berg.« Er wies in die Richtung des Gunung Rinjani. Seine drei Freunde lächelten und sagten »Hi«.

»Na, wie steht's?« fragte er. »Was treibst du hier?« Er klang nervös. Seine Körpersprache verriet mir, daß er sich nicht wohl fühlte in seiner Haut; er war angespannt, in der Defensive, obwohl er eigentlich zu jenen Hünen gehörte – ich selbst bin auch nicht gerade klein geraten, aber er war fast zehn Zentimeter größer und brachte bestimmt vierzig Pfund mehr als ich auf die Waage, alles Muskelmasse –, die von Natur aus im Einklang mit ihrem Körper sind. Sein Blick ließ keinen Zweifel daran, daß er genauso überrascht und beunruhigt war wie ich selbst.

»Ich mache Urlaub«, hörte ich mich selbst sagen. Es war, als hätte sich meine Zunge verselbständigt. Ich stand immer noch unter Schock. »Ich hab' vor ein paar Tagen meinen Job verloren und mir daraufhin einfach eine Auszeit genommen.«

»Cool«, sagte er und nahm einen kräftigen Schluck von seinem Bintang, während die Bedienung ein weiteres Bier vor mich hinstellte. Ich unterzog ihn einer kurzen Musterung. Er hatte noch mehr Muskeln als damals in Afrika. Die Schädelrasur war neu, genau wie die Tattoos: Zwei Drachen, die sich um seine Oberarme schlängelten, ein kompliziertes, stacheldrahtartiges Muster auf seinem Nacken und eine Reihe chinesischer Schriftzeichen auf seiner durchtrainierten Brust.

»Und wie lange bist du schon unterwegs?« fragte ich.

»Zwei Monate«, sagte er. »Ich war eine Weile oben in Nepal, dann ein paar Tage in Bangkok, und jetzt bin ich hier.«

»Tatsächlich?« sagte ich. »Ich war vor einem Monat ebenfalls in Nepal. Am Annapurna.« Ich konnte mir selbst nicht erklären, warum ich das sagte.

»Ist ja 'n Ding«, sagte er. »Genau da war ich auch. Unglaublich – da wären wir uns ja wohl beinahe über den Weg gelaufen.«

Wir sahen uns an, wandten dann aber beide den Blick ab. Plötzlich herrschte Schweigen. Offenbar merkten seine Freunde, daß irgend etwas Unausgesprochenes in der Luft hing, und wußten nicht, was sie sagen sollten.

»Wie geht's den anderen?« brachte ich schließlich hervor, nachdem ich mir das Hirn zermartert hatte, wie ich das Schweigen brechen sollte. »Hast du noch Kontakt zu ihnen?«

»Ja, klar«, sagte er. »Ich wohne inzwischen in Leeds, aber mit den Londonern stehe ich weiter in Verbindung. Letztens habe ich mich mal auf ein Bierchen mit Lawrence getroffen. Und selber?«

»Ab und an schicke ich mal 'ne E-Mail.«

»Bist du immer noch in der IT-Branche?«

»War ich«, sagte ich. »Wie gesagt, ich bin der Entlassungswelle zum Opfer gefallen.«

»Wie lang bleibst du hier?«

»Weiß ich nicht genau«, sagte ich. »Ich hab's nicht eilig. Und du?«

»Nicht mehr lange«, sagte er. »Vielleicht ein, zwei Wochen.

Solange die Kohle reicht. Mit der Arbeit fange ich zwar erst wieder im Januar an, aber inzwischen bin ich ziemlich klamm.«

Erneut senkte sich Schweigen über unsere Runde. Wir nippten an unseren Bintangs. Mit einem Mal beschlichen mich Zweifel, ob ich tatsächlich neben einem Serienmörder saß, neben dem Mann, der Laura ermordet hatte. Das konnte einfach nicht wahr sein.

Plötzlich fiel mir auf, daß es merklich dunkler geworden war, seit ich mich zu Morgan und seinen Bekannten gesetzt hatte. Als ich den Blick hob, sah ich, daß Sturmwolken aufgezogen waren. Der nachmittägliche Monsun war im Anzug.

»Ich mache mich wohl besser auf die Socken«, sagte ich und erhob mich hastig, während eine Bö über die Straße fegte und erste dicke Tropfen vom Himmel fielen. »Hab' keine Lust, klitschnaß zu werden.«

»Na, dann«, sagte Morgan. »Wir sehen uns.« Er lächelte breit. Aber es hätte auch das Gesicht eines Raubtiers sein können, das die Zähne fletschte.

Tür und Fenster meiner Hütte ließen sich von innen verriegeln. Ich war heilfroh darüber. Ich schloß mich ein, während sich meine Gedanken überschlugen. Er mußte es sein; es gab keine andere Möglichkeit. Morgan war der Stier Nummer zwei. Morgan hatte Laura am Strand von Mile Six Beach ausgeweidet wie ein Tier und Stanley Goebel in Gunsang den Schädel zerschmettert. Morgan Jackson. Da war er, in voller Lebensgröße.

Morgan war von Anfang an unübersehbar gewesen: ein hochgewachsener Australier, der einen mit Haizähnen dekorierten Safarihut trug – »ein Tigerhai, den hab' ich eigenhändig vor Darwin erlegt«, wie er gern ungefragt erklärte. Zuerst stieß sein Gehabe bei allen auf Ablehnung. Pausenlos mußte er zeigen, was er alles besser konnte, und seine große Schnauze ging allen gleichermaßen auf die Nerven. »Was für ein komischer Typ«, hatte Emma die Nase gerümpft, auf eine Weise, wie das nur Engländerinnen aus adeligem Hause können.

Doch nach und nach begann er zu punkten. Er packte überall mit an, war ein hervorragender Koch, und allmählich wurde seine Großspurigkeit als kleine Macke akzeptiert, die man problemlos verschmerzen konnte. Irgendwann während unseres Trips erzählte er, manchmal käme es ihm vor, als würde er im falschen Jahrhundert leben und er hätte wohl besser in die Kolonialzeit gepaßt. Dem konnten wir nur zustimmen. Wir begannen, ihn den Großen Weißen Jäger zu nennen, und er war stolz wie ein Schneekönig auf seinen Spitznamen.

Ich erinnerte mich an tausend Dinge. Daran, wie Morgan mit zwei Dosen San Miguel am Lagerfeuer gesessen hatte, die eine voll mit Bier, die andere zum Bong zweckentfremdet. Wie er einmal im mauretanischen Dschungeldickicht die Nerven verloren, seine Axt genommen und innerhalb von drei Minuten einen Dornenbaum gefällt hatte – ein rhythmisches »Mother*fucker*, Mother*fucker*, Mother*fucker*« auf den Lippen und ein triumphierendes Grinsen auf dem Gesicht, als der Baum auf die Erde krachte. Wie er auf einem Markt in Mali lauthals mit einem Händler gefeilscht und diesen kurzerhand vor die Brust gestoßen hatte, damit er endlich mit dem Preis für ein Kilo grünen Pfeffer herunterging. Wie er den Mädchen – Emma, Laura, Carmel, Nicole, Michelle – immer hinterhergeglotzt hatte, so unverhohlen aufdringlich, daß es schon wieder lustig war. Ein Bild nach dem anderen wirbelte durch meinen Kopf: Morgan, wie er mit nacktem Oberkörper an der Seilwinde stand und ihm schier die Adern zu platzen drohten, während er den Lastwagen Stück für Stück aus einem Schlammkrater zog. Morgan, wie er auf der Suche nach seinem verlegten Hut die Gäste im Big Milly's in Ghana in Angst und Schrecken versetzte, bis er seine Kopfbedeckung schließlich hinter der Bar fand. Morgan, wie er, geschüttelt vom Malariafieber, zusammengekrümmt auf der Ladefläche des Trucks lag und jedesmal laut aufstöhnte, wenn wir über ein Schlagloch fuhren. Morgan, wie er sich nur eine Woche später mit purer Willenskraft den Mount Cameroon hinaufgekämpft hatte.

Ein cooler Typ, der Große Weiße Jäger. Und doch gab es einen konkreten Grund, weshalb ich ihn auf die Liste derer gesetzt hatte, denen ich den Mord an Laura zutraute. Zum einen war da seine Neigung, wegen Kleinigkeiten komplett durchzudrehen, und zum anderen hatte er keinerlei Verständnis für die Schwächen und Unzulänglichkeiten anderer. Man kam mit ihm aus, er war stets freundlich und hilfsbereit ... aber *Wärme* war in jeder Hinsicht ein Fremdwort für ihn. Stets hatte ich das Gefühl gehabt, er könne sich jeden Moment umdrehen und davonmarschieren, ohne sich auch nur einmal umzusehen. Zweimal hatte er sich eine Auszeit von der Gruppe genommen, in Burkina Faso und in Ghana. Keine Frage, fast alle hatten irgendwann mal einen Koller bekommen und sich für ein paar Tage ausgeklinkt. Doch war er der einzige gewesen, der *allein* losgezogen war.

Dennoch war es etwas völlig anderes, abstrakte Überlegungen darüber anzustellen, ob er als potentieller Killer in Frage kam, als mit einem Mal damit konfrontiert zu sein, daß meine schlimmsten Befürchtungen wahr geworden waren. Daß er ein Mörder war, Menschen getötet ... und ihre Gesichter entstellt hatte. Es war mehr als schwer, sich vorzustellen, daß der gesellige, redselige Morgan, der mit uns durch dick und dünn gegangen war, diese Taten tatsächlich begangen haben sollte. Ich dachte angestrengt nach, ob ich nicht irgendeinen Denkfehler gemacht hatte, ob ich nicht irgend etwas mißdeutet hatte, doch fiel mir beim besten Willen nichts ein. Es gab keine andere Möglichkeit. Morgan war der Mörder. Er hatte sich geschickt verstellt, doch hinter seiner gutmütigen Fassade lauerte ein eiskalter Psychopath.

Ich wünschte, ein paar der anderen aus der damaligen Gruppe wären bei mir gewesen. Seit dem Wiedersehen mit Morgan hatte ich das irrationale Gefühl, daß die anderen gleich um die Ecke im Schatten des großen gelben Lastwagens kampierten. Vielleicht hätte ich Hallam, Nicole und Steve von meinem Verdacht unterrichten sollen. Vielleicht hätten sie sich mir angeschlossen und wären mit nach Indonesien gekommen. Sie hätten gewußt, was zu tun war. Sie hatten immer eine Lösung parat. Doch nun konnte ich von niemandem Hilfe erwarten. Ich war auf mich allein gestellt. Weit und breit gab es niemanden, den ich kannte – wenn man Morgan Jackson einmal außer acht ließ.

Das Geräusch des Regens machte mich wahnsinnig. Das Wasser prasselte mit ohrenbetäubendem Tosen auf das Dach meiner Hütte. Ich beschloß, Talena eine E-Mail zu schicken. Ich wälzte mich aus dem Bett und ging zur Tür. Doch dann blieb ich wie angewurzelt stehen. Zum ersten Mal wurde mir siedend heiß bewußt, daß ich mich in größter Gefahr befand. Morgan hatte bereits oben im Himalaja nichts Gutes im Schilde geführt, und er würde im Nu herausfinden, in welcher Pension ich abgestiegen war. Außerdem herrschte Monsun – die perfekte Jahreszeit, um jemanden zu beseitigen, da alle in ihren Häusern hockten und niemand auf der Straße war. Bei dem Regen blieb ihm womöglich sogar noch die Zeit, mich in aller Ruhe irgendwo zu begraben. Was, wenn er mir gefolgt war und bereits draußen vor der Tür stand, einen Parang in der Hand, und in aller Ruhe abwartete, wie es sich für einen Großen Weißen Jäger gebührte?

Ich merkte, daß mir der kalte Schweiß auf der Stirn stand, als ich die Hand nach dem Türknauf ausstreckte. Was redete ich mir da ein? Vielleicht würde er überhaupt nichts unternehmen; schließlich war er nicht allein. Andererseits war er mit einer ganzen Lastwagenladung befreundeter Traveller unterwegs gewesen, als er Laura abgeschlachtet hatte.

Laura kam mir in den Sinn, wie sie verzweifelt ihre Eingeweide festzuhalten versucht hatte, und ein unbezähmbarer Zorn stieg in mir auf, ein Zorn, der zu lodern begann wie Feuer, mich von innen wärmte und die eisige Angst in mir erstickte. Sie war die einzige Frau gewesen, die mir jemals wirklich etwas bedeutet hatte – geknebelt, wahrscheinlich vergewaltigt und aufgeschlitzt von jenem Mann, dem ich ein paar Stunden zuvor begegnet war.

Willst du den ganzen Tag hier drin bleiben? fragte ich mich, und im selben Moment riß ich auch schon – bei weitem heftiger als nötig – die Tür auf. Sofort peitschte der Sturm dicke Regenschwaden in die Hütte; es war, als würde ein klatschnasses Laken zur Tür hereinwehen. Ich trat hinaus, sah mich blitzschnell um, bereit, um mein Leben zu kämpfen. Nichts. Weit und breit keiner zu sehen.

Bis zur überdachten Veranda der Pension waren es gerade mal zwanzig Schritte, doch ich fühlte mich, als wäre ich die Distanz geschwommen. Femke saß in einer Hängematte und gab ihrem Baby die Brust. Durch das Fenster konnte ich ihren indonesischen Mann erkennen, der einen defekten Stuhl reparierte.

»Hallo, Mister Wood. Kommen Sie einigermaßen zurecht, trotz Regenzeit?«

»Aber sicher«, sagte ich. »Darf ich mal Ihren Computer benutzen?«

»Selbstverständlich.« Sie erhob sich geschmeidig, ohne das Baby bei seiner Mahlzeit zu unterbrechen, ging mir voraus zur Rezeption und klickte auf das Verbindungs-Icon auf dem Desktop. Ich sah zu, wie das Fenster aufging und das kleine Icon mit Telefon und Verbindungskabel erschien. Doch statt daß es nach ein paar Sekunden wieder verschwand, wurde ein winziges rotes X am Ende des Kabels sichtbar.

»Oh«, sagte sie. »Sorry, Mister Wood. Sieht so aus, als hätte der Sturm die Telefonleitungen beschädigt.«

»Verdammter Mist«, sagte ich.

»Vielleicht geht's morgen wieder«, sagte sie. »Es dauert meist ein, zwei Tage, bis ...«

»Schon gut. Trotzdem danke«, sagte ich, doch dann kam mir eine Idee. »Kann ich trotzdem eine E-Mail schreiben und in Ihrem Postausgang speichern? Die geht dann ja automatisch raus, sobald die Leitungen wieder funktionieren, oder?«

»Kein Problem«, sagte sie und öffnete das Outlook-Programm. »Einfach wieder schließen, wenn Sie fertig sind.«

»Danke«, sagte ich und begann mit meiner Nachricht an Talena. Sie war ziemlich kurz.

```
Betreff: Im Falle meines Todes oder Ver-
schwindens zu öffnen

Der Name des Killers ist Morgan Jackson. Er
war Mitglied unserer Afrika-Reisegruppe.
```

Ich mußte unwillkürlich schmunzeln über meine Betreffzeile. Irgendwie fand ich das tatsächlich schon wieder lustig.

Als ich fertig war, sah ich, daß Femke nicht zurück auf die Veranda gegangen war, sondern im angrenzenden Raum mit ihrem Mann sprach. Immer noch völlig durchweicht, trat ich auf die Veranda. Und im selben Moment erblickte ich einen Holzblock, in dem ein Parang steckte.

Ich blieb stehen und warf einen Blick über die Schulter. Niemand, der mich beobachtete. Ich packte den kalten Holzgriff des Parang; die Klinge steckte tief im Holz. Femkes Mann war um einiges kleiner als ich, aber verdammt kräftig. Er mußte die Klinge mit Urgewalt in den Block getrieben haben. Als ich am Griff zog, bewegte sich die Klinge keinen Millimeter; nach einem jähen Ruck hielt ich sie endlich in der Hand und verschwand umgehend in meiner Hütte.

Drinnen wischte ich den Parang mit einem T-Shirt ab und

sah ihn mir an. Im Prinzip war es eine Machete, aber geschwungen wie ein Sarazenendolch; der abgenutzte Griff war aus Hartholz, die Klinge etwa einen halben Meter lang. Gut, eine Waffe zu haben. Ein Schwert. Ich stellte mir vor, wie ich es gegen Morgan Jackson schwang. Es war ein verführerischer Gedanke.

Es regnete länger als am Vortag, fast vier Stunden lang, und die Sonne sank bereits, als die Sintflut beinahe von einer Sekunde auf die andere abrupt versiegte. Mir war absolut klar, daß mir keine große Wahl blieb. Am besten, ich packte meine Sachen, mietete mir einen Pferdewagen – einen *Cedak*, um es in der Landessprache zu sagen –, der meinen erbärmlichen Arsch über die Schlammpiste nach Kotoraya transportieren würde. Von da aus konnte ich dann ein Bemo nach Mataran nehmen, Talena eine E-Mail schicken und am nächsten Tag vom Denpasar-Airport auf Bali in die guten alten Staaten zurückfliegen – Mission abgeschlossen, da ich Lauras und Stanley Goebels Mörder identifiziert hatte.

Keine Frage, das war die beste Lösung. Leider verwarf ich sie sofort wieder.

15

Nächtliche Jagd

Ich aß früh zu Abend.

»Mister Wood?« fragte Femke, als ich mein Mahl – ein delikates Gado-Gado – aus frischem Gemüse mit Erdnußsauce beendet hatte. »Sie haben nicht zufällig irgendwo einen Parang herumliegen sehen? Uns ist nämlich einer abhanden gekommen.«

Ich heuchelte Überraschung. »Nein.«

Sie schüttelte den Kopf. »Die Leute hier. Das sind alles Rassisten. Bloß weil ich eine Weiße bin, glauben sie, hier könnten sie einfach stehlen, was ihnen gerade paßt.«

Ich gab ein mitfühlendes Murmeln von mir, während gleichzeitig leise Gewissensbisse in mir aufstiegen. Ich ging zu Bett, noch ehe die Sonne hinter dem Horizont versunken war.

Erst mal eine rein hypothetische Frage: Angenommen, du hast zweifelsfrei einen Killer identifiziert, der erwiesenermaßen mindestens zwei Menschen ermordet hat – darunter eine Frau, die du geliebt hast – und höchstwahrscheinlich wieder töten wird. Angenommen, dir ist klar, daß es nichts bringt, die Polizei einzuschalten, da du keine stichhaltigen Beweise hast und der Killer seine Spuren äußerst geschickt verwischt hat. Nehmen wir an, daß du und der Killer sich kennen, gut sogar. Nehmen wir des weiteren an, daß der Killer aus diesem Grunde davon ausgeht, daß du ihm auf die Schliche gekommen bist, oder dies zumindest befürchtet. Und nehmen wir schließlich noch an, daß du und der Killer sich in einem abgelegenen Dorf in der Dritten Welt begegnen.

Die Frage ist also ... Nein, es stellen sich drei Fragen. Erstens, was ist die richtige Vorgehensweise? Zweitens, was die schlaueste? Und drittens, was wirst du tatsächlich unternehmen? Das waren die Fragen, die mir ununterbrochen im Kopf herumgingen, als ich so hinter verriegelter Tür auf meinem Bett lag und schlaflos an die Decke starrte, während von den Reisfeldern, kaum hörbar, das zermürbende Sirren eines Insekts an mein Ohr drang. Ein bißchen klang es wie eine Grille, aber um einiges gespenstischer.

Das Schlaueste, was ich unternehmen konnte? Die Antwort war kinderleicht: mich schnellstens aus dem Staub machen.

Und das Richtige – nun ja, es ging definitiv nicht darum, was moralisch richtig war. Das hier hatte nichts mit Moral zu tun. Es ging darum, daß Morgan das bekam, was ihm zustand. Und ich wollte ihn tot sehen. Obwohl ich genauso wie jeder andere gegen die Todesstrafe war; ich unterstützte Amnesty International, wo ich nur konnte. Trotzdem wünschte ich seinen Tod herbei, und nicht einmal deshalb, weil mit ziemlicher Sicherheit das Leben weiterer Menschen auf dem Spiel stand. Er sollte für das büßen, was er Laura angetan hatte.

Aber hatte ich überhaupt eine Chance, im Kampf gegen ihn zu bestehen? Das konnte ich vergessen. Er war der Große Weiße Jäger, größer und bedeutend muskulöser als ich – und, abgesehen davon, daß er Erfahrung im Töten hatte, mit Sicherheit um einiges skrupelloser. Und würde ich es überhaupt über mich bringen, einen Menschen zu töten? Selbst einen wie Morgan? Ich wußte es nicht. Vielleicht, wenn es im Kampf hart auf hart ging, aber jemanden kaltblütig zu beseitigen ... Talena hatte gesagt, ich sei kein Killertyp. Doch was wußte sie schon von mir?

Nein, ich hatte nicht vor, ihn in seiner Bleibe aufzuspüren und mit dem Parang in der Hand Amok zu laufen. Ich plante keineswegs, auf eigene Faust Vergeltung zu üben – dazu war mein Selbsterhaltungstrieb zu stark. Warum also packte ich nicht schleunigst meine Sachen? Weshalb war ich nicht längst wieder in Mataran? Ich wußte es nicht, und ich kann es mir auch jetzt nicht erklären. Es war nicht einmal so, daß eine Art geistiger Lähmung Besitz von mir ergriffen hatte. Vielleicht war es schlicht das tiefverwurzelte Gefühl, daß Flucht nicht die richtige Lösung war. Daß ich meinen Job dort noch nicht erledigt hatte.

Und vielleicht wartete ich im Grunde nur darauf, daß er endlich auftauchte. Ich hatte keine Angst mehr. Mein Zorn hatte alle Furcht verdrängt. Zum ersten Mal in meinem Leben verstand ich, was es bedeutete, kalte Wut zu empfinden.

Es war schon lange dunkel, als ich die Tür entriegelte und in die schwülfeuchte Nacht hinaustrat, meine Maglite in der einen, den Parang in der anderen Hand.

Er war nicht da. Keine Menschenseele weit und breit. Ich leuchtete mit der Taschenlampe die Umgebung ab, doch ihr Strahl verlor sich in der Dunkelheit. Der Mond war nicht zu sehen. In der Nacht davor war der Himmel sternenklar gewesen, doch heute war das Firmament von einem dicken Wolkenteppich verschleiert, und es war stockfinster draußen.

Ich schloß die Tür hinter mir und machte mich auf den Weg zum Harmony Café. Ein Zickzackpfad zwischen den Reisfeldern führte zu der schlammigen Hauptstraße; es war etwa ein halber Kilometer bis in den Ort. Außer mir war weit und breit niemand zu sehen. Irgendwo wieherte ein Esel, und von einem der Reisfelder drang ein gedämpftes Platschen an mein Ohr. Ein kühler Wind war aufgekommen. Die Luft roch wie frisch gewaschen. Ich war leicht nervös, aber Angst hatte ich nicht mehr. Der Parang gab mir Sicherheit und Selbstvertrauen. Ich wußte selbst nicht genau, was ich vorhatte.

Wie so viele indonesische Pensionen war das Harmony ein U-förmiger Bungalow mit einem gefliesten Innenhof. Ich schlich mich heran und drückte mich an die Hauswand. In drei Zimmern brannte noch Kerzenlicht.

Im ersten Zimmer erblickte ich einen alten Indonesier, der auf einer mottenzerfressenen Matratze lag und Ganja rauchte. Durch einen Vorhangspalt erspähte ich zwei barbrüstige blonde Schönheiten, die im Kerzenlicht ihre Bräune verglichen – die beiden Schwedinnen, die mit Morgan und seinem holländischen Kumpel zusammengesessen hatten. Ihre Arglosigkeit war derart absurd, daß ich um ein Haar lauthals losgelacht hätte. Nachdem ich noch eine kurze Weile gegafft hatte, riß ich mich los von den wandelnden Männerphantasien, um in den dritten Raum zu äugen. Und dort saßen sie: Morgan und sein rothaariger Freund Peter, die Karten spielten, während Peter einen Joint durchzog. Morgan winkte ab, als Peter ihm die Tüte hinhielt. So kannte ich ihn gar nicht – in Afrika hatte er immer gekifft wie ein Weltmeister. Aber vielleicht hatte er ja noch etwas vor, das er nicht stoned erledigen wollte.

Ich blieb noch ein paar Sekunden dort stehen, unschlüssig, was ich unternehmen sollte, ehe ich schließlich zur Straße zurückging und mich dort am Wegesrand auf einen Steinblock setzte, immer noch nah genug, um das Harmony im Auge zu behalten, aber doch ausreichend entfernt, um nicht von dort aus bemerkt zu werden. Und so blieb ich sitzen, Parang und Taschenlampe zwischen meinen Füßen. Ich nickte sogar leicht ein.

Doch dann schreckte ich hoch. Zuerst wußte ich nicht, was mich alarmiert hatte. Die Wolkendecke war aufgerissen, und der Mond stand hoch am Himmel. Plötzlich wurde mir klar, daß man mich nun auch vom Harmony aus sehen konnte, weshalb ich es vorzog, mich noch zwanzig Schritte weiter zu entfernen.

Gerade noch rechtzeitig. Ich beobachtete, wie jemand aus dem Schatten des Harmony trat und die Straße hinaufging – in Richtung des Mekar Sari, der Pension, in der ich abgestiegen war. Ein kleiner Lichtkegel tanzte über den Boden. Jemand, der eine Taschenlampe dabeihatte. Und noch etwas anderes, wie ich sah, als ich die Augen zusammenkniff. Einen Parang. Es war Morgan Jackson, unterwegs, um mich endgültig aus dem Weg zu räumen. Vielleicht war ich aufgewacht, weil ich eine Tür hatte zuschlagen hören. Ich zögerte einen Moment, doch dann folgte ich ihm, während ein Adrenalinstoß durch meine Adern jagte, genau wie oben in Nepal, als wir Stanley Goebels Leiche gefunden hatten. Jede Faser meines Körpers war zum Zerreißen gespannt, jeder Muskel zum Einsatz bereit.

Der Wind war stärker geworden, ein segensreicher Umstand, da das Rauschen der Brise das Geräusch meiner Stiefel übertönte. Es war schwierig, ihm ohne Taschenlampe auf den Fersen zu bleiben, aber ich wußte ja, wohin er unterwegs war. Einmal verlor ich beinahe das Gleichgewicht und wäre um ein Haar in ein Reisfeld gestürzt, doch im letzten Moment fand ich meine Balance wieder. Da er eine Taschenlampe dabeihatte und sich keine Sorgen zu machen brauchte, ob ihn jemand hörte, kam er entschieden schneller voran als ich. Als die Umrisse des Mekar Sari aus dem Dunkel auftauchten, hatte ich ihn aus den Augen verloren. Einen Augenblick lang ergriff mich jähe Panik; vielleicht hatte er ja gemerkt, daß ich ihm folgte, und sich in den Hinterhalt gelegt. Doch dann sah ich, wie sich unweit meiner Hütte etwas bewegte. Da war er, näherte sich dem Hüttenfenster, von dem aus man auf den Gunung Rinjani sah.

Ich schlich mich so nah heran, wie ich es nur eben wagte, bis zu dem kleinen Badeschuppen, der knapp zehn Meter von meiner Hütte entfernt lag, und warf einen vorsichtigen Blick um die Ecke. Ich sah ihn jetzt deutlich; dunkel hob sich sein Umriß gegen das helle Holz der Hütte ab. Leise setzte er sich auf den Stuhl vor meinem Fenster, wo ich morgens zu frühstücken pflegte; dort blieb er etwa fünf Minuten reglos sitzen und lauschte mit leicht geneigtem Kopf. Ich konzentrierte mich mit aller Macht darauf, so geräuschlos wie möglich zu atmen. Ich spannte meine Muskeln an und entspannte sie wieder, um bloß keinen Krampf zu bekommen. Ich erinnerte mich nicht, wo ich von diesem Trick gelesen hatte. Wahrscheinlich in irgendeinem Schundroman. Der Parang war schwer, aber ich wagte nicht, ihn wegzulegen, aus Angst, ich könnte dabei ein Geräusch verursachen.

Schließlich stand er auf, erklomm lautlos die drei Stufen, die zur Hüttentür führten, und öffnete die Tür. Einen Moment lang hielt er in der Bewegung inne, als würde es ihn leicht verwundern, daß die Tür nicht verriegelt war. Das war die Gelegenheit. Und ich ließ sie verstreichen. Ich hätte ihn von hinten attackieren und den Überraschungsmoment nutzen können, um ihn mit dem Parang unschädlich zu machen. Aber ich versuchte es gar nicht erst, sondern verwarf die Idee sofort wieder.

Er knipste seine Taschenlampe an und leuchtete in die Hütte. Er gab ein verblüfftes Grunzen von sich. Im selben Moment wandte er sich auch schon um und leuchtete mit der Taschenlampe sein Umfeld ab, während ich hinter den Badeschuppen hingedrückt stand. Er lachte leise und kehlig, als hätte er gerade die Pointe eines Witzes begriffen.

»Bist du da drüben, Balthazar?« fragte er mit gedämpfter, aber deutlich vernehmbarer Stimme. »Bespitzelst deinen alten Kumpel Morgan, was? Na, wollen wir wetten? Ich wette drauf, daß du da hinter dem Schuppen steckst, stimmt doch, oder?«

Ich gab mir alle Mühe, mein Keuchen zu bezähmen.

»Wir sollten mal ein Wörtchen miteinander reden, Alter«, sagte Morgan. »Uns einfach mal ganz offen unterhalten. Ein paar Dinge ausdiskutieren. Mehr will ich doch gar nicht.«

Das Holz der Stufen knarrte unter seinen Stiefeln. »Wenn's dir lieber ist, können wir die Sache auch Mann gegen Mann regeln«, fuhr er fort. »Taten statt Worte, so geht's natürlich auch. Und jetzt zeig dich endlich ... oder geht dir die Muffe, Paul Wood?«

Ich rührte mich keinen Millimeter. Ich konnte mich nicht entscheiden, wie ich den Parang halten sollte. So, daß ich ihm die Klinge in die Kehle stoßen konnte, wenn er um die Ecke des Schuppens bog? Oder sollte ich ihn schwingen wie ein Schwert?

»Okay«, sagte er. »Du mußt ja nicht antworten. Monologe liegen mir sowieso mehr. Du hast hinter mir hergeschnüffelt, stimmt's? Tja, was der alte Morgan alles so anstellt, was? Macht der aber Sachen! Sieht ganz so aus, als seist du ziemlich gut im Bilde. Und jetzt geht dir der Arsch auf Grundeis, was, Woodsie? Na ja, manchmal hilft auch 'ne Brille nicht mehr, falls du verstehst, was ich damit sagen will.«

Ich lauschte verzweifelt auf das Geräusch seiner Stiefel. Wo war er? Offenbar war er nicht näher gekommen. Dennoch wußte ich, daß sich der Große Weiße Jäger so geräuschlos wie eine Katze bewegen konnte, wenn es darauf ankam.

»Aber deswegen bin ich nicht hier. Ich mache Urlaub, schon vergessen?« Leise hallte sein Lachen durch die Dunkelheit. »Ganz ehrlich, Paul, ich mag dich. Du warst mir immer sympathisch. Und ich bin auch nicht wirklich sauer über deine Schnüffeleien. Ist doch völlig egal, was du herausgefunden hast – mir kann keiner was, und das weißt du genausogut wie ich. Aber ich bin echt beeindruckt. Irre, was ihr Internetfreaks alles draufhabt. So bist du mir doch auf die Spur gekommen, oder? Sieht so aus, als müßte ich in Zukunft noch ein paar Vorsichtsmaßnahmen mehr treffen. Der Punkt geht an dich. Aber laß es mich auch mal kurz auf den Punkt bringen, und hör mir gut zu, okay?«

Mit einem Mal klang seine Stimme scharf und eiskalt. Mörderisch.

»*Verpiß dich*, hast du verstanden? Und ich sag's nur dieses eine Mal. Flieg zurück in die Staaten und bleib ein für allemal dort, kapiert? Auch meine Geduld hat ihre Grenzen. Zwing mich nicht dazu, meine Magie an dir auszuprobieren, mein

Freund. Den Stier reizt man nicht mit roten Tüchern – ist das bei dir angekommen?«

Er hielt inne, als warte er auf eine Antwort. Schließlich lachte er erneut.

»Schweigen ist Gold, nicht wahr, Alter? Tja, ich kann dir nur den weisen Rat geben, auch in Zukunft das Maul zu halten. Und jetzt mach's gut. Meine Kumpels und ich ziehen morgen weiter. Und du bleibst besser hier, wenn dir dein Leben lieb ist. Ich warne dich hiermit ausdrücklich. Ich werde ein Auge auf dich haben. Ein für allemal: Komm mir *nie wieder* in die Quere. Und jetzt verpiß dich, und zwar für immer! Ciao.«

Dann hörte ich seine Stiefel auf dem Boden knirschen, während er sich demonstrativ pfeifend – es war die Marschmelodie aus der *Brücke am Kwai* – von mir entfernte und den Rückweg zum Harmony antrat. Ich holte tief Luft. Während sich das Pfeifen in der Ferne verlor, stolperte ich auf weichen Knien in meine Hütte und verbarrikadierte die Tür. Ich war noch mal hauchknapp davongekommen.

Den Stier reizt man nicht mit roten Tüchern. Wenn ich mir das nicht schleunigst hinter die Ohren schrieb, war ich ein toter Mann.

Ich träumte von Schweizer Armeemessern und Parangs. Als ich erwachte, konnte ich es kaum fassen, noch am Leben zu sein. Ich blieb im Bett liegen, sog jeden Atemzug tief in meine Lungen, genoß es wie nie zuvor, schlicht zu existieren und atmen zu dürfen, meine Beine heben und wieder senken und die Welt um mich herum mit allen Sinnen wahrnehmen zu können.

Ich riß das Fenster auf und schwelgte eine Weile lang im atemberaubenden Anblick des Gunung Rinjani, der sich hoch über den Reisfeldern erhob. Es war ein grauer, bedeckter Tag, doch auch das konnte mein Hochgefühl nicht trüben. Schließlich warf ich mich in meine Klamotten und begab mich zu

Femke, die bereits mit Bananenpfannkuchen und Rosenblütentee auf mich wartete. Ich nahm Teller und Tasse entgegen, setzte mich unter mein Fenster und frühstückte. Auf demselben Stuhl, auf dem keine zwölf Stunden zuvor Morgan Jackson gesessen hatte, seinen Parang in der Hand, bereit, mich zu beseitigen. Nun kam mir das Ganze wie ein böser Traum vor, wie etwas, was ich in meiner Kindheit im Fernsehen gesehen hatte.

Hatte er mich wirklich töten wollen? Hatte er sich dagegen entschieden, weil ich wach gewesen war, mich gegen ihn gewehrt hätte? Nein, das glaubte ich nicht. Offenbar hatte er die Wahrheit gesagt, mich tatsächlich nur warnen und einschüchtern wollen; den Parang hatte er wohl nur dabei, um sich zu schützen, falls ich ihn angegriffen hätte. *Ich mag dich, Paul. Du warst mir immer sympathisch.* Was ich ihm abkaufte. In Afrika waren wir immer bestens miteinander klargekommen, während ihn andere Mitglieder unserer Gruppe eher mit argwöhnischen Blicken beäugt hatten.

Der Stier. Merkwürdig, daß er diesen Namen für sich in Anspruch nahm. Ich wußte genau, daß er niemanden in Südafrika umgebracht haben konnte, da er zu jener Zeit mit mir und den anderen unterwegs gewesen war. Vielleicht war er so verrückt, daß er irgendwann geglaubt hatte, daß er selbst der Stier und der andere Mörder nur ein Nachahmungstäter war. Letztlich machte es auch keinen Unterschied.

Ich hatte das Gefühl, entweder gnadenlose Angst oder gnadenlosen Zorn empfinden zu müssen. Und doch empfand ich nichts von beidem. Auf irgendeine unerfindliche Weise hatten sich beide Regungen gegenseitig erstickt. Statt dessen fühlte ich mich erleichtert wie selten zuvor. Unsere nächtliche Begegnung hatte tatsächlich einen Schlußpunkt gesetzt, und ich würde genau das tun, was er mir geraten hatte – noch einen Tag länger in Tetebatu bleiben, mich am nächsten Tag nach Mataran aufmachen, Talena darüber informieren, was passiert war, und den Heimflug antreten. Trotzdem war die Sache noch nicht gegessen. Irgendwie würde es mir gelingen, ihn zur Rechenschaft zu ziehen. Nicht hier in Indonesien, nicht Mann gegen Mann, nicht ohne ausgeklügelten Plan. Das wäre schlicht Selbstmord gewesen. Dennoch wußte ich nun, wer hinter den Morden steckte, und nicht zuletzt, wo er lebte. Und damit war meine Mission vorerst abgeschlossen. Ich hatte den Stier nicht nur identifiziert, sondern hatte ihm Auge in Auge gegenübergestanden und ihn bei den Hörnern gepackt. Na schön, das stimmte vielleicht nicht ganz – aber immerhin hatte ich ihn herausgefordert. Und ich hatte zumindest den Eindruck, die Arena mit erhobenem Haupt verlassen zu können. Klar, so zu denken, das war natürlich eine dämliche Machoschiene. Und doch verschaffte es mir ein gutes Gefühl.

Ich stellte mir vor, wie ich Talena die ganze Geschichte erzählen würde, im Horseshoe gleich um die Ecke. Hey, wie sie mich mit ihren großen blauen Augen ansehen... Aber wahrscheinlich würde sie nur stocksauer sein, daß ich mein Versprechen gebrochen und zu allem Überfluß Morgan auch noch durch Nacht und Nebel gefolgt war. Trotzdem, keine üble Vorstellung. Und am Ende würde sie doch ganz schön beeindruckt sein von dem, was ich gewagt und auf mich genommen hatte. Jedenfalls konnte ich es kaum erwarten, nach Hause zu fliegen und ihr alles brühwarm zu erzählen.

Zunächst aber gab es da noch eine letzte Sache auf meiner Machotour zu erledigen. Ich war noch nicht fertig mit Morgan, und diesmal wollte ich ihm einen richtigen Denkzettel verpassen.

Ich betrat das Harmony Café. Er selbst war nirgends zu sehen, doch die beiden Schwedinnen – Kerri und Ulrika – saßen dort, und sie erkannten mich sofort wieder und grüßten. Sie hockten neben ihren Rucksäcken und warteten offensichtlich auf Morgan und Peter. Ich holte mir eine Cola, schwelgte kurz in der Erinnerung an die makellosen Brüste, die ich letzte Nacht zu Gesicht bekommen hatte, und fragte die beiden, wo Morgan sei. Sie zeigten zu einem dunklen Raum am anderen Ende des Hofs hinüber.

Ich mußte mich bücken, als ich über die Schwelle trat. Es war der Computerraum, in dem lediglich ein einzelner Tisch mit einem PC darauf stand. Morgan saß vor dem Bildschirm. Er trug seinen Safarihut mit den Haifischzähnen. Als er den Blick hob, sog er unwillkürlich die Wangen zwischen die Zähne. Mir ging es ähnlich. Plötzlich schien es mir ganz und gar keine gute Idee mehr, den Stier zu provozieren.

Ich nahm wahr, wie seine Finger die Kombination Alt-F4 drückten – den Befehl, das aktuelle Fenster zu schließen, welche Website er sich auch immer gerade angesehen haben mochte –, und im selben Moment lehnte er sich auch schon zurück, kalt wie die sprichwörtliche Hundeschnauze, und sagte: »Und was kann ich für Sie tun, Mister Wood?«

Eigentlich hatte ich vorgehabt, so zu tun, als hätte er letzte Nacht schlicht ins Leere gesprochen, als hätte ich gar nicht hinter dem Schuppen gestanden und seiner Litanei zugehört. Einfach, um ihn in seiner Selbstsicherheit zu erschüttern, ihn im ungewissen zu lassen. Doch mit einem Mal war ich mir nicht mehr sicher, ob das wirklich so ein brillanter Plan war. Ich räusperte mich, ehe ich mit bebender Stimme sagte: »Ich wollte mich nur verabschieden. Ihr seid schon auf dem Sprung, oder?«

»Stimmt«, sagte Morgan. »Wir fahren rüber nach Kuta Beach. Kuta Beach, Lombok, um genau zu sein. Und was hast du vor?«

»Ich glaub', ich bleibe noch 'nen Tag hier«, sagte ich. »Morgen geht's dann nach Mataran und anschließend zurück nach Bali.«

»Klingt vernünftig«, sagte Morgan.

Wir musterten uns einen Augenblick.

»Also dann«, sagte Morgan. »Paß auf dich auf.«

»Werd' ich versuchen«, sagte ich. Und dann machte ich mich schleunigst aus dem Staub, während ich mich dafür in den Arsch hätte beißen können, daß ich überhaupt hierhergekommen war.

Ich machte mich auf den Rückweg zum Mekar Sari. Die Luftfeuchtigkeit war so hoch, daß mir das Atmen schwerfiel. Die Telefonverbindung funktionierte immer noch nicht. Ich fühlte mich schuldig, weil ich mein Versprechen gebrochen hatte, mich alle vierundzwanzig Stunden bei Talena zu melden – doch gleichzeitig ging mir auf, daß ich mich noch um einiges übler fühlen würde, wenn ich nicht einhielt, was ich Morgan zugesichert hatte. Und was konnte ich dafür, wenn der Monsun die Telefonleitungen lahmlegte?

Ich verbrachte den Tag mit Schachspielen, Essen und der Lektüre meines Big-Earth-Reiseführers, den ich von vorne bis hinten durchlas. Indonesien schien ein wahrhaft faszinierendes Land zu sein, und ich hoffte darauf, irgendwann hierher zurückkehren zu können. Wie auch immer, die geplanten drei Wochen würde ich jedenfalls nicht ausschöpfen. Doch langsam begann ich neue Pläne zu schmieden. Zugegeben, die Sache hier war gelaufen, doch wenn Morgan glaubte, daß ich ihn in Ruhe lassen würde, dann hatte er sich verdammt geschnitten.

Irgendwie wurde ich das Gefühl nicht los, daß ich etwas Wichtiges vergessen hatte. Ich versuchte, nicht weiter darüber nachzugrübeln, in der Hoffnung, mein Unterbewußtsein würde mir so eher auf die Sprünge helfen, doch auch das nützte nichts. Am Abend zerbrach ich mir immer noch vergebens den Kopf, und darüber schlief ich ein.

Am nächsten Morgen ging ich zu Femke hinüber, um mir mein Frühstück zu holen; neben den Bananenpfannkuchen lag ein zusammengefalteter und mit Tesafilm zugeklebter Zettel. Ich warf ihr einen fragenden Blick zu.

»Ein Mister Jackson hat das gestern für Sie abgegeben«, sagte Femke. »Ich sollte Ihnen die Nachricht heute morgen aushändigen.«

»Oh«, sagte ich. Dann trabte ich zurück zu meiner Hütte und setzte mich in den Stuhl unter dem Fenster, ehe ich das Klebeband löste und den Zettel entfaltete. Die Nachricht war in einem solchen Gekrakel geschrieben, daß ich Mühe hatte, sie zu entziffern:

Woodsie, alter Freund,
sind Kerri und Ulrika nicht erste Sahne?
Hatte noch nie zwei auf einmal.
In Kuta werden sie den Stier
kennenlernen. Dachte, ich geb'
dir bescheid ...
Hahaha

Ich las die Message noch ein zweites Mal. Mir wurde eiskalt.

Ich war mir sicher, daß er sie bereits umgebracht hatte. Deshalb hatte er mir die Nachricht erst heute zukommen lassen.

Und selbst wenn sie noch lebten, stand ich auf verlorenem Posten. Auf mich allein gestellt, zumal mitten in Indonesien, hatte ich nicht den Hauch einer Chance. Er würde mich töten. Laß es bleiben, sagte ich mir – geh exakt so vor, wie du es gestern beschlossen hast, flieg nach Hause und versuch, ihm von dort aus das Handwerk zu legen. Sich an seine Fersen zu heften, um den Lebensretter für zwei wildfremde Mädchen zu spielen, war kompletter Schwachsinn. Du kannst nichts tun, sagte ich mir wieder und wieder. Mach es so wie geplant. Das ist das einzig Richtige.

Ja, mein am Vortag gefaßter Entschluß war besonnen, vernünftig – und total feige. Eine feine Ausrede, den Mann, der Laura ermordet hatte, davonkommen und zwei weitere Mädchen umbringen zu lassen. Ein unter dem Deckmäntelchen der Umsicht zusammengebastelter Vorwand, um mich schnellstmöglich aus der Schußlinie zu bringen. Mir war nur allzu deutlich bewußt, daß nur ein hundserbärmlicher Feigling in Erwägung ziehen konnte, die beiden Schwedinnen ihrem Schicksal zu überlassen. Ob sie womöglich schon tot waren, spielte dabei gar keine Rolle.

Was, wenn sie noch lebten? Morgan war nicht allmächtig. Was, wenn ihm irgend etwas dazwischengekommen oder er, nur mal angenommen, plötzlich krank geworden war? Ja, sie mochten noch am Leben sein. Und selbst, wenn sie bereits tot waren, bestand immer noch die Möglichkeit, die Polizei einzuschalten, ehe er Indonesien ein für allemal verließ.

Während ich noch überlegte, fiel plötzlich ein murmelgroßer Regentropfen auf das Blatt Papier. Ich sah auf. Dunkle Wolken hingen am Himmel. Am Horizont konnte ich das Flackern von Blitzen erkennen. Ein gigantisches Unwetter zog auf. Ich sah sofort, daß diesmal nicht zu spaßen war.

Ich hatte keine Zeit zu verlieren. Fünf Minuten später hatte ich bereits meine Sachen gepackt und bezahlt. Als ich Femke sagte, daß ich sofort nach Kuta Beach aufbrechen müsse, starrte sie mich an, als sei ich nicht mehr ganz zurechnungsfähig. Und ich konnte ihr das im Grunde nicht verdenken. Es regnete bereits in Strömen, als ich über den Pfad zwischen den Reisfeldern zur Straße eilte, so schnell es eben ging.

Den Parang ließ ich zurück. Ich mochte nicht mehr ganz zurechnungsfähig sein, aber komplett wahnsinnig war ich noch nicht geworden.

16

Wiedersehen am Strand

Es kostete mich eine Stange Geld, noch am selben Tag nach Kuta Beach zu gelangen. Und ich konnte nicht mal jemandem einen Vorwurf machen; bei dem Wetter hätte ich auch niemanden durch die Gegend kutschieren wollen. Dagegen waren die Stürme der letzten Tage ein laues Lüftchen gewesen. Der Regen prasselte derart heftig vom Himmel, daß ich fürchtete, er würde rote Striemen auf meiner Haut hinterlassen. Man konnte mit Not die Hand vor Augen sehen. Der Kutscher des Pferdekarrens, der mich von Tetebatu nach Kotoraya brachte, trieb sein Pferd unablässig mit der Bambusrute an. Und die Bemo-Fahrer waren kaum besser dran. Auf der abschüssigen Straße von Kopang nach Praya kam mein Fahrer beim Bremsen derart ins Schlingern, daß wir einen Moment lang mit zwei Rädern mitten in der Luft hingen. Ich dachte, mein letztes Stündlein hätte geschlagen, doch dann manövrierte uns der Fahrer mit geradezu übermenschlichem Geschick durch eine Herde gespenstisch anmutender Wasserbüffel, die urplötzlich hinter einer Regenwand aufgetaucht waren.

Schließlich hatte ich es tatsächlich geschafft. Um fünf Uhr nachmittags traf ich in Kuta Beach ein, das mit dem gleichnamigen Ort auf Bali so gut wie nichts gemein hatte. Der Flecken bestand aus einer Küstenstraße, auf der einen Seite gesäumt von einem Strand, auf der anderen von Urwalddickicht und acht Unterkünften, die sich um die Abzweigung drängten, welche ins Landesinnere führte. Ich steuerte auf die erste zu. Ich hatte keinerlei Eile, da ich inzwischen ohnehin komplett durchweicht war.

Ich fragte nach einem Bungalow, blätterte kurz das Gästebuch der Anda Cottages durch – Fehlanzeige, was Morgan, Peter, Kerri und Ulrika betraf –, ging in meine Hütte, zog meine Badehose an und hängte meine restlichen Sachen zum Trocknen auf. So überstürzt ich am Morgen aufgebrochen war, so sehr hatte ich jetzt die Ruhe weg. Nach sieben Stunden Reise durch den Regen kam es nun auf eine Viertelstunde mehr oder weniger auch nicht mehr an. Davon abgesehen war es nicht das richtige Wetter zum Morden, es sei denn, daß Morgan die beiden Mädchen in ihrem Hotelzimmer abschlachtete, was ich für äußerst unwahrscheinlich hielt. Sein Modus operandi war, aus dem Hinterhalt zuzuschlagen, wenn er völlig ungestört war.

Davon abgesehen war es ohnehin am wahrscheinlichsten, daß die beiden längst tot waren.

Ich begab mich in den Gemeinschaftsraum, einfach um zu sehen, was für Leute hier abgestiegen waren. Aber was hatte ich vor? »Sind hier in der Gegend zufällig zwei ermordete Schwedinnen aufgefunden worden?« schien mir nicht gerade der vielversprechendste Weg, neue Kontakte zu knüpfen. Dann aber stachen mir zwei bekannte Gesichter ins Auge – Johann und Suzanne aus Holland, die mit Bintang und Sprite den Abend einläuteten. Sie winkten mir zu, und ich gesellte mich zu ihnen.

»Seit wann bist du denn hier?« fragte Suzanne.

»Gerade erst eingetroffen«, sagte ich. Als ein Kellner neben mir auftauchte, bestellte ich ein Bier und, als mir einfiel, daß ich außer den Bananenpfannkuchen zum Frühstück nur eine halbe Ananas in Pao Montong gegessen hatte, noch einen Teller Nasi Goreng.

»Du bist bei dem Wetter hierhergekommen?«

Ich nickte und grinste verlegen.

»Wir dachten, die Straßen wären nicht befahrbar«, sagte Johann. »Wir wollten nämlich heute den Perama-Bus zurück zum Fährhafen nehmen, aber dort hat man uns gesagt, die Busse würden wegen des Monsuns nicht fahren.« Unter der Flagge von Perama, dem indonesischen Fremdenverkehrsamt, fuhren eine Reihe von klimatisierten Bussen, die zwischen den Hauptreisezielen verkehrten – zwar ein wenig teurer als die allgegenwärtigen Bemos, aber auch um einiges komfortabler.

»Der pure Horror da draußen«, sagte ich. »Ich dachte, ich komme hier nie an.«

»Warst du in Tetebatu?« fragte Suzanne.

Ich nickte und nahm einen Riesenschluck von meinem Bintang; das hatte ich mir redlich verdient. »Und wie ist es hier so?«

»Gar nicht übel«, sagte Johann, während Suzanne zustimmend nickte. »Richtig einsam. Am besten, man leiht sich ein Moped oder ein Fahrrad, um sich die Gegend in aller Ruhe anzusehen. Die Straße ist bestens ausgebaut. Na ja« – er wies in Richtung Meer – »der Strand bringt's, offen gesagt, nicht so richtig ...«

»Statt Sand bloß lauter Kiesel«, erläuterte Suzanne. »Strandspaziergänge kannst du hier echt vergessen.«

»Aber die Surfer stehen drauf«, sagte Johann. Er und Suzanne wechselten verschwörerische Blicke und grinsten.

»Eine regelrechte Surferinvasion«, ergänzte Suzanne.

»Aber zwei Meilen östlich von hier ...«

»Wahnsinn, so 'nen Strand hast du noch nie gesehen. Eine halbmondförmige Bucht mit weißem Sand, einfach traumhaft.«

»Bestimmt einen Kilometer lang«, fügte Johann hinzu.

»Aber es ist ziemlich gefährlich, dort zu schwimmen«, sagte Suzanne. »Der Hotelbesitzer hat uns gewarnt. Die Strömung soll absolut mörderisch sein. Jedes Jahr ertrinken dort Leute.«

»Und weit und breit gibt es nicht den geringsten Warnhinweis. Kein Schild, kein gar nichts.« Johann klang richtiggehend entrüstet. »Nun ja, sieh dich jedenfalls vor. Aber sonst ist der Strand schwer zu toppen. Und man ist absolut ungestört.«

»Ab und zu taucht mal der ein oder andere Einheimische mit Coca-Cola oder Ananas auf«, sagte Suzanne. »Aber das war's auch schon. Hotels oder Läden gibt's dort nicht.«

»Klingt paradiesisch«, sagte ich. Die Kellnerin brachte mein Nasi Goreng, und ich machte mich darüber her, während die beiden ein paar Worte auf Holländisch wechselten.

Fünf Minuten später fühlte ich mich wieder bei Kräften. »Übrigens«, sagte ich. »In Tetebatu habe ich 'nen alten Kumpel getroffen. Er wollte ebenfalls hierher. Ihr seid ihm nicht zufällig über den Weg gelaufen?« Ich beschrieb Morgan und seine Begleiter.

»Ja, klar«, sagte Suzanne. »Der große Typ mit den Tätowierungen. Wir haben gestern mit ihnen zu Mittag gegessen. Die beiden Mädchen wirkten sympathisch. Ein Holländer war aber nicht mit dabei. Wenn ich mich recht erinnere, ist er nach Flores weitergereist. Dein Bekannter ist mit den Mädchen allein hergekommen.«

»Die drei sind direkt nach dem Mittagessen abgezogen«, sagte Johann. »Wollten den Strand antesten.«

»Bei dem Regen.« Suzanne schüttelte den Kopf. »Da tut wirklich kein vernünftiger Mensch einen Schritt vor die Tür. Aber dieser Morgan meinte, es wäre genau das richtige Wetter, um eine Runde zu schwimmen, weil einem da nicht so warm wird.«

»Zumindest wollte ihm bestimmt niemand einen Sarong andrehen«, meinte Johann. Sie lachten. Die hiesigen Sarong-Händlerinnen waren der Horror aller Indonesientouristen. Mir war allerdings nicht nach Lachen zumute.

»Habt ihr sie später noch mal irgendwo gesehen?« fragte ich.

»Ich glaube schon.« Suzanne überlegte. »Ja, klar. Dein Kumpel kam uns auf der Straße entgegen, als wir mit dem Moped unterwegs waren.«

»Aber er war allein unterwegs«, sagte Johann. »Die beiden Schwedinnen waren nicht bei ihm.«

»Stimmt«, sagte Suzanne. »Ich hab' sie auch nicht gesehen.«

Ich nippte an meinem Bier, um meine fassungslose Miene zu verbergen. Plötzlich schauderte mich vor Kälte. Gestern hatte sich Morgan mit Kerri und Ulrika zu einem gottverlassenen Strand aufgemacht; einem Strand, der auch noch dafür bekannt war, daß dort schon häufiger Touristen ertrunken waren. Völlig unbeobachtet, während der Monsun über den Inseln getobt hatte. Und zu allem Überfluß hatte er anschließend noch einmal Johanns und Suzannes Weg gekreuzt – doch diesmal ohne die beiden Mädchen.

»Ich muß dringend los«, sagte ich, ließ mein Bier stehen und erhob mich. Es lag auf der Hand, daß ich zu spät gekommen war; trotzdem wollte ich keine Zeit verlieren. »Ich hab' was vergessen. Wir sehen uns später.«

Sie sahen mich perplex an, doch ich war schon auf dem Weg nach draußen. Es regnete nach wie vor ohne Unterlaß – kein Ende in Sicht, obwohl es bereits seit mehr als acht Stunden wie aus Kübeln goß. Ich marschierte zu einem überdachten Bereich, der mir bereits beim Betreten der Anlage ins Auge gefallen war; hier standen Motorräder, Mopeds und Fahrräder unter einem mit krakeligen Lettern beschrifteten Schild, auf dem »Verleih« stand.

Ein einheimischer Junge, der nicht viel älter als zwölf sein konnte, paßte auf die Gefährte auf. Als ich auf die Räder wies, sah er mich an, als hätte ich nicht alle Tassen im Schrank, doch im selben Moment war der abfällig-überraschte Ausdruck auch schon wieder aus seinem Gesicht gewichen. Die Indonesier sind durch die Bank davon überzeugt, daß alle Weißen verrückt sind; daß sich einer von ihnen während des Monsuns einen fahrbaren Untersatz mieten wollte, war eigentlich nicht weiter bemerkenswert.

»Wollen Sie Fahrrad oder Motorrad?« fragte er. Sein Englisch war ganz passabel. Kurz fragte ich mich, in wie vielen Sprachen er das wohl sagen konnte. Die meisten Indonesier, die ihr Geld damit verdienten, »weiße Kokosnüsse zu pflücken«, sprachen Englisch, Deutsch, Holländisch und Japanisch, meist sogar noch ein oder zwei weitere Sprachen.

»Ein Fahrrad«, sagte ich. Zwar wollte ich keine Zeit verlieren, aber ich hatte noch nie ein Motorrad gefahren, ganz abgesehen davon, daß die Witterungsbedingungen ganz bestimmt nicht dazu angetan waren, es sich mal eben auf die Schnelle beizubringen. Er übergab mir einen rostigen alten Drahtesel, der eine Nummer zu klein für mich war und mich daran erinnerte, wie ich mir einmal in China ein Rad geliehen hatte, dessen Pedale nach fünf Kilometern abgefallen waren. Wie auch immer, es war besser als nichts. Ich schwang mich auf das Rad und fuhr die Straße in der Richtung entlang, in der laut Johanns Beschreibung der Strand liegen mußte.

Die Straße war bestens in Schuß; es gab weder Risse im Teer noch Schlaglöcher, und außer mir war niemand unterwegs. Zu meiner Linken erstreckte sich der Urwald, zu meiner Rechten das kieselübersäte Ufer. Unablässig prasselte der Regen herab, ein regelrechtes Trommelfeuer auf dem Asphalt, so ohrenbetäubend laut, daß das Tosen der Brandung nur noch gedämpft zu hören war. Als ich irgendwann genug Schwung drauf hatte, fuhr die alte Mühle wie ein echter Renner. Die Straße stieg leicht an – um so besser, da mir die Vorstellung, mit diesen wenig vertrauenerweckenden Bremsen bergab zu fahren, nicht so recht behagte. Während ich weiter die Steigung hinaufradelte, entfernte ich mich allmählich vom Ufer; zwischen mir und der Brandung lag nun eine steil abwärts führende und von Buschwerk bewachsene Schneise, die kurz darauf in einen tropischen Urwald überging, so daß nun zu beiden Seiten von mir undurchdringlicher Dschungel lag. Obendrein begann es dunkler zu werden; entweder waren noch mehr Wolken aufgezogen, oder es hatte bereits zu dämmern begonnen. Durch das dunkelgrüne Dickicht war nichts zu erkennen, und die Wolken hingen so tief, daß es mir vorkam, als würde ich durch einen Tunnel fahren.

Mit einem Mal verschwand der Dschungel zu meiner Rechten; der Strand, den ich im selben Moment erblickte, war von einem leuchtenden Weiß und gekrümmt wie die Klinge eines Parang. Eingekesselt von hohen Felsen – es ging gut zwanzig Meter steil bergab – erstreckte er sich über eine gute halbe Meile; das andere Ende konnte ich durch den Regen so eben noch ausmachen.

Plötzlich bemerkte ich einen kleinen Pfad zwischen den Felsen, der offenbar zum Strand hinunterführte. Ich kam schwer ins Schlingern, als ich abrupt in die Eisen trat. Ich lehnte das Rad an einen Baum und machte mich an den Abstieg. Meine Sandalen waren völlig durchweicht und die Felsen gefährlich glitschig. Ich mußte mich mehrmals festhalten, um nicht einen bösen Sturz zu riskieren.

Dann war ich unten angelangt. Obwohl der Sand durch die Nässe einen dunkleren Ton angenommen haben mußte, war er immer noch unglaublich weiß und von feinster Konsistenz. An der ausgedehntesten Stelle mochte der Strand etwa dreißig, fünfunddreißig Meter breit sein. Es stürmte, und ich mußte die Augen mit der Hand abschirmen, um überhaupt etwas zu sehen. Die Wellen brachen sich donnernd am Strand, selbst hier in der Bucht noch fast zwei Meter hoch. Die Wogen auf dem offenen Meer waren doppelt so hoch, ein tosender Mahlstrom schaumgekrönter Gischt.

Weit und breit sah ich nichts als Sand, Meer, Felsen und hoch über mir aufragendes Urwalddickicht. Ich hielt es für wenig wahrscheinlich, daß Morgan die Leichen der beiden Mädchen hier am Strand vergraben hatte; dort wären sie nur von Tieren wieder ans Tageslicht gezerrt worden. Hatte er Gestein und Felsen über seine Opfer geschichtet? Knochenarbeit, aber er war schließlich ein verdammt durchtrainierter Bursche. Ich streifte am Fuß der Felsen entlang und hielt die Augen offen, so gut es mir bei dem peitschenden Regen möglich war.

Es waren vielleicht fünf Minuten vergangen, als ich hinter mir einen lauten Schrei vernahm, der mir das Blut in den Adern gefrieren ließ. Als ich mich umwandte, kam es mir vor, als würde mein Herzschlag einen Moment lang aussetzen.

»Balthazar Wood!« brüllte Morgan über das Donnern der Brandung hinweg. »Diesmal bist du dran, das schwöre ich dir!«

Ich war etwa in der Mitte des Strands angekommen. Er stand vielleicht fünfzehn Meter von mir entfernt, zwischen mir und dem Ozean. Hinter ihm konnte ich seine Spuren im Sand ausmachen. Er trug eine blaue Badehose und hielt einen Parang in der Hand. Eines war jedenfalls klar: daß er mit diesem Ding umgehen konnte. Der Große Weiße Jäger – er wurde nicht umsonst so genannt. Er sah völlig unwirklich aus, wie eine Erscheinung aus einem Alptraum, während er dort im strömenden Regen stand, mit seinem kahlrasierten Schädel, der scharfen Klinge in der Hand und den tätowierten Drachen auf seinen Armen, muskelbepackt wie ein Superheld aus einem Marvel-Comic. In seinen Augen spiegelte sich kalte Vorfreude auf das, was er gleich zu erledigen gedachte, und sein Mund war von einem breiten Grinsen verzerrt.

Ich wich zwei, drei Schritte zurück, ganz langsam, während sich meine Gedanken überschlugen. Er folgte mir ebenso langsam, setzte einen Fuß vor den anderen, als würde er schlendern. Er hatte ja auch keinen Grund zur Eile. Ich war ihm auf Gedeih und Verderb ausgeliefert. Der einzige Fluchtweg hätte über die nassen Felsen geführt, die ohnehin zu steil waren. Und das war's. Er mußte auf mich gewartet haben. Offenbar hatte er mich irgendwo von oben beobachtet, war dann zum Strand heruntergestiegen und durch die Wellen geschwommen, um mich zu überrumpeln.

»Ich hab's dir gesagt, Woodsie!« brüllte er. »Ich hab's dir mit Engelszungen erklärt, aber anscheinend willst du nicht hören!«

Doch. Es gab noch einen weiteren Fluchtweg. Das Meer. Er war garantiert ein besserer Schwimmer als ich, aber ich bezweifelte, daß man mit einem Parang in der Hand besonders schnell kraulen konnte. Allerdings schien er zu ahnen, was mir durch den Kopf ging, da er sich zur Seite bewegte und zwischen mir und der Brandung stehenblieb.

»Ich hab' dich gewarnt, Paul! Ich hab' dir gesagt, du sollst dich ein für allemal verpissen! Du willst es einfach nicht kapieren, was?«

Jetzt, da ich meinen Zorn am nötigsten gebraucht hätte, empfand ich nur noch nackte, kalte Panik. Ich hatte weiche Knie, zitterte am ganzen Leib, so sehr, daß ich es kaum wagte, ihm in die Augen zu sehen. »Du krankes Schwein!« brüllte ich, versuchte es zumindest, brachte aber nur ein Krächzen heraus. Er mußte mir meine Worte von den Lippen abgelesen haben, da er laut lachte.

»Um meine beiden süßen Schwedinnen brauchst du dir keine Sorgen zu machen«, rief er. Er war jetzt nahe genug, noch etwa fünf Meter entfernt, so daß er trotz des prasselnden Regens in beinahe normaler Lautstärke sprechen konnte. »Was hattest du denn vor? Wolltest du ihnen das Leben retten und dir anschließend zum Dank einen blasen lassen? Tja, siehst ja, wohin dich das gebracht hat – jetzt sitzt du hier in der Patsche. Aber ich kann dich beruhigen. Sie sind nach wie vor quicklebendig, alles noch dran. Sie sind heute morgen nach Bali zurückgefahren. Allerdings nicht, ohne sich vorher gebührend von mir zu verabschieden. Diese Ulrika ist die reinste Wildkatze im Bett. Und du glaubst, ich würde ein so geiles Stück Arsch so mir nichts, dir nichts abschlachten? Also, *das* wäre ja nun *wirklich* eine Sünde gewesen.«

»Und wie«, fragte ich atemlos, »wie konntest du Laura dann

töten? Weshalb hast du das getan?« Seine Lippen wurden schmal und er zischte: »Diese Nutte meinst du? Laura Mason? Die alte Hure hat nur bekommen, was sie verdiente.«

»Und Stanley Goebel?« fragte ich, während mir die Worte in der Kehle zu versiegen drohten. »Hat er auch nur bekommen, was er verdiente?«

»Ach, der. Ich schwör's dir, Woodsie, ich wußte nicht mal, wie er heißt. Reiner Zufall. Ich hab's im Namen des Stiers getan. Er war einfach ein armes Arschloch, genau wie du.«

Er wog den Parang in der Hand, trat auf mich zu und hob die Klinge. Ich wünschte, ich könnte sagen, daß jeder einzelne Muskel meines Körpers sich auf einen gnadenlosen Kampf einstellte, daß ich bereit war, um mein Leben zu kämpfen wie ein in die Enge getriebener Luchs. Die Wahrheit ist, daß ich mich umdrehte und losrannte, obwohl ich genau wußte, daß ich ihm nicht entkommen konnte.

Ich kam keine paar Meter weit. Er trat mir von hinten in die Kniekehle, und ich stürzte vornüber in den nassen Sand. Auf Knie und Hände gestützt, erwartete ich den tödlichen Hieb mit dem Parang. Doch der erfolgte nicht.

»Tja, Woodsie, man weiß nie«, sagte er und trat vor mich hin. »Vielleicht hast du ja doch noch eine Chance, wenn du deinen alten Kumpel Morgan überzeugen kannst, daß du ihn von jetzt an in Ruhe läßt. Vielleicht will er dich einfach nur winseln sehen. Komm, zeig ihm, was für ein jämmerliches kleines Arschloch du bist.«

Aber er spielte nur mit mir, das wußte ich genau. Er würde mich niemals entkommen lassen, jetzt nicht mehr, was ich auch immer tun oder sagen mochte. Er wollte mich einfach nur demütigen, ehe er es hinter sich brachte. Auf Händen und Knien kroch ich rückwärts auf die Felsen zu. Es gab vielleicht doch noch eine Möglichkeit, vorausgesetzt, daß mich nicht auch noch die letzten Kräfte verließen. Er folgte mir lässig.

Ich war so gut wie tot. Kalte Angst schnürte mir die Kehle

zu. Das waren die letzten Augenblicke meines Lebens. Ich wollte etwas sagen, ihn anbetteln, anflehen, so wie er es verlangt hatte, schlicht um Zeit zu gewinnen, doch brachte ich kein Wort hervor. Alles, was sich meiner Kehle entrang, war ein tonloses Wimmern.

Dann stieß ich mit dem Fuß gegen einen Felsen. Ich hielt inne.

»Das ist wirklich 'ne erbärmliche Show, Woodsie«, sagte Morgan, während ich vor ihm im Sand kauerte. »Ich hätte gedacht, du hast ein bißchen mehr Mumm. Aber du kannst nur kriechen und winseln. So wie deine kleine Nutte auch. Laura Mason. Sie hat geheult und gefleht, und zum Schluß hat sie mir sogar noch einen gelutscht, aber das hat ihr auch nicht geholfen. Tja, Junge, aber so billig kommst du mir nicht davon...«

Vielleicht war es Lauras Name, der mir neue Kraft verlieh. Vielleicht war es auch nur reiner Überlebensinstinkt, ein letztes verzweifeltes Aufbäumen meiner Muskeln. Er hatte nicht wahrgenommen, daß ich mich an dem Felsen in Position gebracht hatte wie ein Sprinter am Startblock. Mit aller Kraft ließ ich mich nach vorne schnellen, haarscharf an ihm vorbei, und rannte unter Aufbietung meiner letzten Reserven auf die Brandung zu. Ich meinte, den Parang durch die Luft zischen zu hören, doch wenn es tatsächlich so war, hatte er mich verfehlt. Kurz stolperte ich, erlangte in letzter Sekunde meine Balance wieder und preschte ins Wasser.

Bis zu den Oberschenkeln im Wasser, riß ich mir die Sandalen von den Füßen und warf einen Blick nach hinten, während mich um ein Haar eine Welle umriß. Morgan war keine zehn Meter hinter mir. Er schien keine Eile zu haben. Den Parang hatte er offenbar am Strand liegenlassen.

Er sah amüsiert aus, und mir war auch klar, warum. Ich hatte nicht die leiseste Chance, ihm im Wasser zu entkommen, geschweige denn einen Kampf gegen ihn zu gewinnen. Ich war zwar durchaus ein passabler Schwimmer; in meiner Jugend hatte ich fast jeden Sommer am Lake Muskoka in Kanada verbracht, doch Morgan war am Wasser aufgewachsen. Er schwamm wie ein Hai, ganz abgesehen davon, daß er im Vollbesitz seiner Kräfte war, während ich, ohnehin von Angst und Panik geschwächt, mein Bein nur unter Schmerzen strecken konnte, nachdem er mich in die Kniekehle getreten hatte. Er würde mich ohne große Probleme einholen, und wenn er mich erst einmal in den Fängen hatte, bestand für mich nicht mehr die geringste Chance, ihm irgendwie Paroli zu bieten.

Aber da war noch eine Kleinigkeit, die er nicht bedacht hatte. Ich stürzte mich in die Fluten und schwamm los, wobei ich mich allerdings bemühte, mit meinen Kräften hauszuhalten und nicht panisch draufloszupaddeln, sondern geschmeidige, kräftige Bewegungen zu machen. Nach ein paar Dutzend Schwimmzügen erlaubte ich mir, kurz innezuhalten und meine Füße für einen Moment nach unten baumeln zu lassen – und sofort spürte ich den Sog.

Die Strömung. Das konnte meine Rettung bedeuten. Im selben Augenblick erfaßte sie auch schon meine Knöchel. Johann hatte recht gehabt; der Sog war gewaltig, und ich ließ mich direkt davon erfassen, ließ mich hinaustreiben, weiter und weiter, ehe ich mich umwandte, Wasser trat und nach Morgan Ausschau hielt.

Er war nicht weit hinter mir, vielleicht fünfzehn, zwanzig Meter. Noch befanden wir uns in der schützenden Bucht, doch die See war bereits so rauh, daß ich ihn nur sehen konnte, wenn ich gerade auf einer Woge schwamm. Die Distanz zwischen uns vergrößerte sich zusehends. Dann wurde er selbst von der Strömung erfaßt und hörte sofort auf zu kraulen, während er seinen Blick in Richtung des offenen Meers schweifen ließ, noch etwa vierzig Meter von ihm entfernt.

Ich wußte genau, was ihm jetzt durch den Kopf ging. Und ich hatte nichts zu verlieren. Ganz klar war es für mich hundertmal besser, es mit dem offenen Meer aufzunehmen und darauf zu hoffen, daß mich eine Bootsbesatzung aus dem Wasser fischte oder mich die Gezeiten irgendwo wieder an Land spülen würden. Zugegeben, die Chancen dafür standen schlecht, doch in der anderen Richtung standen sie noch viel schlechter. Und er würde es sich verdammt genau überlegen, sein eigenes Leben zu riskieren, um mich hier in den Wellen einzuholen und umzubringen – während immer größere, nach wie vor vom Regen gepeitschte Wogen hereinrollten und bereits die Sonne sank.

Ich sah, wie er sich abwandte und zurückschwamm, dem Ufer entgegen.

Nicht, daß ich mich erleichtert gefühlt hätte. Ich trieb weiter und weiter hinaus aus der Bucht, den gnadenlosen Gewalten des offenen Meeres ausgeliefert. Die über mir zusammenschlagenden Wellen drückten mich unter Wasser wie eine Lumpenpuppe; den Ertrinkungstod vor Augen, versuchte ich mich auf dem Rücken treiben zu lassen, wurde aber sofort wieder vom Sog in die Tiefe gerissen. Verzweifelt begann ich, von neuem Wasser zu treten, strampelte wie ein Verrückter, wohl wissend, daß ich das nicht lange durchhalten würde. Luft schnappen war nur mit zusammengebissenen Zähnen möglich, da mir von oben der Regen mit aller Macht ins Gesicht prasselte. Dann war da schon wieder die nächste Welle; als mir abermals Salzwasser in die Luftröhre geriet und ich den nächsten Erstickungsanfall bekam, packte mich die blanke Panik, und ich versuchte wie ein verzweifelter Hund über den Wellen zu bleiben.

Dann gab ich es auf, meinen Kopf über Wasser halten zu wollen. So gut es ging, versuchte ich mit der mir verbliebenen Energie hauszuhalten, ließ mich unter der Wasseroberfläche treiben, stieß mich nur noch nach oben, wenn mir die Luft wirklich knapp wurde. Das funktionierte um einiges besser, als sinnlos gegen die Naturgewalten anzukämpfen, auch wenn ich spürte, wie mich allmählich die Kräfte verließen. Inzwischen war auch das Ufer aus meinem Blickfeld entschwunden, und ich konnte nur raten, in welcher Richtung es überhaupt lag. Wahrscheinlich gegen die Windrichtung, doch auch diese Überlegung war völlig absurd, da ich nicht die geringste Chance gegen die Strömung hatte, die mich weiter und weiter ins Grau der Wogen riß.

Und doch blieb ich bei all dem erstaunlich ruhig. Wahrscheinlich hat Angst stets damit zu tun, daß man um seine Zukunft bangt, doch ich war einfach zu sehr damit beschäftigt, mich schlicht über Wasser zu halten, als daß ich irgendeinen Gedanken an irgendwelche Utopien verschwendet hätte. Äonen schienen zu vergehen, aber ich hatte längst jedes Zeitgefühl verloren. Irgendwann kam es mir so vor, als sei ich schon immer Teil dieses Ozeans gewesen, als würde ich schon seit Anbeginn aller Zeiten um mein Leben kämpfen, als seien meine Erinnerungen nur ein kurzer Tagtraum, den ich irgendwann einmal geträumt hatte. Vage nahm ich wahr, daß es dämmerte, daß der Wind abgeflaut war und der Regen nachgelassen hatte. Doch allmählich spielten meine Muskeln nicht mehr mit, und ich mußte meinen ganzen Willen zusammennehmen, um den Kopf über Wasser zu halten.

Als die Stille plötzlich vom markerschütternden Ton eines Signalhorns durchbrochen wurde, erschrak ich so sehr, daß ich aus dem Rhythmus kam und abermals beinahe ertrunken wäre. Mit letzter Kraft kämpfte ich mich an die Wasseroberfläche zurück, während mir gleichzeitig bewußt wurde, was das Geräusch zu bedeuten hatte.

Ein Schiff. Irgendwo in der Nähe war ein Schiff.

Ich versuchte zu schreien, doch hatte ich soviel Salzwasser geschluckt, daß ich nur ein erschöpftes Husten zustandebrachte. Wieder ertönte das Horn, noch lauter diesmal, so schrill, daß mir schier das Trommelfell zu platzen drohte. Als ich erneut unter Wasser geriet, drang das dumpfe Grollen eines Schiffsmotors an mein Ohr. Ein paar Sekunden später sah ich Scheinwerfer, hörte Rufe. Unter Aufbietung meiner letzten Reserven schwamm ich auf die Lichter zu.

Als ich erneut den Kopf hob, wurde ich von einem der Scheinwerfer geblendet. Ich winkte und versuchte zu schreien, doch wieder versagte mir die Stimme. Aber sie hatten mich gesehen. »Da drüben!« rief eine Frau. »Da drüben ist jemand!« Ich trat Wasser und zwang mich, die lahmen Arme in die Luft zu recken, bis das Boot bei mir war und kräftige Hände mich an Bord zogen.

Meine Beine waren so schwach, daß ich nicht mehr aus eigener Kraft stehen konnte. Ich hielt mich an der Reling fest und richtete den Blick auf meine Retter. Vier Indonesier und drei Weiße. Die Weißen kannte ich. Es waren Johann und Suzanne. Und Talena Radovich.

»Du verdammter Vollidiot!« sagte Talena, ehe sie die Arme um mich schlang.

17

Spurensicherung

Als wir anlegten, hatte ich mich wieder ein klein wenig erholt. Ich hatte einen Liter frisches Wasser getrunken; es gelang mir zumindest, einen Fuß vor den anderen zu setzen, auch wenn ich mehr stolperte als ging, und inzwischen konnte ich auch wieder einigermaßen klare Gedanken fassen. Meine Begegnung mit Morgan, die gut anderthalb Stunden, die ich im Wasser verbracht hatte – all das kam mir mit einem Mal völlig unwirklich vor. Ich fühlte mich, als sei ich gerade aus einem Alptraum erwacht.

Ehe wir von Bord gingen – es war ein mittelgroßes, etwa zwölf Meter langes Tauchboot, aber Gott sei Dank auch geeignet, hirnverbrannte Touristen zu retten, die von der Strömung abgetrieben wurden –, dankte ich der indonesischen Besatzung und drückte den Männern fast alle durchweichten Scheine in die Hand, die sich in meinem Geldgurt befanden. Das Hotel war nur ein paar Minuten vom Anleger entfernt. Wir steuerten den Gemeinschaftsraum an, und ich setzte mich, während Johann mir erst einmal eine Flasche Bintang bestellte.

»Du hast verdammtes Glück gehabt«, sagte er. »Wir hatten dich doch vor der Strömung gewarnt.«

»Wenn deine Freundin nicht nach dir gesucht hätte...« Suzanne schüttelte den Kopf.

»O Mann«, sagte ich nur, während ich Talena anstarrte. Ich konnte es immer noch nicht fassen.

»Gott sei Dank lebst du noch«, sagte Suzanne. »Du mußt todmüde sein. Ich bin's jedenfalls. Sehen wir uns morgen?«

»Klar«, erwiderte ich. Ich umarmte die beiden, und auch

Talena verabschiedete sich von ihnen. Ich verspürte einen leisen Stich Eifersucht, als sie Johann umarmte.

Dann setzten wir uns wieder und sahen uns einen Moment lang schweigend an.

»Wieso bist du hergekommen?« fragte ich schließlich.

»Um den erbärmlichen Arsch eines Schwachkopfs zu retten, dem offensichtlich alle Sicherungen durchgebrannt sind«, sagte sie. »Oder wie würdest du es formulieren?«

»Oh«, sagte ich. »Danke.«

»Nachdem du dein Versprechen gebrochen hast und keine Mails mehr kamen ...«

»Das lag am Regen«, protestierte ich. »Die Telefonleitungen waren defekt.«

Sie sah mich skeptisch an. »Natürlich. Du hast es sicher ununterbrochen versucht. Nun ja, jedenfalls habe ich mir ein paar Tage freigenommen und ein paar Bonusmeilen eingesetzt, um zu sehen, auf was du dich da eingelassen hast. Und dann kriege ich heute morgen auch noch deine Mail mit dem Namen des Mörders. In dem Moment wußte ich, daß du bis zum Hals in der Scheiße steckst. Eins kannst du mir glauben: Es war eine echte Höllentour hierher. Als ich in Tetebatu ankam, warst du bereits unterwegs hierher – mit etwa anderthalb Stunden Vorsprung. Reden wir erst gar nicht davon, wie ich hierhergekommen bin. Dein Glück jedenfalls, daß mir deine holländischen Freunde über den Weg gelaufen sind. Am Strand unten haben wir dann deine Sandalen gefunden. Wir haben sofort die Leute auf dem Boot alarmiert. Sieht so aus, als würden derartige Unglücke hier alle nasenlang vorkommen. Die wissen genau, wie die Strömung verläuft, und nur deshalb haben wir dich so schnell gefunden.«

»Verstehe.«

»Aber du warst nicht bloß zum Baden dort, stimmt's?«

»Nein.«

»Muß man dir eigentlich jedes Wort aus der Nase ziehen?«

Ich erzählte ihr minutiös, was passiert war, ohne irgend etwas auszulassen.

»Tja«, sagte sie, als ich ihr alles berichtet hatte. »Du kannst echt froh sein, daß du noch lebst.«

»Ja«, sagte ich. »Sieht so aus, als hättest du mir das Leben gerettet.«

Sie lachte kurz auf. »Gut erkannt, Sherlock.«

»O Mann. Ich weiß echt nicht, was ich sagen soll. Ich... Ich bin so froh, daß...«

»Schluß jetzt«, sagte sie. »Nun werd' mir bloß nicht sentimental. Das hasse ich wie die Pest.«

»Oh. Okay.«

Sie trank ihr Bier aus. »Ich weiß nicht, ob du schon mal davon gehört hast, aber da gibt's die Theorie, daß man karmamäßig sein Leben lang für denjenigen verantwortlich ist, dem man das Leben gerettet hat. Und ohne dir zu nahe treten zu wollen: Bei dem ganzen Bockmist, den du in letzter Zeit angerichtet hast, möchte ich lieber so selten wie möglich an das ganze Thema erinnert werden, okay?«

»In Ordnung«, sagte ich.

Sie erhob sich. »Ich glaube, wir sollten uns hier schleunigst vom Acker machen. Laß uns aufbrechen.«

»Wohin?« fragte ich.

»Wir packen deine Sachen zusammen und hauen hier ab.«

»Um diese Zeit fährt kein Bus mehr.«

»Bus?« Amüsiert schüttelte sie den Kopf. »Ist bei dir Sparkurs angesagt? Ich habe mir ein Taxi gemietet. Kostet zwanzig Dollar für den ganzen Tag.«

»Oh«, sagte ich. Die Möglichkeit wäre mir in hundert Jahren nicht in den Sinn gekommen.

Ich packte im Eiltempo meine Klamotten, während mich der Gedanke verfolgte, daß Morgan vielleicht bereits auf dem Weg zum Hotel war, um ein für allemal mit mir abzurechnen.

Kurz darauf saßen wir auch schon im Taxi. Sie sprach auf Indonesisch mit dem Fahrer, der den Motor anwarf und aufs Gas trat.

»Du sprichst Indonesisch?« fragte ich verblüfft.

»Ich war für zwei Monate hier, als wir den Indonesien-Reiseführer auf den neuesten Stand gebracht haben«, sagte sie. »Die einfachste Sprache der Welt. Keine Grammatik, keine Tempora, keine Verbformen, kein gar nichts. Gut, Gedichte könnte ich nicht schreiben, aber in zwei Wochen hat man alles Notwendige drauf.«

Ich staunte. Neben ihr kam ich mir völlig inkompetent vor.

Zwanzig Minuten später fiel mir etwas ein: »Wir müssen noch mal nach Tetebatu.«

»Wieso denn das?« fragte sie argwöhnisch.

Das war es gewesen, woran ich mich gestern die ganze Zeit vergeblich zu erinnern versucht hatte. »Ich muß unbedingt noch etwas herausfinden. Es könnte wichtig sein.«

»Hör mir gut zu, Paul«, sagte sie und betonte dabei jedes Wort, als spräche sie mit einem Kind. »Du wärst heute um ein Haar ertrunken. Da draußen läuft ein Mörder herum, der es auf dich abgesehen hat. Wir haben keine Zeit für irgendwelche Umwege.«

»Ich muß noch mal nach Tetebatu«, beharrte ich. »Du brauchst ja nicht mitzukommen, wenn du nicht willst.«

»Du undankbarer Mistkerl!« herrschte sie mich an. »Vorhin hast du noch große Reden geschwungen, ich hätte dir das Leben gerettet.«

»Ich dachte, du wolltest nicht mehr darüber sprechen. Sorry, tut mir leid. War nicht so gemeint. Eine halbe Stunde, länger dauert es nicht – ich will mir bloß noch mal den Computer ansehen, den Morgan in Tetebatu benutzt hat. Und dann sind wir hier endgültig weg, okay?«

Eine kleine Ewigkeit sah sie mich mit absolut ausdrucksloser Miene an. Dann beugte sie sich zum Fahrer und erteilte ihm neue Instruktionen. Kurz darauf – mit dem Taxi war man um einiges schneller unterwegs als im Bemo – kamen wir in Kotoraya an.

Es war unmöglich, mit dem Taxi über die Schlammpiste nach Tetebatu zu gelangen, doch mit ein paar Scheinchen brachte ich einen Jungen dazu, uns einen *Cedak*-Kutscher zu besorgen, der sich für hunderttausend Rupien schnell überreden ließ, uns nach Tetebatu zu bringen. Uns, weil Talena nicht bereit war, mich auch nur für eine weitere Sekunde aus den Augen zu lassen. Der Karren blieb mehrmals im Matsch stecken, worauf wir jedesmal mithelfen mußten, den Wagen wieder flottzumachen. Als wir in Tetebatu ankamen, sahen wir beide aus, als hätten wir im Schlamm gebadet, und Talena war so sauer, daß sie kein Wort mehr sprach.

Ich ging direkt zum Harmony Café. Kurz bevor Morgan nach Kuta aufgebrochen war, hatte ich ihn dort am Computer sitzen sehen – und das trotz defekter Telefonleitungen. Was hatte er dort gemacht? Aber ich hatte seine Worte noch im Ohr:

Irre, was ihr Internetfreaks alles draufhabt. So bist du mir doch auf die Spur gekommen, oder? Sieht so aus, als müßte ich in Zukunft noch ein paar Vorsichtsmaßnahmen mehr treffen.

Ja, das mußte es gewesen sein. Offenbar hatte er versucht, seine Spuren im Web zu verwischen. Und nun wollte ich checken, ob er nicht doch etwas übersehen hatte. Darauf konnte ich nur hoffen, wenn ich Talena nicht erzählen wollte, daß wir die Schlammtour umsonst durchgestanden hatten.

Ich holte uns zwei Coca-Cola und setzte mich an den Computer; Talena sah mir dabei über die Schulter. Zuerst überprüfte ich den Verlaufsordner des Browsers und den Ordner mit den temporären Internetdateien. Wie ich bereits vermutet hatte, war keine der dort gespeicherten Dateien älter als zweieinhalb Tage. Vor seinem Abstecher nach Kuta hatte er die beiden Ordner kurzerhand geleert.

»Das heißt, wir sind umsonst hierhergekommen?« Talena war kurz vorm Explodieren.

»Nicht unbedingt«, sagte ich. »Er hat sich einfach um das Naheliegendste gekümmert, das ist alles.«

»Ach ja? Und woran sollte er eventuell nicht gedacht haben?«

»An die Cookies«, sagte ich und klickte mich durch den Windows-Verzeichnisbaum.

»An was?«

»An die Cookies«, wiederholte ich. »Keine Ahnung, wer sie so genannt hat. Vielleicht irgendein Programmierer, der gern Kekse aß. Wie auch immer, Cookies sind Dateien, die dein Computer auf der Festplatte ablegt, wenn eine von dir angeklickte Website das verlangt.«

»Moment. Wenn du auf eine Website gehst, kann die also Dateien auf deinen Computer laden?«

»Nein, das wäre falsch ausgedrückt. Die betreffende Website bittet deinen Browser, bestimmte Informationen in einem sicheren Bereich deiner Festplatte abzuspeichern. Einen Virus zum Beispiel kann man sich dadurch nicht auf den Rechner laden. Man kann seinen Browser auch so einstellen, daß er keine Cookies annimmt, aber das ist generell keine so gute Idee, da man bestimmte Seiten sonst nicht richtig aufrufen kann.«

»Und wozu sind diese Cookies da?«

»Im Grunde umschifft man mit ihnen das Problem, daß HTTP lediglich ein Abfrageprotokoll ist.«

»Kannst du das vielleicht mal so formulieren, daß es auch ein Normalmensch kapiert?«

»Okay. Stell es dir so vor: Ohne Cookies weiß der Betreiber einer Website nicht, ob sich jemand bei ihm eingeloggt hat. Über die Cookies kann er zum Beispiel feststellen, welche Unterseiten du angeklickt hast oder ob du gerade eingeloggt bist. Cookies machen eine ganze Reihe von Dingen einfacher, das ist alles.«

»Einfacher für wen?«

»Etwa für Programmierer wie mich.«

»Ihr seid ja sowieso die Krone der Schöpfung«, bemerkte sie sarkastisch. »Und? Hat Mister Jackson irgendwelche interessanten Cookies auf diesem Computer hinterlassen?«

»Das kann ich so auf die Schnelle nicht feststellen«, sagte ich, während ich mir das Cookie-Verzeichnis ansah. »Ich brauche ein bißchen Zeit und eine richtige Verbindung, um zu sehen, was diese Cookies hier hergeben.« Da die Telefonleitungen wieder funktionierten, brauchte ich mir nichts aufzuschreiben – ich zippte die in Frage kommenden Cookies und lud sie in meine Yahoo-Mappe.

»So, das wär's«, sagte ich.

»Das war's schon? Deswegen mußten wir extra hierherkommen?«

»Genau.«

»Paul«, sagte sie. »Wenn du gestattest, möchte ich dich kurz daran erinnern, daß Schlammbäder nicht zu meiner Vorstellung von einem entspannten Abend gehören. Mein Hintern fühlt sich an wie ein rohes Steak, und ich kann nicht gerade sagen, daß ich mich auf den Rückweg besonders freue. Wenn diese ganze Sache für die Katz gewesen sein sollte, dann zahl' ich's dir heim, verlaß dich drauf.«

»Heiliger Schwur?« Ich konnte mir ein leichtes Grinsen nicht verkneifen, und dann mußte auch sie wider Willen lächeln.

»Ich geb's dir schriftlich, wenn du willst. Und jetzt laß uns endlich zusehen, daß wir nach Mataran kommen. Ich brauche dringend ein paar Stunden Schlaf.«

Sie wohnte im Zihar, demselben Hotel, in dem ich vor kurzem abgestiegen war; nur kam es mir vor, als sei seitdem eine Ewigkeit vergangen. Wir schliefen uns aus, und am nächsten Morgen ließen wir uns von einem Schnellboot nach Bali zurückbringen. Es war eine atemberaubend schöne Fahrt übers Wasser. Weit und breit keine einzige Wolke, die See lag flach, beinahe unbewegt vor uns, und ich sog die salzige Luft tief in meine Lungen. Es war ein wunderbares Gefühl, am Leben zu sein – und ich war so überwältigt von meinen Empfindungen, daß ich plötzlich nicht anders konnte, als Talena an mich zu drücken und ihr einen Kuß auf die Wange zu geben. Lachend wehrte sie sich gegen meine Umarmung... Doch schließlich gab sie den Widerstand auf, hielt mich ebenfalls fest, und da sah ich, daß sie leicht errötet war. Den Rest der Fahrt schwiegen wir, sahen uns aber immer wieder lächelnd an.

In Denpasar angekommen, buchten wir unsere Flüge um. Ich flog mit Garuda Airlines, sie mit Cathay Pacific. Mein Flieger ging zuerst. Zum Abschied umarmten wir uns kurz und verabredeten uns für den nächsten Abend im Horseshoe. Dann machte ich mich auf dem Weg zum Gate. Indonesien ist ein wunderbares Land, aber ich war gottfroh, es endlich hinter mir lassen zu können.

Teil IV

ZURÜCK IN KALIFORNIEN

18

E-Mail für dich

Nun kehrte ich schon zum zweiten Mal innerhalb von zwei Wochen nach Hause zurück. Doch ich fühlte mich bei weitem besser als beim letzten Mal. Gut, momentan war ich arbeitslos, doch der Job war mir ohnehin auf den Geist gegangen, und außerdem hatte ich genug Geld, um mich für das nächste halbe Jahr problemlos über Wasser halten zu können. Zudem gab es endlich wieder eine Frau in meinem Leben. Zugegeben, es war nichts passiert zwischen uns, und realistisch gesehen würde wohl auch nichts weiter laufen, aber allein der Gedanke an Talena beflügelte mich innerlich. Nicht zu vergessen, daß ich erst vor kurzem dem Tod von der Schippe gesprungen war und mein ganzes Leben, jeder Anblick, jeder Geruch von einer ungekannten Intensität durchdrungen war. Am liebsten hätte ich den Passanten auf der Haight Street entgegengebrüllt, wie verdammt schön es war, am Leben zu sein. »Hey, wißt ihr, wie gut ihr's habt? Ihr lebt, Mann, ihr *lebt!*« Es geht doch nichts über dies intensive Gefühl. Wenngleich ich auf die dahinterstehende Erfahrung gut hätte verzichten können.

Das muß sich doch irgendwie vermarkten lassen, dachte ich. Erfahrungen am Rande des Todes, gnadenlose Konfrontation mit einem eiskalten, bestialischen Killer, obendrein vor exotischer Kulisse – und als Sahnehäubchen eine umwerfende Schönheit, die unseren Helden in letzter Minute vor dem Verderben rettet. Eigentlich brauchte ich nur noch eine Firma zu gründen, die solche Abenteuer inszenierte, so ähnlich wie in *The Game – Das Geschenk seines Lebens,* mit Michael Douglas.

Körperlich ging es mir auch wieder entschieden besser. An meiner Kniekehle – immer wieder mußte ich daran denken, wie Morgan mich brutal zu Fall gebracht hatte – prangte zwar immer noch ein fieser Bluterguß, doch bereitete mir das Laufen mittlerweile keine Probleme mehr. Sicher, mein unfreiwilliges Bad vor der indonesischen Küste war kräftezehrend gewesen, aber Marathonläufer machen Schlimmeres durch. Seit meinen Trekkingtouren am Annapurna war ich in absoluter Bestform und hatte mich im Handumdrehen wieder erholt.

Dennoch gab es da einen Wermutstropfen, der sich ein ums andere Mal in meine Erinnerungen mischte. Ich konnte nicht vergessen, wie ich vor Morgan im Sand gekrochen war, wie ich gewinselt hatte wie ein geprügelter Hund, während es doch an mir gewesen wäre, ihm stolz die Stirn zu bieten, mit überlegener Miene den tödlichen Hieb seines Parangs zu empfangen, ihm im letzten Augenblick voller Verachtung ins Gesicht zu spucken. Mein ganzes Leben lang hatte ich geglaubt... Nun, ich hatte mich nie für einen Helden gehalten, aber doch für jemanden mit Courage, für jemanden, der sich nicht so einfach einschüchtern ließ. Ich hatte jede Menge von der Welt gesehen, war durchaus in die ein oder andere knifflige Situation geraten, und stets hatte ich ruhig Blut bewahrt, mich nie ins Bockshorn jagen lassen. Und doch hatte mich in jenem Moment, Morgans Klinge und den Tod vor Augen, aller Mut verlassen, war jeder Funken Widerstand in mir erloschen. Da gab es nichts zu beschönigen. Ich hatte mich als Feigling erwiesen. Ja, natürlich hatte ich alles richtig gemacht, insofern, als ich davongekommen war. Dennoch wurde ich jedesmal von Schamgefühlen überwältigt, wenn ich auch nur entfernt daran dachte.

Gott sei Dank fiel es mir leicht, das Erlebte zu verdrängen. Zumindest so zu tun, als sei alles nur ein böser Traum gewesen. Die Woche, die ich in Indonesien verbracht hatte, war derart schnell vergangen, es war eine so hyperintensive Erfahrung gewesen, daß sie auf einer vollkommen anderen Ebene als meine sonstigen Erinnerungen abgespeichert war. Manchmal kam es mir vor, als wäre all das in einem anderen Leben geschehen, als zählte es gar nicht wirklich.

Der Flug von Denpasar nach Los Angeles war nicht zuletzt auch eine kleine Zeitreise; mein Flieger hatte um 14.30 Uhr abgehoben und war am selben Tag um Viertel vor eins in Kalifornien gelandet. Zeitzonen sind eine merkwürdige Sache. Gegen drei betrat ich mein Apartment; ich fühlte mich fix und fertig. Ich hatte mich noch nicht mal richtig auf die indonesische Zeit eingestellt, und schon mußte sich mein Körper erneut umstellen. Ich aß einen Crêpe im Crêpes on Cole, trank einen doppelten Espresso und machte mich, aufgeputscht vom Koffein, wieder auf den Rückweg zu meiner Wohnung.

Als ich, einem gewohnheitsmäßigen Reflex folgend, meine E-Mails abholen wollte, fiel mir wieder ein, daß mein Laptop ja bei meiner ehemaligen Firma verblieben war; daher stattete ich dem Cole Valley Copy Shop mal wieder einen Besuch ab, um einen der dort stehenden Rechner zu benutzen. Ich hatte jede Menge E-Mails bekommen, die meisten davon Spam. Ich löschte fast alle, und schließlich waren noch fünf Mails übrig: ein FuckedCompany-Update, je eine belanglose Message von Rick und Michelle, die mir schrieben, was sie gerade so trieben, ein Jobangebot von der einzigen Zeitarbeitsfirma, zu der ich einigermaßen Vertrauen besaß, sowie folgende Nachricht, die mich sofort elektrisierte:

Datum: 15/11 14:03 EDT
Von: aturner@interpol.org
An: PaulWood@yahoo.com
Betreff: Aufnahme der Ermittlungen

Sehr geehrter Mister Wood,

Ihre E-Mail vom 7.11. ist am 9.11. an mich weitergeleitet worden. Wir halten Ihre Hinweise für glaubwürdig und werden ihnen nachgehen. Weiterführende Recherchen in unseren Datenbanken haben ergeben, daß die südafrikanische Polizei die Ermittlungen in zwei der von Ihnen erwähnten Mordfälle wiederaufgenommen hat. Wir haben uns mit Renier de Vries in Verbindung gesetzt, der die Ermittlungen in Kapstadt leitet. Deren Wiederaufnahme, wie wir dabei erfahren haben, ist indirekt ebenfalls Ihren Informationen zu verdanken.
Ich bin am 17.11. in Kalifornien und würde mich freuen, wenn Sie bei dieser Gelegenheit Zeit für ein informelles Gespräch erübrigen könnten. Geben Sie mir bitte baldmöglichst Bescheid, wann und wo wir uns treffen können.

Mit bestem Dank und
freundlichen Grüßen

Anita Turner
Special Agent, Federal Bureau of Investigation
Interpol Liaison Officer
Nicht PGP-signiert

> Wir weisen ausdrücklich darauf hin, daß
> unverschlüsselte E-Mails weder sicher noch
> vertraulich sind. Versenden Sie grund-
> sätzlich niemals geheime oder vertrauliche
> Nachrichten per E-Mail. Senden Sie uns
> unverschlüsselte E-Mails, so erfolgt dies
> auf Ihr eigenes Risiko und ist gleichzeitig
> Einverständnis, daß wir Sie ebenfalls in
> dieser Form kontaktieren können.

»Donnerwetter!« stieß ich hervor und las das Ganze noch einmal. Offenbar mußte man nur lange genug nachbohren, und schon tat sich etwas. Ich mailte ihr meine Telefonnummer und schrieb, ich würde jederzeit für ein Gespräch zur Verfügung stehen.

Ich spielte kurz mit dem Gedanken, noch die Cookie-Dateien zu überprüfen, aber ich war hundemüde, und außerdem glaubte ich nicht, daß sie mich tatsächlich groß weiterbringen würden. Mal ganz abgesehen davon, daß die Benutzung der Computer hier im Copyshop acht Dollar die Stunde kostete. Statt dessen ging ich wieder nach Hause, um endlich eine Runde zu schlafen.

Das Hochgefühl, das ich den ganzen Tag über verspürt hatte, war verflogen. In der Nacht plagten mich Alpträume wie nie zuvor.

Ich erwachte frühmorgens, immer noch die Fratze von Morgan Jackson vor meinem inneren Auge. Obwohl ich zehn Stunden lang geschlafen hatte, fühlte ich mich völlig gerädert. Mein ganzer Körper war von kaltem Schweiß überzogen, und ich hatte bohrende Kopfschmerzen. Jetlag pur. Man gewöhnt sich einfach nie daran.

Ich warf einen Blick aus dem Fenster. Auf den Straßen herrschte derart dichter Nebel, daß alles aussah wie in einem

Traum. Ich überlegte, ob ich Kaffee aufsetzen sollte, entschied mich dann aber für die harte Tour und kippte einen dreifachen Glenfiddich. Wie heiße Lava rann mir der Whisky die Kehle hinunter, und nachdem es mir gelungen war, eine Welle der Übelkeit zu unterdrücken, fühlte ich mich fast augenblicklich besser. Was einen nicht umbringt, machte einen härter. Das war schon immer mein Motto.

Ich konnte mich nicht entscheiden. Einerseits wollte ich nicht in meiner Bude bleiben, andererseits aber auch nicht hinaus auf die Straße. Um diese Uhrzeit war sowieso nichts los draußen. Obwohl San Francisco als Sündenbabel gilt, gab es kaum Bars oder Restaurants, die rund um die Uhr geöffnet hatten. Zugegeben, ganz und gar unverdient war der schlechte Ruf der Stadt nun auch wieder nicht; während ich auf meiner Couch abhing, liefen garantiert irgendwo harte Sado-Maso-Orgien und drogenselige Techno-Partys – aber ein gutes Frühstück konnte ich um diese unchristliche Zeit so ziemlich vergessen. Ecke Market und Castro Street gab es zwar ein Lokal, das um diese Zeit bereits geöffnet hatte, aber es war ein ganzes Stück bis dorthin, und die Aussicht, auf dem Rückweg die ganze steile Straße wieder hinauflaufen zu müssen, fand ich auch nicht gerade verlockend.

Ohne Computer war man echt aufgeschmissen – was gibt es Schöneres, als kurz mal online zu gehen und ein, zwei Stunden im Internet totzuschlagen? Mein guter alter Firmenlaptop. Ich fragte mich, was Rob McNeil wohl so trieb. Ich würde ihn bei Gelegenheit mal anrufen. Wahrscheinlich war er ebenso froh wie ich, daß ihm die Personalabteilung seine Unterlagen ausgehändigt hatte.

Und dann fiel mir plötzlich ein, daß ich ja doch einen Computer besaß. Einen alten 250-MHz-Pentium-Rechner mit 96 MB Arbeitsspeicher. Kein Laptop, sondern ein Riesenteil mit Towergehäuse. Als ich das Ding vor dreieinhalb Jahren gekauft hatte, war es der letzte Schrei gewesen. Mittlerweile war es so veraltet, daß ich es ganz vergessen hatte. Es stand schon seit einer halben Ewigkeit in meinem Kleiderschrank.

Ich beförderte die alte Kiste ans Tageslicht, schloß sie an, und fast ergriff mich ein nostalgisches Gefühl, als der Windows-95-Startbildschirm erschien. Alles funktionierte bestens. Jetzt brauchte ich nur noch online zu gehen. Was ich jedoch leider abhaken konnte. Telefongesellschaften spielten in meinem Leben schon seit langem keine Rolle mehr; das waren für mich bloß Monopol-Dinosaurier aus einem anderen Jahrhundert. Wozu brauchte man noch eine Telefonleitung, wenn man mit Kabelmodem und Handy perfekt ausgerüstet war? Nun aber fehlten mir die entsprechenden Treiber für mein aktuelles Modem. Nun ja, die Treiber ließen sich ja übers Internet besorgen. Und wenn ich einfach loszog und mir auf die Schnelle ein neues Gerät kaufte? Doch dann beschloß ich, mich momentan lieber nicht mit größeren Ausgaben zu belasten.

Da klingelte das Telefon. Ich schrak zusammen. Es war gerade mal kurz nach sieben. Um diese Uhrzeit rief kein normaler Mensch an, und irgendeine Umfrage wollte bestimmt auch niemand so früh am Morgen machen. Ich hob ab und sagte »Ja, bitte?«, während ich unwillkürlich an Morgan Jackson denken mußte, der vielleicht die Gruselnummer aus *Scream* abziehen wollte.

»Balthazar Wood?« fragte eine Frauenstimme.

»Wer ist denn bitte am Apparat?«

»Hier spricht Special Agent Turner, Interpol-Zentralbüro USA.«

»Oh.« Jetzt war ich völlig verdattert, ganz abgesehen davon, daß ich mich mit meinem mißtrauischen Gehabe auch noch verdächtig machte. Ich gab mir einen Ruck. »Das ist ja toll. Ich habe gestern Ihre E-Mail erhalten.«

»Ich hoffe, ich habe Sie nicht geweckt.«

»Nein, nein, ich war schon auf. Wie spät ist es bei Ihnen an der Ostküste? Zehn?«

»Ich bin hier in San Francisco«, sagte sie.

Ich hätte ihren Anruf mitschneiden sollen, um für künftige Generationen festzuhalten, in welchem Ton jemand spricht, der absolut überhaupt keinen Spaß versteht. Das waren also die Leute, die um sieben Uhr morgens anriefen. Spezialagenten.

»Verstehe«, sagte ich, obwohl ich ehrlich gesagt gerade gar nichts verstand.

»Sie hatten geschrieben, Sie wären jederzeit verfügbar. Schließt das auch heute um 9:00 Uhr ein?«

»Äh, ja«, sagte ich. »Sicher.«

»Sehr gut. Ich bin im Rathaus.« Sie gab mir eine Zimmernummer durch, ehe sie hinzufügte: »Seien Sie lieber etwas früher da. Es ist nicht ganz einfach, sich hier im Gebäude zurechtzufinden.«

»Ich werde mein Bestes tun«, sagte ich.

»Ausgezeichnet«, sagte sie und legte auf.

Ich sprang rasch unter die Dusche, rasierte mich und warf mich in den Anzug, den ich sonst eigentlich nur zu Vorstellungsgesprächen anziehe, ehe ich mich in die nächste Straßenbahn quetschte, in einen Wagen, in dem sich schon etwa zweihundert Männer und Frauen drängelten, obwohl nur sechzig zur Beförderung zugelassen waren. Als wir vor dem Rathaus hielten, wurde mir erst in letzter Sekunde bewußt, daß ich hier aussteigen mußte – beinahe wäre ich aus reiner Gewohnheit bis zu meiner alten Firma weitergefahren. Die Leute fluchten, als ich mich durch den Pulk nach draußen boxte.

Das Rathaus war ein echtes Labyrinth; ich verlief mich, und als ich das angegebene Zimmer um zehn nach neun endlich gefunden hatte, war ich schweißüberströmt. Selbst die Mappe mit den von mir gesammelten Indizien konnte ich der Agentin nicht vorlegen; meine Unterlagen befanden sich nach wie vor bei Talena. Zudem war ich so nervös wie selten zuvor. Menschen mit Amtsgewalt waren mir noch nie geheuer gewesen, vor allem, wenn sie Waffen trugen – woran auch der Umstand nichts änderte, daß ich mir in keiner Weise etwas vorzuwerfen, ja, FBI und Interpol sogar höchstselbst auf den Plan gerufen hatte.

Anita Turner glich Agent Scully nicht im mindesten, auch wenn ich sie mir insgeheim so vorgestellt hatte wie die smarte Agentin aus *Akte X*. Sie war um die Vierzig, schlank und durchtrainiert, doch ihr Gesicht war völlig wettergegerbt und knittriger als zerknülltes Zeitungspapier. Sie saß hinter einem Metallschreibtisch, den Blick zur Tür gerichtet. Vor dem Tisch standen zwei Stühle. Auf dem einen saß Talena. Ich war zwar verblüfft, aber durchaus angenehm überrascht, um so mehr, als auf dem Schreibtisch meine Mappe lag. Daneben erblickt ich zwei weitere Dinge: eine mattschwarze Freisprechanlage, die aussah wie eine Kreuzung aus einer Qualle und dem Facehugger aus *Alien*, sowie ein teurer digitaler Audiorekorder.

»Mister Wood«, sagte Agent Turner. »Schön, daß Sie doch noch kommen.«

»Tut mir leid«, sagte ich und nahm Platz, während sie sich vorbeugte und auf Aufnahme drückte. Ich wurde immer nervöser. Ich hatte nicht damit gerechnet, daß hier jeder Versprecher für alle Ewigkeit aufgezeichnet werden sollte.

»Mein Name ist Anita Turner, Special Agent des FBI und Verbindungsbeamtin bei Interpol«, sagte sie und gab uns ein Zeichen.

»Talena Radovich«, stellte sich Talena vor, ohne auch nur eine Sekunde zu zögern. »Webredakteurin und Autorin bei Big Earth Publications.«

»Balthazar Wood«, sagte ich. Um ein Haar hätte ich noch »Arbeitsloser Taugenichts ohne festen Wohnsitz« hinzugefügt, ließ solche Witzchen dann aber doch lieber bleiben.

»Später werde ich Renier de Vries von der Polizei in Kapstadt zuschalten«, sagte Agent Turner. »Den Sie ja bereits von einer früheren Reise her kennen, Miss Radovich. Zunächst jedoch möchte ich mich eingehend mit den vorhandenen Fakten vertraut machen. Kann ich Ihnen etwas zu trinken anbieten?«

Wir schüttelten die Köpfe, obwohl ich durchaus nicht abgeneigt gewesen wäre, mich bei laufendem Rekorder von einer FBI-Agentin fragen zu lassen, ob ich Milch und Zucker zum Kaffee haben wollte.

»Nun ja. Gegen Mittag werden wir Ihnen selbstverständlich etwas zu essen kommen lassen.«

Gegen Mittag? schoß es mir durch den Kopf. Talena sah ebenfalls ziemlich bestürzt aus.

»Und jetzt sollten wir keine Zeit mehr verlieren«, erklärte Agent Turner.

Und damit begann das Verhör.

Als es vier Stunden später zu Ende war, empfand ich echten Respekt vor dem FBI. Zum ersten Mal verstand ich, weshalb Verhöre von vielen Leuten als Wissenschaft für sich betrachtet werden. Agent Turner hatte jedes noch so kleine bißchen an Information aus mir herausgekitzelt, darunter jede Menge Einzelheiten, die ich eigentlich längst schon vergessen hatte. Methodisch hatte sie meine Aussagen in erwiesene Fakten, Augenzeugenangaben, Schlußfolgerungen und Spekulationen unterteilt. Sie ließ sich von mir die Namen aller auch nur entfernt in den Fall involvierten Personen nennen, dazu sämtliche mir bekannten Details und Adressen, inklusive aller Orte, an denen ich mich in Nepal und Indonesien aufgehalten hatte. Beim kleinsten Zögern hakte sie unmittelbar nach, jede Mutmaßung, jede Annahme unsererseits wurde sofort von ihr analysiert, ausgelotet, abgeklopft und durch Gegenfragen spezifiziert, bis sie alles erfahren hatte, was sie wissen wollte. Selbst Renier de Vries hatte beeindruckt geklungen, als er zugeschaltet worden war. Die meiste Zeit über hatte er auch nichts anderes getan, als Agent Turners Fragen zu beantworten.

Als alles vorüber war, bedankte sie sich knapp, ehe sie den Rekorder und ihre Notizen in ihrer Aktentasche verstaute. Talena und ich wechselten einen kurzen Blick.

»Was werden Sie denn nun als nächstes unternehmen?« fragte ich.

Sie sah mich an, als würde es sie amüsieren, daß ich mir anmaßte, hier wie auch immer geartete Fragen zu stellen. »Wenn unsere weiteren Ermittlungen positiv verlaufen, werden Sie sicher einige Ihrer Aussagen vor Gericht wiederholen müssen.«

»Aber... Wie stehen denn nun die Aussichten? Veranlassen Sie jetzt direkt die Festnahme von Morgan Jackson, oder fängt Scotland Yard ihn ab, sobald er wieder zurück in Leeds ist? Wie geht's jetzt weiter?«

»Ganz offen, Mister Wood. Ich habe eigentlich nicht die Absicht, Ihnen Genaueres über das weitere Prozedere bei den Ermittlungen zu verraten, nachdem Sie mir soeben in aller Ausführlichkeit dargelegt haben, wie unbesonnen sie losgestürmt und ihr Leben aufs Spiel gesetzt haben.«

Ihr Blick war hart und unmißverständlich, aber ich hatte nicht vor, mich so einfach niederstarren zu lassen.

»Paul.« Talena legte mir die Hand auf den Arm. »Komm, laß uns gehen.«

Ich schüttelte ihre Hand ab. »Wissen Sie, was ich glaube?« sagte ich. »Daß Morgan Jackson ungeschoren davonkommen wird. Die Informationen, die wir beide Ihnen gegeben haben, gehen doch jetzt bloß in ihre Datenbanken, und die Polizei in Kapstadt wird sich noch einmal um die beiden Mordfälle in Südafrika kümmern. Und das war's. Sie werden nichts herausfinden, das ist Ihnen doch ebenso klar wie mir. Und genauso klar ist Ihnen, daß Sie keine Chance haben, Morgan Jackson irgend etwas nachzuweisen.«

»Mister Wood«, sagte Agent Turner scharf, »Ihr Zynismus ist hier fehl am Platz.«

»Dann legen Sie doch endlich mal die Karten auf den Tisch. Werden Sie ihn verhaften?«

»Interpol wird in alle Richtungen ermitteln, das garantiere ich Ihnen.«

Ich lachte so verächtlich wie nur eben möglich und lehnte mich in meinem Stuhl zurück. »Das heißt alles und gar nichts.«

»Hören Sie, Mister Wood«, erklärte Agent Turner in beinahe versöhnlichem Ton. »Ich möchte noch einmal betonen, daß Sie absolut richtig gehandelt haben. Sie haben Interpol und das FBI eingeschaltet, und wir werden uns eingehend und mit allen zur Verfügung stehenden Mitteln um diesen Fall kümmern. Für Sie ist die Sache damit erledigt. Morgan Jackson ist ab jetzt allein unser Problem, und Sie halten sich fortan besser von ihm fern.«

»Sie gehen also davon aus, daß Sie Morgan Jackson verhaften werden?«

»So ist es«, sagte sie kurzangebunden.

»Okay. Dann habe ich eigentlich nur noch zwei kurze Fragen. Mit welcher Begründung wollen Sie ihn denn verhaften? Was haben Sie konkret gegen ihn in der Hand?«

Sie antwortete nicht, sah mich nur an, während sie kaum merklich den Kopf schüttelte.

»Ich hab's gewußt«, sagte ich. »Alles, was ich Ihnen erzählt habe, ist einen feuchten Dreck wert. Ich habe keine Ahnung von internationaler Strafverfolgung, aber soviel weiß ich: daß sie so gut wie nie funktioniert.«

»Ich verstehe auch ein bißchen etwas von internationalem Recht«, sagte Talena, und erst dachte ich, sie wolle mir in den Rücken fallen. »Du hast absolut recht. Auf dem Balkan laufen Dutzende von Männern frei herum, die für Völkermord, Massenvergewaltigungen und was weiß ich noch für grauenhafte Dinge verantwortlich sind. Und obwohl es Tausende von Zeugen gibt, kommen sie ungeschoren davon und lassen sich von ihren Chauffeuren im kugelsicheren Mercedes zwischen ihren riesigen Bonzenvillen hin und her kutschieren, ohne daß sie einer zur Rechenschaft zieht.«

Da hatten wir beide offensichtlich einen heiklen Punkt getroffen.

»Okay«, sagte Agent Turner mürbe. »Mister Wood, Miss Radovich, ich verstehe durchaus ihre Besorgnis, ja, in mancher Hinsicht teile ich ihre Bedenken sogar. Und ich fürchte, wir werden Morgan Jackson tatsächlich nicht belangen können. Dennoch werden wir mehr als nur ein Auge auf ihn haben. Fest steht, daß wir wohl davon ausgehen können, daß er sich neue Opfer suchen wird. Wir sind mehr oder minder gezwungen, darauf zu warten, wann er wieder zuschlägt. Wobei ein Mord in einem westlichen Industrieland unsere Chancen natürlich erheblich ...«

»Gezwungen zu warten?« platzte Talena heraus.

»In einem Industrieland?« rief ich zeitgleich aus.

Wir hielten beide inne, als wir uns bewußt wurden, daß wir uns nur gegenseitig übertönten. Ich bedeutete Talena mit einer Kopfbewegung, daß ich ihr den Vortritt ließ.

»Sie wollen uns damit sagen, daß Sie herumsitzen und Däumchen drehen wollen, bis er den nächsten Menschen ermordet? Was ist das denn bitte für ein Scheißplan?« fragte sie aufgebracht. »Wir informieren Sie darüber, daß da draußen ein mehrfacher Mörder herumläuft, und Sie haben dazu nichts weiter zu sagen, als daß wir in Ruhe abwarten und Tee trinken sollen, bis er wieder jemanden abschlachtet?«

»Miss Radovich, realistisch gesehen ...«, hob Agent Turner erneut an.

»*Wollen* Sie uns denn nicht verstehen?« unterbrach ich sie. »Er wird sich kein Opfer in einem Industrieland suchen! Dazu ist er zu clever. Auf seinen Trips durch die Dritte Welt kann er umbringen, wen immer er will, egal ob Einheimische oder Touristen. Verflucht noch mal, die bieten sich ihm auf dem

Präsentierteller dar! Sie können sich schwarz warten, daß er in London oder New York zuschlägt!«

»Jetzt reicht's!« fuhr mich Agent Turner an. »Schluß jetzt! Halten Sie verdammt noch mal endlich Ihren ungewaschenen Mund!«

Wir starrten sie fassungslos an. Ein bißchen war es, als würde man eine Nonne fluchen hören.

»Also schön«, sagte sie. Sie warf einen Blick auf den Rekorder und die Freisprechanlage, um ganz sicherzugehen, daß beides ausgeschaltet war. »Sie haben ja recht. Bis jetzt hat er alles wasserdicht eingefädelt. Wir können ihm gar nichts anhaben, solange er nicht irgendeinen Fehler begeht. Uns bleibt lediglich, ein Auge auf ihn zu haben und die Behörden in den jeweiligen Ländern zu verständigen, die er in Zukunft aufsuchen wird.«

»Warum haben Sie das nicht gleich zugegeben?« fragte ich. »Aber es gibt ja noch andere Möglichkeiten. Nehmen wir mal an, er guckt sich beim nächsten Mal Kenia aus. Das wäre doch die Gelegenheit, den Zuständigen dort die nötigen Informationen unter der Hand zuzuspielen. Und die übernehmen dann den Rest. Ob irgendwo eine Leiche in einer Benzintonne auftaucht, ist da unten doch das gleiche, als wenn in China ein Sack Reis umfällt.«

»Sicher, das wäre möglich«, sagte Agent Turner. »Aber so einfach läuft das nicht.«

»Wieso nicht?« fragte Talena.

»Weil wir hier nach den Regeln von Interpol verfahren und nicht nach dem Faustrecht der Prärie«, sagte sie. »Das wäre gegen das Gesetz. Zunächst einmal müssen aus einem unserer Mitgliedsstaaten Beweise vorliegen, und selbst dann gibt es eine ganze Reihe exekutiver und juristischer Details, an denen wir nicht so einfach vorbeikommen. Tatsache ist, daß wir ihm nichts definitiv nachweisen können. Und solange sich daran nichts ändert, ist es unmöglich, ihn zu überführen.«

»Worauf wollen Sie warten? Daß er ein schriftliches Geständnis einreicht?« fragte Talena. »Aber selbst damit hätte man wahrscheinlich noch keine echte Handhabe gegen ihn, oder?«

»Wollen Sie eine ehrliche Antwort?« sagte Agent Turner.

»Ja.«

»Kaum«, sagte sie. Sie gab sich mit einem Achselzucken geschlagen. »Wir müßten schon verdammtes Glück haben, um ihn zu fassen.«

19

Heiße Cookies

Nach dem Verhör gingen Talena und ich in ein kleines Café an der Market Street.

»Arbeitest du noch nicht wieder?« fragte ich.

»Erst ab morgen.«

»Hmm.«

Wir blickten uns über unsere Kaffeetassen hinweg an.

»Steht dir gut, der Anzug«, erklärte sie.

»Genieße den Anblick«, erwiderte ich. »Anzug und Krawatte ziehe ich sonst nur zu Bewerbungsgesprächen, Hochzeiten und Beerdigungen an. Und zu solchen Gelegenheiten wie heute.«

»Männer«, seufzte sie. »Kaum macht man ihnen mal ein Kompliment, müssen sie abwiegeln.«

»Ist mein Geschlecht eigentlich überhaupt zu irgendwas gut in der Welt?« fragte ich augenzwinkernd.

»Hör bloß auf. Dazu hätte ich einiges zu sagen«, gab sie zurück. »Speziell, was sture Idioten angeht, die sich grundlos in Gefahr bringen.«

»Grundlos? Immerhin habe ich herausbekommen, wer hinter den Morden steckt.«

»Ja, klar.« Sie seufzte. »Wirklich heldenmütig, was du da auf dich genommen hast. Hättest du dich nicht selbst derart in die Bredouille gebracht, könnte man dich fast bewundern. Aber mal im Ernst, was bringt uns der Name? Du hast doch gehört, was die FBI-Tante gesagt hat. Selbst ein schriftliches Geständnis würde im Grunde nichts ändern. Er wird sein Ding weiter durchziehen, bis er irgendwann einen Fehler macht oder an jemanden gerät, bei dem er den Kürzeren zieht.«

»Mag sein«, sagte ich. »Vielleicht.«
»Ich verstehe bloß nicht, warum er das tut. Ich habe Psychologie studiert. Irgendwie läßt sich immer erklären, warum Menschen sich so und so verhalten, aber bei diesem Typ bin ich absolut ratlos. Die meisten Serienmörder sind, insbesondere in sexueller Hinsicht, total verkorkst. Meistens hatten sie eine schreckliche Kindheit und sublimieren ihre unterdrückten sexuellen Phantasien, indem sie Menschen quälen und töten. Aber das, was du mir über diesen Morgan Jackson erzählt hast, paßt einfach in kein Raster... Was ist denn daran so lustig?«

»Nichts«, erklärte ich hastig. *Nicht übel, Paul, jetzt sind wir schon bei sexuellen Phantasien*, hatte ich gerade gedacht. »Nein, paßt er wirklich nicht. Im Grunde wirkt er völlig normal – eigentlich sogar normaler als die meisten Leute, die ich sonst kenne. Er ist einfach ein totaler Soziopath. Das Ganze ist für ihn bloß ein Spiel. Er spielt den Großen Weißen Jäger. So haben wir ihn damals in Afrika genannt.«

»Da draußen treiben sich Millionen von Soziopathen herum«, sagte Talena. »Die meisten erfolgreichen Businessfritzen sind Fälle wie aus dem Lehrbuch. Aber deswegen bringen sie nicht gleich andere Menschen um.«

»Vielleicht ist ihnen bloß nicht bewußt, wie einfach es wäre«, meinte ich.

»Möglich. Und das macht mir echt Angst. Man fragt sich doch unwillkürlich, warum da draußen nicht Hunderte von anderen Mördern herumlaufen, die das gleiche wie Morgan Jackson tun. Und es gibt jede Menge Leute, die dazu fähig wären. Hier bei uns im Westen herrscht doch der Glaube, daß jemand, der sich daran aufgeilt, andere Menschen zu töten, automatisch geistesgestört, wahnsinnig und unzurechnungsfähig sein muß. Schön, sich so in Sicherheit zu wiegen. Aber die Wahrheit sieht anders aus. Denk doch nur dran, was in Bosnien passiert ist. Lauter ganz normale Bürger mit guten

Jobs und stabilem sozialen Umfeld, die sich über Nacht in wahre Monster verwandelt haben. Einen dieser Menschen kannte ich sogar persönlich – er war kein enger Freund, aber doch jemand, den ich recht gut kannte. Er hat immer gesagt, es ginge ihm um sein Volk, sein Land, aber im Grunde war er so wie Morgan. Letztlich ging es ihm nur darum, Macht über andere zu haben. Und Bosnien war kein Einzelfall, und das weißt du auch. Denk an Ruanda. An Kambodscha. Überall das gleiche.«

»Hmm«, sagte ich.

Wir sahen uns an.

»Ja, das ist das pure Grauen«, sagte ich. »Aber ich glaube, daß Morgan auf einem anderen Trip ist. Okay, ich kann natürlich nur Vermutungen anstellen, aber ich glaube, es geht ihm nicht wirklich um Macht. Eher um die Jagd und den damit verbundenen Kick. Mord als Extremsport, wenn du so willst. Zugegeben, das ist verrückt, aber Base-Jumping ist letzten Endes auch reiner Irrsinn.«

»Ich glaube nicht, daß da ein so großer Unterschied besteht«, sagte sie. »Das sind einfach nur zwei verschiedene Entschuldigungen für denselben Wahnsinn.« Sie sah mich argwöhnisch an, als sei ihr eben erst etwas aufgegangen. »Was hast du da vorhin gesagt?«

»Was meinst du?« fragte ich.

Sie fixierte mich mit eisigem Blick.

»Als ich gesagt habe, daß er immer so weitermachen wird, hast du nicht mit ›Ja‹, sondern mit ›Vielleicht‹ geantwortet. Wie darf ich denn das interpretieren?«

Ich zuckte die Schultern.

»Komm, Paul, hör endlich auf mit den Spielchen.«

»Keine Ahnung«, log ich. »Das war einfach bloß so dahingesagt.«

»Ich glaub' dir kein Wort.« Sie stellte ihre Kaffeetasse so abrupt ab, daß ein paar Tropfen auf ihre Hand spritzten. Sie schien es nicht zu bemerken. »Du verdammtes Arschloch! Du führst doch schon wieder irgendwas im Schilde. Willst du die Sache etwa immer noch nicht auf sich beruhen lassen?«

»Ich habe keinen konkreten Plan«, sagte ich. »Aber wenn sich mir die Gelegenheit bieten sollte, werde ich etwas unternehmen.«

»Ach ja? Willst du Morgan Jacksons nächstes Opfer werden? Reicht dir noch nicht, was bis jetzt passiert ist? Hast du irgendwie 'nen Hang zum Selbstmord, oder was?«

»Jetzt komm aber mal wieder auf den Teppich«, sagte ich. »Darum geht's doch gar nicht. Das war rein hypothetisch gemeint. Eine derartige Gelegenheit wird sich ohnehin nicht so bald ergeben.«

»Hab' schon verstanden«, sagte sie.

Sie wußte genau, daß ich mit irgend etwas hinter dem Berg hielt. Wir nippten an unseren Kaffeetassen. Die Atmosphäre war jetzt wirklich angespannt.

»Okay«, sagte sie schließlich. Sie stand auf. »Ich gehe nach Hause. Du kannst mich anrufen. Aber bitte erst, wenn du geistig wieder zurechnungsfähig bist.«

Ich ging ebenfalls nach Hause, nachdem ich mich noch eine Zeitlang über mich selbst geärgert hatte; es sah so aus, als hätte ich den Bogen ziemlich überspannt. Ich beschloß, meinen alten Computer wieder auf Vordermann zu bringen. Ich lief runter in den Copyshop, kaufte ein paar Disketten, lud die Kabelmodem-Treiber runter und trabte wieder zurück in mein Apartment, wo ich die Treiber installierte und mich eine Weile mit der Konfiguration abmühte, bis das Modem schließlich funktionierte.

Damit konnte ich endlich wieder ins Netz. Der Computer war ein bißchen langsam, aber damit konnte ich vorerst leben. Ich überlegte, ob ich Windows 95 durch Linux ersetzen sollte, beschloß dann aber, das auf später zu verschieben.

Zuallererst checkte ich den Thorn Tree. Und wie ich es bereits halb erwartet hatte, gab es eine neue Nachricht:

```
BC088269      Das ist die allerletzte Warnung.
17/11 04:07   Lebe lang und in Frieden, Paul.
              Und komm mir nie wieder in die
              Quere.
```

»Fick dich ins Knie«, murmelte ich. In der Sicherheit meiner eigenen vier Wände ließ sich das ja leicht sagen.

Ich öffnete meine Yahoo-Mappe und lud die Zipdateien mit den Cookies herunter, die auf dem Rechner in Tetebatu gewesen waren. Dann sah ich mir die Liste der Dateien an:

```
aol.com
canoe.ca
excite.com
footballunlimited.co.uk
hotmail.com
bigearth.com
lycos.com
microsoft.com
msn.com
netscape.com
nytimes.com
rocketmail.com
roughguides.com
times.co.uk
yahoo.com
216.168.224.70
```

Die Dateinamen gaben die Seite an, von der das jeweilige Cookie stammte. Die meisten Seiten davon kannte jedes Kind; sie stellten genau das dar, was normalerweise auf einem überwiegend von Backpackern benutzten Rechner angeklickt wurde. Bei der Nummer ganz zum Schluß handelte es sich allerdings nicht um einen DNS-Namen, sondern um eine IP-Adresse. Äußerst merkwürdig. Ich sah mir das Cookie genauer an:

```
server=Microsoft Active Server Pages Version
3.0
session=HX8338947MUT7G-KXFWJ38
```

Nichts, was mich irgendwie weitergebracht hätte. Seiten, die auf der Basis von Microsoft ASP designt wurden, sind automatisch so konfiguriert, daß sie Cookies hinterlassen, die über einen bestimmten Zeitraum die Zugriffe auf jene Seiten registrieren. Dadurch hatte ich allerdings immer noch keinen Hinweis darauf, was sich auf dieser Seite befinden mochte. Aber das ließ sich natürlich leicht herausfinden. Ich tippte *http://216.168.224.70/* in das Adreßfenster meines Browsers.

Ein Pop-up-Fenster erschien, und ich wurde nach Benutzernamen und Password gefragt. Im Browserfenster änderte sich nichts. Keine Willkommensseite, gar nichts. Was immer das auch für eine Seite sein mochte, eines stand fest: Ihr Betreiber wollte ohne Benutzernamen und Password absolut nichts preisgeben, was irgendwie auf den Inhalt seiner Seite hätte schließen lassen. Ziemlich ungewöhnlich für ein Medium, in dem die Zahl der Seitenzugriffe seit jeher die Meßlatte für den Erfolg war. Und selbst für eine private Homepage seltsam.

Ich versuchte es anders:

```
Whois: 216.168.224.70
```

Und bekam die Antwort:

```
Administrative Contact, Technical Contact,
Zone Contact:
Merkin Muffley
P.O. Box 19146
Cayman Islands
mm9139@hotmail.com
```

Tja, nun hatte ich tatsächlich einen Namen, aber... »Merkin Muffley«? Das kam mir reichlich spanisch vor. Das war doch der Name des Präsidenten aus *Dr. Seltsam oder Wie ich lernte, die Bombe zu lieben.* Offenbar führte da jemand CaymanDomain und Network Solutions gehörig an der Nase herum.

Nun gut. Es handelte sich augenscheinlich um eine Seite mit einem Level an Sicherheit, das leicht an Verfolgungswahn grenzte, obendrein unter falschem Namen registriert und offenbar von den Kaiman-Inseln aus betrieben. Dahinter konnte sich alles mögliche verbergen, eine Bank für Leute, denen ein Nummernkonto in der Schweiz noch nicht ausreiche, einer dieser Anbieter, über die man sich einen Zweitausweis besorgen kann, irgendeine undurchsichtige Verbindung zu irgendwelchen Geldwäschern, Drogenhändlern oder anderen dubiosen Existenzen.

Das war alles möglich, aber nicht sehr wahrscheinlich. Erstens, weil ich mir kaum vorstellen konnte, daß jemand solche Seiten von einer Absteige im indonesischen Tetebatu aus anklickte. Und zweitens, weil die Seite alles andere als besonders toll abgesichert war. Das Pop-up-Fenster war nicht verschlüsselt; jeder, der einen Packet-Sniffer im Netzwerk plaziert hatte, was irgendein User eingab. Jeder, der auch nur über ein bißchen Know-how verfügte, hätte das entschieden besser gemacht. Für mich sah es aus wie eine Seite, die von einem Amateur mit einem Hauch von Basiswissen über Sicherheit im Internet zusammengestöpselt worden war – von echter Sicherheit und den vielfältigen Problemen, die dabei zu bedenken waren, hatte derjenige jedenfalls nicht viel Ahnung.

Trotzdem stellte sich das Ganze als nicht ganz unproblematisch dar. Schließlich war ich kein Hacker. Okay, für einen Programmierer wie mich war es nicht wirklich schwierig, mich in die Materie einzulesen, mir die nötige Software oder ein paar Hacker-Scripts zu beschaffen, doch war es keineswegs ein lockeres Unterfangen, das sich mit ein paar aus dem Ärmel geschüttelten Befehlen bewältigen ließ. Was Hacker in Filmen tun, ist leider nicht besonders realistisch.

Nur so zum Spaß tippte ich »thebull« in die beiden Felder für Benutzernamen und Password und klickte auf OK. »Ungültige Anmeldung« kam als Antwort. Kurzentschlossen versuchte ich es mit »taurus«, nachdem mir die fünf Jahre alte Usenet-Diskussion in den Sinn gekommen war, auf die ich bei meinen Recherchen gestoßen war.

Und im Browser tat sich etwas. Nicht sehr viel. Ein absolut simples Design erschien, schwarzer Text auf weißem Hintergrund. Es waren gerade mal dreizehn Worte, die ich erblickte – doch genug, um mir das Herz bis zum Hals schlagen zu lassen.

THE BULL
Eintrag hinzufügen
Neuigkeiten
Hitliste
Aktuelle Einträge
FAQ
Registrierung
Archiv

Als geübter Surfer klickte ich erst einmal auf FAQ – die Informationsseite mit den am häufigsten gestellten Fragen.

FREQUENTLY ASKED QUESTIONS

Was ist The Bull?
The Bull – Der Stier – ist ein Todesspiel, das sich von anderen Spielen dieser Art durch zwei gravierende Aspekte unterscheidet. In anderen Online-Todesspielen raten die Teilnehmer, wer zu Tode kommen wird, und erhalten Punkte für jede richtige Antwort. Bei The Bull entscheiden Sie selbst, wer sterben wird. Dafür erhalten Sie Punkte für Quantität und Qualität.

Was genau heißt das: Ich entscheide, wer sterben wird?
Ganz einfach: Es geht um Mord. Wenn Sie durch einen Zufall auf diese Seite geraten sind und Ihnen das nicht gefallen sollte, kein Problem. Sie entscheiden selbst, ob Sie am Spiel teilnehmen wollen.

Ich wollte schon immer andere Menschen töten. Wie funktioniert das Punktesystem?
Zunächst müssen Sie sich registrieren.

Wie registriere ich mich?
Klicken Sie einfach auf Registrierung, und geben Sie ein Password ein. Anschließend erhalten Sie einen Benutzernamen; aus Sicherheitsgründen werden ausschließlich Namen wie »NumberOne«, »NumberTwo« etc. verteilt. User, die mehrere Benutzernamen verwenden, werden umgehend vom Spiel ausgeschlossen.

Was geschieht nach meiner Registrierung?
Sie tun, was Sie schon immer tun wollten.
Sie töten und legen Beweise für die von
Ihnen verübten Morde vor. Dann geht das
Spiel weiter.

Welche Beweise muß ich liefern?
Fotos sind jederzeit willkommen, aber nicht
ausreichend, da sie allzu leicht gefälscht
werden können. Als stichhaltiger haben sich
Videos erwiesen, insbesondere Videos mit Audiodateien. Artikel in Zeitungen und Zeitschriften zählen ebenfalls als Belege. Nicht
zuletzt muß jedes Mordopfer das Zeichen des
Stiers tragen.

Was ist das Zeichen des Stiers?
Das Zeichen des Stiers besteht aus zwei
identischen Schweizer Armeemessern, die in
die Augenhöhlen des Opfers gerammt werden.

Aber ist das nicht völlig wahnsinnig?
Genau darum geht es. Um puren Wahnsinn.

*Gibt es bestimmte Regeln bei der Auswahl der
Opfer?*
Vorschriften gibt es nicht. Wir erteilen le-
diglich Ratschläge:
– Töten Sie grundsätzlich nur dort, wo Sie
sich dem Zugriff der Polizei problemlos ent-
ziehen können, in Ländern der Dritten Welt
zum Beispiel.
– Töten Sie grundsätzlich niemanden, mit dem
Sie persönlichen Kontakt pflegen.

- Töten Sie nur in uneingeschränkt sicheren Situationen.
- Töten Sie niemals aus Überheblichkeit oder Übermut.
- Verlassen Sie nach der Tat umgehend das betreffende Land.

Generell empfehlen wir neuen Usern, sich zunächst mit den neuesten und bewährtesten Techniken vertraut zu machen (siehe <u>Aktuelle Einträge</u> und <u>Archiv</u>).

Ist es nicht riskant, Beweise für meine Taten auf einer Website zur Schau zu stellen?
Außerordentlich riskant sogar. Greifen Sie **grundsätzlich und ausschließlich** von öffentlichen Computern aus – zum Beispiel in Internetcafés – auf diese Seite zu. Vernichten Sie grundsätzlich alle Spuren Ihrer Anwesenheit, indem Sie Verlauf und temporäre Internetdateien löschen (Details siehe <u>hier</u>).

Wie funktioniert das Punktesystem?
Punkte werden in zwei Kategorien vergeben: für Ausführung und Stil.

Wie erhalte ich Punkte in der Kategorie »Ausführung«?
Nachdem Sie einen Eintrag hinzugefügt haben (hier), kann jeder qualifizierte Benutzer bis zu fünf Punkte für die Ausführung des von Ihnen verübten und möglichst stichhaltig nachgewiesenen Mordes vergeben.

*Wie erhalte ich Punkte in der Kategorie
»Stil«?*
Jeder qualifizierte Benutzer kann bis zu
fünf Punkte in der Kategorie »Stil« für die
von Ihnen verübten Morde vergeben und diese
gegebenenfalls auch kommentieren.

Wie wird man qualifizierter Benutzer?
Sie werden qualifizierter Benutzer, wenn
mindestens die Hälfte der anderen qualifizierten Benutzer Punkte für Ihren ersten
Mord vergibt. Sie selbst können nur Punkte
für Morde vergeben, die nach Ihrer Aufnahme
in den Kreis der qualifizierten Benutzer
verübt werden.

*Je mehr Benutzer, desto höher also auch die
erreichbaren Punktzahlen?*
Ja. Dies ist sogar beabsichtigt, um sicherzustellen, daß die Hitliste nicht zum Mono-
pol der am längsten qualifizierten Benutzer
wird.

*Wofür werden Punkte in der Kategorie »Stil«
vergeben?*
Das ist schwer zu beantworten, und wir lassen uns jederzeit gern überraschen. Generell
werden Stilpunkte vergeben für
- öffentlichkeitswirksames Vorgehen bei der
Wahl der Opfer (Touristen statt Einheimische)
- die Ermordung mehrerer Opfer auf einen
Streich
- massive Medienberichterstattung

– heikle Tatorte (zum Beispiel eine voll
ausgebuchte Lodge)
– bemerkenswerte Ästhetik

*Besteht nicht Anlaß zur Sorge, die Polizei
könnte auf diese Website aufmerksam werden?*
Kaum.
Erstens können die Informationen auf dieser
Seite nicht zu ihren Urhebern zurückverfolgt
werden. Die Website selbst ist unter falschem Namen registriert und wird anonym von
NumberOne betrieben – Tausende von Meilen
entfernt von dem Computer, von dem die Seite
gehostet wird. Alle Benutzer der Seite sind
ebenfalls anonym. Dementsprechend würde eine
Entdeckung unseres Projekts vielleicht ein
kleineres Ärgernis darstellen, sicher aber
keine Katastrophe.
Zweitens halten wir die Möglichkeit einer
Entdeckung für ausgeschlossen. The Bull ist
mit keiner Suchmaschine zu finden. Niemand
hat auch nur die geringste Ahnung, wo wir zu
finden sind. Eigentlich existieren wir gar
nicht. Nur zwei Umstände könnten dazu führen, daß man uns aufspürt, nämlich wenn die
Rekrutierung eines neuen Spielers fehlschlagen sollte – weshalb wir nochmals dringend
empfehlen, bei der Anwerbung neuer Mitglieder ausschließlich in der bewährten Weise zu
verfahren – oder ein Mitglied unsere Gemeinschaft verraten sollte. Was wir ebenfalls
für äußerst unwahrscheinlich halten. Denn
wer sollte uns zum Feind haben wollen?
Sollte unsere Website dennoch wider Erwarten

```
entdeckt werden, weichen wir auf eine
unserer Ersatzlocations aus.

Welche Ersatzlocations gibt es?
Diese Information steht ausschließlich
qualifizierten Benutzern zur Verfügung.

Wie funktioniert die Rekrutierung eines
neuen Spielers?
Diese Information steht ausschließlich
qualifizierten Benutzern zur Verfügung.
```

Ich lehnte mich zurück und starrte auf den Bildschirm, als würden in den Eingeweiden des Geräts Aliens brüten. Was in gewisser Weise ja auch zutraf.

»Heilige Scheiße«, sagte ich. »Heilige, verdammte Scheiße!«

20

Spiel ohne Grenzen

Ich speicherte die FAQ-Seite auf meinem Laufwerk und klickte auf die aktuellen Einträge.

```
Eintrag Nr. 57
Punktzahl: 21
Eingegeben von: NumberThree
Eintragsdatum: 13. Nov. 2000
Morddatum: 9. Nov. 2000
Ort: Rio de Janeiro, Brasilien
Opferbeschreibung: Zwei brasilianische
Straßenkinder
Mordmethode: In einer abgelegenen Gasse
stranguliert
Multimediadateien und URLs:
  Fotos hier, hier und hier
  Kopie des an verschiedene Kinderschutzorga-
nisationen weitergeleiteten Polizeiberichts
hier
Vergebene Punkte und Kommentare:
  NumberOne
     Ausführung 5, Stil 2. »Doppelmord,
aber sonst eher unspektakulär.«
  NumberTwo
     Ausführung 5, Stil 3. Keine weiteren
Kommentare.
  NumberFour
     Ausführung 5, Stil 1. »Erreicht nicht
das gewohnte Niveau von NumberThree.«
```

Number Five
    Punktevergabe noch nicht erfolgt

Eintrag Nr. 56
Punktzahl: 27
Eingegeben von: NumberFour
Eintragsdatum: 5. Nov. 2000
Morddatum: 18. Okt. 2000
Ort: Gunsang, Nepal
Opferbeschreibung: Stanley Goebel, kanadischer Backpacker
Mordmethode: In einem verlassenen Dorf nahe der Trekkingroute erschlagen
Multimediadateien und URLs:
  Fotos <u>hier</u> und <u>hier</u>
  Von der nepalesischen Polizei als Selbstmord (!) deklariert. Leiche wurde von Backpackern gefunden, die diese Darstellung zurecht vehement anfechten; siehe auch Bericht im Thorn-Tree-Forum von Big Earth. <u>Hier</u> klicken.
Vergebene Punkte und Kommentare:
  NumberOne
    Ausführung 5, Stil 4. »Eine saubere Sache. Auch ästhetisch sehr erfreulich.«
  NumberTwo
    Ausführung 5, Stil 4. »Gut, daß die Leiche von den Trekkern gefunden wurde.«
  NumberThree
    Ausführung 5, Stil 4. »Bin selbst schon am Annapurna gewesen. Verdammt schwierig, da oben so was durchzuziehen. Erstklassige Arbeit.«
  NumberFive
    Punktevergabe noch nicht erfolgt

Eintrag Nr. 55
Punktzahl: 18
Eingegeben von: NumberFive
Eintragsdatum: 21. Sept. 2000
Morddatum: 19. Sept. 2000
Ort: Bangkok, Thailand
Opferbeschreibung: Thai-Prostituierte, Name unbekannt
Mordmethode: Opfer unter dem üblichen Vorwand ins Hotel gelockt und dort erwürgt
Multimediadateien und URLs:
  Videoaufnahmen hier
  Artikel aus der *Bangkok Post* hier
Vergebene Punkte und Kommentare:
  NumberOne
      Ausführung 5, Stil 1. »Thai-Nutten sind echt zum Gähnen.«
  NumberTwo
      Ausführung 5, Stil 1. »Öde. Auch der sexuelle Aspekt mehr als unangenehm.«
  NumberThree
      Ausführung 0, Stil 0. »Überzeugt mich nicht. Bildqualität miserabel. Und ermordete Prostituierte sind in Bangkok ja nun wirklich keine Seltenheit.«
  NumberFour
      Ausführung 5, Stil 1. »Authentisch, aber das war's auch schon.«

Eintrag Nr. 54
Punktzahl: 37
Eingegeben von: NumberOne
Eintragsdatum: 9. August 2000
Morddatum: 30. Juli 2000

Ort: Luxor, Ägypten
Opferbeschreibung: Eric und Lucy Hauptmann, amerikanische Touristen
Mordmethode: Bei einem Kamelritt durch die Wüste aus dem Hinterhalt erschossen
Multimediadateien und URLs:
  Fotos und Audiodateien <u>hier</u>, <u>hier</u> und <u>hier</u>
  Langer Artikel in der Londoner *Times*, in dem gemutmaßt wird, es handele sich um das Werk von Terroristen. <u>Hier</u> klicken.
  Weitere Artikel <u>hier</u>, <u>hier</u> und <u>hier</u>
Vergebene Punkte und Kommentare:
  NumberOne
      Ausführung 5, Stil 5. »Mal wieder höchster Standard.«
  NumberThree
      Ausführung 5, Stil 4. »Äußerst imponierend.«
  NumberFour
      Ausführung 5, Stil 5. »Das Warten hat sich gelohnt.«
  NumberFive
      Ausführung 5, Stil 3. »Klasse Leistung.«

Eintrag Nr. 53
Punktzahl: 32
Eingegeben von: NumberThree
Eintragsdatum: 14. April 2000
Morddatum: 11. April 2000
Ort: Dschungel in Suriname
Opferbeschreibung: Thomas Harrison, britischer Rucksacktourist
Mordmethode: Nachts aus dem Hinterhalt über-

fallen. An mehreren Stichwunden verblutet.
Multimediadateien und URLs:
  Videoaufnahmen <u>hier</u>
  Artikel aus dem Londoner *Guardian* <u>hier</u>
Vergebene Punkte und Kommentare:
  NumberOne
        Ausführung 5, Stil 3. »Astrein erledigt. Erstklassiges Opfer.«
  NumberTwo
        Ausführung 5, Stil 3. Keine weiteren Kommentare.
  NumberFour
        Ausführung 5, Stil 4. »Morde bei Nacht werden allzuleicht unterschätzt.«
  NumberFive
        Ausführung 5, Stil 2. »Ganz okay, aber nicht gerade der Hammer.«

<u>Frühere Einträge siehe Archiv</u>

»O Gott«, sagte ich laut. Mir war speiübel.

Ich wollte nicht noch mehr lesen, doch an einer letzten Sache kam ich nicht vorbei. Ich speicherte die aktuellen Einträge und sah mir das Archiv an. Dort waren zweiundfünfzig weitere Einträge verzeichnet, die bis zum Mai 1996 zurückreichten, jenem Monat, in dem NumberOne die Website gestartet hatte. NumberTwo war im Juli 1996 hinzugekommen. NumberThree hatte sich 1998 dazugesellt – er war der Mann, der in Südafrika das Gerücht über den Stier ausgelöst hatte. NumberFive hatte sich dem Club erst vor knapp einem Jahr angeschlossen.

Blieb noch NumberFour, auch als Morgan Jackson bekannt. Seine Karriere hatte folgendermaßen begonnen:

Eintrag Nr. 28
Punktzahl: 27
Eingegeben von: NumberFour
Eintragsdatum: 9. Juli 1998
Morddatum: 15. Juni 1998
Ort: Limbe, Kamerun
Opferbeschreibung: Laura Mason, britische Alternativtouristin
Mordmethode: Nachts am Strand aufgeschlitzt
Multimediadateien und URLs:
  Fotos <u>hier</u> und <u>hier</u>
  Artikel aus verschiedenen englischen Zeitungen <u>hier</u>, <u>hier</u> und <u>hier</u>
Vergebene Punkte und Kommentare:
  NumberOne
    Ausführung 5, Stil 4. »Sehr schön. Willkommen. Ein außergewöhnliches Debüt.«
  NumberTwo
    Ausführung 5, Stil 4. »Mitten in Afrika? Würde ich mir nicht zutrauen.«
  NumberThree
    Ausführung 5, Stil 4. »Bienvenu. Du wirst es noch weit bringen.«

Nichts widerstrebte mir mehr, als mir die Fotos anzusehen, und doch tat ich es. Laura tot am Strand. Es war weiß Gott nicht das erste Mal, daß ich sie so sah, aber es war noch tausendmal schrecklicher als damals, als ich ihre Leiche entdeckt hatte. Meine Hände zitterten so heftig, daß ich es nicht schaffte, das Fenster zu schließen, und statt dessen schließlich auf den Aus-Knopf drückte. Ich keuchte, rang nach Luft. Ich fühlte mich, als hätte mir jemand mit voller Wucht in die Magengrube getreten.

The Bull war ein *Spiel*. Und Morgan nur einer von *fünf*.

21

Die Dämonenprinzen

Ich wußte nicht, was tun. Im ersten Moment hätte ich beinahe Talena angerufen. Andererseits wollte ich mit niemandem sprechen, hätte am liebsten darauf verzichtet, je wieder Kontakt mit jener widerlichen Spezies aufzunehmen, die sich *homo sapiens* nannte. Tibet, das war eine Möglichkeit – einfach eine Höhle beziehen und nie wieder zurück in die Zivilisation. Das hätte meiner aktuellen Verfassung am besten entsprochen.

Dann aber machte ich mich doch auf den Weg, um ein ziemlich verspätetes Frühstück einzuschieben – im Pork Store stellten sie bereits die Stühle hoch, als ich eintrudelte. Hier gab es das beste Frühstück der ganzen Stadt, und doch schmeckte es für mich wie Pappe. Da saß ich mit Augen wie Einschußlöchern, ja, sprach sogar murmelnd mit mir selbst; die Bedienung hielt sich, so gut es ging, von mir fern und beeilte sich, mir die Rechnung hinzulegen. Offensichtlich machte ich einen ziemlich durchgeknallten Eindruck und irritierte die Leute selbst hier, in Upper Haight – und das will wirklich was heißen.

Aber wenigstens hatte ich endlich etwas im Magen und fühlte mich wieder besser. Ich kehrte zurück in mein Apartment, schaltete den Computer ein und ging erneut auf die Bullsite. Ich zwang mich, so analytisch vorzugehen, wie ein Ermittler es getan hätte – um jedes Fitzelchen an Daten sicherzustellen, das ich auf der Seite finden konnte.

Der Link Neuigkeiten war nur qualifizierten Benutzern zugänglich. Mich zu registrieren stand ebensowenig zur Debatte wie einen neuen Eintrag hinzuzufügen. Damit blieben mir die

FAQs sowie die aktuellen Einträge und das Archiv. Ich las alles durch und notierte, was mir auch nur ansatzweise wichtig erschien.

NumberOne war für dreizehn Morde verantwortlich. Einundzwanzig Einträge gingen auf das Konto von NumberTwo, der aber in den letzten sechs Monaten offenbar nicht mehr in Erscheinung getreten war. NumberThree hatte zehn Menschen getötet, NumberFour – Morgan – hatte sieben auf dem Gewissen. NumberFive war mit sechs Einträgen dabei; bislang hatte er ausschließlich thailändische Prostituierte umgebracht.

Insgesamt zählte ich siebenundfünfzig Morde, obwohl die Glaubwürdigkeit diverser Einträge, insbesondere die von NumberTwo, von einigen Mitgliedern angezweifelt wurde und sie deshalb mit entsprechend geringerer Punktzahl bewertet wurden. Siebenundfünfzig Morde. Fünf Psychopathen hatten in einem Zeitraum von fünf Jahren siebenundfünfzig Menschen getötet, und es sah ganz danach aus, als sei ihnen bislang außer mir keiner auf die Schliche gekommen.

Zu Beginn waren es ausschließlich Bewohner der jeweiligen Länder gewesen, die so ihr Leben gelassen hatten; die fünf Mörder waren durch Länder der Dritten Welt gereist und hatten hilflose Menschen in den ärmsten Gegenden umgebracht. Und immer noch stellten solche Menschen die Mehrzahl der Opfer dar, auch wenn seit gut zwei Jahren mehr und mehr Touristen ins Visier genommen worden waren – zum einen, weil man so mehr Punkte in der Kategorie »Stil« einheimste, aber auch, weil diese Art von Morden sich leichter dokumentieren ließ. NumberTwo etwa hatte sich mehrmals darüber beschwert, daß sich die Medien einen feuchten Kehricht darum scherten, ob irgendein Straßenjunge in Kalkutta ums Leben kam. Dennoch waren Touristen aus dem Westen immer noch in der Minderzahl – meiner Zählung nach waren es bislang nur achtzehn gewesen.

Anhand der Einträge versuchte ich mir ein Bild von den Beteiligten zu machen. NumberOne, höchstwahrscheinlich derjenige, der das Ganze ins Rollen gebracht hatte – und offenbar identisch mit jenem »Taurus« aus der Usenet-Diskussion, über die ich vor nicht allzu langer Zeit gestolpert war –, liebte es, sich blumig auszudrücken, und gefiel sich darin, sich gegenüber den anderen als Doktor Allwissend aufzuspielen. NumberThree unterschied sich davon nicht wesentlich in seiner Attitüde. NumberTwo gab nur sporadisch Kommentare ab und drückte sich weniger gewählt als die anderen aus. NumberFour alias Morgan ließ sich gern über Schwierigkeiten und Probleme aus. NumberFive stach deutlich unter den anderen hervor; offenbar handelte es sich um einen sexuell motivierten Sadisten, der sich gegenüber seinen Mordgenossen minderwertig fühlte und auch sonst nicht wirklich auf einer Wellenlänge mit ihnen lag. Ich hatte das unbestimmte Gefühl, daß sie ihn als fünftes Rad am Wagen empfanden, ja vielleicht sogar bereuten, sich mit ihm eingelassen zu haben.

Die Details darüber, wie neue Spieler rekrutiert wurden, waren nur qualifizierten Benutzern zugänglich. Ich fragte mich, wie eine solche Anwerbung ablief. Hatten sich irgendwelche der fünf Mitglieder von The Bull jemals von Angesicht zu Angesicht gegenübergestanden? Ich glaubte nicht daran. Es sei denn, sie vertrauten sich auf Gedeih und Verderb. Was ebenfalls äußerst unwahrscheinlich und zudem höchst gefährlich war. Wie also warben sie neue Mitglieder an?

Möglicherweise funktionierte es so wie bei Kinderporno-Websites – ebenso widerlich wie The Bull, aber weitverbreitet, wenn das stimmte, was man immer wieder in den Zeitungen las. Die Zielgruppe bestand aus jenen Schattenexistenzen, die sich in den obskursten, dunkelsten und abseitigsten Ecken des Internets herumtrieben, sich in Usenet-

Foren in unaussprechlichen Vergewaltigungsphantasien ergingen, die abartigsten Porno- und Sadoseiten frequentierten oder nach Snuff-Filmen suchten. Möglich, daß sie sich in diesen Kreisen nach neuen Mitgliedern umsahen; anonym, aber das war ohnehin klar. Offenbar suchten sie nach Usern, die auf Mord aus waren, sich aber unter Kontrolle hatten und mit eiskalter Präzision vorgingen – obgleich sie sich zumindest mit NumberFive ein Ei ins Nest gelegt zu haben schienen. Vermutlich lief das Ganze zunächst über einen anonymen IRC-Chat oder eine sichere Instant-Messaging-Verbindung; dort wurde der in Frage kommende Proband erst einmal nach allen Regeln der Kunst abgecheckt – und wenn er die Kriterien erfüllte, bekam er die Einladung, bei The Bull mitzumischen.

Das IRC-Fragment, auf das ich bei meinen Ermittlungen gestoßen war, stammte wahrscheinlich von einer solchen Rekrutierungssession. Ich war mir ziemlich sicher, daß an dem Chat zwischen NumberTwo und NumberThree noch eine dritte Person teilgenommen hatte. Vielleicht war es Morgan Jackson gewesen.

Ich ging erneut auf die Seite, um sie mir in technischer Hinsicht anzusehen. Es handelte sich um eine mit Microsoft FrontPage/ASP erstellte Seite, wie mir die Dateinamen mit der ».asp«-Endung verrieten. Die Multimediadateien waren auf der Seite gespeichert, während es sich bei den Links zu den Zeitungen um URLs handelte.

Es war die Arbeit eines Programmierers, der glaubte, daß er in Sachen Internet den großen Durchblick hatte, obwohl dies definitiv nicht der Fall war. Tatsächlich stellte seine Arbeit kaum mehr als das halbwegs kompetente Werk eines ASP-Kundigen dar, der offensichtlich dem Trugschluß erlegen war, daß sein Know-how ein Maximum an Sicherheit und Anonymität bot. Völliger Quatsch, wie ich auf den ersten Blick erkennen konnte. Erstens wurden die Benutzer der Seite nirgendwo darauf hingewiesen, die Cookies auf ihren Rechnern zu löschen. Zweitens verwendete er ein unverschlüsseltes Log-in. Drittens war es höchst nachlässig, sowohl als Benutzernamen wie als Password die schlichte Buchstabenkombination »taurus« zuzulassen; eine Kombination aus Buchstaben in Groß- und Kleinschreibung wäre das mindeste gewesen, um sich gegen ungebetene Besucher zu schützen.

Viertens waren da die Links zu den Daten, die als Beweise für ihre Taten dienten. Hier machten sie sich am angreifbarsten. Jedesmal wenn man einen Link im Internet anklickt, kann die so aufgerufene Website nicht nur die IP-Adresse des jeweiligen Rechners protokollieren, von dem die Anfrage kommt – die sogenannte Client-Adresse –, sondern auch die IP-Adresse der Website, von der aus der Link angeklickt wurde, also die referenzierende Adresse. Dies bedeutete, daß einige Web-Logs da draußen die IP-Adresse von The Bull als referenzierende Adresse enthielten, und zwar einen Eintrag für jedes Mal, wenn ein Benutzer den betreffenden Link angeklickt hatte; und jeder dieser Einträge enthielt auch die Client-Adresse, sprich die IP-Adresse des Rechners, von dem sich der jeweilige The-Bull-User eingeklinkt hatte.

Und damit spielte der Thorn Tree eine bedeutende Rolle, da Morgan meinen Bericht über die Ermordung Stanley Goebels als Link eingefügt hatte, um an seine Todesspielpunkte zu kommen. Ich wußte nicht, ob Big Earth die referenzierende Adresse protokollierte. Falls ja, war es eine Kleinigkeit herauszufinden, von welchen Computern aus sich die anderen Mitglieder von The Bull eingewählt hatten, um Morgans »Beweismaterial« zu lesen.

Zugegeben, der warnende Hinweis, ausschließlich von öffentlichen Computern auf die Todesseite zuzugreifen, verminderte das Risiko erheblich. Immer vorausgesetzt, daß sich auch alle Mitglieder daran hielten. Aber mit Regeln war das so eine Sache. Morgan hatte bereits zweimal die Regeln von The Bull gebrochen; er war übermütig geworden und hatte über den Thorn Tree Kontakt mit mir aufgenommen. Außerdem hatte er Laura persönlich gekannt. Er mußte sie abgrundtief gehaßt haben. Wieder und wieder fragte ich mich, warum.

Als ich mich ausloggte, schoß es mir durch den Kopf, daß nicht zuletzt auch ich selbst meine Spuren hinterlassen hatte. Da ich mich nicht über Anonymizer, SafeWeb oder Zero-Knowledge eingeloggt hatte, enthielten die Web-Logs von The Bull nun auch meine IP-Adresse. Und Kabelmodems haben feste IP-Adressen. Es war möglich – schwierig und eher unwahrscheinlich, aber immerhin möglich –, über meine IP-Adresse auch meinen Namen und meine echte Adresse herauszufinden. Blieb nur zu hoffen, daß ich ihnen damit nicht direkt in die Hände gespielt hatte.

Ein kalter Schauder lief mir über den Rücken. Dann aber fiel mir ein, daß Morgan ohnehin meine Adresse besaß. Als ich im letzten Jahr umgezogen war, hatte ich eine Rundmail an all meine Verwandten, Freunde und Bekannten geschickt. Wenn er mir an den Kragen wollte, brauchte er nur vorbeizuschauen. Doch ich glaubte nicht, daß er das vorhatte. Offenbar war er davon überzeugt, daß ich harmlos war und ihm sowieso nichts anhaben konnte.

Aber wenn er das wirklich glaubte, hatte er sich verdammt geschnitten.

Nach einer Weile bekam ich doch Platzangst in meinen eigenen vier Wänden. Vielleicht war es tatsächlich klüger, wenn ich den Mietvertrag für mein Apartment nicht verlängerte; es erinnerte mich nur dauernd an Dinge, bei denen mir die Haare zu Berge standen. Ich unternahm einen Spaziergang, schlenderte die Haight Street bis hinunter zur Market Street und versuchte, meine Entdeckungen zu verdauen.

Als ich wieder zurück war, rief ich Talena an.

»Ja, bitte?« sagte sie.

»Hi. Ich bin's, Paul.«

»Oh. Hi.« Sie schien auf etwas zu warten. Offenbar dachte sie, daß ich anrief, um mich bei ihr zu entschuldigen.

»Paß auf. Ich bin da auf etwas gestoßen, was du dir unbedingt ansehen mußt.«

»Ach ja? Was denn?«

»Hast du zwei Telefonleitungen?«

»Wieso? Nein, hab' ich nicht.«

»Okay, dann machen wir's anders. Ich gebe dir jetzt gleich eine IP-Adresse, ein Log-in und ein Password, und du siehst dir einfach in Ruhe an, was dann auf deinem Bildschirm erscheint.«

»Paul«, sagte sie. »Hat es irgendwas mit dem Stier zu tun?«

»Ja, klar. Womit denn sonst?«

»Paul! Hör endlich auf damit. Ich mein' das ernst. Schlag dir die Sache aus dem Kopf. Auf mich kannst du jedenfalls nicht mehr zählen.«

Um ein Haar wäre ich sauer geworden, entschied mich dann aber, taktisch ein wenig schlauer vorzugehen. »Okay. Ich kann dich verstehen. Um so mehr, als diese Sache wirklich absolut schockierend ist. Schauderhaft. Ich bin selbst noch völlig fertig. Aber ich dachte, du hättest ein Recht darauf, daß ich dir wenigstens davon erzähle.«

Am anderen Ende herrschte Schweigen. Nach einer kleinen Ewigkeit stieß sie einen tiefen Seufzer aus. »Los, gib mir die Adresse.«

»Mach' ich. Aber du mußt dich über SafeWeb einloggen. SafeWeb-dot-com. Oberste Sicherheitsstufe, klar?«

»Ach. Kommt mich sonst der schwarze Mann besuchen?« Ihr Sarkasmus war nicht zu überhören.

»Glaub mir, so ist es sicherer.«

»Hmm. Okay, abgemacht. Also?«

Ich gab ihr die IP-Adresse sowie Benutzernamen und Password durch.

»Taurus? Reden wir jetzt über Sternzeichen oder was?«

»Du würdest es mir sowieso nicht glauben«, sagte ich. »Ruf mich einfach zurück, wenn du es dir angesehen hast.«

»Bis nachher«, sagte sie. Sie klang ziemlich angespannt.

Als sie aufgelegt hatte, überlegte ich kurz, ob ich Agent Turner anrufen sollte, beschloß dann aber, erst einmal auf Talenas Rückruf zu warten. Vielleicht war es sogar ratsam, Agent Turner vorerst nicht einzubeziehen. Wenn überhaupt, dann informierten wir besser zuerst die Medien. CNN, MSNBC, die *New York Times*, den *Guardian*, *Le Monde* und alle übrigen großen internationalen Zeitungen. Dann würde die Geschichte erst mal weltweit Schlagzeilen machen.

Fragte sich nur, was wir damit erreichen würden. Wahrscheinlich gar nichts. Würde das irgendeinen der fünf davon abhalten, mit seinem blutigen Werk fortzufahren? Im Leben nicht. Vielleicht würden sie sich ein paar Monate zurückziehen und Gras über die Sache wachsen lassen. Eines stand jedenfalls fest: Nichts war kurzlebiger als die neuesten Nachrichten. In spätestens einem Jahr würde die Sache aus den Medien verschwunden sein.

Ich mußte der Wahrheit ins Auge sehen. Nichts würde passieren, solange ich nicht selbst etwas unternahm.

Ich setzte mich an den Computer und loggte mich wieder auf der Todesseite ein. Ich wollte mir alle Daten sichern, derer ich habhaft werden konnte. Die Texte hatte ich ja schon, aber ich wollte auch das komplette Bildmaterial, die Mordvideos, alles. Gott sei Dank sind Kabelmodems megaschnell. Ich benötigte gerade mal eine gute halbe Stunde, um mir die Dateien herunterzuladen. Ich packte sie in eine einzige Zipdatei, die jedoch nicht in meine Yahoo-Mappe paßte; daher erwarb ich kurzentschlossen für ein Jahr eine fünfhundert MB fassende XDrive.com-Partition und legte die Datei dort ab. Ein teures Vergnügen, aber ich wollte ein Back-up außerhalb meines Rechners; schließlich handelte es sich um unverzichtbares Beweismaterial.

Kurz spielte ich mit dem Gedanken, The Bull bei Yahoo oder Google zu registrieren und sie mit Traffic von jedem Kretin zu überfluten, der im Netz nach Worten wie »aufgeschlitzt« sucht. Doch obwohl mir das durchaus Genugtuung verschafft hätte, brachte ich sie dadurch vermutlich bloß dazu, ihre momentanen Zelte im Internet abzubrechen und die Seite an anderer Stelle neu zu starten.

Ich beschloß, trotzdem die Medien zu informieren, wenn auch nicht sofort. Ich war gerade dabei, einen offenen Brief zu verfassen, in dem ich alle mir bekannten Fakten auflistete, und war sogar fast damit fertig, als das Telefon klingelte.

Talena war dran.

»Paul?« sagte sie leise.

»Bin dran.«

»So etwas Widerliches habe ich noch nie gesehen.«

»Ja.«

»Was hast du jetzt vor?«

»Wie kommst du darauf, daß ich irgendwas vorhaben könnte?« fragte ich so unschuldig wie eben möglich.

»Paul.«

»Okay«, sagte ich. Und dann erzählte ich ihr, welchen Plan ich mir zurechtgelegt hatte.

Meine Idee schien sie nicht wirklich zu überzeugen. Aber das war mir vollkommen egal. Während ich meinen offenen Brief formuliert und noch einmal alle Fakten hatte Revue passieren lassen, war erneut die kalte Wut in mir aufgestiegen, ein kaltes Feuer, das mich in meinem Entschluß bestärkte. Ich glaubte nicht, daß es noch einmal erlöschen würde. Jedenfalls schwor ich mir, es nicht noch einmal dazu kommen zu lassen.

Ich erinnerte mich genau, wie ich winselnd zu Morgans Füßen herumgekrochen war. Ich schwor mir, daß das kein zweites Mal passieren sollte.

Ich formulierte mein Schreiben so klar und simpel wie möglich – ähnlich meinem Bericht im Thorn Tree, nur daß ich diesmal nichts ausließ. Ich fügte einen Verweis auf den gesamten Inhalt der Bull-Site auf meinem XDrive-Account ein und gab auch Log-in und Password an. Ich mailte das Schreiben an alle großen internationalen Zeitungen, die mir einfielen, und fügte zuletzt noch die Kontaktadresse von Agent Turner hinzu. Sie würde sicher hellauf begeistert sein.

Anschließend stellte ich meinen Yahoo-Kalender so ein, daß die Mail in genau einem Monat an alle Betreffenden gesendet würde. Damit war sichergestellt, daß die Welt von The Bull erfahren würde, selbst wenn mein Plan komplett schiefging und Talena in der Zwischenzeit von einem Bus überfahren wurde. Eigentlich unnötig, wie mir klar war, da ich vorhatte, zunächst eine ganze Reihe anderer Menschen zu informieren und mit in meinen Plan einzubeziehen. Dennoch wollte ich es unter keinen Umständen darauf ankommen lassen, daß diese fünf Bestien durch irgendeinen Zufall doch noch ungeschoren davonkamen.

Fünf Serienkiller, die sich für ihre Taten gegenseitig Punkte im Internet gaben. Das war wie hotornot.com für Mörder. Im Geiste taufte ich sie die Dämonenprinzen, nach der Sciencefiction-Romanserie von Jack Vance, in der der Held die fünf Erzkriminellen jagt, die seine Eltern ermordet haben. Ich wollte genauso zielbewußt und unaufhaltsam vorgehen wie Kirth Gersen, der Held dieser Bücher. Obwohl es mir nicht um alle fünf ging. Einer reichte mir schon.

Ich verstand es als Blutschwur. Ich würde Morgan Jackson zur Strecke bringen, koste es, was es wolle. Mittlerweile hatte ich auch schon mehr als eine leise Ahnung, wie ich das anstellen würde. Ich hatte einen Plan. Einen guten Plan. Um dem Wahnsinn ein Ende zu setzen, mußte ich zum Ausgangspunkt zurück. Und ich wußte nur zu genau, wo alles begonnen hatte.

Damals in Afrika.

22

Das Gesetz des Clans

Zwanzig. So viele waren wir damals in Afrika gewesen. Die drei wichtigsten Mitglieder unserer Gruppe waren Hallam Chevalier, unser wortkarger, aus Zimbabwe stammender Fahrer, seine gesellige Frau, die Neuseeländerin Nicole Seams, die stets gute Laune verbreitete, und der Australier Steven McPhee, ein Bär von einem Mann und brillanter Mechaniker, dessen leicht tumbes Aussehen allzu schnell darüber hinwegtäuschte, daß er ein verdammt kluger Kopf war. Alle drei arbeiteten für Truck Africa, die Firma, die den Lastwagen vermietete und die Touren organisierte – ein erfahrenes Trio und damit zunächst auch die offiziellen Wortführer auf unserem Trip. Doch nach vierzehn Tagen waren sie einfach nur noch Freunde, mit denen wir quer durch Afrika fuhren.

Wir stellten ein wahrlich bunt zusammengewürfeltes Team dar. Claude gehörte dazu, ein blutjunger französischer Bursche, der anfangs so gut wie gar kein Englisch sprach, über wildlebende Tiere mehr wußte als jeder andere und trotz seiner Dolcefarniente-Haltung bei allen beliebt war. Mischtel, ein hochgewachsenes Mädchen mit namibischem Vater und deutscher Mutter, die uns immer wieder mit ihrem staubtrockenen Humor verblüffte. José, ein ebenso phlegmatischer wie scharfsinniger Mexikaner, der uns allen intellektuell haushoch überlegen war. Lawrence, ein rauhbeiniger und ziemlich trinkfreudiger Kiwi, den beim letzten Bier stets das Heimweh überkam. Aoife aus Irland, die eine begnadete Köchin war und stets ein Lied auf den Lippen hatte. Carmel, eine gesprächige australische Computerspezialistin, die sich mit den härtesten Situationen abfinden konnte, nur nicht damit, daß es so gut wie nie Schokolade gab. Melanie, eine schottische Chiropraktikerin, die bereits alle Weltmeere bereist hatte und sich von gar nichts aus der Ruhe bringen ließ.

Dazu kamen die ganzen Engländer. Chong, auch der Unbesiegbare genannt, ein unglaublich zäher, durchtrainierter Marathonläufer und trotz seines Namens ein Brite wie aus dem Bilderbuch. Emma, aus adeligem Hause und anmutig wie ein Model, die überall mit dabei war, solange ihr die diversen Feuchtigkeitscremes nicht ausgingen. Die ebenso hübsche Kristin, im wirklichen Leben Filmproduzentin, die mit der seltenen Gabe gesegnet war, daß diejenigen, die ihr bei irgend etwas zur Hand gingen, nachher das Gefühl hatten, sich bei *ihr* bedanken zu müssen. Michael, ein supernetter und überaus charmanter Typ, der selbst die größten Katastrophen zu betrachten pflegte, als handele es sich um den Teil eines zur Reise gehörigen Animationsprogramms, und der über die erstaunliche Fähigkeit verfügte, selbst an den abgelegensten Orten dieses Planeten noch ein paar Gramm zum Kiffen aufzutreiben. Robbie, ein lässiger Technofreak aus London, der auf absolut brillante Ideen kam, wenn er ausnahmsweise mal seinen Kopf benutzte. Rick, der keine Gelegenheit zum Feiern ungenutzt verstreichen ließ und mit seiner messerscharfen Ironie jedem von uns im Handumdrehen den Wind aus den Segeln nehmen konnte. Michelle, unser aller kleine Schwester, eine süße Comicstrip-Blondine, die immer ein bißchen neben der Rolle war und in Afrika völlig deplaziert wirkte, sich aber letztendlich doch überraschend gut zurechtfand.

Ja, und dann war da noch Laura Mason, der allgemeine Liebling.

Und Morgan Jackson, der Große Weiße Jäger. Und ich.

Abgesehen von Hallam und Nicole trafen damit lauter Menschen zusammen, die sich vorher noch nie gesehen hatten. In gewisser Weise ließ sich der ganze Trip mit einer dieser Realityserien im Fernsehen oder auch mit einem zweifelhaften Psychoexperiment vergleichen: Eine bunt zusammengewürfelte Truppe von Fremden wird auf einen vier Monate langen Trip quer durch Westafrika geschickt, um herauszufinden, ob sich die Gemeinschaft bewähren oder auseinanderfallen wird. Und wir hielten durch. Wie sich herausstellte, ist es gar nicht so schwierig, sich miteinander zu arrangieren, wenn man keine andere Wahl hat.

Bestimmte Chemikalien explodieren, wenn man sie miteinander vermischt und extremer Hitze oder großem Druck aussetzt. Andere Substanzen wiederum reagieren schlicht und einfach nicht miteinander. Und dann gibt es schließlich einige wenige Chemikalien, die sich sogar ausschließlich unter derartigen Bedingungen verbinden.

Unter Menschen funktioniert es letztlich genauso. Unter extremen Konditionen kommt es zum großen Knall, zur Absonderung oder zur festen Bindung. Sicher gibt es Bedingungen, die um vieles härter sind, etwa einen Krieg oder einen Flugzeugabsturz, doch verglichen mit dem sterilen Leben, das wir in der Heimat führten, stellte unser Afrikatrip eine einschneidende und existentielle Erfahrung dar. Nicht zuletzt war unsere Gruppe gut zusammengesetzt. Wir waren nämlich nicht die einzigen, die sich auf ein solches Abenteuer eingelassen hatten, und so manches Mal hörten wir von Gruppen, bei denen ständig Streit herrschte und bei denen es an der Tagesordnung war, daß sich irgendwelche Mitglieder von einem Tag auf den anderen entschlossen, auf eigene Faust weiterzureisen. All das war bei uns nicht der Fall. Wir waren eine verschworene Gemeinschaft.

In der Chemie nennt man es Sublimierung, wenn ein Stoff vom gasförmigen in einen festen Zustand übergeht, ohne dazwischen einen flüssigen Zustand anzunehmen. So ähnlich war es auch bei uns. Obwohl wir uns zunächst völlig fremd waren, wuchsen wir zu einer festen Gemeinschaft zusammen, ohne daß wir dabei durch ein Stadium der Freundschaft gegangen wären. Viele von uns hätten niemals Freunde werden können, dazu waren wir schlicht zu verschieden. Aber Menschen, die zum selben Clan gehören, müssen nicht notwendigerweise auch Freunde sein; vielleicht ist das in bestimmten Situationen sogar besser so. Das war das Wichtigste, was ich in Afrika gelernt hatte.

Und so sah mein Plan aus:

Ich wollte Morgan Jackson tot sehen. Ich hatte vor, ihn selbst umzubringen. Mein Entschluß stand jetzt wirklich fest. Diesmal würde ihn das Schicksal seiner Opfer ereilen, in irgendeiner abgelegenen Gegend in der Dritten Welt, wo ich ihm genau das antun würde, was er mit mir vorgehabt hatte.

Dennoch wußte ich nicht, wohin ihn sein nächster Trip führen würde, und es war auch kaum anzunehmen, daß er sich auf meine Einladung hin irgendwo hinbegeben würde. Davon abgesehen war er größer, brutaler, skrupelloser und in jeder Hinsicht gefährlicher als ich. Selbst wenn ich ihn irgendwo aufspüren sollte, hatte ich nicht den Hauch einer Chance gegen ihn. Jedenfalls nicht allein.

Blieb nur die Frage, wer mir helfen konnte, Morgan zur Strecke zu bringen. Talena schied aus, schon allein aus einem einzigen Grund. Sie war nicht unmittelbar von der Sache betroffen. Sie war nicht *persönlich* darein verwickelt.

Morgan Jackson war ein Psychopath, ein Mörder, ein Serienkiller. Er hatte die Gesetze Gottes und der Menschen mißachtet und obendrein sogar noch ein Mittel gefunden, sich dem Zugriff jener Kräfte zu entziehen, die dafür zuständig waren, daß diese Gesetze eingehalten wurden. Doch gab es noch eine andere Form von Gerechtigkeit, eine andere Art von Gesetz. Mit Laura hatte er eine Angehörige seines eigenen Clans getötet. Nationen und Regierungen mögen aufgrund ihrer Gesetze die Hände gebunden sein. Ein Clan aber verfährt nach seinen eigenen Regeln. Doch gilt nicht das geschriebene Gesetz; es gilt, was als rechtens erachtet wird.

Und so flog ich nach London.

Teil V

DIE ALTE WELT

23

Stammesrat

Als mein Flieger abhob, bestand mein Plan mehr oder weniger aus der vagen Vorstellung, wie ich und die siebzehn restlichen Mitglieder unserer Afrikagruppe um einen Tisch herumsaßen; ich malte mir aus, wie ich ihnen alles erklärte und eine flammende Gedächtnisrede für Laura hielt, ehe wir uns schließlich geschlossen erhoben und Schulter an Schulter zur Tür strebten, bereit, Vergeltung an Morgan zu üben. Gott sei Dank hatte ich alles bereits etwas klarer durchdacht, als das Flugzeug in Heathrow landete. Zum einen wohnten nicht alle Mitglieder unserer Afrikagruppe in London. Zum anderen erinnerte ich mich nur allzugut daran, wie schwierig es oft bereits gewesen war, sich auf Kleinigkeiten zu einigen – wann zu Mittag gegessen werden sollte, hatte zuweilen zu endlosen Diskussionen geführt. Daß wir eine Art Stammesgemeinschaft waren, hieß noch lange nicht, daß auch alle gleich dachten. Und wenn man einen Stamm in den Krieg führen will, beruft man auch nicht gleich alle ein, um sie gesammelt zu überzeugen. Man spricht zuerst mit den Jägern.

Ich beschloß, zunächst mit Nicole, Hallam, Steve und Lawrence zu reden. Ich wußte, daß sich Hallam und Nicole in ihren Funktionen als Fahrer und Tourbegleiterin besonders für Lauras Tod verantwortlich gefühlt hatten. Bei ihnen war ich an der richtigen Adresse; außerdem fanden sie sich selbst in den kniffligsten Situationen zurecht. Steve, der ursprünglich aus Australien kam, aber ebenfalls schon lange in London lebte, war ein sympathischer Bursche, der zupacken konnte und offenbar ein ziemlich wildes Leben geführt hatte; soweit ich wußte, hatte er seine Ausbildung zum Mechaniker im

Knast gemacht. Und was Lawrence anging... Er und ich waren beileibe nie die besten Kumpels gewesen, aber vorwiegend deshalb, weil er und Laura gleich zu Beginn des Trips eine kleine Affäre miteinander gehabt hatten. Ich vermutete, daß ihr Tod ihn sehr getroffen hatte, daß mit ihr auch ein Teil von ihm selbst gestorben war. Und obwohl stets umgänglich und zuverlässig, konnte er sich von einer Sekunde auf die andere in einen knallharten Fiesling verwandeln, wenn ihm etwas nicht in den Kram paßte. Wir hatten ihn, wie schon erwähnt, immer den »Terminator« genannt. Und genau so jemanden brauchte ich jetzt an meiner Seite.

Ich hatte keinen von ihnen vorgewarnt. Zwar stand ich in sporadischem E-Mail-Kontakt mit ihnen und wußte auch, daß sie alle in London arbeiteten, hatte aber niemanden im voraus informiert. Es kam mir schlicht und einfach nicht richtig vor. Ich wollte von Angesicht zu Angesicht mit ihnen sprechen. Unter einem Vorwand hierherzukommen, hatte für mich ebenfalls nicht zur Diskussion gestanden. Ich wollte sie unumwunden mit der Wahrheit konfrontieren: daß ich sie dafür gewinnen wollte, mit mir zusammen Morgan zur Strecke zu bringen.

Ich kam am Samstagmorgen um 9:00 Uhr in Heathrow an. Ich hatte kaum geschlafen, fühlte mich müde und gereizt. Ich nahm die U-Bahn und las unterwegs den *Guardian*. In Earl's Court stieg ich aus, mietete mir ein Zimmer in der nächstbesten Pension und rief anschließend bei Hallam und Nicole an. Das lief gar nicht so reibungslos wie gedacht, da mal wieder das komplette Londoner Telefonnummernsystem umgestellt worden war, doch beim dritten Anlauf klappte es.

»Hallo?« Nicole war am Apparat.

»Nicole«, sagte ich. »Hi. Hier spricht Paul Wood.«

»Paul! Das ist aber eine Überraschung! Wo steckst du denn? Bei dir muß es doch fünf Uhr morgens sein!«

»Ich bin hier in London. Earl's Court.«

»Ist ja irre! Seit wann bist du hier?«

»Ich bin vor einer Stunde gelandet.«

»Und was machst du hier?« Vielleicht hatte sie meiner Stimme angehört, daß etwas nicht in Ordnung war; jedenfalls klang sie plötzlich nicht mehr aufgeregt, sondern leicht besorgt.

»Da gibt es etwas, worüber ich mit euch reden möchte. Mit dir und Hallam. Ich hoffe, ihr könnt ein paar Minuten für mich erübrigen.«

»Na klar. Immer. Wann?«

»Heute. Jetzt gleich. Könnt ihr Steve und Lawrence Bescheid geben, damit sie ebenfalls so schnell wie möglich zu euch kommen? Es ist wichtig.«

»Steve und Lawrence? Kein Problem, ich tue mein Bestes. Und worum geht's?«

Typisch Nicole; großes Herumreden war nicht ihre Sache, und auch Hallam hatte ich als jemanden kennengelernt, der genau wußte, wann man handeln mußte. Ein perfektes Paar in einer unperfekten Welt.

»Um Laura«, sagte ich.

»Laura«, wiederholte sie. »Ich sage den beiden schnellstmöglich Bescheid. Hast du unsere Adresse?«

»Ja. Bis gleich.«

Als ich eintraf, küßte mich Nicole auf beide Wangen und führte mich ins Wohnzimmer, wo sie bereits Tee und Toasts angerichtet hatte. Sie war zierlich gebaut, aber so durchtrainiert wie eine professionelle Läuferin. Sie schenkte mir ein herzliches, warmes Lächeln.

»Kann ich dir sonst noch was anbieten?« fragte sie.

»Nein, vielen Dank, Nic.«

»Wie war dein Flug?«

»Ganz okay.«

Sie nickte, setzte sich mir gegenüber und überflog die Titelseite der *Times*. Hallam war unter der Dusche. Ich ließ meinen Blick durch das Wohnzimmer schweifen. Ringsherum standen Souvenirs aus aller Welt; die Wände waren dekoriert mit unzähligen selbstgeschossenen Fotos von den schönsten Flecken dieser Erde. Ein paar der Orte erkannte ich wieder. Da war Hallam, wie er sich an einem Felsvorsprung über dem Ozean entlanghangelte, der sich unweit von Krabi an der Westküste Thailands befand. Hallam und Nicole am Ufer des Tilicho Tal, dem höchstgelegenen See der Welt, nur einen Katzensprung vom Annapurna entfernt. Nicole vor dem Grab von Cecil Rhodes im Matopos-Nationalpark in Zimbabwe.

Im selben Moment betrat Hallam, ein Schrank von einem Mann, ein Handtuch um die Hüften geschlungen, das Wohnzimmer – und er grinste über beide Ohren, als er mich erblickte. »Paul, mein Lieber. Toll, dich endlich mal wiederzusehen.« Wir schüttelten uns die Hände auf unsere ganz spezielle Art und schnippten abschließend mit den Fingern, wie es bei den Ghanaern üblich ist.

»Ich habe Steve und Lawrence angerufen«, sagte Nicole. »In einer Stunde müßten sie hier sein. Willst du warten, bis sie da sind?«

»Ist wahrscheinlich besser, dann muß ich nicht alles zweimal erzählen«, sagte ich.

»Na schön«, sagte Hallam. »Wolln wir mal schaun, was in der Glotze läuft? Eigentlich müßten die Highlights der Champions-League von gestern kommen.«

Er verschwand ins Schlafzimmer, um sich anzuziehen, und ich schaltete den Fernseher an. Nic und ich quatschten ein bißchen. Ich erzählte ihr von meiner Kündigung, und sie nickte mitfühlend. Sie arbeitete momentan in einem Reisebüro, der Job machte ihr Spaß, und sie planten gerade ihren nächsten Trip – diesmal wollten sie zum Rock-Climbing nach Tunesien. Hallam war zwei Jahre bei einer Fallschirmspringereinheit gewesen, hatte dann aber wegen einer Netzhautablösung den

Dienst quittieren müssen. Inzwischen arbeitete er als Sicherheitsberater und verdiente gut dabei.

Eine der Einsichten, zu denen ich in Afrika gekommen war, bestand darin, daß ich im Grunde ein unnützes Mitglied der Gesellschaft war. Ebenso wie die meisten meiner Bekannten, die als Computerprogrammierer, Rechtsanwälte, Steuerberater, Journalisten, Grafikdesigner oder Werbetexter ihr Geld verdienten – alles vollkommen abstrakte Jobs, mit denen man absolut nichts anfangen konnte, wenn es ums nackte Überleben ging. Hallam war das genaue Gegenteil. Er hatte Erfahrung als Soldat und Mechaniker, konnte Hütten zimmern, schweißen, Brücken bauen, steile Felswände erklimmen; ein richtig patenter Kerl. Nicole war weniger praktisch, sondern eher sozial veranlagt; dennoch erinnerte ich mich genau an Tage, an denen sie ölverschmiert dagestanden und Steve und Hallam geholfen hatte, die den schrottreifen alten Truck zum x-ten Mal wieder flottmachten.

Wir sahen uns an, wie Manchester United Anderlecht in die Pfanne schlug, bis es schließlich klingelte. Kurz darauf betraten Steve und Lawrence das Wohnzimmer.

»Dieser Scheißkerl ist mir in der U-Bahn in die Quere gekommen«, sagte Lawrence. »Ich stehe gerade neben einer Wahnsinnsblondine und bin drauf und dran, sie anzuquatschen, und plötzlich taucht dieser Koloß auf und grölt« – grinsend imitierte er Steves fetten australischen Akzent –, »›Hey, Lawrence, alter Wichser, steht er hart wie immer?‹ Die Blonde ergriff natürlich panikartig die Flucht.«

»Koloß« war eine ziemlich treffende Beschreibung. Steve McPhee war ein echter Hüne, blond, muskelbepackt und stets ein Grinsen im Gesicht. Mittlerweile arbeitete er als Chefmechaniker für den Rennstall in irgendeiner gehobenen Klasse unterhalb der Formel 1. Lawrence, hager und drahtig, wirkte stets leicht nervös. Mit seinen verkniffenen Lippen und dem Raubvogelblick nahm er sich neben Steve wie ein ausgehungerter Flüchtling aus. Er arbeitete in der Kreditabteilung einer Bank und meinte, es mache ihm einen Heidenspaß, die Hypothekenanträge seiner Kunden abzulehnen.

»Und wie geht's dir, du Saftsack?« fragte Steve und schüttelte mir die Hand. Er küßte Nicole die Wange, stieß Hallam in die Rippen und ließ sich aufs Sofa fallen.

»Worum geht's eigentlich? Kleines Erinnerungstreffen oder was?« fragte Lawrence und nahm ebenfalls Platz. »Sagt mal, kennt ihr den? Treffen sich zwei Kiwis, ein Außie, ein Kanadier und ein Bursche aus Zimbabwe in ...«

»Es geht um Laura«, sagte Nicole leise, und von einer Sekunde auf die andere war nichts mehr von Ausgelassenheit und guter Laune zu spüren, so, als hätte jemand das Licht ausgeknipst. Alle Blicke wandten sich mir zu.

»Okay«, sagte ich. Ich war ziemlich angespannt. Nicht wegen des Plans, den ich ihnen unterbreiten wollte – und eine öffentliche Ansprache war es ja nun auch nicht gerade –, sondern weil ich nicht genau wußte, wie ich beginnen sollte. Und ich war mir keineswegs sicher, wie sie reagieren würden.

»Okay«, wiederholte ich. »Es gibt eine kurze und eine lange Version. Ich erzähle euch gleich alles genauer, und ich habe auch Beweise für das dabei, was ich euch erzählen werde. Habt ihr einen Internetanschluß?« fragte ich Nicole, die mir mit einem ernsten Nicken antwortete. »Aber laßt es mich zunächst so kurz wie möglich machen. Ich habe herausgefunden, wer Laura auf dem Gewissen hat. Es besteht nicht der geringste Zweifel. Und es war kein Einheimischer. Kein Kameruner. Morgan hat sie ermordet. Morgan Jackson.«

Keiner sagte ein Wort. Ich musterte ihre Mienen. Sie wirkten beunruhigt, verblüfft, empört ... wenngleich nicht geschockt. Niemanden schien wirklich zu entsetzen, was ich gerade gesagt hatte. Es war, als hätten sie alle schon einmal mit dem Gedanken gespielt, daß er es gewesen sein könnte.

»Und die lange Version?« fragte Hallam vorsichtig.

»Alles begann vor nicht einmal einem Monat«, sagte ich und konnte es selbst kaum glauben. Es kam mir vor, als sei seither ein ganzes Leben vergangen. »Ich war mit einem Kumpel – Gavin heißt er – oben am Annapurna, und wir wollten uns ein verlassenes Dorf in der Nähe von Gunsang ansehen...«

Als ich zu Ende erzählt hatte, herrschte Schweigen. Die Fotos, die Ausdrucke aus dem Internet und meine Aufzeichnungen lagen quer über den Tisch verstreut. Meine vier Zuhörer blickten mich mit versteinerten Mienen an. Drei Stunden hatte alles gedauert, doch ich fühlte mich, als sei ein ganzer Tag verstrichen, als sei es längst Abend geworden, obwohl – völlig untypisch für London – heller Sonnenschein durch die Fenster hereinströmte.

»Bin gleich wieder da«, sagte Nicole und verschwand ins Schlafzimmer.

»Er ist wieder in Leeds«, sagte Hallam nachdenklich. »Morgan. Er hat gestern eine E-Mail geschickt – er schrieb, er sei gerade von seinem letzten Trip zurückgekommen.«

»Ich kann's echt nicht glauben«, sagte Steve. »He, keine Sorge, ich glaube dir jedes einzelne Wort, Paul – du verstehst schon, was ich meine. Okay, er machte immer einen auf harter Macker, aber... Das ist doch krank, total geisteskrank.«

Nicole kam zurück, eine Postkarte in der Hand.

»Die hat er uns aus Nepal geschickt«, erklärte sie. »Gibst du mir noch mal das Foto mit dem Eintrag aus dem Checkpoint in Muktinath? Danke.« Sie verglich die beiden Handschriften, nickte und gab Karte und Foto weiter. Man mußte kein Graphologe sein, um zu sehen, daß die beiden Handschriften übereinstimmten. Gott sei Dank. Ein weiteres Mosaiksteinchen, das meine Ausführungen bestätigte.

Eine kleine Ewigkeit verging, ohne daß jemand etwas sagte.

»Ich fühle mich wie bei einem Begräbnis«, brach Hallam das Schweigen. »Warum reden wir nicht einfach unten im Pub weiter? Ich glaube, ich könnte jetzt ein Bier vertragen.«

Lawrence, der normalerweise kaum zu bremsen war, sobald die Rede auf Bier kam, gab keinen Ton von sich.

»Dein Plan gefällt mir«, sagte Steve.

Dann gingen wir hinunter in den Pub, das Pig&Whistle, ein richtig englisches Lokal statt einer dieser allerorten angesagten Neonbars, in denen man thailändische Häppchen serviert bekam. Hallam holte ein Päckchen Marlboro Lights und hielt die offene Schachtel in die Runde. Wir bedienten uns; nur Lawrence verzichtete.

»Normalerweise rauchen wir gar nicht«, sagte Nicole. »Höchstens mal eine auf Reisen.«

»Ich auch nicht«, sagte ich.

»Ist ja 'n Ding«, sagte Steve. »Ich bin sonst auch nicht für Fluppen. Tja, da sind wir wohl alle ähnlich gewickelt.«

Hallam unterbrach uns. »Was hast du jetzt vor?«

Ich zögerte. Jetzt, da ich es formulieren sollte, kam mir mein Plan plötzlich melodramatisch, völlig übertrieben vor. Ich überlegte, wie ich ihnen mein Vorhaben am besten erklären konnte.

Doch dann nahm mir Lawrence unvermittelt das Wort aus dem Mund.

»Es gibt nur eine Möglichkeit«, sagte er. »Wir müssen ihn selbst unschädlich machen.«

»Ruhig Blut«, sagte Nicole. »Laß uns nicht irgendwas übers Knie brechen, was wir ...«

»Scheiß drauf«, sagte Lawrence. »Sorry, Nic, wenn wir ihn nicht kaltmachen, wird dieses Schwein sein Spiel ungestraft weitertreiben. Und er hätte Schlimmeres als den Tod verdient, das weißt du genau.«

»Ich hatte Paul gefragt«, sagte Hallam.

»Ich sehe es genauso«, sagte ich leise.

»Selbstjustiz«, sagte Nicole mit skeptischer Stimme.

»Die Rache des Clans«, sagte ich. »Der einzige Weg, ihn zu stoppen.«

»Ein verdammt gefährliches Spiel, auf das du dich da einlassen willst«, sagte Steve.

»Hier geht's nicht um irgendein *Spiel*«, ließ sich Nicole vernehmen. »Laßt euer Machogehabe, und schaltet euer Gehirn ein. Oder wollt ihr etwa noch ein paar Bierchen zischen und euch dann auf den Weg nach Leeds machen?«

»Was willst *du* denn tun, Nic?« fragte Lawrence in scharfem Ton. »Ihm künftig keine Weihnachtskarten mehr schicken und darauf warten, daß die Penner bei Interpol irgendwann mal wach werden? Dich zurücklehnen und Däumchen drehen, während er sich seine nächsten Opfer sucht?«

»Na, jetzt aber mal halblang, Lawrence«, sagte Hallam.

»Schon okay, Hal«, erklärte Nicole. »So habe ich das bestimmt nicht gemeint, Lawrence. Laura war auch meine Freundin. Ich war dabei, als wir ihre Leiche gefunden haben. Ich wollte lediglich sagen, daß wir jetzt bloß nichts überstürzen sollten.«

»Es gibt keine Alternative«, sagte Lawrence. »Wir müssen ihn unschädlich machen. Ihn *töten*. Stimmst du mir da zu oder nicht?«

»Lawrence...«, sagte Hallam.

Ein warnender Tonfall hatte sich in seine Stimme geschlichen, und normalerweise hätte das jeden sofort zum Verstummen gebracht, doch Lawrence war nicht zu bremsen. »Sie kann für sich selbst reden, Hallam. Also, Nicole? Ja oder nein?«

»Hast du Angst, ich hätte mich in so 'ne Art Ökopazifistin verwandelt, Lawrence?« Düstere Belustigung schwang in ihrer Stimme mit. »Da kann ich dich beruhigen. Trotzdem ist Laura tot, und dadurch, daß wir ihn töten, wird sie auch nicht wieder lebendig. Mir geht es nicht in erster Linie um Rache, sondern darum, daß wir verhindern, daß so etwas noch einmal passiert. Und wenn das bedeutet, daß wir ihn...« Sie zuckte mit den Schultern. »Vielleicht haben wir wirklich keine andere Wahl.«

»Ich fürchte, es gibt keine andere Möglichkeit«, sagte ich. »Mir ist jedenfalls keine eingefallen.«

»Und wie stellst du dir das vor?« fragte Steve. »Morgan läßt sich nicht so einfach in irgendeine Falle locken. Nic hat recht, wir sollten auf keinen Fall unüberlegt losschlagen. Verdammt noch mal, ich bin ebenso außer mir wie du, Lawrence. Aber jetzt reiß dich trotzdem mal ein bißchen am Riemen, okay?«

»Das tue ich schon die ganze Zeit«, sagte Lawrence. »Sonst wäre ich ja wohl bereits auf dem Weg nach Leeds, nicht wahr? Ich will lediglich verhindern, daß wir uns am Ende auf irgendeinen halbherzigen Kompromiß einigen. Über die Medien erreichen wir zum Beispiel überhaupt nichts.«

»Hallam?« sagte ich. »Was meinst du dazu?«

Er war de facto unser Anführer – und diese Rolle hätte er schon von Anfang an innegehabt, wäre er damals nicht unser Fahrer gewesen.

»Ich frage mich bloß, wie wir ihn zur Strecke bringen sollen«, sagte er. »Daß am Ende vielleicht jemand von uns ums Leben kommt oder wir alle in den Knast wandern, ist die Sache nicht wert.«

Nicole nickte.

»Ich wette, unser lieber Mister Wood hat sich bereits etwas ausgedacht«, sagte Steve. »Oder, Woodsie?«

Alle sahen mich an.

»Ja«, sagte ich. »Im Grunde stelle ich es mir ganz simpel vor. Nicht wir kommen zu ihm, sondern er zu uns. Wir locken ihn nach Afrika. Wir stellen ihn auf seinem ureigenen Terrain.«

»Afrika?« fragte Nicole. »Und wie willst du ihn dort hinlotsen?«

»Er ist Globetrotter, nicht wahr?« sagte ich. »Reisen geht ihm über alles. Er ist nach Hause zurückgeflogen, weil er kein Geld mehr hatte, fängt aber erst im Januar wieder zu arbeiten an. Man könnte ihn folgendermaßen ködern: Nehmen wir mal an, er würde von einem Reisebüro die Nachricht bekommen, jemand hätte in letzter Minute seine Marokko-Reise gecancelt – alles schon bezahlt, eine Woche Nordafrika, und er muß gerade mal noch fünfzig Mücken drauflegen, allerdings unter der Voraussetzung, daß er die Reise innerhalb von drei Tagen antritt. Und warum sie gerade auf ihn gekommen sind? Sie haben seinen Namen aus dem Anschriftenverzeichnis von Truck Africa. Unterbringung im Einzelzimmer, nicht, daß er noch auf die Idee kommt, irgendeinen Freund mitzubringen. Falls er überhaupt welche hat.«

»Das könnte funktionieren«, sagte Steve. »Jede Wette, daß er darauf anbeißt. Ich erinnere mich noch genau. Am liebsten wäre er dageblieben. Marokko war das Höchste für ihn.«

»Wie für uns alle«, sagte Nicole.

»Ich komme für die Kosten auf«, sagte ich. »Der allmächtige Dollar. Ich habe ein bißchen was auf die Seite gelegt.«

»Ich hab' noch ein paar britische Pfund übrig«, sagte Lawrence. »Ich übernehme die Hälfte.«

»Falls wir das wirklich machen sollten«, sagte Nicole, »teilen wir uns die Auslagen.«

»*Falls?* Was soll das heißen?« fragte Lawrence. Der scharfe Ton in seiner Stimme war nicht zu überhören.

»Ich verstehe dich ja, Lawrence«, gab sie zurück. »Trotzdem glaube ich, daß wir alle erst mal eine Nacht über die ganze Sache schlafen sollten. Laßt uns einfach mal in Ruhe darüber nachdenken, jeder für sich. Ich kann das jetzt nicht so auf die Schnelle entscheiden. Vielleicht können wir die Sache über das Reisebüro eines Freundes laufen lassen. Aber erst will ich in Ruhe überlegen. Einverstanden?«

»Einverstanden«, sagte Lawrence. Er klang, als wolle er sich bei ihr entschuldigen.

Wir tranken unser Bier aus und ließen abermals die Schachtel mit den Zigaretten herumgehen.

»Dann sehen wir uns morgen?« schlug ich vor. »Um sechs hier im Pub?«

Die anderen stimmten zu.

Und das war's. Es gab nichts mehr zu sagen. Hallam, Nicole und Lawrence starrten düster vor sich hin. Steve schien wie immer zu grinsen, doch sein Blick ließ darauf schließen, daß er angestrengt nachdachte. Schweigend leerten wir unsere Gläser.

»Willst du bei uns übernachten?« fragte mich Nicole, als wir uns schließlich auf den Weg machten. »Unser Sofa ist gar nicht so unbequem, wie es aussieht.«

»Danke«, sagte ich. »Aber ich habe mir schon ein Zimmer genommen.«

Ich wollte sie nicht durch meine Anwesenheit stören. Ich wollte, daß sie in aller Ruhe über unser Treffen und meinen Plan beratschlagten. Nichts lag mir ferner, als sie zu drängen. Andererseits begann ich mich langsam zu fragen, ob es richtig gewesen war, meine Freunde in meine persönliche Vendetta hineinzuziehen. Steve hatte recht. Es war ein verdammt gefährliches Spiel, auf das ich mich eingelassen hatte – und nicht zuletzt war es möglich, daß einer meiner Verbündeten dabei zu Tode kam.

Unseren ersten und einzigen Streit hatten Laura und ich im Afi-Mountain-Reservat nahe der nigerianischen Grenze. Und hätte ich mich nicht derart verbohrt aufgeführt, wäre sie nicht ermordet worden. Andere Leute sagen einem immer wieder, man solle sich keine Selbstvorwürfe machen – was aber, wenn man indirekt eben doch die Schuld am Tod eines Menschen trägt? Wenn einem klar ist, daß alles ganz anders gekommen wäre, wenn man sich nicht so verdammt kleinlich und selbstgerecht aufgespielt hätte.

Das Affenreservat entschädigte uns für den aufreibenden und schier nicht enden wollenden Trip dorthin – obwohl man uns versichert hatte, die Fahrt würde gerade mal eine Stunde dauern. Eigentlich typisch für Afrika und Nigeria im besonderen, damals sicher einer der zehn schlimmsten Staaten auf diesem Planeten – ein heißes, stickiges, verdrecktes, übervölkertes Land, regiert von einer rücksichtslosen Kleptokratie, ein Staat, in dem nichts funktionierte, in dem man von niemandem Hilfe erwarten konnte und in dem selbst das Essen nicht schmeckte. Obwohl es eines der größten Ölförderländer der Welt war, konnte man Benzin nur auf dem Schwarzmarkt bekommen. Nigeria hätte ein reiches Land sein können, doch nach Jahrzehnten systematischer Ausbeutung herrschten dort nur noch Gewalt und Korruption.

Den einzigen Pluspunkt Nigerias stellten die für afrikanische Verhältnisse hervorragenden Straßen dar, auch wenn wir alles andere als begeistert waren von den alle paar Meilen auftauchenden Checkpoints, wo jedesmal abgerissene Gestalten lauerten, die einen nur gegen ein gehöriges Bakschisch passieren ließen. Die Straße ins Afi-Gebirge stellte indes eine Ausnahme dar; eine schlammige, von Schlaglöchern übersäte Piste entlang eines kleinen Flusses, der kniehoch Wasser führte. Was man auch positiv sehen konnte; da die Straße so gut wie unpassierbar war, hatte man wenigstens hier noch nicht damit begonnen, den Regenwald abzuholzen. Die Fahrt war dennoch die reinste Hölle.

Plötzlich hatten wir einen Platten, woraufsich der Truck im Uferschlamm festfuhr. Zunächst machten wir uns keine Gedanken. Inzwischen waren wir bereits drei Monate unterwegs und mindestens fünfzigmal irgendwo steckengeblieben; mit derartigen Situationen kannten wir uns bestens aus. Es ging lediglich darum, die Reifen freizubuddeln, den Platten zu flicken, die etwa drei Meter langen Sandbleche unter die Reifen zu schieben, um diese am erneuten Durchdrehen zu hindern. Unsere Gruppe funktionierte mittlerweile wie eine gut geölte Maschinerie, und gewöhnlich hätten wir das kleine Problem innerhalb von einer halben Stunde in den Griff bekommen.

Zuerst hatten wir sogar noch richtig Spaß. Und die Gegend war wenigstens malerisch. Der Fluß, etwa zehn Meter breit, bahnte sich seinen Weg durch dichten Dschungel; überall waren Schmetterlinge, Blumen und farbenprächtige Vögel zu sehen, und wenn man stehenblieb und lauschte, konnte man das Geraschel wilder Tiere hören. Ein kleiner Pfad führte in den Dschungel, und nachdem Claude losgezogen war, um sich umzusehen, kam er ein paar Minuten später mit frisch gepflückten Ananas zurück. Zwar herrschte Regenzeit, doch nur ein paar harmlose kleine Wolken zogen über den hellblauen Himmel. Einen schöneren Tag hatten wir seit Wochen nicht erlebt.

Während Lawrence, Morgan und ich die Reifen freischaufelten, rutschte Michelle, die uns Wasser bringen wollte, aus und fiel vornüber in den Schlamm; wir bogen uns vor Lachen, als sie wutentbrannt hinter Nicole herlief, die das Ganze mit ihrer Videokamera aufgenommen hatte. Als Rick, Michael und Robbie uns ablösten, begannen Chong und Mischtel spontan mit einer Art Schlammcatchen, in das im Nu ein halbes Dutzend anderer verwickelt war. Emma, Carmel und Kristin gingen schwimmen. Wir alberten herum und waren froh, den Smog der nigerianischen Städte hinter uns gelassen zu haben.

Doch je tiefer wir gruben, desto wäßriger wurde der Schlamm. Wir ließen Luft aus den Reifen und versuchten es mit den Blechen, aber die Räder drehten sofort durch und trieben die Bleche bloß tiefer in den Schlamm. Es dauerte zehn Minuten, bis sie wieder ausgegraben waren. Morgan, Lawrence und ich übernahmen wieder. Die Stimmung wurde schlechter. Als ein paar der Umstehenden anfingen, sich mit Schlamm zu bewerfen, und Michelle bei dem Versuch, sich vor Claude in Sicherheit zu bringen, mit Morgan zusammenstieß, schnauzte dieser sie an: »Hau bloß ab, sonst mach' ich dich alle!«

»Wir arbeiten hier, verdammt noch mal, falls du das noch nicht gemerkt hast«, fügte Lawrence unwirsch hinzu.

Michelle machte, daß sie wegkam. Meine Laune sank ebenfalls rapide. Diejenigen, die nicht schaufelten, realisierten einfach nicht, wie tief die Räder eingesunken waren. Ich vermutete, daß wir über kurz oder lang die Winde einsetzen mußten – eine gnadenlose Schufterei, die den Rest des Tages in Anspruch nehmen würde.

Michelle und Claude entschuldigten sich. Wir schenkten ihnen keine Beachtung und gruben weiter. Allmählich begann ich mich zu fragen, ob wir dadurch nicht noch alles verschlimmerten, den Karren im wahrsten Sinne des Wortes so richtig in den Dreck fuhren. Die anderen machten weiter mit ihrer Schlammschlacht, und plötzlich warf mir Laura einen Klumpen Schlamm direkt ins Gesicht. Ein bißchen Dreck geriet in mein Auge, das zu tränen anfing. Ich ließ die Schaufel fallen und stolperte zum Fluß, um mir das Auge auszuwaschen. Laura kam angelaufen. Zutiefst schuldbewußt sah sie mich an und begann, sich zu entschuldigen.

»Paß doch gefälligst ein bißchen auf!« platzte es aus mir heraus. Es war das erste Mal, daß ich sie anbrüllte. Sie streckte die Hand nach meinem Gesicht aus, doch ich wehrte ab. Das Wasser des Flusses war braun und schmutzig, und ich brauchte eine Weile, bis ich den Dreck aus meinem Auge geblinzelt hatte.

»Es tut mir leid«, sagte Laura. »Es tut mir wirklich leid. Ich habe nicht auf dich gezielt. Es war keine Absicht.«

»Wie wär's, wenn ihr endlich aufhört mit diesem Schwachsinn?« zischte ich, immer noch stocksauer. Ich wollte mich gerade von ihr abwenden, um weiterzugraben, als ich sah, daß Chong meine Schaufel aufgehoben hatte und für mich eingesprungen war.

»Komm, du brauchst eine Pause«, sagte Laura beschwichtigend. »Laß uns etwas zu essen machen, dann geht's dir wieder besser.«

»Ich habe die ganze Scheiße hier bis obenhin satt«, sagte ich. Keine Frage, mit diesem Gefühl war ich nicht allein. Das ständige Miteinander raubte einem zuweilen den letzten Nerv. Aber diesmal kam es mir wirklich aus tiefstem Herzen.

»Ach, nun sei doch nicht so«, sagte Laura. »Hilfst du mir, den Tisch aufzustellen?«

»Das war kein Witz«, sagte ich. »Ich hab's satt. Ich finde das alles nur noch zum Kotzen.«

Ihr bestürzter Blick ließ keinen Zweifel daran, daß sie mich genau verstanden hatte. Sie suchte nach Worten, überlegte, wie sie mich besänftigen, mich aufheitern konnte.

Doch ich war alles andere als in der Stimmung, einen auf Friede, Freude, Eierkuchen zu machen. Ich ließ sie stehen und marschierte zu Hallam, Nicole und Steve, die gerade den Reifen fertiggeflickt hatten. »Das ist doch alles Bullshit«, machte ich meinem Ärger Luft. »So kriegen wir die Kiste nie aus dem Dreck. Kommt, wir probieren es mit der Winde.«

»Sieht wirklich nicht gut aus«, räumte Hallam ein. »Wir versuchen es jetzt ein letztes Mal, und wenn's dann nicht klappt, nehmen wir die Winde zu Hilfe, okay?«

»Schlamm und Dreck«, sagte Steve und klopfte zärtlich das Blech des Lastwagens. »Das ist eben nichts für so 'ne alte Lady.«

»Statt der alten Schrottkarre hätten wir uns lieber ein paar Landrover mieten sollen«, murmelte ich.

Nicole wollte etwas sagen, überlegte es sich dann aber anders und sah Laura an. »Komm, wir kümmern uns schon mal ums Mittagessen«, sagte sie lächelnd.

Laura nickte, und die beiden begannen, die an den Seiten des Lkws befestigten Wasserkanister loszumachen; anschließend förderten sie Brot, Konserven und Gemüse zutage und stellten den Tisch auf. Als ich mich abermals nach ihnen umdrehte, sah ich, daß es Thunfischsalat und Reis von gestern gab. Ich gesellte mich zu ihnen, um zu helfen. Meine Wut war mittlerweile verraucht. Und dennoch hatte ich fest vor, mich endgültig auszuklinken und auf eigene Faust weiterzureisen.

Eine Weile darauf kam Rettung – in Gestalt eines Reservats-Landrovers, hinter dem ein paar Nigerianer auf Motorrädern heranrauschten. Wir beschlossen, den Lastwagen vorerst zu lassen, wo er war – Hallam, Steve und Nicole erklärten sich bereit, ihn solange zu bewachen –, und verhandelten mit unseren Rettern, was es kosten sollte, wenn sie uns mitnahmen. Unsere halbe Mannschaft fand im Landrover Platz. Ich stieg hinter einem der Motorradfahrer auf. Der Junge war höchstens siebzehn, schoß in einem Affenzahn über eine nicht weit entfernte, verdammt schmale Brücke und ließ den Motor laut aufheulen, ehe er die steile Schotterstraße in einem solchen Tempo hinaufbretterte, daß ich es vorzog, die Augen zu schließen. Wir kamen tatsächlich lebend oben an. Das Affenreservat – geleitet von einer Amerikanerin, die vor vierzehn Jahren mit einem Zehn-Tage-Visum eingetroffen und seither geblieben war – war ein faszinierender Ort, ein wahres Paradies unter dem Baldachin des Regenwalds, ein atemberaubend grünes Eden nach all den grauen, abgasverpesteten nigerianischen Straßen, über die wir hierhergelangt waren.

Als wir am nächsten Morgen gefrühstückt hatten und allein in unserem Zelt waren, sagte ich zu Laura, die gerade ihre Zahnbürste wegpackte: »Ich habe das ernst gemeint gestern.«

»Was?« fragte sie, ohne sich zu mir umzudrehen.

»Mir reicht's. Ich zieh' Leine, und zwar ein für allemal.«

Sie wandte sich abrupt um. »Paul. Ich verstehe ja, daß du sauer warst gestern. Aber jetzt laß es endlich wieder gut sein.«

»Es geht gar nicht um die gestrige Aktion«, sagte ich. »Ich habe einfach die Nase voll. Ich hab's satt, daß sich pausenlos alles um die nächste Mahlzeit dreht. Ich habe das ganze Affentheater satt. Ich hab's satt, im Zelt zu pennen, dauernd mit neunzehn anderen zu essen, null Privatleben zu haben und mich fortwährend nach der Gruppe richten zu müssen, egal ob mir ein Ort nicht gefällt oder ich vielleicht irgendwo gern länger bleiben würde. Und den Scheißlaster alle naselang wieder flottzumachen, geht mir inzwischen auch verdammt auf den Geist.«

»Aber ich dachte, du wolltest mit durch den Kongo. Ohne Truck kannst du das voll vergessen.«

»Das schaffen wir sowieso nicht. Und selbst wenn... Ja, klar will ich den Kongo sehen, aber nicht mit der Mischpoke hier.«

Sie zögerte einen Moment. »Willst du allein weiter?«

»Was?« fragte ich verblüfft. »Nein, mit dir natürlich. Wir könnten nach Zimbabwe fliegen und meine Verwandten besuchen. Oder nach Kenia, wenn dir das lieber ist.«

»Ich komme nicht mit.«

Mit einer derart brüsken Abfuhr hatte ich nicht gerechnet.

»Ach« sagte ich. »Ist das wirklich so einfach für dich?«

Sie senkte den Blick. »Die anderen sind unsere Clique, unsere Familie. Ich werde sie nicht im Stich lassen. Wenn du gehen willst, ist das deine Entscheidung. Ich bleibe jedenfalls hier.«

»Das... das ist...«, stammelte ich.

»Was?«

Mir fehlten die Worte. Stumm sah ich sie an.

»Was geht dir denn so gegen den Strich?« fragte sie. »Das tägliche Miteinander? Oder hast du die anderen über? Ich weiß, du bist kein Gruppenmensch. Aber ich dachte, du empfindest die anderen als Freunde.«

»Stimmt ja auch«, sagte ich. »Du hast ja recht. Ich will auch niemanden im Stich lassen. Ich halte es bloß einfach nicht mehr aus.«

»Du mußt einfach die Zähne zusammenbeißen, Paul. Es hilft ja nichts.«

Doch dann wußte ich plötzlich, was ich ihr sagen wollte. »Ich dachte, unsere Beziehung wäre dir wichtiger als die anderen.«

»Sie sind mir genauso wichtig.« Sie sah mir ernst in die Augen. »Damit meine ich nicht, daß du mir unwichtig bist. Ganz im Gegenteil. Und das weißt du auch. Niemand bedeutet mir mehr als du. Trotzdem sind die anderen auch wichtig. Für dich ebenso wie für mich. Ich wünschte, du würdest das begreifen. Ich muß dich wohl vor deiner eigenen Dummheit schützen; ich laß dich nicht gehen.«

Ich wünschte, ich hätte ihr zugehört, ihr richtig zugehört und verstanden, was sie mir sagen wollte.

Aber ich war derart entnervt und so voller Selbstmitleid, daß ich statt dessen hörte: *Sie sind mir wichtiger als du. Ich weiß genau, daß du dich nicht traust, unsere Beziehung aufs Spiel zu setzen, und deshalb sitze ich am längeren Hebel.*

»Ach, leckt mich doch alle«, sagte ich. »Ich mach' jetzt erst mal 'nen Spaziergang.«

Und noch ehe sie mich aufhalten konnte, war ich aus dem Zelt.

Ich war dermaßen aufgebracht, daß ich unsere Unterhaltung in Gedanken wieder und wieder abspulte und Laura die schlimmsten Absichten unterstellte, die sich nur irgend denken ließen. Ich marschierte eine gute halbe Stunde querfeldein, bevor mir bewußt wurde, daß ich mich verlaufen hatte. Zuerst war ich an ein paar Farmgebäuden am Rande des

Reservats vorbeigekommen – gut in Schuß gehaltenen, an einem kleinen Fluß gelegenen und von Feldern umgebenen Holzhäusern –, ehe ich auf einen Schotterweg abgebogen war, der in den Wald hineinführte. Von dort waren weitere Pfade abgegangen, und inzwischen befand ich mich mitten in der Wildnis, ohne mich auch nur im mindesten erinnern zu können, woher ich gekommen war.

»Scheiße«, murmelte ich in mich hinein. Ich sah mich um. Wenigstens hatte ich einen einigermaßen guten Blick, da es sich nicht um undurchdringlich grünen Mangrovendschungel wie unten im Süden handelte, sondern um Regenwald; die Bäume ragten gut zwanzig Meter weit in die Höhe, wo Äste und Laub einen dichten Baldachin bildeten, durch den so wenig Licht fiel, daß am Boden kaum etwas wuchs. Dennoch sah es zu allen Seiten gleich aus; hüfthohe Sträucher, junge Bäume, abgefallene Zweige, endlose Lianen, die sich wie Schlangen um moosbedeckte Baumstämme ringelten, und überall lagen gelbe Blüten von irgendwelchen Blumen, die offenbar hoch oben im Dickicht der Baumkronen blühten.

»Scheiße«, sagte ich abermals. Verschollen im afrikanischen Regenwald. Ein atemberaubend schöner Ort, um sich zu verlaufen, was aber nichts an der Tatsache änderte, daß ich mich wie ein Anfänger verhalten hatte. Gefährlich war es obendrein. Die Lianen erinnerten mich unangenehm daran, daß es hier Pythonschlangen gab. Und Leoparden. Irgendwo raschelte etwas, und unwillkürlich überlief mich ein Schauder. Reiß dich zusammen, sagte ich mir. Raubkatzen waren sehr selten, außerdem würden sie ein Lebewesen meiner Größe kaum angreifen. Die einzige wirkliche Gefahr bestand darin, daß man mich nicht fand. Ach was. Über kurz oder lang würden die Leute vom Reservat ein paar Einheimische losschicken, die nach mir suchten.

Ich schüttelte den Kopf. Vielleicht hatte Laura tatsächlich recht, wenn auch aus einem völlig anderen Grund. Ohne die anderen war ich aufgeschmissen. Allein kam ich nicht zurecht.

Ich beschloß, mich zunächst einmal umzusehen, ob ich nicht doch irgendwo einen Pfad fand. Zwar wollte ich auf keinen Fall den Fehler machen, den Robbie in der Wüste begangen hatte, und Gefahr laufen, mich noch weiter von unserem Lager zu entfernen, aber es konnte nicht schaden, wenn ich mich ein bißchen umsah; vielleicht fand ich ja so den Rückweg. Ich meinte mich vage zu erinnern, in östlicher Richtung bergab gelaufen zu sein. Da ich nicht ausmachen konnte, wo die Sonne stand, marschierte ich schlicht wieder bergauf.

Als ich einige Minuten später innehielt, um in stummer Ehrfurcht die Magie des Regenwalds zu bewundern, drang aus weiter Ferne das kaum wahrnehmbare Rauschen von Wasser an mein Ohr. Zuerst ging ich in die falsche Richtung, doch schließlich fand ich den Fluß; und als ich ans Ufer trat, verschwand blitzschnell ein Tier im Dickicht, das ich beim Trinken gestört hatte. Ich hätte gern einen Blick auf das Tier erhascht, doch bei weitem wichtiger war, daß ich meine Orientierung wiedergefunden hatte. Ein Gefühl des Triumphs stieg in mir auf. Ich ging flußaufwärts, bis ich wieder auf die Farmsiedlung nahe dem Reservat stieß.

Indes war es nicht so, als wäre mir ein Stein vom Herzen gefallen; echte Angst hatte ich jedenfalls nicht empfunden. Die Pracht des Regenwalds hatte mich regelrecht überwältigt. Im Grunde war ich froh, daß ich mich verlaufen hatte, schon deshalb, weil ich so die Erfahrung gemacht hatte, mutterseelenallein durch den afrikanischen Regenwald zu streifen. Wäre ich mit jemandem unterwegs gewesen, hätten unsere Worte nur die majestätische Stille gestört. Andererseits wünschte ich mir, Laura wäre bei mir gewesen; zusammen hätten wir schweigend die Erhabenheit der Natur genießen können. Sie war die einzige, mit der ich diese grandiosen Momente hätte teilen mögen.

Und genau darin bestand mein Problem mit unserer Gruppe.

Als ich zurückkam, brachen die anderen gerade auf, um sich die Schimpansen anzusehen. Ich schloß mich ihnen an. Zwischen Laura und mir herrschte eisiges Schweigen, und ausnahmsweise war ich froh, die üblichen Verdächtigen um mich zu haben. So konnte ich problemlos Distanz zu ihr halten.

Als wir schließlich wieder zurück und allein in unserem Zelt waren, sah sie mich lange und fragend an. Ich wußte, worauf sie wartete. Darauf, daß ich mich bei ihr entschuldigte und zugab, daß sie recht gehabt hatte.

»Ich bin hundemüde«, log ich und schloß die Augen.

Wir hätten wieder zueinandergefunden. Zwar blieb die Atmosphäre zwischen uns auch während der nächsten Woche gespannt, aber noch ein, zwei Tage, und wir würden uns wieder in die Arme schließen, da war ich mir sicher. Ich war bereit, mich bei Laura zu entschuldigen. Die größte Schwierigkeit bestand darin, daß es unser erster Streit gewesen war; wir wußten beide nicht, wie wir damit umgehen sollten.

Dann waren wir in Kamerun, auf der Etappe von Ekok nach Mamfe, ein gnadenloser Roadtrip, der uns allen das Äußerste abverlangte. Drei Tage lang schufteten wir in der Gluthitze, um vierzig Kilometer zurückzulegen, was die allgemeine Stimmung nicht gerade besserte; mir war ohnehin klar, daß ich mich über kurz oder lang von der Gruppe verabschieden würde. Es war fraglos die schlimmste Strecke der Welt; in der Straße klafften Schlammlöcher, in denen man unseren Lkw problemlos hätte versenken können, ganz abgesehen davon, daß diverse Umleitungen direkt durch den Dschungel führten. Jeden Tag überholten uns Peugeots und Toyotas mit acht oder mehr Passagieren; wenn sie irgendwo steckenblieben, stiegen einfach alle Insassen aus, um den Wagen anzuheben und im Handumdrehen wieder flottzumachen. Wir mußten jedesmal die Schaufeln herausholen oder den Truck mit der Winde aus dem Schlamm befreien. Dazu kam, daß Morgan und Steve, unsere beiden kräftigsten Männer, an Malaria erkrankt waren. Einzig Hallam und Nicole gaben ihr Bestes, um die Stimmung nicht noch weiter in den Keller sacken zu lassen – allein schon deshalb, damit niemand durchdrehte, wie ich vermutete.

Zwischen Laura und mir herrschte eine Art höflicher, aber distanzierter Waffenstillstand, während wir uns von Ekok nach Mamfe vorwärtskämpften. Kurz bevor wir am Mount Cameroon ankamen, vertrat sie sich den Knöchel. Ich bot ihr an, bei ihr zu bleiben, doch sie sagte, ich solle mich ruhig den anderen anschließen. Unser Verhältnis war nach wie vor alles andere als herzlich.

Als ich zurück war, küßten wir uns flüchtig und erzählten einander, was sich in der Zwischenzeit ereignet hatte, aber das war's auch schon. Trotzdem begann das Eis langsam zu tauen. Ich wußte nur allzu gut, daß sie lediglich auf meine Entschuldigung wartete, darauf, daß ich endlich von meinem Egotrip herunterkam und mich für die Gruppe – und damit für unsere Beziehung – entschied. Ebenso war mir klar, daß ich am Ende einlenken würde. Doch so vernagelt, wie ich war, entschloß ich mich, noch ein paar Tage zu warten. Es war kindisch von mir, egoistisch, aber ich wollte sie noch ein bißchen zappeln lassen.

Am nächsten Tag fuhren wir nach Limbe, wo wir unser Lager im schwarzen Sand des Mile Six Beach aufschlugen. Morgan hatte sich inzwischen erholt und trampte zusammen mit Lawrence, Claude und Michelle in den Ort, wo sie vorübergehend in einem Hotel absteigen wollten. Doch nach Einbruch der Dunkelheit kam Morgan zurück. Und am Strand traf er auf Laura. Allein. Allein, weil ich nicht bei ihr war. Allein, weil ich aus reiner Sturheit ablehnte, als sie mich fragte, ob ich noch eine Runde mit ihr schwimmen gehen wolle. Es war meine Schuld. Sie mußte sterben, weil ich nicht nachgegeben hatte.

Ich ließ den Tag ausklingen, indem ich durch Covent Garden streifte, ein paar Buchhandlungen an der Charing Cross Road aufsuchte, müßig das Embankment entlangflanierte, mir einen unbedeutenden Film im Roxy in Brixton ansah und schließlich mit der U-Bahn zurück nach Earl's Court fuhr, als mich der Jetlag übermannte. Ein paar Zimmer weiter grölte eine Horde Spanier herum; ich schlief dennoch sofort ein.

Ich wachte spät auf; als ich gefrühstückt und die *Times* und den *Guardian* gelesen hatte, war es bereits zwei Uhr. Anschließend besichtigte ich den Tower, möglicherweise keine ganz so brillante Idee, wie ich angesichts all der Folterinstrumente dachte – in letzter Zeit hatte ich genug Alpträume gehabt. Die anderen warteten schon, als ich das Pig & Whistle betrat.

Sie hatten mir bereits ein Bier bestellt. Ich setzte mich und zündete mir eine Zigarette an. Hallam wollte etwas sagen, doch ich schüttelte den Kopf, während ich gleichzeitig die Hand hob.

»Ich wollte euch noch etwas sagen«, hob ich an. »Inzwischen bin ich mir nicht mal mehr sicher, ob es richtig war, euch überhaupt um Hilfe zu bitten. Sagt einfach nein, wenn ihr euch gegen meinen Vorschlag entschieden habt. Vergeßt es. Das Ganze ist einfach zu verrückt. Vielleicht bin ich selbst inzwischen total übergeschnappt. Wie auch immer, ich werde mich nicht mehr davon abbringen lassen. Wenn ihr dabei seid, okay – und wenn nicht, drehe ich ganz bestimmt niemandem einen Strick daraus.«

»Hör bloß auf mit dem masochistischen Gewäsch«, ließ sich Lawrence vernehmen. »Ich bin dabei, und wenn es das Letzte ist, was ich in meinem Leben tue.«

Ich sah Hallam und Nicole an.

»Wir haben lange überlegt«, sagte Nicole. »Und eigentlich hatten wir vor, euch einen brillanten Alternativplan vorzulegen, um ihn für den Rest seines Lebens hinter Gitter zu bringen. Aber uns ist beim besten Willen nichts eingefallen, und offenbar hast du dir ja auch schon vergeblich den Kopf zerbrochen, Paul. So bleibt uns wohl keine andere Wahl. Der lange Arm des Gesetzes ist zu kurz für Morgan.«

»Wir müssen die Sache selbst in die Hand nehmen«, ergänzte Hallam. »Sonst wird nichts passieren, so einfach ist das.«

Ich wandte mich zu Steve, während unwillkürlich ein Lächeln um meine Mundwinkel spielte.

Er grinste. »Ich bin dabei, Alter. Irgendeiner muß euch ja den Rücken freihalten. Und nächstes Mal gibst du ein bißchen früher Bescheid, okay? Da unten in Indonesien hättest du bestimmt ein bißchen Unterstützung gebrauchen können.«

»Marokko also«, sagte Steve ein paar Bierchen später. »Verdammt großes Land, wenn ich mich recht entsinne. Hast du schon 'nen bestimmten Ort im Kopf für unser Rendezvous mit Morgan?«

»Die Todra-Schlucht«, sagte ich.

Alle nickten. Sie wußten, wovon ich sprach.

»Die Todra-Schlucht«, wiederholte Hallam. »Perfekt.«

24

Die Säulen des Herkules

Drei Tage später flogen wir mit Crown Air vom Luton Airport nach Gibraltar. Es war der einzige halbwegs günstige Flug; die Maschine nach Casablanca wäre uns um einiges teurer gekommen. Außerdem hatten wir reichlich Zeit. Morgan hatte den Köder samt Angelhaken geschluckt; sein Flieger ging in zwei Tagen. Und weitere zwei Tage später würde er, wenn alles planmäßig verlief, dort eintreffen, wo wir ihn haben wollten. In der Todra-Schlucht.

Alles war erstaunlich einfach zu arrangieren gewesen. Daß Nicole in einem Reisebüro arbeitete, erleichterte die Planung ungemein. Wir hatten ein ganzes Paket zusammengestellt, das Hin- und Rückflug, eine Übernachtung in Marrakesch, zwei Übernachtungen in einem kleinen Hotel nahe der Schlucht, zwei Tage Kameltrekking in der Wüste und zwei Übernachtungen in Essaouira an der Atlantikküste beinhaltete. Für die Hotels und für Morgan waren wir eine neue, auf Package-Touren in Marokko spezialisierte Reiseagentur namens Marrakesh Express Holidays, die Touren für Alleinreisende und Paare anbot. Ich verbrachte ein paar Stunden in einem Londoner Copyshop, um dort am Computer stilecht aussehende Geschäftspapiere zu kreieren, wobei ich die Unterlagen von ein paar anderen Reisebüros als Vorlage heranzog. Dann ließen wir Morgan von Nicoles Freundin Rebecca anrufen, der wir erzählt hatten, es handele sich um eine Überraschung zu seinem Geburtstag. Morgan zögerte keine Sekunde, als er hörte, um was für ein Schnäppchen es sich handelte. Er griff sofort zu.

Hallam, Nicole, Steve und Lawrence hatten sich nur darum

kümmern müssen, kurzfristig eine Woche Urlaub von ihren Arbeitgebern zu bekommen, doch es klappte alles absolut reibungslos. In genau einer Woche würden wir von Gibraltar wieder zurückfliegen. Mehr als genug Zeit, um unser Vorhaben in die Tat umzusetzen.

In Gibraltar gelandet, stiegen wir aus dem Flieger und überquerten das Rollfeld; witzigerweise gab es sogar eine Ampel, die anzeigte, wann man gefahrlos auf die andere Seite wechseln konnte. Nicht weit von uns ragte der Affenfelsen auf und nahm ein Drittel des Panoramas ein.

»Na, erinnert ihr euch noch, wie wir letztes Mal hier angekommen sind?« fragte Hallam.

»O Mann, war ich froh, endlich in ein warmes Land zu kommen«, sagte Nicole. »Während der Nacht auf dem Parkplatz haben wir uns ja echt den Arsch abgefroren.«

»Ja, Übernachtung auf dem Parkplatz in Dover; dank Steves vorausschauender Planung«, grinste Lawrence.

»Nun laßt mich doch endlich mal mit der Geschichte in Ruhe«, stöhnte Steve. »Woher sollte ich denn ahnen, daß ich als Australier ein Visum für die Durchreise durch Frankreich beantragen muß?«

»Stimmt, das war wirklich zu viel verlangt«, erwiderte Lawrence. »Bei einer Nation von Sträflingsnachkommen kann man nicht erwarten, daß jeder lesen kann.«

»Wenigstens treiben wir es nicht mit unseren Schafen wie ihr Kiwis«, knurrte Steve.

Und in dem Stil nahmen sie sich weiter hoch, während wir uns in die Stadt aufmachten. Wir hatten es nicht eilig; unsere Fähre ging erst in sechs Stunden. Die Besichtigung des Affenfelsens sparten wir uns – wir waren alle schon einmal oben gewesen. Wir kauften noch ein paar Sachen ein, setzten uns in ein Café am Hafen und vertrieben uns den Nachmittag mit Bier, Zigaretten und jeder Menge nostalgisch angehauchter Anekdoten.

Eigentlich hatten wir damals quer durch Afrika bis nach Kenia fahren wollen, doch in Kamerun trennten sich unsere Wege. Im Kongo war Krieg ausgebrochen, und auch die Grenze zum Tschad war geschlossen worden, doch das war gar nicht der entscheidende Auslöser. Nach Lauras Tod war die Luft raus, der Spaß am Abenteuer war uns allen vergangen. Unsere Gruppe blieb noch eine Woche zusammen, bis alle ihre Flüge gebucht hatten. Die meisten flogen weiter nach Kenia, einige zurück nach Europa. Ich flog allein nach Zimbabwe, teils, um meine dort lebenden Verwandten zu besuchen, doch eigentlich, um der Erinnerung an Laura zu entkommen; die Mitglieder unserer Gruppe waren für mich zu einem Trupp von Gespenstern geworden, deren Präsenz mir ihr Bild permanent ins Gedächtnis rief. Ich begann, mich regelmäßig zu betrinken, um das Geschehene endlich vergessen zu können. Doch auch das half mir nicht weiter.

An unserem letzten gemeinsamen Abend – wir hatten unser Lager am Rand einer Schotterstraße nahe Douala aufgeschlagen – blieben schließlich nur noch Hallam, Nicole, Steve, Lawrence und ich übrig. Die anderen hatten sich verabschiedet und in ihre Zelte zurückgezogen. Ich war mit den Nerven am Ende, und als Nicole zu mir sagte, eines Tages würde ich über alles hinwegkommen, brach meine ganze Verzweiflung aus mir heraus.

»Woher willst du das wissen?« fuhr ich sie an. »Was weißt du überhaupt von mir?«

»Du bist nicht der einzige Mensch auf der Welt, der etwas Schreckliches erlebt hat«, sagte sie ruhig.

»Ach ja? Was hast *du* denn schon Schreckliches erlebt?«

Es herrschte Schweigen, während Nicole einen Blick mit Hallam wechselte. Dann räusperte sie sich.

»Ich hatte eine Schwester«, sagte sie. »Helen hieß sie. Sie war vier Jahre älter als ich. Sie hatte Mukoviszidose. Das ist eine Krankheit, bei der es zu einer gestörten Schleimproduktion und damit unter anderem zu chronischen Entzündungen der Atemwege kommt, bis man am Ende qualvoll erstickt. Man wird damit geboren und oft nicht älter als zwanzig. Aber Helen war eine Kämpfernatur. Sie wurde dreiundzwanzig, und in den letzten drei Jahren klang ihre Stimme wie die von Darth Vader in *Star Wars*. Und natürlich wußte sie die ganze Zeit über, daß sie bald sterben würde. Es war nicht leicht, mit ihr auszukommen. Sie war labil und aggressiv, voller Haß auf die Welt und auf ihre Krankheit. Aber wer hätte ihr das unter diesen Umständen vorwerfen wollen, nicht wahr? Und doch gab es jemanden, der ihr immer wieder Vorhaltungen machte. Ihre kleine Schwester. Versuch einfach mal, jahrelang mit deiner todkranken Schwester in einem Zimmer zu leben, ohne sie dafür zu hassen, daß sich alles ausschließlich um sie dreht, dafür, daß sie langsam vor sich hinstirbt und dein eigenes Leben nur noch aus endlosen Gedanken an den Tod besteht. Ist dir das schrecklich genug, Paul?«

Nie zuvor hatte ich Nicole so erlebt. Sie hatte ihre Gefühle immer perfekt unter Kontrolle gehabt; nie hatte ich sie so außer sich gesehen. »Tut mir leid«, murmelte ich und senkte unwillkürlich den Blick. »Das wußte ich nicht, Nicole.«

»Mir tut es auch leid«, sagte sie, plötzlich wieder vollkommen beherrscht. »Ich hoffe, du hast das nicht in den falschen Hals bekommen, Paul. Ich bin ja nicht sauer auf dich. Sorry, daß ich so aus der Haut gefahren bin.«

Niemand sagte mehr etwas, bis Hallam schließlich das Schweigen brach.

»Das Schlimmste, was ich je erlebt habe, ist unten in Bosnien passiert«, sagte er. »Ich war mit dem Friedenskorps da. Ein kleiner Ort, ich kann das Wort immer noch nicht aussprechen, einer dieser Ortsnamen ohne Vokale. Jedenfalls lernte ich während meiner Zeit dort unten eine Frau kennen. Sie war so um die Fünfzig, eine Serbin, was für sie aber keine Rolle spielte. Sie war die einzige, die mit dem ganzen nationalistischen Kram nichts am Hut hatte, der es völlig egal war, ob jemand Serbe, Kroate oder Moslem war. Sie wohnte in einem kleinen Haus etwas abseits des Ortes. Im Grunde habe ich nie viel über sie erfahren, es gab kaum Gelegenheit, sich mal in Ruhe über irgend etwas zu unterhalten. Sie hatte mal ein Jahr in London verbracht, daher zogen wir sie öfter als Dolmetscherin hinzu. Und eines Tages informiert sie uns, sie hätte einen Verdacht, wo sich der meistgesuchte Warlord der Gegend versteckt. Ein Kriegsverbrecher. Zugegeben, eine kleine Nummer für bosnische Maßstäbe, verglichen mit den Monstern von Srebrenica bloß eine Bestie zweiten Ranges, aber trotzdem eine Bestie. Jedenfalls sagt sie uns, sie müsse nur noch mal mit ihrem Neffen reden, um sich zu vergewissern.« Er hielt kurz inne. »Eine Woche später haben wir sie gefunden, in einem etwa zehn Kilometer entfernten Waldstück. Sie und ihren Neffen, jedenfalls, was noch von ihnen übrig war. Sie waren an einen Baum gefesselt worden und ...« Abermals hielt er inne. »Die Einzelheiten erspare ich euch lieber. Es war entsetzlich. Wirklich entsetzlich.« Wieder schwieg er für einen Moment. »Wir haben das Schwein nie gekriegt.«

Stumm starrten wir in die langsam verlöschende Glut des Feuers.

»Lawrence?« fragte Nicole mit gedämpfter Stimme.

»Sorry.« Lawrence schüttelte den Kopf. »Ich habe immer Glück gehabt. So was Schlimmes habe ich noch nie erlebt.«

»Steve?«

Steve ließ seinen Blick durch die Runde schweifen. »Ich weiß nicht, Leute«, sagte er. Ich hatte ihn nie zuvor mit so ernster Stimme sprechen hören. »Na ja, einmal ...«

Er zögerte.

»Was ist passiert?« fragte Lawrence.

»Hmm«, sagte Steve. »Das Ganze fing mit 'ner Sache an, die einfach unglücklich gelaufen ist – ihr wißt schon, was ich meine. Na ja, deswegen mußte ich ein paar Jahre oben in Darwin absitzen. Die Hälfte meiner Strafe war schon rum, aber dann wurde ich wieder in so eine Scheißaktion verwickelt, und die hängten mir die ganze Sache an. Jedenfalls mußte ich anschließend für ein paar Wochen in einer Strafkolonne beim Bau einer Straße am Arsch der Welt schuften. Heiß wie die Hölle war's dort. Und dazu Fliegen ohne Ende, echt zum Wahnsinnigwerden. Aber ich hatte mich ein bißchen mit einem der Aufseher angefreundet. Hatte ihm nebenbei sein Motorrad repariert, eine alte Triumph, sagenhaftes Teil. Jedenfalls war er einverstanden, als ich ihn eines Tages fragte, ob wir nicht ein bißchen Eiscreme besorgen könnten. Eine ganze Kühlbox voller Schokoladeneis, die ich dort bunkerte, wo wir abends immer abgeholt wurden. Es war ein brüllend heißer Tag, und ich erzählte den anderen immer wieder von der Kühlbox mit Eis, die auf uns wartete.« Er seufzte und starrte verloren auf den Boden. »Aber irgendwie hatte ich die Kühlbox nicht richtig zugemacht. Auf jeden Fall müssen irgendwelche Tiere drangegangen sein, Känguruhs oder so. Und als wir nach der Arbeit hinkommen, alle mit 'nem Mordsgieper auf Eis, sehe ich, daß die Kühlbox auf ist. O Mann! Das ganze Eis war weg!«

Er schüttelte schweigend den Kopf.

Nach einer Weile sagte Nicole ungläubig: »Und das war das Schlimmste, was dir je passiert ist?«

Steve nickte betreten.

»Daß ein paar Tiere eine Kühlbox mit Eis leergefressen haben? Das war der schlimmste Moment deines Lebens? Hast du mir nicht erzählt, im Knast hätte mal jemand versucht, dich abzustechen? Und daß dein Vater deine Mutter und dich hat sitzen lassen, als du acht warst?«

»Ja, klar«, sagte Steve. »Manchmal läuft's eben einfach scheiße. Stimmt, im Loch wollte mir mal jemand mit 'ner Klinge ans Leder, mein Alter ist abgehauen, und meine Mum trank zuviel. Trotzdem war sie eine gute Mutter, und da er als

Vater nicht viel taugte, war das schon okay so. Nein, das war alles nicht so schlimm. Aber als ich die leere Kühlbox sah, nachdem ich meinen Kumpels den Mund wäßrig gemacht hatte...« Er seufzte. »Also, das war echt 'ne kalte Dusche. Eine richtig kalte... Was ist denn mit euch los?«

Wir konnten nicht mehr an uns halten. Wir prusteten los, lachten und lachten, bis uns die Tränen in die Augen traten, und schließlich stimmte auch Steve mit ein. Es war das erste Mal seit Lauras Tod, daß mich etwas zum Lachen gebracht hatte. Und das letzte Mal für viele, viele Monate danach.

»Willkommen in Afrika«, sagte Lawrence, als wir schließlich mit neunzig Minuten Verspätung ablegten. »Uhren jetzt bitte über Bord, die bringen einen da drüben sowieso nur durcheinander.«

Die meisten der etwa hundert Passagiere waren Marokkaner auf dem Rückweg in ihre Heimat, viele davon Landarbeiter, die sich in Spanien und Portugal verdingt hatten und nun zu ihren Familien zurückkehrten, sowie einige, die offenbar nur auf einen Tag zum Shoppen in Gibraltar gewesen waren. Ein gutes Dutzend Backpacker war ebenfalls mit an Bord.

Ein gelangweilter, etwa zwanzigjähriger Uniformierter stempelte unsere Pässe ab; neben ihm lag ein aufgeschlagenes Mathe-Lehrbuch. Dann begaben wir uns zum Bug, um von dort aus den Sonnenuntergang über dem Atlantik zu betrachten. Es war ein großartiger Anblick, eine riesige rote Scheibe, die westlich von uns im Ozean versank, während im Osten ein bleicher Halbmond aufging. Beide Küsten waren deutlich sichtbar. Gibraltar und Marokko, Europa und Afrika; die Säulen des Herkules. Während der salzige Wind uns die Haare zerzauste, blieben wir an der Reling, bis die Küsten nur noch als immer wieder unterbrochene Lichterketten erkennbar waren, das Blau des Wassers längst schwarz geworden war und Tausende von Sternen am Firmament glitzerten.

Wir rauchten eine Zigarette nach der anderen, was Lawrence dazu veranlaßte, uns mit spitzen Bemerkungen zu traktieren. »Ich hätte gedacht, ihr wärt klug genug, um das Paffen aufzugeben«, legte er los, um uns kurz darauf wissen zu lassen, Rauchen sei doch bloß eine üble Angewohnheit übler Typen, stets mit einem Grinsen auf den Lippen. Ganz wie in alten Tagen.

Es war beinahe Mitternacht, als wir in Tanger ankamen. Eine alte, gefährliche Stadt. In den zwanziger Jahren war Tanger eine neutrale Zone unter internationaler Aufsicht gewesen, in der es keine ordentlichen Gesetze gegeben hatte, und noch immer wurde man das Gefühl nicht los, daß man hier besser wachsam war. Als die Fähre angelegt hatte, begann ein endloses Drängeln und Schubsen, das sich weiter fortsetzte bis zur Paßkontrolle, wo sich ein Uniformierter erbarmte, uns aus einem Pulk rabiater Marokkaner zu sich winkte und an einem separaten Tisch abfertigte. Diese Art der Vorzugsbehandlung war im Grunde eine Art von Rassismus, doch obwohl ich mich nicht ganz wohl dabei fühlte, sah ich davon ab, dagegen zu protestieren. Wahrscheinlich hatten wir alle leicht gemischte Gefühle.

Draußen stürmte eine Horde von Taxifahrern auf uns los, um uns ebenso hitzig wie lautstark ihre Dienste anzubieten. Wir entschieden uns für den ersten, der »bitte« sagte – ein ziemlich beliebiges Auswahlkriterium, aber immer noch besser als gar keins. Er kutschierte uns durch die verwinkelten Gassen der Medina zum Pension Palace, einem leicht heruntergekommenen, aber reich mit orientalischem Dekor ausgestatteten Hotel nahe dem Petit Socco. Erst hatte er uns noch weiszumachen versucht, das Hotel sei geschlossen, um uns im selben Atemzug eine andere Bleibe zu einem besonders günstigen Preis aufzuschwatzen, doch hatte er rasch begriffen, daß wir die Masche schon kannten, als wir daraufhin in einhelliges Gelächter ausbrachen.

Wir nahmen uns vier Zimmer, stellten unser Gepäck ab und setzten uns anschließend in ein Café am Petit Socco.

»Teufel, das habe ich ganz vergessen«, sagte Lawrence verdrossen, als wir Platz genommen hatten. »Bier werden wir hier wohl nicht bekommen, was?«

»Wenn du nett fragst und mit ein paar Hundert-Dirham-Scheinen wedelst, ist es garantiert kein Problem, ein kühles Sixpack San Miguel zu bekommen«, sagte ich.

»Ja, klar. In Marrakesch hast du dich ja damals auch satt mit Bier eingedeckt, wenn ich mich recht erinnere. Egal, ein Abend ohne Alk wird mich schon nicht umbringen.« Er zog eine Miene, als müsse er sich erst noch selbst davon überzeugen.

Wir verscheuchten alle möglichen Typen, die uns die verschiedensten Dinge andrehen wollten, und bestellten uns Pfefferminztee – auf Französisch, auch wenn die Bedienungen hier ebenso gut Spanisch und, wenn's sein mußte, auch Englisch sprachen. Anders als in Nepal versetzten sie den Tee hier derart mit Zucker, daß man nicht bis auf den Grund seiner Tasse sehen konnte; kein Wunder, daß fast alle erwachsenen Marokkaner kaputte Zähne hatten.

»Irgendwie habe ich ein ganz komisches Gefühl«, sagte Nicole.

»Hat man immer, wenn man irgendwo hinkommt, wo man schon mal war«, stimmte Steve ihr zu.

»Das meine ich nicht«, sagte Nicole. »Ich habe ein verdammt flaues Gefühl im Magen. Ach, Scheiße, ich kann das alles nicht so einfach überspielen. Wir sind hier, um jemanden zu töten, und das macht mir echt zu schaffen, selbst wenn er es verdient hat.« Sie warf Lawrence einen warnenden Blick zu, als dieser zu einer Antwort anhob. »Und du komm jetzt bloß nicht auf die Idee, mich als Pazifistenbraut oder so was zu bezeichnen, okay?«

»Wollte ich gar nicht«, sagte Lawrence. »Ich wollte bloß sagen, daß es mir genauso geht.«

»Kriegst du vielleicht kalte Füße?« fragte Hallam.
Lawrence schüttelte den Kopf. »Nein. Das ist gar nicht der Punkt. Es ist eine verdammt ernste Entscheidung, die wir da getroffen haben. Unvermeidlich, keine Frage, aber laßt uns nicht so tun, als sei das alles so einfach.«

»Ich stelle mir das Ganze einfach so vor, als müßte ich einen vereiterten Zahn ziehen«, sagte Steve. »Obwohl ich mich auch nicht gerade darum reiße, jemanden umzubringen.«

»Das habe ich auch nie verlangt«, bemerkte ich zögernd, während ich nach den richtigen Worten suchte. »Ich habe euch in die Geschichte reingezogen. Er wollte *mich* töten, nicht einen von euch. Ich werde versuchen, das letzte Kapitel selbst zu erledigen.«

»Du hast uns zu nichts gezwungen«, sagte Nicole. »Und jetzt ziehen wir die Sache gemeinsam durch.«

»Bis zum bitteren Ende«, sagte Lawrence.

»Tja«, sagte Hallam. Wir schwiegen, während er nach den richtigen Worten suchte. »Laßt uns nicht lange um den heißen Brei reden. Ich nehme an, ich habe von uns allen die größte Erfahrung, was ... nun ja, was solche Dinge angeht. Und die traurige Wahrheit ist, daß sich so etwas leichter bewerkstelligen läßt, als man glauben möchte. Man macht es, oder man läßt es bleiben. Ich sage nicht, daß es einfach ist oder daß man es auf die leichte Schulter nehmen sollte, aber ... es ist um einiges einfacher, als damals nach den Spacecakes in Dixcove den Weg zurück ins Camp zu finden.«

Darüber mußten wir alle lachen.

»Einfacher, als in Mauretanien an Bier zu kommen«, ließ sich Lawrence vernehmen.

»Einfacher als die Einreise nach Nigeria«, sagte Steve.

»Einfacher als der Trip von Ekok nach Mamfe«, sagte Nicole.

»Einfacher als die Besteigung des Mount Cameroon«, sagte ich.

»Einfacher als Shoppen in Bamako.«
»Einfacher, als eine Lebensmittelvergiftung in Djenne zu überstehen.«
»Einfacher, als sich in eines von diesen verdammten Tro-Tros zu quetschen.«
»Einfacher, als mit Kokosnüssen Bowling zu spielen.«
»Einfacher, als in Burkina Faso einen neuen Paß zu bekommen.«
Wir lachten erneut, hoben unsere Tassen und stießen mit Pfefferminztee an. Doch als das Gelächter verebbt war, starrten wir uns mit todernsten Mienen an.

Am nächsten Morgen besorgten wir uns Fahrkarten für den Zug nach Rabat. Da wir noch ein paar Stunden Zeit hatten, schlenderten wir durch Tanger und machten ein bißchen Sightseeing. Mitten in der Stadt sahen wir friedlich grasende Schafe, Horden von Schuhputzern, verwinkelte Straßen, Gäßchen und Passagen; die salzige Luft in der Nase, blickten wir von der Kasbah hinüber nach Europa. Weit und breit erblickten wir nichts als zerbröckelnde Wände und kaputte Straßen, als würde die Stadt seit gut fünfzig Jahren nach und nach verfallen. Und so war es wohl auch.

Der Zug verließ Tanger mit gerade mal zwanzig Minuten Verspätung. Obwohl nur etwa drei Viertel der Sitze belegt waren, fand man kaum Platz, da die meisten Frauen unter ihren weiten Gewändern genug Lebensmittel und andere Waren transportierten, um damit eine ganze Armee zu versorgen; sie watschelten umher wie gestopfte Gänse. Wir ratterten vorbei an grünen Äckern, an Höfen, halb versteckt hinter hohen Kakteen, und schwarzen Ochsen, die so reglos dastanden, daß sie zu Statuen erstarrt zu sein schienen. Ein Schwarm Möwen begleitete den Zug bestimmt eine halbe Stunde.

Wir stiegen am Bahnhof von Sidi Kacem um, wo wir wiederum eine Stunde warten mußten, da der Anschlußzug Verspätung hatte. In Sichtweite lag ein Bohrturm, auf dessen Spitze eine Flamme brannte, die das austretende Gas verzehrte. Überall wuchsen Orangenbäume; Lawrence erklomm den nächstbesten und pflückte Früchte für uns alle. Der Geruch erinnerte mich an Florida.

Anschließend hätten wir in Rabat um ein Haar unseren Anschlußzug verpaßt, der uns nach Marrakesch bringen sollte; erst liefen wir auf den falschen Bahnsteig, fanden dann aber Gott sei Dank noch den richtigen und quetschten uns eilig in den Zug. »Mit Hektik erreicht ihr überhaupt nichts in Afrika«, keuchte Nicole. Und sie behielt recht; eine weitere Viertelstunde verstrich, ehe die träge daliegende Schlange aus Waggons schließlich zum Leben erwachte und sich in Bewegung setzte. Als wir endlich in Marrakesch eintrafen, war es fast zehn Uhr abends, und wir fühlten uns alle erschöpft, obwohl wir den Hauptteil des Tages eigentlich mit Warten verbracht hatten.

Wir waren nicht in der Stimmung, noch durch die Altstadt zu streifen und dort nach einem Hotel zu suchen. Statt dessen entschieden wir uns für die erstbeste Pension auf dem Boulevard Mohammed V; ein Straßenname, den man in jeder Stadt Marokkos fand, gemäß der schönen Tradition, die Hauptstraße nach dem hochgeschätzten Herrscher des Landes zu benennen. Es war eine auf westlichen Standard getrimmte Herberge mit sauberen Handtüchern und tapezierten Wänden, verglichen mit dem heruntergekommenen orientalischen Chic des Pension Palace eine äußerst langweilige Bleibe. Mehr aus Gewohnheit zischten wir noch ein Bier an der Bar und verzogen uns in unsere Betten.

Ein lautes Hämmern an der Zimmertür weckte mich. Ich fuhr hoch und sah mich panisch nach einer Waffe um, als ich plötzlich Nicoles Stimme vernahm: »Zeit für Ihren O-Saft, Mister Wood! Stand Nummer neun, du weißt schon!«

Immer noch leicht schlaftrunken, zog ich mich an und ging hinunter ins Foyer, wo die anderen bereits auf mich warteten. Wir verließen das Hotel und machten uns direkt zum Djamme el-Fnaa auf, dem großen Platz im Herzen Marrakeschs zwischen Medina und Neustadt. Ich war verblüfft, wie gut ich mich noch zurechtfand, obwohl ich damals die Hälfte der Zeit sturzbetrunken gewesen war, als wir hier während unseres Afrikatrips ein paar Tage verbracht hatten.

Bei Nacht war der Djamme ein faszinierender exotischer Ort, wo man Schwertschlucker und Schlangenbeschwörer antraf, Henna-Tätowierer, Tänzerinnen, Spieler, Haschdealer und Straßenkünstler, die sich selbst für marokkanische Verhältnisse äußerst bizarr ausnahmen – und ich fragte mich auch, ob der Mann, der Zigaretten aß, immer noch jeden Abend hier war. Am Morgen hatten jedoch lediglich um die dreißig Stände geöffnet, an denen ein Glas Orangensaft umgerechnet etwa einen Vierteldollar kostete. Am Stand Nummer neun bekam man für seine zehn Dirham überdies ein halbes Glas gratis, wie wir uns alle noch gut erinnerten. Unaussprechlicher Luxus. Dazu kauften wir frische Baguettes und *pains au chocolat* und frühstückten wie die Könige.

Es war der Tag, an dem Morgans Flug nach Casablanca ging. Nicoles Freundin sollte in Stansted ein Auge auf ihn haben, damit wir genau wußten, ob er die Maschine auch tatsächlich genommen hatte.

Wir machten uns auf den Weg zum Busbahnhof und kauften uns Tickets; der Bus fuhr kurz nach acht ab. So konnten wir uns morgen in aller Ruhe auf unser Unternehmen vorbereiten. Die verbleibende Zeit verbrachten wir damit, in der Medina umherzustreifen, die mich einmal mehr an einen Satz aus dem alten Videospiel *Zork* erinnerte: »Du mußt versuchen, dir einen Weg durch das Labyrinth zu bahnen.« Die Altstadt war in der Tat ein Irrgarten aus engen, gepflasterten Gassen, gesäumt von unzähligen kleinen Läden, in denen man Leder, Schnitzereien, Teppiche, Seifen, Textilien, Hüte, Dolche, Essen, Arzneien, Musikinstrumente, lebende Tiere und jede sonst erdenkliche Ware kaufen konnte. Kinder spielten Fußball, Ladenbesitzer hockten über ihren Sachen, und die fliegenden Händler waren die reinste Plage – ein lärmendes Gewirr, das beeindruckend, ermüdend und auch ein bißchen furchteinflößend war.

Wir redeten nicht viel miteinander; kein Wunder, da wir wohl alle in Gedanken mit unserem Vorhaben beschäftigt waren. Keiner wollte es direkt ansprechen, doch alle wußten, was in den Köpfen der anderen vorging, und keiner klopfte coole Sprüche. Keiner von uns kaufte etwas, und niemand feilschte mit irgendeinem Händler, was wir früher manchmal nur so zum Spaß gemacht hatten. Wenn ein paar Worte fielen, dann meist, wenn einer von uns gerade etwas beobachtet hatte und die anderen darauf aufmerksam machen wollte; ab und zu fiel die ein oder andere nostalgisch angehauchte Bemerkung, da wir eine ganze Reihe von Dingen wiedererkannten. Ich war gereizt und angespannt. Wollte die Sache endlich hinter mich bringen, sehnte den Tag herbei, an dem endlich alles vorüber sein würde. Wahrscheinlich ging es den anderen ähnlich. Ich rauchte mehr Zigaretten als jemals sonst an einem Tag, und Steve, Hallam und Nicole pafften ebenfalls, als ginge es darum, irgendeinen Rekord zu brechen. *Wenn das so weitergeht, sterben wir alle an Lungenkrebs, ehe Morgan überhaupt eintrifft,* dachte ich.

Als uns in der Medina ein großes, auffällig hübsches europäisches Mädchen entgegenkam, dachte ich einen unwirklichen Moment lang, es sei Talena – vielleicht wünschte ich mir insgeheim, sie möge mir wie schon in Indonesien aus heiterem Himmel zur Seite stehen. Ich stellte mir vor, wie sie sich durch die Gassen der Medina von hinten an mich heranschlich und mir plötzlich auf die Schulter tippte, wie ich mich umdrehte und unvermittelt in ihre amüsierten, strahlend blauen Augen sah. Eine schöne Phantasie, doch war mir nur allzu klar, daß nichts dergleichen geschehen würde. Sie hatte keinen Zweifel daran gelassen, daß sie nicht weiter in die ganze Sache verwickelt werden wollte. Ich wünschte, mir wäre irgendein Vorwand eingefallen, sie anzurufen. Doch war ich zu sehr mit mir selbst beschäftigt und davon abgesehen alles andere als sicher, ob sie überhaupt etwas von mir hören wollte. Später, sagte ich mir. Wenn alles vorbei ist. Wenn ich wieder zu Hause bin.

In einem Dachterrassencafé mit Blick auf den Djamme el-Fnaa hatten Laura und ich zum ersten Mal miteinander gesprochen, ohne daß einer aus unserer Gruppe dabei gewesen war. Ich schrieb gerade Postkarten und trank eine Coke; anschließend wollte ich mich mit ein paar von den anderen in einem nahegelegenen Hotel treffen, in dem man auch Bier bekommen konnte. Mein Unterbewußtsein mußte sie wahrgenommen haben, da ich ohne erfindlichen Grund im selben Moment aufsah, als sie das Café betrat. Sie bemerkte mich, lächelte und setzte sich zu mir.

»Hi«, sagte sie. »Was schreibst du denn da?«

Ich sah auf die Postkarte und tat so, als würde ich vorlesen. »Liebe Mom, ich bin von einer seltsamen Sekte gekidnappt worden – von afrikanischen Nomaden, die mich mit fleischlosen Mahlzeiten aushungern und mich zwingen, mitten im Busch Plumpsklos auszuheben. Bitte um militärische Unterstützung. PS: Brauche dringend mehr Geld.«

Sie lachte. »Höre ich da etwa eine kleine Spitze gegen unsere vegetarische Kochgruppe heraus?«

»Schon möglich.«

»Als eure Gruppe letztes Mal gekocht hat, habe ich aber auch nirgendwo Steaks gesehen.«

»Das lag einfach daran, daß wir zu faul waren, welche zu

besorgen. Aber ihr kocht aus Prinzip vegetarisch, und das nervt.«

»Nicht meine Schuld«, protestierte sie. »Melanie ist die einzige echte Vegetarierin in unserer Gruppe – aber leider auch die einzige, die richtig kochen kann.«

»Und wieso kannst du's nicht?«

»Meine Eltern waren zu faul, es mir beizubringen.«

»Okay«, sagte ich. »Faulheit entschuldigt fast alles. Wo ist eigentlich Lawrence?«

Sie zog eine Grimasse und hob abwehrend die Hände, als wüßte sie es nicht – und als würde sie es auch lieber nicht wissen.

»Oh, oh. Hängt der Haussegen schief?«

Sie seufzte. »Ach, ich mag nicht darüber... Er ist echt in Ordnung. Es fing auch alles ziemlich gut an... Aber dann... Ach, laß uns besser das Thema wechseln.«

»Kein Problem«, sagte ich, obwohl mich das Thema brennend interessierte. Während ich meinen Blick über den Djamme schweifen ließ, stach mir ein Schlangenbeschwörer ins Auge. »Weißt du was?« sagte ich. »Eigentlich könnten wir ganz gut ein Maskottchen für den Laster brauchen. Eine von diesen Riesenschlangen wäre doch ideal.«

»Super Idee«, sagte sie, ohne eine Miene zu verziehen. »Sie könnte in dem Verschlag mit unserem Gepäck wohnen. Was hältst du davon, wenn wir sie mit Ratten füttern? Wir könnten sogar extra Ratten für sie züchten, in dem Hohlraum, wo wir die Ersatzteile für den Motor aufbewahren.«

»Falls Michelle rumzickt, können wir ja auch sie an die Schlange verfüttern.«

»Gut, daß du's ansprichst. Die hat wirklich immer was zu meckern. Fehlt bloß noch, daß sie sich ›Zicke‹ auf die Stirn tätowieren läßt.«

»Komm, das ziehen wir durch«, sagte ich. »Klar, wir könnten die anderen erst abstimmen lassen, ob sie damit einverstanden sind, aber vielleicht stellen wir sie besser gleich vor vollendete Tatsachen. Wir kaufen die Schlange und schmuggeln sie heute abend in den Laster. Ich glaube, Steve hat heute Wache. Und der merkt sowieso nichts.«

»Und wenn, dann glaubt er wahrscheinlich, es wäre bloß Michael, der da herumrumort«, sagte Laura, während es mir kaum noch gelang, meine Miene unter Kontrolle zu halten. »Aber was, wenn es ein ganz scheues Reptil ist? Und es dann morgen plötzlich die ganzen Leute sieht? Das arme Ding kriegt doch 'nen Schock fürs Leben. Vielleicht sollten wir es doch besser jedem einzeln vorstellen.«

»Perfekt«, sagte ich. »So machen wir's.«

Wir nickten ernst und zufrieden, ehe wir beide gleichzeitig breit grinsen mußten.

»Danke«, sagte sie. »Das hab' ich jetzt gebraucht.«

Ich lächelte. »Ganz meinerseits.«

Sie erhob sich. »Hat echt Spaß gemacht mit dir. Aber ich muß los. Lawrence und ich müssen dringend mal miteinander reden.«

Ihr Tonfall ließ keinen Zweifel daran, daß es zwischen den beiden nicht zum Besten stand.

»Na, dann viel Glück.«

»Danke«, sagte sie. »Und falls ich heute nacht eine Schlange in meinem Zelt finden sollte, bist du ein toter Mann.«

Um acht Uhr rief Nicole von einer Telefonzelle aus in London an. Sie sprach kurz mit Rebecca, nickte, hängte auf und gesellte sich wieder zu uns. »Morgan ist unterwegs«, sagte sie.

Keiner von uns erwiderte etwas.

Die beiden Busse waren geräumig, mit Klimaanlage ausgerüstet und fast ausschließlich mit Backpackern besetzt, die ein paar Dollar sparten, indem sie über Nacht zur Todra-Schlucht fuhren und im Bus schliefen. Die Sitze waren alt und verschlissen und ließen sich gerade mal eine Handbreit nach hinten kippen. Obwohl ich nicht in der Stimmung zum Schlafen war, mußte ich doch zwischendurch eingenickt sein, da ich auf einem der Sitze vor mir plötzlich einen Hünen mit kahlrasiertem Schädel sah, der den Kopf wandte und seinen Blick auf mich richtete. Morgan. Ich schreckte hoch, doch als ich erneut hinsah, saß dort nicht Morgan, sondern ein japanisches Pärchen.

Wir machten eine Zigarettenpause, als der Bus an einer Tankstelle neben einem Zedernwäldchen hielt. Ein Blick auf die Uhr sagte mir, daß es zwei Uhr morgens war. Das Wäldchen bot einen schönen, friedlichen Anblick; ein weicher Teppich aus Gras erstreckte sich unter den hoch in den Himmel ragenden Zedern, die silbern im Mondlicht schimmerten.

Als wir zum Bus zurückgingen, stieg Lawrence gerade aus und kam uns entgegen. Wir stellten uns bereits auf den nächsten säuerlichen Kommentar über unsere schlechten Gewohnheiten ein.

Statt dessen sagte er: »Gebt mir mal einen von euren Sargnägeln.«

Wir wechselten verblüffte Blicke.

»Lawrence«, sagte Nicole, »hast du überhaupt schon mal geraucht?«

»Einmal«, sagte er, während Steve ihm Zigaretten und Feuerzeug hinhielt. »Als ich elf war. Ich habe gereihert wie ein Weltmeister.« Er zog an der Zigarette und würgte. »Sieht nicht so aus, als würde ich's inzwischen besser vertragen.« Er hustete, rauchte aber tapfer weiter. Als er die Kippe halb geraucht hatte, trat er sie aus und stieg wieder in den Bus.

Wir sahen uns sprachlos an, ehe wir ihm folgten.

Danach muß ich erneut eingeschlafen sein, denn als ich wieder aus dem Fenster sah, fragte ich mich, wo die Sterne geblieben waren. Wahrscheinlich ziemlich bewölkt, dachte ich, ehe mir einfiel, daß das recht unwahrscheinlich war. Wir hatten die grüne, fruchtbare Landschaft Nordwestmarokkos hinter uns gelassen und befanden uns mittlerweile am Rand der Sahara, dem Land der Kamele und Skorpione, einer öden, unwirtlichen Steppe, wo nur noch die widerstandsfähigsten Sträucher, Dornbüsche und Gräser gediehen, einem von gnadenloser Hitze und sintflutartigen Überschwemmungen heimgesuchten Landstrich, in dem ich Berge gesehen hatte, auf denen nicht ein einziger Baum wuchs. Kaum anzunehmen, daß hier Wolken die Sterne verdunkelten.

Als ich den Kopf drehte und aus dem Fenster nach oben blickte, erspähte ich die Sichel des Mondes über einem hoch aufragenden Felsmassiv, das die Sicht auf das Firmament versperrte. Der Kamm der Felsen schimmerte im Mondlicht, fahl wie der Tod. Wir waren an unserem Ziel angekommen. Die Todra-Schlucht, eine enge Klamm, deren fast zweihundert Meter hohe Wände sich links und rechts von uns erhoben. Ich stieß Lawrence an; er öffnete die Augen so schnell, als sei er die ganze Zeit hellwach gewesen.

»Wir sind da«, sagte ich.

»*Oh happy day*«, sagte er und schloß die Augen wieder.

Ein paar Minuten später kam der Bus quietschend zum Stehen, und nachdem wir in der Dunkelheit unser Gepäck zusammengesucht hatten, checkten wir im Hôtel Les Roches ein, einem einstmals prächtigen Domizil, von dessen Fassade der Putz bröckelte. Wir trugen uns unter falschen Namen ein; unsere Pässe wollte ohnehin niemand sehen. Das Hotelpersonal behandelte uns und die drei anderen Backpacker, die mit uns hereinkamen, als hätten sie noch nie eine Gruppe von Travellern gesehen – obwohl sie wahrscheinlich jeden Morgen neue Gäste empfingen.

Wir verzogen uns bis zum Sonnenaufgang in unsere Zimmer und versuchten noch ein wenig Schlaf zu finden, ehe wir uns zum Frühstück trafen. Es gab Brot, Omelettes und Pfefferminztee. Lawrence lehnte ab, als wir ihm eine Packung Zigaretten hinhielten. Keiner von uns war zum Scherzen aufgelegt. In vierundzwanzig Stunden würde auch Morgan in der Schlucht eintreffen, ebenfalls mit dem Nachtbus. Es war an der Zeit, die blutrünstigen Einzelheiten unserer mörderischen Mission zu besprechen. Zeit, Kriegsrat zu halten.

25

Strategie

Die Todra-Schlucht erstreckt sich über eine Länge von mehr als dreißig Kilometern; ein stellenweise bis zu dreihundert Meter tiefer Abgrund, in die Felsen gekerbt von einem schmalen, ostwärts strömenden Fluß. Wir befanden uns am östlichen und zugleich engsten Teil der Schlucht, wo es auch ein halbes Dutzend Hotels gab, malerisch im Schatten vorspringender Felsen gelegen, die ein Anziehungspunkt für Freeclimber waren. Etwa eine halbe Meile entfernt mündete der Fluß in einen kleinen See, umgeben von Bäumen, einem Dorf und Ackerland, eine unwirklich grüne Insel in einem Meer roter, glühendheißer Felsen, als sei ein winziges Stück Indonesiens in die Wüste gefallen. Zwischen den Hotels und dem Dorf führte eine breite, auch für Busse geeignete Serpentinenstraße hinauf zum höchsten Punkt der Schlucht. Vor zwei Jahren hatte die Straße unten bei den Hotels einen guten halben Meter unter Wasser gestanden, doch das war im Frühling gewesen. Nun war Herbst, und der Fluß führte kaum Wasser.

Nach Westen hin verbreiterte sich die Schlucht ein wenig. Am anderen Ende lag eine Jugendherberge; echte Abenteuerreisende machten eine Tageswanderung von den Hotels bis zur Herberge und marschierten am nächsten Tag in der prallen Wüstensonne zurück. Jemandem zu erklären, weshalb Menschen so etwas auf sich nehmen, ist sinnlos. Entweder man versteht es, oder man versteht es nicht. Der Pfad verlief zunächst parallel zum Flußbett, führte dann aber hinauf in die Felsen; manchmal war der Weg breit genug, daß man sich bequem vorwärtsbewegen konnte, ging aber immer wieder urplötzlich in schmale, von Geröll übersäte Steige über, an deren Rand es siebzig Meter steil in die Tiefe ging.

Und genau deshalb hatte ich diesen Ort ausgewählt. Mein Plan sah so aus, daß wir Morgan hinter einem Felsvorsprung auflauerten, ihn mit dem Fernglas im Auge behielten, auf ihn warteten und ihn schließlich in die Tiefe stießen; bis die marokkanische Polizei da wäre, um dem Tod eines weiteren leichtsinnigen Touristen auf den Grund zu gehen, saßen wir längst wieder in Gibraltar. Meine Begleiter nickten, als ich ihnen erklärte, wie ich mir das Ganze vorgestellt hatte.

»Klingt kinderleicht«, sagte Lawrence. »Trotzdem kann dabei alles mögliche schieflaufen.«

»Stimmt«, sagte Nicole. »Was, wenn er sich im Bus mit jemandem angefreundet hat, so wie in Indonesien? Und plötzlich mit ungebetenen Gästen auftaucht?«

»Wäre ja auch möglich, daß er sich eine völlig andere Route sucht«, sagte Lawrence. »Oder daß er plötzlich krank wird und wir komplett in die Röhre gucken.«

»Kein Plan überdauert den ersten Feindkontakt«, zitierte Hallam frei nach Murphy. »Meines Erachtens besteht das größte Problem darin, daß er uns unter keinen Umständen zu Gesicht bekommen darf. Sobald er irgendwie Lunte riecht, ist die Sache gelaufen. Und das macht es verdammt schwierig, ihn im Auge zu behalten.«

»Tja, vielleicht steht ihm der Sinn ja auch mehr nach einer Wüstenwanderung«, sagte Lawrence.

»Was, wenn er seit neuestem auf Freeclimbing abfährt?« sagte Hallam.

»Wir hätten das Ganze genauer durchdenken sollen.« Nicole schüttelte den Kopf. »In London klang das alles so einfach, aber jetzt ... Nichts gegen dich, Paul, aber das ist kein Plan, sondern nichts weiter als eine vage Hoffnung.«

»Ich weiß«, murmelte ich bedrückt. Hallam und Lawrence nickten. Ich wußte nicht, was ich noch sagen sollte.

Steve räusperte sich geräuschvoll, und wir wandten uns zu ihm um.

»Herrgott noch mal«, sagte er. »Was seid ihr bloß für erbärmliche Waschlappen! Der Plan ist verdammt gut. Führt euch doch mal die Details vor Augen.«

»Was meinst du?« fragte ich.

»Also«, und nun verfiel er in einen Cockney-Akzent, »*prinzipiell*...«

Wir mußten alle grinsen. Das war ein alter Insiderjoke aus unserer gemeinsamen Afrikazeit.

»... *prinzipiell* laßt ihr doch schon mal komplett außer acht, daß wir es hier nicht mit irgendeinem Unbekannten zu tun haben. Sondern mit Morgan. Und daß Morgan hier heraufkommt, ist mal so sicher wie das Amen in der Kirche – oder glaubt irgendeiner von euch, er geht rüber ins Dorf, um irgendwelche Babys zu knutschen? Und habt ihr vergessen, in welchem Affenzahn der Bursche sein Ding durchzieht, wenn er sich etwas in den Kopf gesetzt hat? Der ist fitter als ich, das gebe ich ohne weiteres zu. Morgan läßt sich nicht von irgendwelchen Leuten aufhalten, die er im Bus kennengelernt hat. Erinnert ihr euch nicht, wie ihn das immer genervt hat, wenn jemand sein Tempo nicht mithalten konnte? Er würde vielleicht sagen, ›Wenn ich oben bin, bestell' ich dir schon mal ein Bier‹, aber sonst nimmt er absolut keine Rücksicht auf andere. Und wenn's nicht genug Bier gäbe, würde er es allein trinken.«

Für Steve war das eine außergewöhnlich lange Rede gewesen. Wir erwiderten sein Grinsen mit zögerndem Lächeln. Er hatte recht. Ja, Morgan kannte unsere Gesichter, was bedeutete, daß wir uns gehörig vorsehen mußten; aber wir wußten genau, wie Morgan tickte, und das war wiederum unser Vorteil.

»Da ist was dran«, sagte Hallam.

»Du hast mich überzeugt«, sagte Nicole.

»Okay«, sagte Lawrence. »Schluß mit dem Gelaber. Das geht mir sowieso auf den Geist. Los, laßt uns das Terrain erkunden.«

Wir zogen unsere Trekkingstiefel an, cremten uns mit Sonnenschutz ein, setzten unsere Hüte auf, besorgten ein paar Flaschen Wasser, schulterten unsere Rucksäcke und zogen los. Wir hatten nicht vor, bis ganz hinauf zu steigen – nur so hoch, bis wir den passenden Hinterhalt ausfindig gemacht hatten. Den geeigneten Ort, um einen Menschen zu töten.

»Schade, daß wir keine Zeit zum Klettern haben«, sagte Hallam mit Blick auf die Freeclimber, die sich an der Felswand gegenüber den Hotels hinaufhangelten. »In England hat man dazu ja kaum Gelegenheit. Ein paar Indoor-Kletterwände, ein paar Kalkfelsen, aber das ist einfach nicht dasselbe.«

»Vielleicht kannst du dir ja übermorgen noch ein paar Felsen vornehmen, wenn wir die Sache hinter uns gebracht haben«, sagte ich, auch wenn ich selbst nicht daran glaubte. Wenn es überstanden war, würden wir uns schnellstmöglich aus der Schußlinie begeben und zusehen, daß die Wunden der Vergangenheit heilten.

Wir marschierten neben dem fast ausgetrockneten Flußbett entlang; nichts als Geröll und die ein oder andere Wasserlache. Die meisten Trekker waren schon vor uns losgezogen, und weit und breit war niemand zu sehen. Wir legten uns zusätzliche T-Shirts in den Nacken, um uns gegen die sengend heiße Wüstensonne zu schützen. Der Pfad, dem wir folgten, führte mal links, mal rechts am Flußbett entlang. Zu beiden Seiten türmten sich bis zu einer Höhe von vielleicht hundertfünfzig Metern rote Felsen auf, die wie gigantische versteinerte Wellen anmuteten.

Nachdem wir etwa eine Stunde marschiert waren, verlief der Pfad nur noch auf der Nordseite und begann hinauf in die

Felsen zu führen. Es ging steil bergauf, aber der Weg ließ sich problemlos bewältigen. Wir stießen auf Ziegenhirten, die geradewegs dem 14. Jahrhundert entsprungen schienen und ihre Herden an der Felsenflanke entlang zum Wasser trieben. Eine weitere halbe Stunde später kamen wir an einem alten, wettergegerbten Mann mit schwarzen Zähnen vorbei, der ein Dutzend Kamele zu einem Wasserbecken führte. Wir machten einen weiten Bogen um die bissigen Kreaturen.

Eine Weile später begann sich die Schlucht zu verengen, als würden die Felsen auf beiden Seiten magnetisch voneinander angezogen. Das begehbare Gelände war nach wie vor fünf bis sechs Meter breit, doch die rechter Hand von uns gelegene Felswand wurde steiler und steiler, und der Abhang zur Linken führte jetzt fast senkrecht in die Tiefe. Der Weg war mit Geröll und Felsbrocken übersät. Ich fragte mich, ob die Steine von oben herabgestürzt oder von einem der sintflutartigen Regenfälle angespült worden waren, die ein- bis zweimal im Jahr über der Schlucht niedergingen.

Wir marschierten jetzt langsamer. Steve steckte seinen Walkman weg. Wir waren an unserem Ziel angekommen; hier würden wir mit ihm abrechnen. Wir sahen uns in aller Ruhe um, checkten, von wo wir gesehen werden, wo wir uns am günstigsten positionieren konnten – suchten nach dem perfekten Platz, um Morgan aufzulauern und ihn in die Tiefe zu stoßen.

Zwanzig Minuten später hatten wir die ideale Stelle gefunden. Das Hotel lag nun etwa zwei Stunden Fußmarsch entfernt. Der Pfad führte links um eine Biegung, etwa zwanzig Meter geradeaus über einen weit vorstehenden Felsvorsprung und schlängelte sich dann nach rechts um die nächste Krümmung. Das wie ein Bumerang geformte Terrain grenzte an zerklüftete Felsen, hinter denen man sich problemlos verbergen konnte. Der ideale Ort für unser Vorhaben. Von den äußersten Enden konnten wir den Pfad in beiden Richtungen bestens im

Auge behalten und waren doch völlig geschützt vor den Blicken anderer, wenn wir zur Tat schritten. Am Abhang ging es gut vierzig Meter in die Tiefe.

Hier würden wir Morgan erwarten. Wenn er um die Biegung marschierte, würden ihm zwei oder drei von uns von hinten den Weg abschneiden, während ihm die anderen von vorn den Weg blockierten. Der Rest würde im Handumdrehen erledigt sein.

So sah jedenfalls unser Plan aus.

Wir kehrten ins Hotel zurück und trafen uns anschließend zum Abendessen.

»Sie sollten den Laden hier umbenennen«, sagte Lawrence, als er sich zu mir und Steve an den Tisch setzte; wir hatten extra einen Ecktisch gewählt, an dem wir ungestört miteinander reden konnten. »In Kakerlak-Hotel. In meinem Zimmer laufen Dutzende von den Biestern herum.«

»Vielleicht ein Flüchtlingslager«, sagte ich. »Stell sie dir einfach als Asylbewerber vor.«

»Was machst du denn für kranke Witze?« sagte Steve mit bierernster Miene, und beinahe hätte ich ihm seine Indignation abgekauft, wenn er nicht sofort wieder breit gegrinst hätte. »Zwingt mich nicht, die Vereinten Nationen zu informieren. Jede Wette, daß die postwendend einen Ausschuß für die Kakerlaken gründen.«

»Zuerst geben sie mal ein Kommuniqué an die Presse heraus«, sagte Hallam und nahm ebenfalls Platz. »Als nächstes kommen dann die Prominenten, die sich für die Kakerlaken einsetzen.«

»Und bei der Oscar-Verleihung bittet Richard Gere dann um eine Schweigeminute für die Kakerlaken in aller Welt«, sagte ich. »Wo steckt denn eigentlich Nicole?«

»Sie ist noch mal kurz unter die Dusche gegangen«, sagte Hallam. »Na, was gibt's zum Abendessen?«

»Kommt wahrscheinlich auf die Küchenbestände an«, sagte Lawrence.

»Mann, wir sind hier nicht in Togo«, sagte Steve. »Marokko ist um einiges zivilisierter, als du glaubst. Du kriegst garantiert alles, was auf der Karte steht.«

»Dein Optimismus ehrt dich«, sagte Lawrence. »Aber ich fürchte, da wiegst du dich in falscher Sicherheit.«

»Acht verschiedene Couscous-Menüs«, sagte Hallam, »aber kein Kamel auf der Karte. Tja, da hab' ich mich wohl umsonst gefreut.«

»Paß auf, daß du nicht selbst von einem Kamel gefressen wirst«, sagte ich. »Bei denen stehen nämlich *Menschen* auf der Speisekarte.«

Der Kellner kam, und wir bestellten fünfmal Couscous mit Gemüse, dazu Brot und Coca-Cola. Keiner von uns war Vegetarier, doch mit Fleischgerichten waren wir in gewissen Ländern lieber vorsichtig. Am anderen Ende des Raums saß eine Gruppe junger Backpacker, die sich an Lamm und Ziegenfleisch gütlich taten und dabei riskierten, den morgigen Tag mit Schweißausbrüchen auf dem Donnerbalken zu verbringen, statt die Schlucht zu durchwandern. Im Grunde waren wir fünf zwar mittlerweile so gut wie immun gegen Salmonellen und andere Krankheiten, die der Genuß verdorbenen Fleisches mit sich bringen konnte; nach Reisen auf fünf Kontinenten hatten wir wahre Roßmägen – mit Heerscharen von Antikörpern, die jedem ungebetenen Eindringling im Nu den Garaus machten. Aber wenn es einem einmal richtig sterbenselend war, riskiert man es ungern, noch einmal dasselbe zu erleben.

Wir flachsten weiter miteinander und rauchten. Zwanzig Minuten später war Nicole immer noch nicht aufgetaucht. Als der Kellner das Essen servierte, warteten wir nach wie vor auf sie. »Ich geh' sie eben holen«, sagte Hallam. »Wahrscheinlich ist sie eingeschlafen.« Aber irgendwie klang er nun doch beunruhigt und verließ den Raum schneller als nötig. Wir machten uns über das Essen her.

Eine Minute später kehrte er zurück; er sah so bestürzt aus, daß mir der Bissen im Hals steckenblieb. Dann stand er auch schon vor uns und hielt uns einen abgerissenen Notizzettel hin. Er wollte etwas sagen, doch drang nur ein rauhes Krächzen aus seiner Kehle. So hatte ich ihn noch nie erlebt. Hallam, immer cool, immer ruhig, nie um einen Ausweg verlegen, hatte es die Sprache verschlagen.

Ich warf einen Blick auf den Zettel, ein flaues Gefühl in der Magengrube, das mir bereits verriet, was geschehen war. Und dann sah ich die mir nur allzu bekannte Handschrift.

Hallam, alter Freund,
Nicole nackt, o là là
wenn ihr sie wiedersehen wollt,
kommt in die Schlucht,
an den Ort, den ihr heute
für mich ausgesucht habt.
Ihr solltet besser keine Zeit verlieren.
Und bring deine Freunde mit

»Er war hier«, stammelte Hallam. »Er hat sie in seiner Gewalt. Laßt uns sofort gehen.«

»O nein«, murmelte Lawrence, während er das Geschriebene überflog. Er stand abrupt auf. Steve ebenfalls.

Ich blieb sitzen. Ich versuchte mich zu konzentrieren. Manchmal ist es am besten, unmittelbar die Initiative zu ergreifen und loszuschlagen. Diesmal jedoch, das spürte ich genau, war verschärfte Kopfarbeit angesagt.

»Komm in die Puschen, Paul«, drängte Steve. »Er hat gerade mal eine Viertelstunde Vorsprung.«

»Nicht so schnell.« Ich versuchte, so ruhig und sachlich wie möglich zu bleiben.

»Worauf, zum Teufel, wartest du?« Hallams Stimme überschlug sich fast.

»Das ist eine Falle«, sagte ich, während sich meine Gedanken überstürzten. »Irgendein Trick.«

»Paul, er hat Nicole bei sich!« sagte Hallam mit beschwörender Stimme – als sei das ein guter Grund, sehenden Auges in den Tod zu marschieren. Was es für ihn wohl auch war. Smarter hätte Morgan nicht vorgehen können. Mit Nicoles Entführung hatte er Hallam kurzerhand außer Gefecht gesetzt.

Eiskalt. Er war mit geradezu dämonischer Präzision vorgegangen.

»Er hat recht«, ließ sich Lawrence vernehmen. »Laß uns erst mal nachdenken. Eins nach dem anderen.«

»Dazu haben wir keine Zeit mehr«, sagte Steve.

»Bis hinauf in die Schlucht brauchen wir zwei Stunden«, sagte ich. »Wollt ihr in zwei Stunden oben und fünf Minuten später tot sein? Oder ein paar zusätzliche Minuten in Kauf nehmen und dafür methodisch vorgehen?«

»Laß uns das unterwegs besprechen«, drängte Hallam.

»Falls er wirklich dort oben ist«, sagte ich.

»Was?«

»Woher wissen wir, daß er sie wirklich dorthin verschleppt hat?«

»Da steht's schwarz auf weiß!« Steve hielt mir den Zettel hin, als handele es sich um die Zehn Gebote.

»Klar«, sagte ich. »Weil Morgan will, daß wir das glauben. Was aber noch lange nicht bedeutet, daß es auch die Wahrheit ist.«

Eine Pause entstand, während Steve und Hallam über meine Worte nachdachten.

»Was glaubst du denn, wo er steckt?« fragte Steve dann.

»Meiner Meinung nach gibt es drei Möglichkeiten«, sagte ich. Ich hatte fieberhaft überlegt, was Morgan vorhaben könnte. »Erstens. Möglich, daß er die Wahrheit sagt und sie tatsächlich dort hinaufgebracht hat, um uns eine Falle zu stellen. Zweitens. Das Ganze ist ein abgekartetes Spiel, und er will uns bloß in die falsche Richtung locken.« *Um Nicole in aller Ruhe zu töten*, hätte ich beinahe noch hinzugefügt, bremste mich aber im letzten Moment, weil Hallam sonst garantiert durchgedreht wäre. Der bloße Gedanke ließ mich bis ins Mark erschaudern. »Drittens. Er ist total übergeschnappt, hat sie in eines der Hotels hier in der Nähe verschleppt und setzt darauf, daß wir wie kopflose Hühner durch die Gegend laufen.«

»Was hältst du für am wahrscheinlichsten?« fragte Hallam.

Das war eine gute Frage. Was sah Morgan am ähnlichsten? Was genau plante er? Wir hatten nicht den geringsten Anhaltspunkt.

Nein; das stimmte gar nicht. Wir wußten, daß er ganz in der Nähe gewesen war und uns in der Schlucht beobachtet haben mußte. Wir wußten, daß er Nicole vor knapp einer halben Stunde in seine Gewalt gebracht hatte. Kein ganz einfaches Unterfangen, auch wenn er dreimal so stark war wie sie; sie hatte sich garantiert mit Händen und Füßen gegen ihn zur Wehr gesetzt.

Außerdem wußten wir, mit wem wir es zu tun hatten. Mit Morgan Jackson. Wir kannten ihn verdammt gut.

»Ich denke, er hat die Wahrheit gesagt«, mutmaßte ich. »Obwohl ich nicht hundertprozentig sicher bin. Am besten, wir teilen uns auf. Zwei gehen hinauf in die Schlucht, zwei checken die Hotels und die Straße zum Dorf. Auch wenn ich fürchte, daß das nichts bringt. Ich glaube, ich weiß, was er vorhat.«

»Was?« fragte Lawrence.

»Er hat eine Waffe, wenn ihr mich fragt«, sagte ich. Das erklärte einiges, zum Beispiel, wie es ihm gelungen war, Nicole in seine Gewalt zu bringen, ohne daß sie sich gewehrt oder aus

Leibeskräften um Hilfe gerufen hatte. Ich glaubte nicht, daß er sie niedergeschlagen hatte. Damit hätte er nur hundert Pfund totes Gewicht mit sich herumgeschleppt, abgesehen davon, daß er dabei das Risiko eingegangen wäre, ihr eine Kopfwunde zuzufügen; das war alles viel zu auffällig, insbesondere in einer Gegend, in der man Gefahr lief, noch dem ein oder anderen Backpacker zu begegnen. Davon abgesehen konnte ich mir nicht vorstellen, daß Nicole angesichts eines Messers klein beigegeben hätte – da sie wußte, daß wir in der Nähe waren, hätte sie sicher versucht, zu schreien oder ihm in die Eier zu treten. Mit einer Schußwaffe aber lief das Spiel nach seinen Regeln. Und deswegen hatte sie auch nicht um Hilfe gerufen – weil sie uns damit dem sicheren Tod ausgeliefert hätte.

»Dann ist wohl auch klar, was er plant«, sagte Lawrence. »Er will uns nach dort oben locken und einen nach dem anderen abzuknallen.«

»Davon können wir ausgehen«, sagte ich. »Noch ein guter Grund, uns aufzuteilen. So laufen wir ihm wenigstens nicht alle direkt vor die Mündung.«

»Auch das noch«, sagte Steve und ließ sich auf den nächstbesten Stuhl sinken. Lawrence und Hallam setzten sich ebenfalls. Hallam ging es offenbar wieder ein wenig besser, nachdem wir die Fakten auf den Tisch gelegt hatten und nun zumindest halbwegs sicher sein konnten, woran wir waren. Und wenn ich recht hatte, dann brauchte Morgan seine Geisel als Köder – solange wir ihm nicht Auge in Auge gegenüberstanden, würde er Nicole nichts antun. Das war schon mal gut.

»Was sollen wir jetzt unternehmen?« fragte Lawrence.

Streng selber mal deinen Kopf an, hätte ich ihn am liebsten angeschnauzt. Sonst war es immer Hallam gewesen, der selbst in den kniffligsten Situationen noch Rat wußte, doch er war zu aufgewühlt, um klar und logisch zu denken. Aber vielleicht hatte ich ja selbst eine Antwort parat. Ich spürte, wie mich der kalte Zorn überkam. Seit unserer Ankunft in Marokko war mir jedesmal mulmig geworden, wenn ich an das Unaussprechliche dachte, das wir uns vorgenommen hatten. Nun aber, da es kein Zurück mehr gab, ergriff ein völlig anderes Gefühl Besitz von mir. Nun wollte ich es zu Ende bringen. Ich sehnte den Moment geradezu herbei.

»Erst müssen wir überlegen, wer von uns hierbleibt«, sagte ich. »Ich habe eine Idee. Es ist keine besonders gute Idee, aber immer noch besser als gar keine.«

»Was hast du vor?« fragte Hallam.

Ich erklärte es ihnen.

Alle waren sich einig, daß es kein guter Plan war. Aber keinem fiel etwas Besseres ein.

26

Die Todeszone

Lawrence und ich verließen das Hotel und machten uns auf den Weg. In die Todeszone, wie ich den Ort hoch oben über der Schlucht insgeheim getauft hatte. Es war klar, daß diese Nacht Opfer fordern würde. Vielleicht würde ich selbst ums Leben kommen, obwohl mich dieser Gedanke nicht so sehr beunruhigte wie die Vorstellung, daß Nicole und meine Freunde zu Schaden kommen konnten – allein meinetwegen, weil ich es gewesen war, der sie hierhergeführt hatte.

Wir marschierten so schnell wie eben möglich. Noch stand der Mond hinter den Felsentürmen, und ich leuchtete uns mit meiner Taschenlampe voran; derselben Taschenlampe, mit der ich mich zwei Wochen zuvor in Tetebatu zu Morgans Unterkunft aufgemacht hatte. Ich war heilfroh darüber, in London neue Batterien gekauft zu haben; in jedem Fall würden sie ausreichen, bis wir oben in der Todeszone angekommen waren. Für den Rückweg höchstwahrscheinlich nicht, doch sollte das nach der Begegnung mit Morgan unser größtes Problem darstellen, war ich definitiv mit mir im reinen.

Bereits unsere Wanderung am Tag war eine ziemliche Ochsentour gewesen, aber ich wurde trotzdem nicht müde; ich fühlte mich, als könne ich locker den Weg bis zur Jugendherberge am anderen Ende der Schlucht zurücklegen. Die Umrundung des Annapurna war ein ideales Training gewesen. Meine Füße waren perfekt abgehärtet; anstelle der Blasen hatte ich nun eine dicke Hornhaut, und meine Muskeln waren hart wie Stahl, so daß meine Beine wie von alleine liefen. Lawrence schien unser Tempo ebenfalls nichts auszumachen. Er war einer dieser drahtigen, konditionsstarken Burschen, die sich durch nichts aus dem Rhythmus bringen lassen.

Kurz überkam mich die vage Hoffnung, daß es uns vielleicht gelingen könnte, Morgan und Nicole doch noch einzuholen – ihr Vorsprung betrug etwas mehr als zwanzig Minuten –, aber ich glaubte nicht wirklich daran. Morgan würde nicht zulassen, daß sie ihn bremste. Nicole war zäh und durchtrainiert, und vielleicht blieb ihr sogar eine kleine Chance, Morgan zu entkommen. Doch das bezweifelte ich eigentlich. Morgan war ihr körperlich in jeder Hinsicht überlegen, und außerdem hatte er eine Waffe bei sich, wenn ich nicht völlig falsch lag. Sobald sie einen Fluchtversuch unternähme, würde er sie erschießen, ohne auch nur eine Sekunde lang zu zögern – was ihr wahrscheinlich klar war.

Um uns herum war es still, unbeschreiblich still, und dazu unbeschreiblich finster. Als Bewohner der Ersten Welt, gewohnt an den Schein von Straßenlaternen und selbst um Mitternacht hell erleuchtete Bürohäuser, vergißt man allzu leicht, wie finster die Nacht sein kann. Über uns waren ein paar schwach schimmernde Sterne zu erkennen, doch sonst war alles so tiefschwarz, als würden wir durch einen Bergwerksstollen marschieren. Außer unseren Schritten und unserem Atem war absolut nichts zu hören; kein Windhauch, kein Tier, kein Tröpfeln, nur Totenstille. Es war kalt, verblüffend kalt, und das, obwohl vor ein paar Stunden noch sengende Hitze geherrscht hatte. Wüstenklima. Brennende Sonne am Tag, bittere Kälte bei Nacht.

Schweigend setzten wir unseren Weg fort. Keiner von uns beiden sprach ein Wort. Wir würden etwa anderthalb Stunden brauchen, bis wir an unser Ziel gelangt waren, und so blieb uns genug Zeit, um in der Stille unseren Gedanken nachzuhängen. Doch je länger ich überlegte, desto mehr beschlich mich ein furchtbarer Verdacht.

Einen Moment lang, nur einen winzigen Augenblick lang, hatte ich mich nach unserem jäh beendeten Dinner gefragt, ob nicht einer von uns Morgan in die Hände spielte. Und den Gedanken sofort wieder verworfen. Daß Nicole oder Hallam mit Morgan gemeinsame Sache machten, war völlig absurd. Steve – egal, wie oft er im Knast gewesen war – hätte eher einem Krokodil einen Zungenkuß gegeben, als irgend jemandem von uns ein Leid zuzufügen. Und auch Lawrence war über jeden Verdacht erhaben. Doch nun, während ich eilig einen Fuß vor den anderen setzte und sich die Gedanken in meinem Kopf überschlugen, war ich mir plötzlich nicht mehr so sicher.

Es hatte durchaus seinen Grund, daß Lawrence von Anfang an auf meiner Verdächtigenliste gewesen war. Nicht nur wegen seiner Affäre mit Laura und seiner Trauer, die ich stets als leicht übertrieben empfunden hatte. Er war ein Einzelgänger, ein Mensch, der nie wirklich etwas von sich preisgab. Keine Frage, immer nett und umgänglich, und dennoch wußte niemand, was unter der lockeren Oberfläche tatsächlich in ihm vorging. Ich hätte nicht sagen können, was für ein Mensch sich wirklich hinter der lockeren Fassade verbarg. Im Gegensatz zu Hallam, Nicole und Steve war er mir letztlich immer ein Rätsel geblieben.

Möglich, daß Morgan sich alles allein ausgedacht und Nicoles Entführung auf eigene Faust durchgezogen hatte. Um ein Vielfaches einfacher aber wäre es gewesen, wenn einer von uns mit ihm in Verbindung gestanden hätte.

Als ich Morgan in Tetebatu über den Weg gelaufen war, hatte er nur einen einzigen Menschen erwähnt, der damals mit uns in Afrika gewesen war.

Lawrence.

Und nur wenige Stunden vor Lauras Tod waren Morgan und Lawrence gemeinsam abgezogen, um sich in Limbe in einem Hotel einzuquartieren. Lawrence war erst am nächsten Tag wieder aufgetaucht.

Nichts, was ihn tatsächlich belastet hätte. Nur ein Verdachtsmoment, nichts weiter. Nichts lag ferner als eine Verbindung zwischen Morgan und Lawrence.

Es sei denn, Lawrence war ebenfalls ein Todesspieler. Einer der mörderischen Jäger im Zeichen des Stiers.

Einen Moment lang kam es mir vor, als würden meine Beine von allein weitermarschieren, als sei die Verbindung zwischen Muskeln und Gehirn gekappt worden. Kalter Schweiß rann mir den Nacken herab. Ich wollte es nicht wahrhaben, aber es paßte alles zusammen. Zugegeben, es waren nur Mutmaßungen, doch so sehr ich mir auch den Kopf zerbrach, fiel mir beim besten Willen nichts ein, was meine neue Theorie entkräftet hätte. Sie stimmte perfekt mit den Fakten überein. Und wenn ich recht hatte, lief ich geradewegs in eine tödliche Falle.

Obendrein war es zu spät, den Plan noch zu ändern. Trotz meiner dunklen Ahnungen blieb mir keine andere Wahl, als den Weg zu unserem Ziel fortzusetzen. Es blieb keine Zeit, auf die Schnelle eine fadenscheinige Ausrede zu ersinnen, um zum Hotel zurückzukehren. Nicht, wenn wir Nicole retten wollten. Ich hatte nur eine Chance. Ich mußte irgendwie herausfinden, ob ich Lawrence vertrauen konnte, ehe wir in der Todeszone angekommen waren.

Am liebsten wäre ich stehengeblieben, um ihn rückhaltlos mit meinem Verdacht zu konfrontieren. Vielleicht gelang es mir ja, ihn derart zu verblüffen, daß mir irgend etwas verraten würde, woran ich wirklich war. Doch wenn mein Mißtrauen tatsächlich berechtigt war, würde er sich garantiert herausreden. Besser, wenn ich ihn zunächst im Ungewissen ließ.

»Lawrence«, sagte ich.

»Ja?«

»Wie hat er eigentlich von unserem Plan Wind bekommen?«

Er schwieg einen Moment. »Keine Ahnung, Mann. Ich habe nicht den blassesten Schimmer.«

»Er muß irgendwas geahnt haben. Vielleicht hat er sich über unser Reisebüro schlaugemacht und herausgefunden, daß es gar nicht existiert. Er muß von Anfang an ein Auge auf uns gehabt haben. Irgendwie kommt es mir vor, als hätte er uns die ganze Zeit über beobachtet.«

»Das läßt sich jetzt nicht mehr ändern. Wir können bloß hoffen und beten, das ist alles.«

»Was ist mit Steve?« fragte ich.

Lawrence verlangsamte sein Tempo. »Was soll mit ihm sein?«

»Was, wenn er uns hingehängt hat?«

»*Steve?* Was redest du da?«

»Er hat im Knast gesessen. Weißt du etwa genau, weshalb? Er redet immer um den heißen Brei herum. Was, wenn er mit Morgan gemeinsame Sache macht? Was, wenn er auch zu diesem Mörderclub gehört?« Wenn Lawrence mit Morgan im Bund war, würde er alles tun, um den Verdacht auf Steve zu lenken.

»Jetzt verlier bloß nicht die Nerven, Mann«, sagte Lawrence warnend. »Versuch, cool zu bleiben. Vergiß es. Unmöglich, daß Steve irgend etwas mit diesen Mördern zu tun hat. Das ist ungefähr so wahrscheinlich wie...«

Er hielt abrupt inne.

Ich wartete einen Augenblick ab. »Was ist?« fragte ich dann.

»Was soll die linke Tour, du Arschloch?«

Ich wußte nicht, was ich darauf erwidern sollte.

»Du redest gar nicht von Steve.« Das war eine Feststellung.

Ich schluckte. »Nein.«

Unvermittelt blieb Lawrence stehen.

»Sieh mich an«, sagte er mit rauher Stimme. »Los, mach schon! Leuchte mir ins Gesicht!«

Genau das tat ich. Jeder Muskel in seinem Gesicht war angespannt. Wie gemeißelt traten seine Züge hervor.

»Ich habe sie auch geliebt«, sagte er. »Mindestens so sehr wie du.«

Einen Augenblick lang starrten wir uns stumm an.

»Tut mir leid«, sagte ich leise.

»Schon vergessen.« Er schüttelte den Kopf. »Komm.«

Schweigend marschierten wir weiter. Eine halbe Stunde, ohne daß wir ein weiteres Wort verloren.

»Das ist nah genug!« erklang urplötzlich Morgans Stimme; unwillkürlich wichen wir zwei Schritte zurück. Der gleißend helle Strahl einer Taschenlampe durchschnitt das Dunkel, und ich hielt mir schützend die Hand vor die Augen, als er mir ins Gesicht leuchtete. Wir waren davon ausgegangen, daß wir ihn und Nicole zuerst bemerken würden, so daß uns zumindest noch die Chance geblieben wäre, uns hinter einen Felsen zu ducken. Mir sackte das Herz in die Hose. Jeden Moment würde er abdrücken.

Doch ertönte kein Schuß, und ich nutzte den Moment, den Kopf meiner Taschenlampe abzuschrauben, so daß nur noch der Schein der Birne die Szenerie beleuchtete. Selbst nach neunzig Minuten Wanderung durch die Nacht hatte die Batterie kein bißchen nachgelassen. Wir befanden uns auf dem Felsvorsprung, den wir für unsere Zwecke ausgesucht hatten. Der Pfad war hier etwa zweieinhalb Meter breit. Etwa zehn Meter von uns entfernt erspähte ich einen Felsblock, hinter dem im selben Augenblick Morgan hervortrat – seine Maglite in der einen, eine schimmernde schwarze Pistole in der anderen Hand. Eine Automatik. Sein Gesicht war im Widerschein nur verschwommen zu erkennen – einzig das Weiß seiner Augen und sein Grinsen stachen deutlich hervor.

Ein paar Schritte vor ihm kauerte Nicole an der hinter ihr aufragenden Felswand; er hatte ihr die Arme auf den Rücken gefesselt und sie mit einem Fetzen Stoff geknebelt. So, wie er damals auch Laura geknebelt hatte. Nicole schien unversehrt zu sein. Mit schreckgeweiteten Augen starrte sie zu uns herüber.

»Hände hoch«, sagte Morgan in gleichgültigem Tonfall. »Wo sind die anderen?«

»Sie sind nicht mitgekommen«, sagte ich. Meine Kehle war trocken, doch meine Stimme vollkommen ruhig.

»Laß die Spielchen, Woodsie. Muß ich ihr erst in die Kniescheibe schießen?« Er trat zu Nicole und richtete die Pistole auf ihr Knie. »Okay, wenn ihr sie schreien hören wollt...«

»Wir haben uns in zwei Gruppen aufgeteilt«, sagte Lawrence mit rauher Stimme. »Wir dachten, du lügst, du Dreckskerl. Daß du vielleicht unterwegs ins Dorf wärst.«

Morgan taxierte uns, leuchtete erneut mit der Lampe in unsere Gesichter, nickte nachdenklich und senkte die Waffe. »Habe ich mir schon gedacht, daß so was passieren könnte. Tja, Glaubwürdigkeit ist so 'ne Sache, was? Schade. Ich hatte mir schon haargenau ausgemalt, wie ich es ihr vor Hallams Augen nach allen Regeln der Kunst besorge. Aber drei von fünf ist auch keine schlechte Ausbeute. Los, runter, wie auf die Kirchbank, verstanden? Nicht, daß ihr noch auf blöde Ideen kommt. Keine Tricks. Ich laß' mir das von euch nicht versauen, das versprech' ich euch.«

Wir gingen beide auf die Knie, genau wissend, daß er uns kein zweites Mal auffordern würde.

»So gefällt mir das schon besser«, sagte er. »Tja, das war wohl 'ne echte Überraschung, was? Daß euer alter Kumpel Morgan euch sogar Briefe schreibt. Schätze, das hat den alten Großkotz Hallam ein bißchen aus der Ruhe gebracht.« Er lachte. »Du hältst mich wohl für leicht zurückgeblieben, was, Woodsie? Hast du im Ernst geglaubt, ich würde die Story so einfach kaufen? Daß ich mich einfach so mir nichts, dir nichts in den nächsten Flieger setze, bloß weil mich irgendeine wildfremde Tussi anruft und mir einen Trip nach Marokko aufschwatzt, und das auch noch quasi gratis? Meinst du wirklich, so einen Köder würde ich schlucken – und das auch noch nach unserem kleinen Zusammenstoß auf Lombok? Schon möglich, daß ich nicht so ein Computerhirn bin wie du, aber ich kann immer noch eins und eins zusammenzählen.«

»Hast du die Pistole von England rübergeschmuggelt?« fragte ich.

»England?« Er feixte; das Ganze schien ihm einen Höllenspaß zu bereiten. »Heiliger Jesus, hast du schon mal versucht, dir in England eine Knarre zu besorgen? Da kannst du lange suchen! Wenn man sich illegal eine Waffe beschaffen will, wo macht man das wohl – in London oder in Tanger, was glaubst du? Kinderleicht, hier an so ein Teil zu kommen. Wenn bloß das endlose Feilschen nicht wäre! Meine Güte, ein endloses Hin und Her, unfaßbar. Aber allererste Sahne, das Ding! Eine echte Glock. Dreizehn Patronen – die reichen locker für euch alle. Und wette besser nicht drauf, daß das Teil Ladehemmung hat. Tschechische Präzisionsarbeit, mein Lieber, da kannst du lange beten, daß irgendwas schiefläuft!«

Ich erstarrte. »Du bist mit dem zweiten Bus gefahren«, sagte ich. »Direkt nach uns, stimmt's?«

Morgan richtete seinen Blick auf mich, dann auf Lawrence, ehe er den Kopf schüttelte. »Augenblick«, sagte er. »Ich bin untröstlich, eure Geduld auf die Probe stellen zu müssen... Aber wir haben ja noch einen Gast hier. Wie konnte ich bloß so unhöflich sein?« Die Mündung der Pistole auf uns gerichtet, trat er zu Nicole und befreite sie von dem Knebel im Mund. Sein kahlrasierter Schädel glänzte im Licht, und während er sich über sie beugte, sah er aus wie ein Abkömmling einer außerirdischen Spezies. Er wirkte riesig, und einen Moment lang fragte ich mich, ob selbst ein voll ausgebildeter Soldat wie Hallam überhaupt eine Chance gegen ihn gehabt hätte. Morgan trat zwei Schritte zurück, während Nicole das Gesicht verzog und ausspuckte.

»Es tut mir leid«, sagte sie leise. »Ich...«

»Nicht deine Schuld«, sagte Lawrence. »Es ist alles okay, Nic.«

Sie wußte genau, daß das nicht stimmte. Sie wußte, daß alles vorbei war, daß sie in wenigen Minuten sterben würde. Wir alle waren so gut wie tot; wenn Morgan mit seiner Selbstbeweihräucherung fertig war, würde er uns kaltlächelnd niederknallen.

Aber noch hatten wir eine Chance. Neben dem Abgrund kniend, nahm ich aus dem Augenwinkel einen winzigen, zitternden Lichtpunkt wahr, der die Steilwand unter uns langsam nach oben wanderte, verharrte und in der Luft zu schweben schien, ehe er sich weiterbewegte. Das mußte Hallam sein, der mir und Lawrence gefolgt war und nun die Steilwand unter uns erklomm, mit seiner brandneuen Mini-Maglite im Mund nach Halt suchend, verzweifelt darum bemüht, um Himmels willen kein Geräusch zu verursachen, während nur wenige Meter über ihm ein geisteskranker Mörder seine Frau und seine Freunde mit dem Tod bedrohte. Er war ein erfahrener Kletterer, doch bei Nacht, ohne Ausrüstung oder Magnesium eine Felswand zu erklimmen, grenzte an Wahnsinn. Ein falscher Griff, und er würde sich das Genick brechen.

»Wo waren wir stehengeblieben?« sagte Morgan. »Ja, stimmt, ich habe den anderen Bus genommen. Fast hätte ich gedacht, du hättest mich gesehen, Woodsie. Mir ging schon die Muffe, mein ganzer schöner Plan wäre im Eimer. Teufel auch – du hast mir direkt ins Gesicht geglotzt, als wir euren Bus überholt haben. Aber offenbar hast du ja gepennt.«

»Ich muß im Halbschlaf gewesen sein«, sagte ich, während ich mich daran erinnerte, was ich zu träumen geglaubt hatte.

»Noch irgendwelche Fragen, mein Freund?« sagte er. »Irgendwas, was du noch klären willst, bevor ich dir endgültig das Licht ausblase?«

»Ja«, sagte ich, während ich verzweifelt versuchte, einen klaren Gedanken zu fassen. Irgendwie mußte ich ihn beschäftigen, bis Hallam es die Steilwand hinaufgeschafft hatte. »Die Nachricht, die du uns hinterlassen hast. Das war doch nicht deine Handschrift.«

»Ich bitte dich«, sagte er. »So was schreibe ich stets mit links. Eine kleine Vorsichtsmaßnahme, um im Falle eines Falles die Bullen in die Irre zu führen. Genau diese Kleinigkeiten sind es, die am Ende den Profi vom Stümper unterscheiden.«

Im selben Augenblick sah ich, wie das winzige Licht an der Steilwand in die Tiefe fiel. Ich begann laut zu husten, zu würgen, als hätte ich mich verschluckt. Morgan schien nichts mitzubekommen – offenbar dachte er, daß mich schlicht die Angst überwältigte, so wie an dem Strand in Indonesien, als ich vor ihm im Sand gekrochen war.

»Ach, fahr doch zur Hölle«, stieß Lawrence hervor.

Ein kaum wahrnehmbarer Aufprall drang an mein Ohr, und dann noch einer, während ich immer noch würgte und alle anderen Geräusche zu übertönen versuchte. Wenn ich alles richtig deutete, hatte sich ein Stück Fels unter Hallams Fingern gelöst, woraufhin er seine Maglite hatte fallen lassen. Anders waren die beiden Geräusche nicht zu erklären. Dennoch schien Hallam nicht zu Schaden gekommen zu sein – obwohl er über kurz oder lang selbst abstürzen würde, da es komplett unmöglich war, in der Dunkelheit allein mit dem Tastsinn den Weg über ein beinahe senkrecht aufragendes Felsmassiv zu finden. Ein falscher Griff, und alles war vorbei. Mit seiner Hilfe brauchten wir nicht mehr zu rechnen.

»Hölle?« Morgan fing erneut an zu lachen. »Himmel und Hölle. Also wirklich, Lawrence, du glaubst wohl noch an den Weihnachtsmann. Na ja, in solchen Situationen finden selbst Atheisten zum Glauben. Am besten, du bereitest dich schon mal innerlich auf deinen neuen Aufenthaltsort vor; ich weiß ja nicht, wo du dich eher siehst.« Er seufzte theatralisch und schüttelte mitleidig den Kopf. »Jammerschade, daß Hallam nicht bei uns ist. Tja, dann werden wir beide uns eben ohne

Publikum amüsieren.« Er stieß Nicole mit dem Fuß an. »Du bist eine echte Wildkatze, was, Kleine? Eine wie du winselt nicht so schnell um ihr Leben – so wie Laura Mason. Die Schlampe! Alles hätte sie getan, um ihr armseliges Leben zu retten, wie eine verdammte Zwei-Dollar-Hure.... *Auf die Knie, Paul!*« Unwillkürlich war ich aufgestanden, um ihm an die Gurgel zu fahren, doch als er die Pistole schwenkte und mich ins Visier nahm, erstarrte ich in der Bewegung, um mich abermals auf die Knie sinken zu lassen.

»Schon besser«, sagte Morgan. »Tja, Nic, ich habe das Gefühl, die beiden goutieren nicht recht, was ich mit dir vorhabe. Aber mach dir keine Sorgen. Ich steh' auf Gegenwehr – eine Frau, die Widerstand leistet, macht mich erst so richtig heiß. Glaub mir, wir werden echt Spaß miteinander haben.«

»*Du widerwärtiges, krankes Schwein!*« sagte Lawrence.

Ein breites, alptraumhaftes Grinsen erschien auf Morgans Zügen. Er würde uns abknallen wie wilde Hunde.

»Sie kriegen dich sowieso, ob du uns erschießt oder nicht«, platzte ich heraus. »Ich habe die halbe Welt über dich informiert. Das FBI, Interpol, alle.«

»Ach komm, Woodsie«, sagte Morgan. »Du beginnst mich zu langweilen. Die achte Todsünde, mein Freund. Die könnten mir nicht mal was, wenn ich ihnen meine Autobiographie in die Hand drücken würde. Tja, du kommst leider nur als Fußnote darin vor.« Er hob die Waffe. »Und jetzt habe ich genug Zeit mit euch...«

Im selben Moment riß Nicole die Beine hoch und trat ihn mit aller Gewalt in die Seite, so hart, daß es einem professionellen Wrestler alle Ehre gemacht hätte. Und beinahe hätte es auch funktioniert. Ein Schuß löste sich, ging aber meilenweit über unsere Köpfe hinweg. Morgan fiel die Taschenlampe aus der Hand, und um ein Haar hätte er die Balance verloren; dann aber hatte er sich wieder unter Kontrolle, versuchte sogar noch, mit dem Fuß die Taschenlampe zu stoppen. Zu spät.

Die Lampe rollte weiter und fiel über die Felskante hinab ins Dunkel.

Morgan schwang die Waffe herum – direkt auf mich.

Meine Gedanken überschlugen sich. Nun war ich im Besitz der einzigen Lichtquelle; im Dunkel hatten Lawrence und ich vielleicht noch eine winzige Chance, mit dem Leben davonzukommen – und gleichzeitig schoß mir durch den Kopf, daß Hallam immer noch an der Felswand klebte.

Ich zögerte keine Sekunde. Ich warf die Lampe in die vage Richtung, wo sich Hallam befinden mußte, und ging im selben Moment flach zu Boden, als auch schon der nächste Schuß losging. Diese Kugel war für mich gedacht gewesen.

Doch nun war es stockdunkel um uns herum.

Ich überlegte noch, was ich jetzt tun sollte, als ich einen gedämpften Schlag hörte, gefolgt von einem unterdrückten Schmerzenslaut – Nicole, die sich mit Leibeskräften gegen Morgan zur Wehr setzte. Ich wollte ihr zu Hilfe eilen, doch dann ertönte ein weiterer Schuß. Einen Augenblick lang dachte ich, er hätte sie erschossen, als unvermittelt ein Lichtstrahl die Finsternis zerteilte und mich blendete. Als ich meine Augen mit der Hand abschirmte, sah ich Nicole vornübergekrümmt vor dem Felsblock liegen. Sie keuchte, schien aber im übrigen unversehrt zu sein; jedenfalls sah ich nirgendwo Blutspuren.

»Ihr beiden rührt euch nicht vom Fleck«, sagte Morgan in lässigem, beinahe belustigtem Ton. »Runter mit euch! Flach auf den Boden!«

Nicole rang abermals nach Luft, atmete dann aber wieder ruhiger. Den dritten Schuß hatte Morgan offenbar nur abgegeben, um mich und Lawrence auf Distanz zu halten. Lawrence und ich wechselten einen kurzen Blick, ehe wir Morgans Befehl nachkamen.

»Nicht übel, Nic«, sagte Morgan. »Das habt ihr ja wirklich schlau eingefädelt. Ein echter Geniestreich, die Funzel wegzuwerfen, Woodsie, das muß ich dir lassen. Zu schade, daß ich bei den Pfadfindern war. Und da lernt man, für den Notfall immer eine zweite Lampe dabeizuhaben. Allzeit bereit, wie es so schön heißt. Und ihr drei macht euch jetzt besser bereit, dem Unausweichlichen ins Auge zu sehen. Und damit meine ich nicht die Steuererklärung.«

»Fick dich ins Knie«, sagte Nicole. »Na los, quatsch weiter, quäl uns, mach, was du willst – es ändert sowieso nichts. Du bist ein geisteskranker Psychopath. Und so gut wie tot. Hallam wird dich finden, verlaß dich darauf!«

Morgan gähnte demonstrativ.

»Du hältst dich für den Größten, was, Morgan?« mischte ich mich ein. »Du glaubst, du bist der Große Weiße Jäger, der dem edelsten Wild nachstellt – dem Menschen. Aber du täuschst dich. In Wahrheit bist du nichts weiter als ein gotterbärmlicher Loser – kein bißchen besser als NumberFive.«

»Was hast du da gesagt?« brach es aus Morgan heraus.

»NumberFive«, wiederholte ich. »Der Dreckskerl, der in Bangkok Prostituierte abschlachtet.«

Morgan schwieg einen Moment, dann lachte er laut auf. »Du bist ja gar nicht so dumm, wie du aussiehst, Woodsie. Wie hast du denn das herausgefunden?«

»Ich weiß alles über euer Todesspiel«, sagte ich. »*The Bull*. Kinderleicht, deine Spur von dem Computer in Tetebatu zurückzuverfolgen.«

Ich hätte etwas darum gegeben, sein Gesicht sehen zu können, doch der gleißende Strahl der Lampe blendete mich so stark, daß ich nur die Waffe in seiner Hand erkennen konnte.

»Unsinn«, sagte er. »Ich habe alles gelöscht.«

»Nicht gründlich genug«, sagte ich. »Eure Website ist nicht halb so sicher, wie NumberOne glaubt. Euer bombensicheres System hat mehr Löcher als ein Schweizer Käse.«

»Ich fass' es nicht.« Ungläubig schüttelte er den Kopf. »Unglaublich, was du alles drauf hast, Woodsie. Wäre wohl besser, ich würde dich am Leben lassen, damit du dich um die Fehler kümmern kannst.«

»Wie hat das alles angefangen?« fragte ich. »Ich weiß, daß Laura dein erstes Opfer war, aber wie hat das Ganze angefangen? Wie haben sie Verbindung mit dir aufgenommen? Und warum?«

»Soll ich dir jetzt auch noch meine Lebensgeschichte erzählen?« Er lachte. »Du bist ein echt netter Bursche, Woodsie. Du warst mir immer sympathisch. Du spielst auf Zeit, was? Willst dein elendes Leben noch um ein paar Minuten verlängern. Ich mach's kurz, ja? Schließlich habe ich noch jede Menge Arbeit vor mir. Was meinst du, was das Zeit kostet, eure Leichen zu arrangieren, euch das Zeichen des Stiers zu verpassen und die üblichen Schnappschüsse zu machen? Und Hallam und Steve kommen auch noch dran. Deshalb nur den Schnelldurchlauf, okay?«

Er räusperte sich. »Laura war nicht mein erstes Opfer. Ein Jahr vorher war ich in Vietnam. Zwei Mädchen in Saigon, zwei Huren, mit denen ich mir eigentlich nur einen geilen Abend machen wollte. Tja ... mehr hatte ich eigentlich gar nicht vor. Wenn die beiden nicht versucht hätten, mir mein Geld zu klauen, wäre nichts passiert. Und als es dann eben doch passiert war, hatte ich sozusagen Blut geleckt. Meine Berufung gefunden, wenn du so willst. Anschließend war ich ziemlich von der Rolle, fast ein Jahr lang; das steckt man seelisch nicht so leicht weg, das kann ich dir sagen. Aber dann, auf dem Trip durch Afrika, kam alles wieder hoch. Dieser Urinstinkt – töten oder getötet werden. Das Gesetz der Wildnis. In Gedanken habe ich jede Nacht einen von euch umgebracht.

Wieso gerade Laura dran glauben mußte? Ich war scharf auf die kleine Schlampe. Ich wollte sie sterben sehen, das war alles. Im Affenreservat in Nigeria, als ihr zwei nicht mehr miteinander gesprochen habt, habe ich sie ein bißchen angebaggert – aber sie wollte nicht. Und wenn's nicht im Guten geht... dann eben anders. Mit den Todesspielern war ich schon länger in Kontakt. Ich bin ziemlich viel im Internet gesurft, nachdem ich die beiden Nutten in Saigon erledigt hatte. Ich war einfach total durcheinander, habe alle möglichen Foren gecheckt – und irgendwann sind sie mit mir in Kontakt getreten. Und so kam eben alles zusammen. Vorher war ich pausenlos deprimiert, schlicht und einfach unglücklich. Aber inzwischen weiß ich, wofür ich geboren bin. Und mehr braucht man nicht zu wissen. So einfach ist das.«

Er zuckte mit den Schultern. »Und das war's. Bringen wir's hinter uns.«

Er hob die Waffe. Gleichzeitig mußte er etwas bemerkt haben, vielleicht irgendein verräterisches Flackern auf unseren Mienen, da er plötzlich die Taschenlampe herumriß und den Kopf wandte – zu spät. Hinter ihm richtete sich Hallam auf wie ein Rachegott. Ein animalischer Laut drang aus seiner Kehle, als er Morgan packte und wie eine Lumpenpuppe über den Rand des Felsvorsprungs schleuderte. Morgan war so überrascht, daß er nicht einmal einen Schrei ausstieß.

Wir alle erstarrten zu Salzsäulen. Keiner sprach ein Wort. Wir hielten den Atem an. Ein schmatzendes Geräusch hallte zu uns herauf, als Morgan in der Tiefe aufschlug. Dann stürzte Hallam zu Nicole, wiegte sie in den Armen, zerrte mit zitternden Fingern an ihren Fesseln und fing an zu weinen. Lawrence und ich sahen uns erleichtert an und traten an den Rand des Felsvorsprungs.

Morgans Taschenlampe hatte den Sturz unbeschädigt überstanden; ein breiter Lichtkegel schien auf seine Leiche. Zusammengekrümmt wie ein Fötus lag er da, einen Arm ausgestreckt, als wolle er im Tod noch nach der Lampe greifen. Unter ihm bildete sich eine Blutlache.

»O Gott«, brachte ich würgend hervor.

Lange Zeit fiel kein einziges Wort.

»Ich weiß nicht, wie es euch geht«, brach Lawrence das Schweigen, »aber ich könnte jetzt ein Bier vertragen.«

Und nun mußten wir doch alle lachen, wenngleich es ein schrilles, verkrampftes Lachen war.

Auf dem Rückweg hielten sich Nicole und Hallam so fest, als wollten sie sich nie wieder loslassen. Lawrence förderte – unglaublich, aber wahr – plötzlich eine Packung Zigaretten zutage. Marquise, die einheimischen Kippen. Wir rauchten die ganze Packung, auch wenn wir zunächst Probleme mit dem Anzünden hatten, da unsere Hände immer noch zitterten. Friedlich und einladend lag die Schlucht vor uns.

Steve blickte uns an wie Geister, als wir das Hotel betraten, und erdrückte uns fast, als er einen nach dem anderen umarmte. »Nächstes Mal«, sagte er wieder und wieder, »kann jemand anders die Stellung halten.«

27

Krönender Abschluß

Es war bereits nach Mitternacht, als wir uns schließlich auf unsere Zimmer verzogen; vorher hatten wir noch ein Sixpack San Miguel geleert, das Erlebte rekapituliert und versucht, wieder so etwas wie Normalität herzustellen. Unser Bus ging um 5:30 Uhr, weshalb uns nicht viel Zeit zum Schlafen blieb.

Ich fühlte mich kein bißchen müde, als ich erwachte; die Erinnerung an die vergangene Nacht wirkte wie ein dreifacher Espresso. Den anderen schien es ebenso zu gehen. Hallam und Nicole saßen engumschlungen auf den hintersten Sitzen; vor ihnen hatte Steve es sich auf zwei Sitzen bequem gemacht, und noch eine Reihe weiter vorn saßen Lawrence und ich. Diesmal nahm ich am Gang Platz, um etwas mehr Beinfreiheit zu haben.

Wir redeten nicht viel, aber es war ein angenehmes Schweigen. Wir hatten Entsetzliches erlebt, doch waren wir mit heiler Haut davongekommen. Mehr als einmal ging mir durch den Kopf, daß dies genau die Menschen waren, auf die ich mich verlassen konnte, die ich um mich haben wollte. Ich hoffte, daß die anderen genauso dachten. Dann kam mir der verrückte Gedanke, ob ich nicht ganz nach London ziehen sollte. Verrückt daran war, daß ich mich fragte, ob Talena mitkommen würde, aber das war wohl nicht sehr realistisch.

In vier Tagen ging unser Rückflug von Gibraltar nach London, was bedeutete, daß uns – leichte Verspätungen einkalkuliert – noch ein bißchen Zeit zum Relaxen blieb. Wir fuhren nach Essaouira an der Atlantikküste, einen malerischen Ort mit einem schier endlosen, spektakulären Strand, kein Geheimtip mehr, aber auch nicht zu übervölkert von Touristen.

Überall am Strand spielten marokkanische Kinder Fußball. Haschisch war spottbillig und nur theoretisch illegal. Die Küstenlinie war gesäumt von uralten Festungstürmen, von denen man auf den Ozean hinaussah, unter dessen Oberfläche Dutzende und Aberdutzende von Schiffswracks lagen.

Es waren unbeschwerte Tage. Hallam und Nicole ließen einander kaum aus den Augen. Sie sonderten sich nicht von uns ab, doch spürten Lawrence, Steve und ich genau, wie sehr sie mit sich selbst beschäftigt waren, weshalb wir sie soweit wie möglich in Ruhe ließen. Zwischendurch zog mich Lawrence zur Seite, um mir zu sagen, daß er mir mein Mißtrauen nicht nachtrüge. Steve war wie immer ansteckend guter Laune; wir aßen, tranken, rauchten, schwammen und spielten Fußball mit den Einheimischen. Wir hatten jede Menge Spaß zusammen. Was Morgan anging, schlug ich mich keineswegs mit Schuldgefühlen herum. Keiner von uns. Wir hatten die Welt von einer Bestie befreit. Ich konnte reinen Gewissens in den Spiegel sehen.

Der Polizei wegen machten wir uns keine Sorgen. Ich bezweifelte, daß man Morgans Leiche so schnell finden würde, und in seinem Hotel würde sich zunächst auch niemand große Gedanken über seinen Verbleib machen. Da wir unter falschen Namen eingecheckt hatten, war es so gut wie unmöglich, unsere Spur zurückzuverfolgen – mal abgesehen davon, daß die marokkanische Polizei nicht gerade als der Schrecken aller Übeltäter bekannt war. Und selbst wenn sie die Leiche entdeckten und uns tatsächlich ausfindig machten, was hatten sie für Beweise? Wir würden alles strikt leugnen. Besser denn je verstand ich, weshalb Morgan jahrelang so leichtes Spiel gehabt hatte.

Er. Und die anderen.

»Was ist eigentlich mit den anderen vier Typen?« fragte mich Lawrence an unserem zweiten Abend in Essaouira, als wir zusammen mit Steve in einem Café saßen. Seit neuestem rauchte Lawrence wie ein Schlot, obwohl er behauptete, in England würde er sofort wieder damit aufhören. Ich glaubte ihm sogar.

»Mit welchen anderen?« fragte ich. Er hatte mich komplett auf dem falschen Fuß erwischt.

»NumberOne und den anderen Burschen.«

»Ach die.« Ich hatte die übrigen Dämonenprinzen beinahe vergessen. »Nicht meine Baustelle.«

»Stimmt«, meinte Steve. »Das sollen jetzt andere in die Hand nehmen. Wir haben unseren Job erledigt.«

»Ich werde noch mal an die Öffentlichkeit gehen«, sagte ich. »Aber vorher muß ich meinen Bericht ändern. Morgan lassen wir ab jetzt lieber außen vor. Trotzdem, eine kleine Warnung vor diesen Bestien kann nicht schaden. Das bringt sie bestimmt ein bißchen ins Schwitzen – und vielleicht veranlaßt das ja sogar Interpol, sich endlich hinter die Sache zu klemmen. Jedenfalls ist die Geschichte damit für mich erledigt.«

»Für uns alle«, sagte Steve.

»Darauf trinken wir«, sagte Lawrence, und wir stießen an.

Doch plötzlich kam mir noch eine Idee. Vielleicht war ich mit den Todesspielern von The Bull doch noch nicht ganz fertig. Ja. Die Vorstellung begann mir mit jeder Sekunde besser zu gefallen.

Am schwierigsten gestaltete sich die Sache mit dem Foto. Ich bin Programmierer und kein Grafikdesigner, und das einzige Internetcafé in Essaouira war softwaremäßig nicht gerade auf dem neuesten Stand. Schließlich aber lud ich mir ein Freeware-Grafikprogramm namens LView herunter und machte mich Schritt für Schritt damit vertraut. Das Bild selbst war gestochen scharf und stammte aus meinem Afrika-Fotoarchiv, auf das ich über meinen Unix-Account jederzeit zugreifen konnte. Auf dem Bild war Morgan zu sehen, seinen Hut mit den Haifischzähnen auf dem Kopf, und obendrein hatte ich es damals auch noch in der Todra-Schlucht geknipst. Carmel, Nicole und Michael waren mit auf dem Foto, doch schnitt ich Morgans Kopf einfach aus und vergrößerte ihn. Die Schweizer Armeemesser lud ich mir direkt von der Victorinox-Website herunter. Ein wenig grafische Feinarbeit, ein bißchen Retusche, und *voilà* – schon ragten die Griffe zweier Schweizer Armeemesser aus Morgans Augenhöhlen. Über sein Grinsen setzte ich ein fettes X.

Anschließend klinkte ich mich via SafeWeb auf The Bull ein, nur um ganz sicherzugehen, daß es für die Todesspieler unmöglich sein würde, meine Spur nach Essaouira zurückzuverfolgen. Zwar bezweifelte ich, daß sie überhaupt das technische Knowhow dafür besaßen, aber wenn man sich mit einer Bande psychopathischer Killer einläßt, kann man gar nicht paranoid genug sein. Ich ging auf die Registrierungsseite und wählte »Toreador« als Password. Und schon war ich NumberSix.

```
Eintrag Nr. 58
Punktzahl: 0
Eingegeben von: NumberSix
Eintragsdatum: 1. Dez. 2000
Morddatum: 28. Nov. 2000
Ort: Todra-Schlucht, Marokko
Opferbeschreibung: NumberFour alias Morgan
Jackson
Mordmethode: Todesstrafe
Multimediadateien und URLs:
  Foto hier
Einzige und letzte Warnung. Wer tötet, wird
sterben.
```

Natürlich war es nichts weiter als eine leere Drohung. Doch das wußten sie ja nicht. Es würde ihnen gehörig zu denken geben, da war ich mir ganz sicher. Vier Männer, die in Zukunft ständig auf der Hut sein und sich gegenseitig beschuldigen würden, die Sicherheitsvorkehrungen mißachtet zu haben. Möglich, daß ich damit sogar ein oder zwei Leben rettete. Und genau das wollte ich auch erreichen.

Auf der Fähre nach Gibraltar war ich nervös wie selten zuvor; ich hatte schlicht Angst, daß ich plötzlich die Hand eines marokkanischen Polizisten auf der Schulter spüren würde – ich sah uns bereits lebenslänglich im Zuchthaus von Tanger. Die grausamen Kerkerszenen aus *Midnight Express* standen vor meinem inneren Auge, doch dann wurden unsere Pässe abgestempelt, ohne daß uns auch nur eine einzige Frage gestellt worden wäre, und schon wurden wir auf britischen Boden gewunken. Wir suchten uns ein Hotel, schliefen uns aus, und am Mittag des folgenden Tages sah ich vom Fenster unseres Airbus A318, wie London unter uns auftauchte. Es war ein seltsam bewegender Anblick. Obwohl ich London noch nie besonders schön gefunden hatte, empfand ich das Gefühl, endlich nach Hause zu kommen.

»Wann fliegst du zurück nach Kalifornien?« fragte mich Nicole, als wir auf unser Gepäck warteten.

»Morgen nachmittag«, erwiderte ich.

»Willst du bei uns übernachten?«

»Ich ... ja, gern«, sagte ich. Ich hatte gedacht, die beiden wollten nach unserem Trip endlich allein sein. Da Lawrence und Steve in winzigen Einzimmerapartments wohnten, konnten sie mir keinen Schlafplatz anbieten, und so nahm ich Nicoles Offerte nur allzu gerne an, da mir nicht der Sinn danach stand, noch eine weitere Nacht in einer Pension mit lauter besoffenen Studenten zu verbringen.

Wir gingen noch kurz ins Pig&Whistle und aßen eine Kleinigkeit, ehe sich Lawrence und Steve verabschiedeten, nicht ohne mir vorher mit ihren Umarmungen fast das Kreuz gebrochen und geschworen zu haben, mich bald in San Francisco zu besuchen. Als sie sich aufgemacht hatten, tranken wir noch ein letztes Bier und strichen dann die Segel.

»Tut das gut, endlich wieder zu Hause zu sein«, sagte Hallam, als er die Wohnungstür aufschloß. Er ließ die Reisetaschen zu Boden fallen, ging schnurstracks zur Couch und schaltete den Fernseher an. Nicole lachte, während ich mir einen Stuhl heranzog und mich zu ihm setzte.

»Du bist ein echter Freund, Paul«, sagte Hallam aus heiterem Himmel.

»Danke«, sagte ich.

»Versteh mich richtig«, sagte er. »Nic und ich haben eine Menge *guter* Freunde, aber *echte* Freunde sind verdammt selten.«

»Um ein Haar wärt ihr wegen mir ums Leben gekommen«, sagte ich leise.

»Was redest du da?« sagte Nicole. »Wir wußten doch genau, worauf wir uns einlassen. Außerdem war es richtig, was wir getan haben. Gott sei Dank ist keinem von uns etwas passiert.«

»Das kannst du laut sagen«, seufzte ich.

»Es war ganz schön knapp«, sagte Hallam. »Aber wir haben es geschafft.«

»In Essaouira haben wir lange miteinander gesprochen«, sagte Nicole. »Uns Gedanken gemacht. Wir werden ja auch nicht jünger.«

»Allein die Vorstellung, daß ich Nic beinahe verloren hätte.« Hallam schüttelte den Kopf und legte den Arm um sie. »Man fängt einfach an, die Dinge aus einem anderen Blickwinkel zu betrachten.«

Ich musterte die beiden. »Und zu welchem Schluß seid ihr gekommen?«

»Wir wünschen uns ein Kind«, sagte Nicole.

»Ja«, sagte Hallam. »Dieses Nomadenleben kann nicht ewig so weitergehen.«

»Kann es schon«, sagte Nicole. »Aber manchmal muß man eben andere Prioritäten setzen.«

»Wow«, sagte ich. »Na, ich gratuliere! Habt ihr Steve und Lawrence von euren Plänen erzählt?«

»Nur dir«, sagte Nicole. »Und dabei soll es vorerst auch bleiben.«

»Allein die Vorstellung, jeden Abend unten im Pub durch den Kakao gezogen zu werden«, sagte Hallam. »Von wegen Backvorgang und so.«

Wir lachten.

»Mit Alkohol und Zigaretten ist sowieso Schluß«, seufzte Nicole und sah Hallam an. »Und zwar für uns *beide*.«

»Warum muß man bloß so viele Opfer im Leben bringen?« fragte Hallam grinsend und küßte sie. »Gibst du mir mal die Fernbedienung?«

Ich schlief auf dem Sofa im Wohnzimmer, und als ich mitten in der Nacht erwachte, hörte ich gedämpft, wie die beiden sich liebten. Mit einem Mal fühlte ich mich einsam und allein wie nie zuvor in meinem Leben. Keine Frage, ich freute mich für Hallam und Nicole, wünschte ihnen Glück und Zufriedenheit für ihre gemeinsame Zukunft, ja, bis ans Ende ihrer Tage. Und doch verglich ich unwillkürlich ihr Leben mit meinem eigenen. Ich hatte niemanden, mit dem ich eine gemeinsame Zukunft planen konnte, niemanden, der zu Hause auf mich wartete. Ich hatte keine Nicole gefunden, und vielleicht würde es mir auch nie gelingen. Hal und Nic paßten perfekt zusammen, ergänzten sich so mustergültig wie zwei Teile, die das einfachste Puzzle der Welt ergaben. Aber so simpel es sein mochte, bekamen manche Menschen doch nie heraus, wie es funktionierte. Gut möglich, daß ich selbst zu denen gehörte, die ihre bessere Hälfte nie finden würden.

Denkbar, daß ich der Frau meines Lebens bereits begegnet war. Laura Mason.

Schluß damit. Laura war tot. Das Leben ging weiter.

Aber es war längst weitergegangen, wie mir nun zum ersten Mal klar wurde. Laura gehörte der Vergangenheit an, auch wenn ich sie nie vergessen würde. Ich führte ein Leben, um das mich viele Leute beneideten, und doch war ich in letzter Zeit schlicht unglücklich gewesen, hatte mich des Gefühls nicht erwehren können, daß mein Leben den Bach hinunterging. Lauras Tod hatte sicher seinen Teil dazu beigetragen, doch war das nicht der wirkliche Grund für meine Misere. Ich war selbst dafür verantwortlich. Nun kam mir Lauras Tod wie eine billige Entschuldigung vor, eine preiswerte Ausrede dafür, daß ich mein Leben nicht auf die Reihe bekam. Ich mußte der Wahrheit ins Auge sehen. Ich war das Problem, ich allein.

Nach einem reichhaltigen englischen Frühstück, dessen Anblick schon allein genügte, um meine Cholesterinwerte auf das Dreifache steigen zu lassen, verabschiedete ich mich von Nicole und Hallam. Mit der Piccadilly Line fuhr ich nach Heathrow; zehn Tage war es her, daß ich hier angekommen war. Nun hatten wir bereits Dezember. Weihnachten stand vor der Tür. Ich wußte nicht, wo ich das Fest verbringen würde. Unsere Familie feierte schon lange nicht mehr zusammen. Auf dem Rückflug ging mir dauernd durch den Kopf, daß es niemanden gab, den ich von Herzen gern beschenkt hätte. Klar, ich kannte eine ganze Reihe von Leuten, die sich über ein Geschenk freuen würden, aber niemanden, der es wirklich *erwartete*. So lange ich auch nachdachte, es fiel mir niemand ein.

Bei der Paßkontrolle am San Francisco International Airport fragte mich eine gelangweilte Beamtin, ob ich beruflich oder privat unterwegs sei, und ich hätte beinahe »beruflich« geantwortet, als mir plötzlich einfiel, daß ich ja gar keine Arbeit mehr hatte, daß mir gekündigt worden und meine Arbeitsgenehmigung damit ungültig war. Mein ganzes Leben befand sich im Umbruch. Ich stand ohne Job da. In Kürze lief mein Mietvertrag aus. Ich hatte keine Ahnung, mit wem ich Weihnachten feiern sollte. Vielleicht war es doch besser, wenn ich einfach nach London zog. Doch was würde das bringen? Würde sich mein Leben durch einen Ortswechsel wirklich zum Besseren wenden? Oder war es nicht vielmehr so, daß in meinem Leben grundlegend etwas nicht stimmte – etwas, was sich nicht so einfach durch einen Umzug beheben ließ?

Es war ein kalter, nebliger Tag. Ich nahm mir ein Taxi und ließ mich zu Hause mit einem erleichterten Seufzer aufs Bett fallen. Dennoch wurde ich das mulmige Gefühl nicht los. Ja, ich war wieder zurück, unversehrt und gesund, doch was würde die Zukunft bringen? Was würde ich als nächstes in Angriff nehmen?

Schließlich rief ich Talena an, obwohl es bereits nach elf war.

»Hallo?« sagte sie.

»Hi«, sagte ich. »Ich bin's.«

»Paul! Wo bist du?«

»Ich bin wieder zurück«, sagte ich. »Es ist geschafft. Wir haben die Sache erledigt.«

»Was? Wo hast du überhaupt die ganze Zeit gesteckt?«

»Ich erzähl' es dir morgen«, sagte ich. »Oder ich schreibe dir eine E-Mail. Ich ... Ich bin gerade ziemlich fertig.« Ich wußte nicht, was ich sagen sollte. »Tut mir leid. Wahrscheinlich liegt's an dem langen Flug. Jetlag oder so. Ich rufe dich wieder an.«

Ich legte auf und stöhnte vor Frust laut auf, als ich in Gedanken noch einmal abspulte, was ich gerade von mir gegeben hatte. Ich hatte mich wie ein Vollidiot verhalten. Wie auf Droge. Als hätte ich ein paar Beruhigungsmittel zuviel geschluckt.

Ich trank einen Scotch und schaltete den Fernseher an. Das half ein bißchen. Draußen begann es zu regnen.

Kurz nach Mitternacht hörte ich ein Klopfen an der Tür. Ich fragte mich, wer das noch sein mochte.

Die Frau vor meiner Tür trug einen schwarzen Regenmantel. Es war Talena.

Verblüfft starrte ich sie an.

»Hast du deine Manieren vergessen?« Sie lächelte. »Bei so einem Wetter bittet man eine Dame doch herein.«

»Sorry«, sagte ich. »Komm rein.«

Sie trat ein, legte den Mantel ab und setzte sich zu mir auf die Couch. Ich schaltete den Fernseher aus.

»Und jetzt laß hören«, sagte sie. »Ich will alles wissen.«

Und so erzählte ich ihr alles. Die ganze Geschichte, ohne auch nur eine Kleinigkeit auszulassen. Mir fiel auf, wie monoton ich redete, doch das schien sie nicht weiter zu stören. Es dauerte gar nicht so lange; ich war ja nur zehn Tage fortgewesen, seit wir zuletzt miteinander gesprochen hatten – zehn aufreibende Tage, zugegeben, aber nicht die Welt. Doch dann, als ich fast am Ende angekommen war und erzählte, daß Nicole und Hallam sich ein Kind wünschten, brach ich zu meiner eigenen Überraschung in Tränen aus.

Es war Ewigkeiten her, daß ich das letzte Mal geweint hatte. Mindestens zehn Jahre, vielleicht sogar noch länger. Eigentlich hatte ich gedacht, ich hätte es verlernt. Nun aber brach es gewaltsam aus mir heraus; ich heulte Rotz und Wasser, wurde von tiefen Schluchzern geschüttelt, wieder und wieder, ohne daß ich etwas dagegen tun konnte. Talena ließ mich weinen, doch schließlich rückte sie zu mir heran, nahm mich in die Arme und sprach leise auf mich ein. Ich weiß nicht, wie lange ich weinte, nur, daß es mir vorkam, als könnte ich nicht mehr damit aufhören. Ich wurde von einer unerklärlichen, schier unendlichen Traurigkeit überwältigt, doch zugleich fühlte ich mich erleichtert wie selten zuvor. So, als hätte sich jahrelang etwas in mir aufgestaut, das Gift für meine Seele war und nun aus mir herausgeschwemmt wurde.

Als meine Tränen endlich versiegten, war Talenas Schulter völlig durchweicht. Ich ließ mich zurücksinken und sah sie an.

»Tja, und das war's«, schniefte ich.

»Alles wird gut«, sagte sie sanft, kramte eine Packung Papiertaschentücher aus ihrer Handtasche und tupfte mein Gesicht ab. Ich rührte mich nicht. Es war mir peinlich, daß sie mich so gesehen hatte, doch andererseits hatte ich nichts zu verlieren. Und nicht zuletzt fühlte ich mich, als ob ich das Schlimmste überstanden hätte.

»Komm«, sagte sie. »Laß' uns ins Bett gehen.«

»Ins ... « Ich dachte, ich hätte nicht richtig gehört.

»Ich bleibe besser bei dir heute nacht«, erklärte sie. »Komm.« Sie führte mich ins Schlafzimmer, wo wir zusammen aufs Bett sanken. Unsere Sachen behielten wir an. Wir nahmen uns in die Arme, erst zögernd, doch dann, als würden wir uns schon lange kennen. Es war wunderschön, ihre Wärme zu spüren.

»Alles wird gut«, wisperte sie mir ins Ohr. »Alles wird gut.«

Irgendwann später zogen wir uns aus, lagen in unserer Unterwäsche nebeneinander; wir küßten uns nicht, hielten uns weiter einfach nur fest. Noch später hörte ich, wie sie im Schlaf etwas murmelte, in einer rauhen, fremden Sprache, die ich nicht verstand. Sie schien sich vor irgend etwas zu fürchten, und als ich sie fest an mich zog, öffnete sie die Augen und lächelte, als sie mich erkannte.

Als ich erwachte, lag sie nicht mehr neben mir. Ich fürchtete schon, sie sei gegangen, doch sie stand in der Küche, wo sie gerade Kaffee zubereitete. Sie war bereits angezogen. Ein Lächeln umspielte ihre Lippen, als sie mich in meinen Boxershorts sah. Als ich geduscht hatte, standen Toast und frischer Kaffee bereit. Wir frühstückten auf dem Sofa und saßen jeder an einem Ende, aber so, daß sich unsere Beine in der Mitte berührten.

»Ich muß los«, sagte sie schließlich. »Die Arbeit wartet.«

»Na, dann«, sagte ich und folgte ihr zur Tür. »Ich rufe dich heute abend an.«

An der Tür küßte sie mich. Unser erster Kuß. Er dauerte eine kleine Ewigkeit.

»Bis später«, sagte sie und holte tief Luft.

»Ich kann's kaum erwarten«, flüsterte ich.

Ich sah ihr hinterher, während sie die Treppe hinabging, hinaus in den Nebel von San Francisco. Nach einer Weile beschloß ich, ebenfalls einen kleinen Spaziergang zu machen. Ich mochte den Nebel. Im Nebel sieht die ganze Welt schön und geheimnisvoll aus. Und das ist es doch, was wir uns alle wünschen.

Schönheit und Geheimnis. Und jemanden, mit dem man beides teilen kann.

Danksagung

Mein Dank gilt:

Meinen Eltern und meinen Schwestern.

Meinen Agenten – besonders Vivienne Schuster von Curtis Brown UK, die mein Buch aus dem Riesenstapel unverlangt eingesandter Manuskripte fischte, sowie Euan Thorneycroft und Carol Jackson, Deborah Schneider von Schneider Gelfman und Liza Wachter von Rabineau Wachter.

Meinen Verlegern – Carolyn Mays von Hodder & Stoughton, Iris Tupholme von HarperCollins Canada und Federica on Traa von De Boekerij.

Meinen ersten Lesern – Nathan Basiliko, Judith Cox, E. Anne Killpack, Linda Howard, Sarah Langan, Allegra Lundyworf, Max Pentreath und Horst Rutter – für ihre ermutigenden Worte und die wertvollen Anmerkungen.

Gavin Chait, der mir erlaubt hat, ihn zur Romanfigur zu machen. Peter Rose und Neil Katz, die mich in New York so gut bezahlten, daß ich mich nach Montreal zum Schreiben zurückziehen konnte. Rick Innis, der mir einen Job besorgte, als mir das Geld ausging. Den Tom-Schwestern – Donna, Linda und Winnie –, die mich in Montreal bei Laune hielten. Meiner Cousine Rachael. Und Nicholson, der mich in London nach Kräften unterstützte.

Nicht zuletzt gilt mein Dank all jenen, mit denen ich quer durch Afrika gefahren bin: Ally, Amanda, Andrea, Angela, Brian, Caz, Chong, Gavin, Jo, Jorge, Heidi, Mattias, Michael, Mick, Naomi, Nick, Patsy, PK, Sam, Shirray, Tim, Tony und Wendy. *Long May You Run.*